竭 Jie
泽 Ze
而 Er
渔 Yu

夜很贫瘠·著

长江出版社

竭泽而渔
Jie Ze Er Yu

"这里是给我用的吗?"
"给你的。"
"我……我好高兴。"
"高兴就行。以后下了课就回家练。"

竭泽而渔

Jie Ze Er Yu

"玩吗?"
"我不会。"
"叫声哥哥就教你。"

"笨成这样,怎么教都不会。"
"我比第一次玩得好多了。"
"不要乱跑,跟着我。"

第一章 001

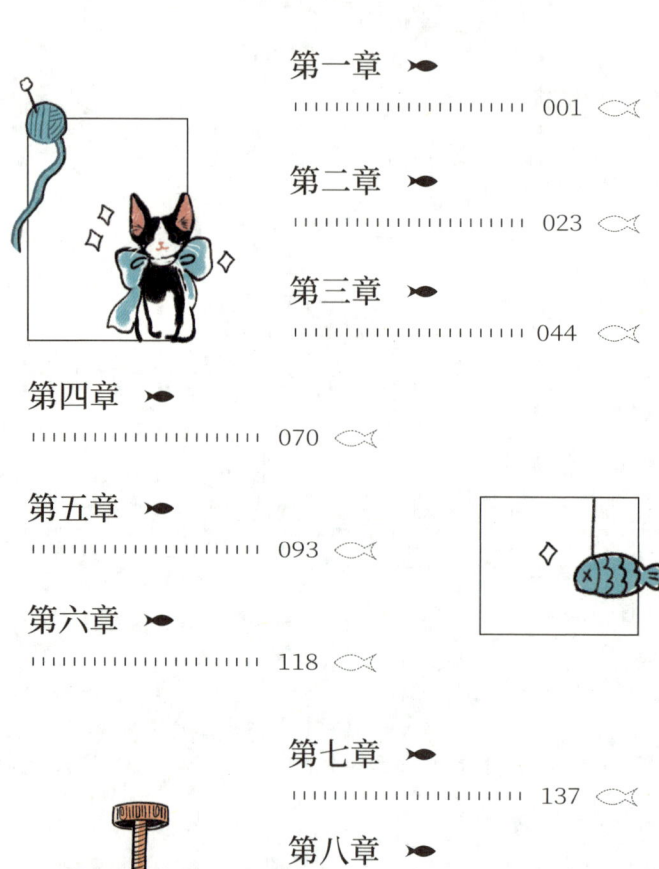

第二章 023

第三章 044

第四章 070

第五章 093

第六章 118

第七章 137

第八章 164

第九章 183

目录
CONTENTS

第十章 209

第十一章 228

第十二章 251

第十三章 276

【闻小屿十岁】 287

【闻臻二十岁】 292

第十四章 295

番外 ▶ 识君 307

番外 ▶ 也无风雨也无晴 321

番外 ▶ 爆竹声中一岁除 328

番外 ▶ 想鱼 333

哥说我是第一。

我好像太喜欢了，
有什么办法吗？

. . .

第一章

门被敲响的时候杜越正在厨房做饭。妈妈在外面上班,爸爸在客厅抽烟看电视。电视声音开得很大,房子小,烟从客厅漫进厨房,抽油烟机都抽不走。

爸爸烟瘾太大,杜越呛得咳嗽两声,也没有制止。他不想没事找骂。他系着油污的围裙炒菜,门被急促敲响,男人骂骂咧咧起身开门。

"是杜晓东家吗?"

"你们是谁啊?"

"是不是杜晓东家!"

"是我,怎么了?你们……谁让你们进来了!"

"我们给你打过多少次电话,你就是不接!非要我们喊警察找上门!"

"——孩子在哪儿?!"

杜越关上灶火,刚取下围裙,就见一群人吵吵闹闹地挤到厨房门口,看到他,全都安静了。

冲在最前面的女人穿着整洁大气,面容有衰老之色,但保养得当。女人看到杜越,提着包呆呆地望着他。

杜晓东被两名民警拦着,大发雷霆:"谁让你们闯进我家的?都滚出去!"

民警说:"你老婆呢?把她叫回来,先去医院,再去警局!"

"去什么警局?我什么都没做,我哪里都不去!"杜晓东红着双眼,"杜越,滚过来!"

女人气道:"你怎么对孩子说话的?"

杜晓东:"他是我儿子,我想怎么说就怎么说,关你屁事?"

女人不知何时落下眼泪,哭道:"他究竟是谁的孩子,我们去医院做一回鉴定就知道了!"

杜越站在充满油烟的狭小厨房里,被一群大人堵着门,大吵、哭泣和呵斥此起彼伏围绕着他,令他艰难地在喧嚣夹缝中思考。

谁的孩子?鉴定?什么鉴定?

女人朝他走过来:"宝贝,怎么是你在做饭?瘦成这样……衣服这么旧,也不换件新的!"

民警拉住她:"李女士,你先平静一下情绪。"

杜晓东一脚踢飞了他们家平时吃饭用的折叠小桌,怒吼:"都滚出去!这里是我家!"

"请你配合我们调查!"

一个沉静的声音忽然在门外响起:"妈,你先出来。"

这个家太小、太窄,这么多人一下涌进来,简直拥挤得难以转身。女人如梦初醒,忙往门外让,又一脸期待地望着杜越。

一个身材高大的年轻男人从他们身后迈步过来,出现在厨房门口。他穿着西装,身形挺拔,面容英俊,眉梢透着冷意,黑眸定在杜越的脸上。

一股微微的麻意从杜越指尖漫开,又很快散去,令杜越不知所以。男人像从画里走出来,容貌充满不真实感。这样的一家人出现在这里,每一处都格格不入。

民警说:"杜越,我们需要你一同去一趟医院,与闻家良先生和李清女士做亲子鉴定,证明你是否与他们夫妻二人存在血缘关系。"

杜越二十岁,高考时考上了首都舞蹈学院,读了一年,得知父亲赌博,家中积蓄花光,还背上几十万的债务。母亲几乎崩溃,杜越不得不办理休学,回到家里照顾家人。

父亲一日比一日颓丧,母亲打几份工,脾气暴躁,常把情绪发泄在杜越身上。杜越与她吵,她就大声谩骂,以至动手打人。

有时杜越一怒之下只想一走了之,可每次看到母亲在深夜拖着一身疲惫回到家,他又感到无路可走。一天当作一年地熬,不知这样的生活何时才能结束。

杜越没有想到会以这种方式结束。

胡春燕接到消息赶到医院的时候,双方的血液样本已经采集完毕。闻家人报了案,在警察的阻拦下,杜晓东无法从中阻挠,当被要求提供血液样本做他和杜越的亲子鉴定时,杜晓东极为抗拒,甚至出现胡言乱语的现象。

胡春燕冲进医生办公室,提高嗓门:"怎么回事?!"

杜越捏着指尖的棉球站起,李清立刻起身挡在他面前:"胡女士,我们刚刚做完亲子鉴定。"

胡春燕怒道:"你们神经病啊?和我儿子做什么亲子鉴定!"

"既然这么说,那麻烦你也来做一个,免得到时还说我们作假!"

"有病!"要不是看在有警察和医生在场,难听的话早从胡春燕口中骂了出来,她气急败坏要去抢杜越,"杜越!你给我过来!"

李清立刻生气拽她的手:"你扯来扯去做什么呀,他刚刚抽完血,你不要动他!"

医生在一旁无奈地喊:"两位女士请冷静。"

警察拦着吵架的女人,杜晓东在一旁胡言骂人,办公室里一片混乱,杜越站在一旁。他还没吃午饭,早饭也只吃了片面包,此时又饿又茫然,还很烦躁,看着眼前这群剑拔弩张的大人,又疑惑自己是否在做梦。

办公室门被推开,闻臻挂断电话,对在场人说:"妈,还要辛苦你再跑一趟警局。刘警官,麻烦您。"

刘警官点头,转身对胡春燕和杜晓东说:"二位,麻烦和我们去局里做个笔录。"

胡春燕甩开他的手:"我又没犯法,做什么笔录?"

"你和你的丈夫涉嫌拐骗儿童,我们已经掌握证据,请跟我们走一趟!"

杜越怔怔看着自己的爸妈,那一刻声音好像离他远去了。

胡春燕大吼:"你说谁拐骗儿童?杜越是我亲儿子,我养了他二十年!"

李清的情绪同样激动:"当年帮你们偷小孩的护士已经被抓了,你还想狡辩!"

胡春燕站在数人中间粗喘着气,像一头愤怒的母狮毛发尽张。她刚从工厂食堂出来,接到电话连袖套都没来得及脱就匆匆赶来,一身的油烟和饭菜味,开线的球鞋上尽是灰,枯黄发梢沾满油腻。

"杜晓东!"她大喊丈夫的姓名,"说话!"

男人却在听到李清说出的那句话后如被抽掉魂魄,灰败地站在墙边,目光浑浊,如墙上一道长长的灰,只反复机械地说:"杜越是我的儿子。"

胡春燕冲上去对男人拳打脚踢,被警察拉开,强硬带出去。杜越见父母被带走,下意识地抬脚想跟上去,刚走出几步,被握住胳膊。

他抬起头,闻臻也低下头,与他目光对视。

"我带你去吃饭。"男人说。

闻臻带杜越去了望山湖的一家私房饭馆。饭馆坐山临湖,环境幽雅,掩映在一片竹林中,平日少有客人。两人被带到包间里坐下,竹帘外可见竹叶掩映,湖光山色尽收眼底。

饭菜在他们落座后五分钟上齐,秘制红烧肉、花胶鸡汤、杏仁荷豆腐、蟹粉蛋、酒香笋片、炒茼蒿、咸蛋黄卷,一盘盘摆满桌,再放一满玻璃壶晚春黑茶,各倒一杯。

杜越本觉得拘束,然而闻到菜香后,肚子就十分不争气地叫了一声。他暗暗恼火掐了把自己手腕,觉得丢人。

好在闻臻浑然不在意,只说:"吃完饭带你回去。"

然后说:"我叫闻臻。"

"我叫杜越，超越的越。"

闻臻点头："结果出来之前，不必想太多。吃饭。"

杜越没有想太多，他脑子都转不过来了，而且他真的很饿。就像闻臻所说，其他事先放在脑后，照顾好胃最重要。他小声说谢谢，然后拿起碗筷吃饭。

闻臻不动筷子，就坐在对面看着他。男生吃东西的模样很专注，明明在这之前都是一副不知所措的样子，一路上都只跟在警察身边，半点不靠近自己和母亲，母亲想和他说话，他还吓一跳躲到一边，睁大眼睛的样子像只立起尾巴的松鼠。

——吃饭也像。

闻臻的注意力很集中，集中得有些奇异。小孩五官优越漂亮，肤白干净，就是面色不好，穿松松垮垮的旧衣服，太瘦。

模样令闻臻不悦。

杜越吃饱喝足，擦干净嘴，见闻臻坐着不动，问："你不吃吗？"

闻臻答："我已经吃过午饭。"

杜越望着一桌剩菜，犹豫想说话，闻臻就已经叫来人，给桌上菜品打包，用饭盒装好。男人起身："走吧。"

杜越接过饭盒，跟着闻臻离开饭馆。心想他好聪明，自己在想什么，他一眼就能看出来。

闻臻的车停在院子里，漆黑的轿车，车身长车头宽，杜越没认出品牌。他对车毫无研究，闻臻的车，他只能简朴地感到很贵。

闻臻走在他前面，为他拉开副驾驶的车门。杜越怔了两秒，才反应过来这是在给自己拉车门。男人太过绅士，不像他活了二十年来见过的任何一个人。

他知道这种感受叫作什么了——

他们是两个世界的人。

杜越填饱肚子，血液循环供给上来，脑子开始转了，却一下转上莫名其妙的方向。他正要上车，却被手臂拦住，一只手放在他的卫衣衣领上，往下一按。

闻臻低头看他:"你的脖子上是什么?"

杜越没有防备地抬起头,午后的阳光骤然跃进视线,他微微眯起眼,看到男人的轮廓被光晕开,高大的身影笼罩下来,眉眼英俊挺立,那双黑眸原来天生就是冷意。

"胎记。"杜越有些慌乱,挣开了闻臻的手。他的脖子靠喉结附近有一块小小的淡红的痕迹。因为总有人不怀好意地问这是什么,杜越就常常穿高领或卫衣,挡住这一小块胎记。

闻臻没有动,又问:"耳朵怎么回事?"

杜越下意识摸右边的耳朵。上面有一道浅浅的疤痕,已经结痂,是前阵子和妈妈吵架的时候,她情绪失控一耳光打上来,指甲在耳朵上留下的伤口。他自己涂了点酒精,后来也没有得到道歉。他习惯了。

"痒,抓破的。"杜越说。他又有些烦躁起来,觉得男人既然冷漠,就不要问不该问的事情。

闻臻终于侧开身,让他坐进车。

车离开望山湖,回到市区中心的警局。

李清在门口等他们,见两人来了,迎上前来激动又无措地望着杜越:"吃好没有?"

杜越僵硬地站着:"吃好了。"

两人尴尬地站着,一个跃跃欲试,一个手不是手脚不是脚。还是刘警官从会谈室里出来,说:"来了就进来吧。"

李清和闻臻进去,刘警官拉住杜越:"杜越,如果你不想,可以不听。"

杜越疑惑地看着他,刘警官解释:"说到底,这都是他们大人的事。"

杜越说:"我想听。"

刘警官便让开门。杜越推门进去,一个封闭的会谈室,桌前围坐一圈人,他的爸爸妈妈,闻家的人,还有一个看上去五十多岁的陌生女人,很胖,烫着卷发,与他的爸爸如出一辙的面色灰白。

杜越本能往胡春燕那边走,但他被刘警官拉住,坐在了民警旁边。

谈话开始。

民警问:"张彩霞,二十年前,人民医院妇产科503号病房,你是否调换了胡春燕和李清的孩子?"

陌生的胖女人缩坐在椅子里,答:"是。"

"你为什么要这么做?"

"他和他家老太要我换的。"张彩霞指向杜晓东,"他们给我钱,要我去抱来1床的宝宝。"

"给你多少钱?"

"一万块。"

李清红着眼眶:"一万!一万你就帮他们偷孩子!"

胡春燕哐当站起身,看着丈夫:"真的吗?"她的声音在发抖,介于怒火和恐惧之间,拉成一条紧绷欲断的线。

杜晓东发着抖,不知是恐惧,还是怎么了,大声说:"是她自己偷换的,和我没有关系!"

"是你叫我换的!你给我钱,一大包现金,然后我把两个孩子抱去洗澡,换好衣服和手环,就把1床的那个宝宝抱到你手上了!我记得1床的宝宝脖子上有块红色胎记,你们家宝宝是没有胎记的!"

杜越下意识抬手按在自己脖子的胎记处。他的手指在微微地发着抖,心脏怦怦跳,跳得胸腔震痛。

杜晓东只是不断否认:"我没有做,我根本不知情,是你要换的!"

"我无缘无故换别人的宝宝做什么?"

"你黑心,你不守医德!"

民警喝止:"不要吵架!"

披头散发的胡春燕呆呆地站在桌前,她的脸上火肿起,面色一时白一时紫,接着转头看向杜越,一双眼睛瞪得骇人。她忽然发起作来冲向杜越:"你在这里做什么?跟我回家!"

她搡开警察,力气大得吓人,上手抓住杜越的手臂,几乎把杜越的骨头扯脱:"回家待着去!"

一旁的李清立刻扑过来:"你不要扯痛他了!"

胡春燕大怒:"他是我儿子,你别碰他!"

"你这个人怎么这么凶?!"

警察横插进来拦着她们:"不要吵架,不要吵架!坐下来说!"

胡春燕却死死不愿松手:"这是我儿子!"

她常年在食堂颠勺,力气大得把杜越捏出冷汗,忍不住开口:"妈,你先松开我。"

"松开你做什么?"胡春燕的精神高度紧张,几乎尖叫起来,"你也以为你是妈偷来的?啊?!"

杜越气恼:"我没有!"

胡春燕扯着他把他往外面拖:"没脸没皮的,看到别人有钱就想往上赖,也不看看你自己什么德行!也不看你自己姓什么!"

身体的痛感并不算什么,他是男孩子,没那么脆弱,然而当众被母亲羞辱的痛才是深入骨髓,杜越咬牙忍住泪意,挣扎着发起怒来:"放开我!"

"你反了天了!"胡春燕反手就要抽他,那是个本能的动作,每当杜越反抗她的时候,她都会这么做。她被警察和愤怒的李清拦下,混乱之中杜越撞到墙边的铁质长椅上,"砰"的一声,长椅被撞得在地上拖出刺耳声响,杜越摔在地上。

"宝贝!"李清慌忙大叫一声。杜越的脚踝一阵钻心的疼,竟是摔在地上起不来。旁边人正要扶他,他已经被整个从地上拽起。

杜越一时失重,抓住对方肩膀保持平衡,看到闻臻的侧脸近在咫尺,甚至看到那双薄唇的唇角微微向下,令人生畏。

闻臻扶着杜越,扫过一圈终于短暂静下来的众人,开口:"他摔到脚了,我带他去医院。"

李清不敢碰杜越,忙问:"撞到骨头了没有?快快,快去医院检查一下。"

闻臻点头,背起杜越离开会谈室。胡春燕被一群人拦住,眼睁睁看着儿子被人带走。

杜越撞伤了脚踝,脚不能沾地,被一路送到医院后,又被闻臻从车里背出来。他已经感到自暴自弃,撞到脚这种小事和今天一天发生的事相比实在算不上什么,而且他的确疼得厉害,只得咬牙皱眉,别扭地搭着闻臻的肩膀,不去看一路上奇异的注目礼。

拍片结果很快出来,还好没有伤到骨头,医生给杜越做完冷敷,便让他回家,明天再抹点红花油。

闻臻把杜越放进车里,杜越自己扣好安全带。闻臻绕过车前拉开驾驶座的车门坐进来,启动车:"先回你家拿换洗衣服和日用品,这三天你在酒店睡。"

杜越没明白:"我有家住,为什么要去酒店?"

"我认为在鉴定结果出来以前,你和你的——'父母',"闻臻停顿半响,还是选择用这两个字,"分开住更好。"

杜越一想到妈妈那张涨红愤怒的脸,一时心又揪痛起来。她的痛和怨都来自他,愈发的暴躁也是因为被生活的重担压得喘不过气。她不好过,也不会要杜越好过。

无论哪一个母亲突然被告知孩子不是自己的,情绪都会崩溃。杜越可以理解妈妈,而且他不能轻易和才认识一天的人走,于是说:"我回家住。"

闻臻没有再说话。男人的话很少,这一点让杜越轻松许多。他的心太乱了,如果他真的不是妈妈的孩子……如果他真的是被爸爸故意抱错——

杜越闭上眼睛。

闻臻送他到家,没有转身下楼,只站在门口,没有要立刻走的意思。

"收拾两件衣服就行,带上洗漱用品。"闻臻说。

杜越愣了一下,才知道原来他刚才说的话这个人压根就没听。他皱起眉:"我说了,我不去。"

闻臻平静地道:"你的父母今晚不会回家,他们需要留在警局接受调查。"

他看着小孩露出困惑又有些无措的表情，知道对方到现在依然没有意识到事情的严重性。这个小孩还没有消化接踵而来的信息，他大概觉得这只是一场闹剧。

闻臻拿出手机递给杜越："如果你不相信，可以打电话给刘警官。"

杜越狐疑地看着闻臻，接过手机，拨了刘警官的电话。电话那边很快被接起来，杜越和刘警官交谈片刻，脸色也渐渐白了下去。

从刘警官委婉的话语中，他得知父亲和那名叫张彩霞的护士已经被拘留，而母亲由于暂时不能洗去嫌疑，也被扣留下来。警方已掌握充足的证据，鉴定结果的作用只是明确被偷换的小孩的身份。

杜越挂掉电话，把手机还给闻臻。他像个雕塑戳在原地，孤零零的。

这个家狭小而凌乱，充满陈旧的油烟味和潮味。客厅没有开灯，城市夜中的霓虹从方窗透进来，给了一些光。杜越穿着旧卫衣、洗褪色的牛仔裤、旧球鞋，陈旧衣料中露出的皮肤却白皙干净，透亮得不像这个房子里的人。

闻臻看出了这种"不像"。从看到杜越的那一刻起，他就感知到这种强烈的违和。无论是杜越站在这个房子里，还是站在那对夫妻身边，都在告诉闻臻，他不是这里的人，不是那对夫妻的孩子。

闻臻站在杜越面前，声音低沉不容抗拒："收拾东西。"

杜越没有听出男人话里的命令语气。他已经有些恍惚，甚至莫名地想吐，这个房子太熟悉，太拥挤，他有种被塞满的错觉。

杜越麻木地扶着墙，一瘸一拐去屋里拿自己的衣服。他拿好换洗衣服，装进袋子，提在手里，慢慢走到门口。

闻臻站在门前："其他东西不必拿，买新的。"

杜越很疲惫，站着都没有力气抬头，也不想说话。闻臻蹲下来，看着他："你走得太慢。"

男人的声音低缓，气质冷淡，让杜越的身体稍微放松。接着闻臻拿过他手里的袋子，抬手将他背起。杜越没有挣扎地被人轻轻松松背起来，靠在闻臻宽阔的背上。

楼梯很陡，楼梯间的灯昏黄，闻臻走得慢。杜越泪意差点要涌出，他忍了又忍，调整呼吸，把眼泪压回去。

他不该在最伤心的时候在一个陌生人面前落泪，但这份陪伴是这样适宜，充斥着他极为需要的距离感，让他既能感到一点温暖，又能默默躲在自己的小世界里忍受伤心。

他想这一切都不能更荒谬了。

他们抵达酒店房间时已是晚上十点。闻臻给前台打了个电话，不过一会儿一套全新的洗浴用品送上来。

闻臻问杜越："还想要什么？"

杜越坐在大床上，看着落地窗外城市繁华的夜景。他转过视线，眼眶的红已渐渐淡了，一双黑溜溜的眼睛认真望着闻臻："我可以问你一些问题吗？"

闻臻本不想回答。他也累了，这两个月来陪着母亲把全市的医院翻了个底朝天，因心脏手术行动不便的父亲躺在医院焦急地等待消息，所有人精神紧绷片刻不敢放松，生怕流落在外的小孩再次从指尖溜走，母亲甚至因此患上了暂时性的失眠和焦虑症。

但那双黑眼睛望着自己，专注，紧张，抗拒着他，又好奇地望着，漂亮得像两块墨玉。

闻臻拉开椅子，坐下来："问。"

"假如，我真的是被换的，"杜越垂下眼睛，"那个和我换的人，还和你们生活在一起吗？"

闻臻答："是。"

"你们是怎么知道的？"

"他出了车祸，比较严重，需要输血。检查血型发现他是 RH 阴性血，我和我的亲人没有人有这个血型的隐性基因。"闻臻平静地解释，"血型不是判断血缘关系的绝对标准，但父亲要求和弟弟做亲子鉴定，发现他与我们并没有血缘关系。"

杜越问:"你的弟弟知道这件事吗?"

闻臻看着他:"他还在病床上,目前不知情。"

杜越点头,不再问了。闻臻便起身与他简单告别,离开了房间。

第二天一早闻臻起床吃过早饭,开始在家处理工作。他原本一直在首都的分公司忙着开拓市场的事务,这次接到母亲紧急电话叫回来找人,工作压了一堆,昨晚把杜越送到酒店后就开始打电话,一直到晚上一点开完会,睡了五六个小时,起床接着工作。

他的精神还不错,工作对他来说不是难事,比照顾小孩要惬意许多。

四个小时后,闻臻合上电脑,准备出门吃午饭。这时酒店经理给他打来电话,小心地告诉他房间里的人一直没有接电话,送早餐和午餐的去敲门均没有反应,问他该如何是好。

昨晚离开酒店前,闻臻让酒店给房间的小孩送一日三餐,如果小孩有任何要求,也全部满足。

闻臻皱眉,挂掉电话,给杜越拨去一个电话,显示对方已关机。

跑了?闻臻难得有点被气笑了。他换上一身常服,下楼到车库开出私家车,十分钟抵达酒店。

酒店经理跟着他一起坐电梯上楼到房间门口,只见送餐的服务生还推着餐车等在门口,讪讪的不知是走是留,见了他们松一口气。闻臻礼貌对人道谢,请人先离开。

闻臻耐着性子按了三次门铃。经理在一旁说:"上午敲门,刚才又敲一回,没人来开,是不是不在里头?"

闻臻说:"把门打开。"

经理便拿卡刷开门,闻臻走进去,只见小孩的鞋还好生生摆在床头,再一看床上,被子乱揉作一团,里头埋着个人,趴在床上抱着被子睡得歪歪扭扭的。

闻臻收回视线,走到窗边"哗啦——"一声拉开窗帘,天光大亮。

床上的人毫无反应,睡得像头小猪。闻臻的耐心上限在奇异地增加,没有任何理由。他绕到床头,看杜越整个脑袋都快埋进枕头里,头发乱得像团海藻,睡挤起来的脸颊边一片干涸的泪痕。

梦里都皱着眉,一脸委屈难过的样子。

闻臻看了一会儿床上的人,才坐在床边拍拍被子:"起来了。"

他面无表情捏杜越的鼻子,睡梦中的人难受张嘴呼吸,睁开眼醒过来。

杜越看到他,一下从床上弹起来:"你怎么进来的?"

闻臻说:"酒店送餐的敲了一上午门,还以为你哭晕在房里。"

杜越呆呆的,听明白他的话反应过来,忙低下头拿袖子擦自己的脸,耳朵慢慢红了。

"……不好意思,我睡觉有点沉。"杜越擦掉脸上干巴巴的泪痕,眼睛下面挂着两个黑眼圈,眼里都是血丝,声音也哑了。

"哭到天亮了才睡?"

那张小脸立刻皱起来,大眼睛里半是被揭穿的恼火、半是羞耻看向他,像一串呲啦的火花,生动得很。

"我没有。"杜越反驳,底气不足。

闻臻忽然问他:"为什么哭?"

杜越一怔。闻臻说:"你的父母对你不好,父亲赌博、欺骗你,母亲性格暴躁,打骂你。如果可以脱离这种环境,你不是应该松一口气?"

杜越看着男人,面容染上怒意。

"你说这种话,以为自己是救世主?"杜越与闻臻对视,那一股叛逆锐利的气质涌出,显露出小孩并不温顺的脾气,"难道我要指望你们对我好吗?"

明媚的午前,他们不欢而散。闻臻没有把杜越看作亲弟弟,杜越同样没有把他看作亲哥哥。他们互相不认为对方是自己的家人,即使结果大概既成。但事实可以立地拍板,情感却总是吊在后面慢慢地追,或许很快就追上来,或许总也追不上来。

闻臻界限分明,情感有限;杜越只认为这是一场梦,梦醒来以后,他们各自回到各自的世界,一切照常运转。

但现实告诉杜越,它就是那样荒诞和充满戏剧性。

三天后,亲子鉴定结果出来。鉴定结论为相对亲权概率99.99%,支持闻家良是杜越的生物学父亲;支持李清是杜越的生物学母亲。

二十年前,刚出生的杜越被偷换。二十年后,亲生父母终于找到他。

他们就在医院的办公室里拆鉴定结果的密封袋,看到结果的那一刻李清捂着嘴哭出来,转身紧紧抱住杜越,恨不得把他揉进身体:"我的宝贝呀,我的小宝!我就知道你是我的孩子!"

杜越被女人抱在怀里,温暖热烈的气息拥着他,令他一阵阵地眩晕腿软,几乎坐在地上。

他被李清带回家。车开向市中心地价最昂贵的朝安区,进入一处环境优美的别墅小区。小区花叶掩映,白房红瓦相间,安静明亮。杜越被李清牵进家门,踏进这个宽敞漂亮的家,他已经蒙了。

"你爸爸特地要人把书房改成你的卧室,那个房间朝向好,又大,你一定喜欢。"李清紧牵着杜越的手,拉着他到客厅坐下,"家里已经给你备齐要用的东西,衣服、鞋子、日用品,还有——还有新手机和电脑,你还需要什么,都和妈妈说。"

杜越坐在沙发上,脚踩着柔软的新拖鞋,站在洁净的木质地板上。他的衣服都没有换,依然是旧卫衣,上面还有洗不掉的陈年油渍,牛仔裤旧得磨损,只有放在腿上握成拳的手白净无瑕,与这四周相称。

他端坐着不说话,李清也不急。她看着杜越满心都是慈爱,在那样糟糕的家庭环境中成长起来,也依然气质干净,有礼有节。他只是需要时间来适应他真正的家。

李清去厨房端来牛奶和小饼干,放在茶几上,坐到杜越身边:"来,喝点牛奶。"

她把杯子放进杜越手里,杜越捧着热腾腾的牛奶,半晌小声开口:"我想……去睡觉。"

李清立刻说好,牵着杜越起身去二楼,先带他去浴室看了一圈,告诉他热水器如何使用,把洗漱用品指给他看,然后带他去为他新改出来的卧室。

卧室门推开时,杜越看到一个崭新的房间,那快比他从前睡的地方大两圈还多,偌大的床铺着波西米亚风格的深蓝绿床铺,落地窗外一个不大不小的阳台,阳台上爬着蜿蜿蜒蜒的紫藤花。深色的木质地板有天然的木香,落地灯亮着温暖的光。

李清温和地说:"白天的时候,这里的阳光是最好的,通风也好,从阳台可以看到森林公园。"

杜越拘束地站在门边,没有进去,说:"我不用住这么大的房间。"

"要的。"李清捧起他的手,喃喃地重复,"要住这么大的房间。"

女人眼角的细纹充满温柔的质地,看着杜越像看着一个珍爱的宝贝,坦诚而毫无保留,是一个母亲特有的目光。这目光直直打进杜越的心脏,涌出辛酸的苦甜,叫他差点要哭出来。杜越忙拿了换洗衣服,逃一般地跑去浴室。

杜越只花了五分钟冲澡,穿好衣服后在浴室里蹲了一会儿,又撑在洗手池边默默发呆十五分钟,直到李清在外面敲门:"儿子,洗好了没有呀?"

这一声"儿子"唤得杜越惊醒,忙拉开门出来。李清见他没事,把人送到卧室门口,站在门边不进去,体贴地说:"睡个好觉。"

随后替他关上了门。这令杜越终于松一口气,腿软地走到床边,倒进床里。

他累坏了,还来不及去想些什么,就坠入了梦乡。

医院。

闻臻走进病房。病房内安静整洁,只有一张病床,床上躺着他的父亲。

闻家良在年轻时白手起家拼命赚钱,全部精力都投注在事业上,有过几任女友,却一直没有结婚。直到近四十岁时才在老人的千催万请下娶了二十多岁的李清。如今闻家良已快七十岁,前阵子刚做完心脏搭桥手术。

老人躺在病床上,问:"找到了?"

闻臻答："找到了。"

"早点带他来见我。"

"嗯。"

老人疲倦，说："去看过另一个弟弟没有。"

"另一个弟弟"说的是还在医院里面的那一个。闻臻说："去了。恢复得不错，但是闹脾气，怪我们没去看他。"

父亲点头："等他出院以后，再告诉他这件事。"

接着话题又回到杜越身上。父亲说："早点给小宝改名字。"

"嗯。"

杜越的新名在他正式回家之前就已由父亲和母亲共同定下，就算杜越一开始不能习惯也好，总之要把名字拿来上新户口办正事，平时就随小孩喜欢。

他们给小儿子的新名叫作"闻小屿"。

老人慢慢叮嘱："这几天就住在这边家里，和你弟弟多相处，带他到处玩玩，培养感情。不要总是那么冷淡，连家里人都不爱来往。"

闻臻答："知道了。"

深夜，闻臻离开医院，回到父母的家。

母亲和阿姨早就睡下，闻臻换鞋往二楼走。母亲告诉他弟弟的房间就在他房间的对面。闻臻走到自己房间门口，停顿片刻，转身，看着那扇门。

他没有犹豫，就悄无声息推开门走了进去。没有多少特别的想法，只是想看一眼而已。

房间昏暗，唯有今晚的月色。闻臻走近，看到闻小屿横在床上，卷着被子，人埋在漂亮的被单里，枕头晾在一边。即使有人靠近床边，也半点没有要醒的迹象。

醒着的时候倒是有几分警惕的模样，睡着了以后却憨态毕露，叫人不忍直视。

闻臻看了一会儿，转身离开房间。

第二天一早，闻家人坐在餐厅里吃早饭。母亲准备了丰盛的早点，闻臻慢条斯理地喝豆浆，闻小屿埋头认真地吃火腿蛋卷。他刚起床，被闻母温温柔柔叫醒，头发还刺猬似的翘着，人没完全清醒，已经吃下一碗面，三个火腿蛋卷。

闻臻："真能吃。"

闻小屿差点把蛋卷咳出来。母亲连忙给他递上豆浆："能吃是福，小宝就是要多吃点，这么瘦。"

闻小屿喝下豆浆，心虚地看一眼闻臻。他从小胃口就好，只是一直都没吃过什么好吃的，闻母做的早点可口，他一不小心就没停下嘴。

李清说："今天天气这么好，哥哥带弟弟出去逛逛街，买新衣服回来吧？"

闻臻答："好。"

闻小屿欲言又止，最后还是没有说话，继续吃自己的小笼包，心事重重的。吃完早饭后，李清穿戴好衣服准备出门，临出发前叫来闻臻，叮嘱他："我去趟警局，再和小宝的养母见一面。你带小宝出去玩，玩开心些。"

母亲出门后，闻臻在客厅里等了半个小时，不见人下楼来，上楼去找。上去了见房门关着，闻臻抬手敲门："怎么还不下来？"

门从里面打开，闻小屿倒是已经换上外出的衣服，却不看他，说："我不想出门，你去忙你的事情吧。"

"我今天没事。"

"反正……不用你陪我。"

闻臻看着眼前的小孩，睫毛紧张颤着，手背在身后，撒个谎全身都在往外泄露信号，好像生怕别人不知道他心虚。

闻臻无情揭穿他："等家里没人了，你再偷偷跑出去？"

闻小屿愕然，抬头一脸"你怎么会知道我在想什么"的表情。闻臻却感到了不快。

"想去找你的养母？"

"养母"这个词令闻小屿脸色一黯。他拧起眉，眼睛看向别处："……我只是去看看。"

闻臻的耐心上限忽然又开始降低。

他语气冷硬:"在确定这件事是否归属刑事案件之前,你暂时不能与他们见面。"

刑事案件?闻小屿一阵头疼。他问:"他们会怎么样?"

闻臻漠然答:"犯了错的,接受惩罚。没有犯错,就继续过各自的生活。"

闻小屿转身往房里走,被握住手臂,又转回过来。闻臻低头看着他:"出门,买衣服。"

闻小屿戳着不动,闻臻半点没有要哄他的意思,拉过人就往外走。闻小屿挲着不愿往前,发起了倔。闻臻的耐心耗尽,冷冷地对他说:"不去是吗?那以后也不必去见你的养父母了。"

他转过脸,不去看小孩一副气到要哭出来的表情。

他们终于出了门,一路上却谁都没有说话,闻臻沉默地开车,闻小屿就一动不动地看着车窗外,只给他一个后脑勺。

买衣服的时候气氛又缓和一些。柜员对闻小屿十分感兴趣,纷纷把当季新款拿出来推荐给这个肤白清秀的男生,而男生身后高大的男人也利落,每次看上一眼就点头,后直接买下,让柜员安排送去住处。

几回下来,闻小屿就扛不住了,主动找闻臻说话:"不买了。"

"怎么?"

"够穿。"虽然刷的是闻臻的卡,闻小屿不知为什么也觉得肉疼,觉得这个人怎么这样大手大脚,买东西不问价格不讲价就刷卡,奢侈浪费,让他感到很不适应。

不买衣服鞋子,闻臻就顺路带闻小屿去了趟理发店。闻小屿的头发疏于管理,长了,理发师为他简单理短头发,加之闻小屿穿着闻臻给他买的新衣服和新鞋,人焕然一新。

去吃饭的路上,闻小屿还是耿耿于怀,忍不住提出建议:"这种花钱方式是不健康的。"

闻臻正开车,冷不丁听他一句念,险些又要失笑:"怎么不健康?"

"太不节省,贵的东西是需要讲价的。"闻小屿认真地说,"而且你买东西看都不看一眼就说都要,这样不大好。"

"看了。"闻臻调转方向盘,拐过路口,"我觉得穿在你身上都很合适,所以都要。"

闻小屿愣住。他有些不知所措,低头抓了抓自己的短发。

闻臻这回换了家东南亚风格的餐厅,点了开胃的沙拉和冷菜、海鲜、炒面、酸甜汤,全是小孩子喜欢吃的东西。

闻小屿果然也喜欢吃。闻臻看他吃得专心致志,脸颊都鼓起,这么能吃,怎么还这么瘦?

闻臻想起杜家那对夫妻,厌烦更甚。不知这样的人到底有什么值得留恋,简直不可理喻。

饭后闻小屿被闻臻拎进车,闻小屿莫名其妙:"又要去哪儿?"

"医院。"闻臻说,"爸爸想见你。"

闻小屿的脊椎一阵僵硬。他忐忑不安,被带到医院,浑身别扭地跟在闻臻身后上楼,临到病房门口了不愿往前,被闻臻拖进去。

闻家良等了半天,见两个孩子进来,直起身:"来了啊。"

闻小屿紧张地站在闻臻身后,憋半天,傻乎乎地朝老人鞠了个躬。闻家良被逗笑,温声道:"坐着吧。"

闻臻坐下来,闻小屿就跟着坐下。闻小屿过去在杜家生活的所有信息,闻家良已从妻子口中全数知晓,他没有问那些,术后精力有限,也不寒暄其他,单刀直入:"小宝之前在哪里读大学?"

"……首都舞蹈学院。"

"学跳舞的?"

闻小屿"嗯"一声。

闻家良问:"学的什么舞?"

"古典舞。"

"学多久了？"

"从小就开始学。"

这倒是出乎闻家良意料。在妻子的描述中，杜家夫妻贫困且素质低下，拖累得小孩连大学都读不成，却没想到他们竟愿意供小孩从小学习艺术。

闻家良说："过几天就让你哥哥带你回学校申请复学，你好好上学，其他什么都不要管。正好你哥哥在首都工作，万事都有他照顾你。"

闻小屿怔怔的，好像还在做梦一般："我可以回学校去了吗？"

闻臻看他一眼，移开视线。闻家良心疼不已："当然，学业可不能耽误。"

他们没有在医院待很久，上了年纪的父亲需要休息，闻臻带闻小屿离开医院，下楼时接到公司打来的电话，临时有重要事项安排。分公司刚在首都成立没两年，万事仍需要他亲自审理，闻臻下到地下停车库，直接将人一齐拎上车。

闻小屿已经麻木："又去哪里？"

"我家。"闻臻在市里单独有一套公寓，自工作后就常住在那里，后来去了首都，房子便闲置下来。一直到这次回来和父母一同找他们的闻家幺儿，才又住回公寓。

"去你住的地方做什么？"

"我临时有工作，需要回去一趟。"

"我不去。"闻小屿说，他想下车。

闻臻随手按下车锁，启动车："没有征求你的意见。"

"你……"闻小屿生气，嘴却笨得要命，一句重话也说不出来。

闻臻提醒："系安全带。"

"你太不讲道理了！"

闻臻倾身过来，抬手按到闻小屿脑袋旁边。闻小屿下意识地往后缩，睁大眼睛警惕地望着闻臻。闻臻垂眸扫他一眼，拉下安全带，绕过闻小屿插好插扣，回身开车。闻小屿僵硬片刻，才小小放松下来。

闻臻的公寓位于商圈中心，十八层，装潢极度简约，黑白灰三色，只有必要的软装，偌大一个房子空空荡荡，没有半点生活气息。闻小屿站在门口，还以为自己进入了一个现代艺术展览馆。

"随便玩。"闻臻换鞋进屋，走进厨房。

闻小屿莫名其妙："玩什么？"玩空气？

闻臻从冰箱拿出一瓶水，随手扔给闻小屿，然后转身进书房，扔下一句："电视柜下面的抽屉，自己找。"

鞋柜里没有第二双拖鞋，闻小屿只能脱了鞋，穿着袜子踩上地板。他好奇寻到电视下面，拉开白色柜子，只见里面竟然码着厚厚两排游戏光碟。

闻小屿震惊地拿出光碟看，脑海里冒出闻臻穿着西装面无表情坐在地毯上狂按游戏手柄的神奇画面。那样的人，竟然喜欢打游戏？

可闻小屿并不会玩这些。他没有接触过游戏机，也看不懂柜子上像DVD机一样的白色盒子要怎么使用。他坐在地毯上喝水，坐不住，拿着水瓶在偌大的客厅徘徊，一会儿站在落地窗前出神看高楼下的城市街景，一会儿蹲在茶几边，拿水瓶一下一下地敲自己脑袋。

他实在太高兴了，一想到自己竟然马上就可以回学校继续练舞。可他又非常焦虑，因为至今未能与胡春燕联系。

心情纠成一团乱麻，闻小屿毫无头绪，在客厅里瞎转，几次都无意识转到书房门口，看到紧闭的门，又悄悄走开。

他非常迷茫，望着书房的门，默默想寻求闻臻的帮助。但闻臻冷漠，不近人情，不与他交谈，令闻小屿又莫名赌气，不愿主动去敲那扇门。

他被自己起起伏伏的情绪弄得有些抓狂，正扒着墙想撞头让自己清醒一下，就听书房门一响，开了。

闻臻端着水杯，站在门口看他。闻小屿立刻收起，尴尬地拿着水瓶站好。

"你在做什么？"

"没什么，吵到你了吗？"

"我倒水。"

闻臻去厨房倒水，转头见闻小屿跟在自己身后："有事？"

闻小屿终于抓住机会问:"我们什么时候回首都?"

"一个星期后。"

闻小屿愣一下:"这么快?"

"我有很多工作。"闻臻倒好一杯水,往书房走,"爸妈随时可以来看你。"

闻小屿一路跟到书房门口,鼓起勇气:"我想和妈……和我的养母见面。"

闻臻停住脚步,转过身,目光冷淡:"没有必要。"

"我有话和她说。"

"和那种人交流是浪费时间。"

闻小屿很生气:"那是我的事!"

闻臻上前一步,冰冷的气息压迫下来,令闻小屿下意识地后退。闻臻冷得像乌云上的冰雪,沉沉地看着闻小屿:"你现在是我们家的人,从此往后,他们的事再与你无关。"

第二章

　　李清放下热腾腾的菜,左看一眼闻臻,他正安静吃饭,右看一眼闻小屿,小屿端正坐着等她上桌,看也不看他哥一眼。

　　"哎呀,怎么都不高兴了。"母亲不由分说地"指责"闻臻,"哥哥怎么回事?不要惹弟弟伤心哦。"

　　她这么一说,闻小屿反而很不自在,主动开口:"我没有伤心。"

　　母亲说:"小宝骗不过妈妈的,每次一到饭点你都好积极,今天却一点兴致都没有,一看就是不开心。"

　　闻小屿脸一红,开口就是结巴:"没,没有吧……"他看起来有那么爱吃吗?

　　闻臻好像笑了一下,闻小屿若有所觉地抬头去看,闻臻就面无表情继续吃。

　　母亲问:"小宝下午想不想出去玩?"

　　闻小屿说:"我……周末下午要给学生上舞蹈课。"

　　母亲有些吃惊,闻臻则皱眉停下筷子。母亲忙追问:"小宝为什么要带舞蹈课呀?"

　　"赚点钱。"闻小屿有些难以启齿,解释,"之前家里缺钱。"

他说的家是杜家。闻臻冷淡着脸，语气略强硬开口："把课退了，不用再去。"

闻小屿一听他说话就不高兴："可我要把这周的课教完。"

"让别人教。"

李清怕兄弟俩又闹不开心，忙抬手打住："按小宝自己想的来就好，哥哥不要这么凶，下午你送弟弟去上课好不好？"

闻小屿说："我自己去。"

闻臻吃完饭，一句话也不说，起身离开餐桌。李清拿大儿子一点办法没有，只好讪讪地安抚闻小屿："你哥哥就是那性子，讨厌得要命，小宝不要生气。"

李清年轻时起上台演唱搞艺术，上了年纪也依旧是一把甜美温柔的嗓音，安抚得闻小屿很快平静下来，端碗继续乖乖吃饭。

午饭后闻小屿在房间睡了个午觉，起床后换好衣服，准备出门上课。

他下到一楼，冷不丁见闻臻坐在客厅沙发用笔记本电脑工作，见他下楼，自然收起电脑起身。

闻小屿没法无视他，与他保持距离："做什么？"

闻臻说："送你上课。"

"不用你送。"

闻臻走过他身边，丢下一句："那你就不要出门。"

闻小屿气得头疼。他没办法应付眼前这个专横的男人，只能闷不吭声地在心里怒揍闻臻，脚还是不得不跟上闻臻出门。

他上课的地方在一个不大有名气的舞蹈工作室，教高中生和大学生跳古典舞。他年纪太小，又只是临时代课老师，家长们都不愿意把小孩交给他带。高中生和大学生大多喜欢爵士这类，选择中国古典舞的少之又少，以致闻小屿只有一个周末班能带，且人少，赚钱不多。为了帮忙还钱，他在工作日还有一份速食店的兼职工作。

闻小屿很煎熬，煎熬的并非这令人疲惫的生活，而是学舞生涯的中断。

他一度非常焦虑，感到未来了无希望，每晚躺在床上都想起自己递上休学申请的时候辅导员那吃惊惋惜的表情，那表情几乎成了他的梦魇。

闻臻开车把闻小屿送到工作室所在的地方："下课后我来接你。"

闻小屿下车，背着李清给他买的新背包，有些别扭地站在车门边："谢谢你送我。"

"嗯。"闻臻平淡回应，开车离开。

每次上课闻小屿都会提前四十分钟来教室开门，自己先独自热身。今天他穿了件立领白衬衫，领口系好扣子，挡住脖子上的胎记。

闻小屿一个人认真在舞蹈室里练习，练得脖子上一层薄薄的汗。他压着一字马俯身，心想要是自己回去继续念大学，家里该怎么办？或许等他大学毕业以后就能带更好的舞蹈班，赚更多钱，才是更好的解决办法。

首都舞蹈学院的学费贵，生活开销大，他现在的家人全都理所当然地表态要出这份钱，这实在解决了闻小屿心头的一座大山，不被钱财困扰是多么轻松的一件事情。

闻小屿收起腿，躺在地板上，深深呼吸。

可他只感到虚浮和迷茫。

学员们来上课的时候，纷纷对闻小屿的衣服鞋子和背包产生浓厚的兴趣，年轻人们兴奋地围上来东摸西摸，边嚷嚷着闻小屿听不懂的品牌名字，说小越哥怎么偷偷发财，买这么贵的衣服鞋子。闻小屿含糊过去，催着小屁孩们赶紧热身。

一节课两个小时，新舞教了快两个月，已经收尾。年轻人们活泼爱说话，又见识过闻小屿的舞蹈功底，都与他感情不错，想到要离开，闻小屿心里还有些不舍。

可他实在太想回到大学了。

下课后，闻小屿去找工作室的老板。老板也是舞蹈老师，教爵士舞，正好刚下课出来。闻小屿表明自己教完这最后一支舞就准备离开的打算,老板听了,脸色当即有些不好。

"突然就说要走,剩下的课谁带?"

"这支舞这周可以教完的。"

"我这几天忙得要命,你现在又给我找事做,这么短的时间,我上哪再找老师去?"

闻小屿也知道时间很匆忙,只能给人道歉:"对不起,但我一个星期后就要回学校,所以……"

老板不耐烦:"你不要说了。早知道代课老师不靠谱,我当初就该招长期工。"

闻小屿不吭声,老板继续道:"你今天就可以走了,我把你的学生转到另一个教民族舞老师那里,那个老师签了一整年的工,教得又好,就是带的班多,又要辛苦人家了。"

闻小屿有点生气,但还是保持心平气和:"那我们把这个月的钱结一下吧。"

"结什么钱?你违约了你知不知道?"老板不客气地说,"我念你在这里带了几个月的课,还没找你要违约金。"

闻小屿差点蒙了:"什么违约金?我们根本没有签合同。"

"当时是不是签了劳工协议?我现在都能拿出来给你看。"

"我签的是代课老师,又不是正式任课老师,薪水都是按课来算的,协议上没有规定要上课满多长时间。"

"代课老师和任课老师签的是一个协议,擅自离职都算违约!"

"怎么可能是一个?你把协议拿出来看!"

"我在这里办多久班了?你不信就自己去问别的老师!"

闻小屿气得脸都红了,半天说不出话。这时半掩的办公室门被敲响,闻小屿班上的一个女生探出脑袋,打断了这场争吵:"小越哥,你哥哥来找你。"

闻小屿顿住。闻臻从女生身后走进办公室。男人高大,面色似乎因等待而变得不耐与冷淡,平白叫人噤声。女生一脸看八卦的模样,把人带到后红着脸飞快跑了。

闻臻问:"做什么这么久?"

闻小屿愣愣地答:"我正在说离职的事。"

"说完没有。"

"还没。"闻小屿低下头,又看一眼老板。老板微微后退,打量闻臻,对闻小屿说:"……我说了你可以走了。"

"你把薪水结给我。"

老板瞪着闻小屿,闻小屿装作看不见,挨着闻臻站好。闻臻面无表情地看着对方,客客气气地说:"麻烦现在就结。"

二十分钟后,闻小屿拿到薪水,跟在闻臻身后下楼。

"要钱都不会。"闻臻简洁地嘲讽。

闻小屿顿时脸红,争辩:"我只是不想和他吵架。"

"我不来,你吵架也没用。"

闻小屿感到羞恼,又很沮丧,休学在外打工,这么久来已吃过许多苦头,却还是这样手忙脚乱笨得要命,真叫人挫败。

他默默坐在副驾驶座上,看着窗外。虽然不喜欢闻臻强硬的态度,但当闻臻出现在他面前的时候,他真切地感到松了一口气。

两人一同回到家,李清围着围裙迎上来:"小宝回来啦,快来尝尝妈妈做的饭团和沙拉。"

闻小屿对食物很感兴趣。刚进家门那会儿他还十分拘束,后来在母亲锲而不舍的热情投喂下逐渐放下戒备,喂什么吃什么。

闻小屿端着盘子专心吃饭团,两口一个。闻臻从一旁经过:"吃这么多,跳得动舞?"

闻小屿被饭团哽住,母亲忙在一旁拍背:"不吃饱怎么有力气跳舞?别听你哥哥瞎说。"

母亲又提来几个大袋子,从里面拿出崭新的衣服鞋子:"我今天下午去商场挑了好久,你看看,这两套是专门的舞蹈服,还有这双鞋,穿起来好舒服的,很适合跳舞,小宝来试试。"

母亲张罗着给小儿子试衣服,闻小屿浑身不自在戳在镜子前,像个任由摆布的洋娃娃。好不容易等到母亲试了个满意,闻小屿立刻脱身,忙不迭逃回二楼房间。

闻臻在自己房间办公,听到门外一声房门关上的声音,目光看着电脑屏幕,平稳没有波动。

昨天他把闻小屿送回家,母亲看出小儿子不开心,特地过来询问他发生了什么事。

"他想去找他的养母。"闻臻说。

母亲很理解:"小宝重感情,心善,这样很好。"

"那种家庭有什么值得留恋?"

母亲有些惊奇:"你怎么这么在意小宝的事?按你的性子,你应该根本不管他的才对呀。"

"不在意。只是觉得奇怪。"

李清便说:"他不是惦记养父母的好,他是还没法惦记我们的好。闻臻,是我们把他弄丢了,你不把他好生贴在胸口放着,他怎么知道你的心是暖的?"

闻臻时而轻滑触控板,电脑屏幕在他深黑的眼眸中反射点点光芒。

他只是觉得闻小屿既然是闻家的人,就该划入他们家的界线内。他不喜欢纠缠和模糊不清,厌倦无故耗费情感和精力。

闻臻对试图想要离开领地范围的闻小屿感到不快。

一大早,母亲带着兄弟俩前往医院看望父亲。李清提着自己做的食盒,闻臻提水果,闻小屿跟在他身后整理衣领,又在紧张。

他在李清面前不自在,在闻家良面前更不自在。他的生父年纪太大,又是有头有脸的大企业家,即使做完手术躺在病床上,也无法掩盖那股不怒自威的长者气质。尽管这位老人每次看着自己的时候,目光都是慈爱的。

母亲坐在床边照顾父亲吃饭,一边说:"你好好养身体,早点出院,到时候我们一起去首都看小宝呀。"

闻家良笑着说:"让小孩自己开开心心过大学生活吧,我们老头老太就不要去烦他们了。"

闻小屿在一旁削苹果,闻言小声说:"……不烦的。"

父亲乐呵呵地笑起来。等吃完饭,对妻子和大儿子说:"让小宝陪我说说话,你们各自忙去吧。"

病房里便只剩父亲和小儿子。闻小屿非常不习惯,挺直脊背坐在椅子上,不知道老人想和他说什么。

闻家良说:"小宝不要紧张。"

闻小屿点点头。老人说:"你哥哥好挂念你的。原本找到你以后他就该马上赶回首都,那边刚成立新分部,忙得要命,他都在这里陪着你。"

是这样吗?闻小屿想起闻臻每次和自己说话时那张冷淡的脸,没有相信这句话。这不过是个家庭的义务而已。

"回学校以后好好念书,练舞,以后你喜欢做什么事情,我们都全力支持你去做。"父亲说,"你不必觉得突然多出一个家而有什么负担,你生来就是闻家的小孩,只是阴差阳错地离开了我们,这不能改变我们的血缘关系。"

"我……还不习惯。"

"时间一久就慢慢习惯了。或许你现在还不能体会,但大家都很爱你。找你的时候,你妈妈整夜睡不着觉,到我面前哭着说怕你在外面受委屈。我这一把老骨头,还不是想怎么也要熬到和你见面的那一天,否则我一生有憾。"

闻小屿悄悄红了眼眶:"请别这么说。"

"现在你回到家里,一切都好了,我们都安心。"闻家良抬起苍老的手,摸了摸闻小屿的头发,"不用担心任何事情,小宝。你看,老天爷虽然给你开了个大玩笑,但到最后该是你的,始终还是你的,谁都拿不走。"

闻小屿不知为何忽然心酸难过,落下眼泪来。他从来不觉得有什么东西真正属于自己。儿时被邻居小孩抢走最喜欢的玩具,父母不闻不问,大声训他不许他哭;小学时市里有舞蹈演出机会,他认真准备,最后被另一个家庭富裕的小孩顶掉位置；中考时想考省舞蹈附中，父亲认为太难考，学费太贵，最后没能读成；等终于考上心心念念的首都舞蹈学院，又因家事匆匆忙忙休学，差点再也跳不成舞。

他想做的事情、想要实现的愿望，从来没有一个能够完成。得不到是他人生的常态，以致闻小屿以为自己天生就不配拥有。

闻小屿控制不住地掉着眼泪，哽咽着："我没有办法相信这是真的。"

闻家良握着他的手不断安抚："世上总有奇迹发生。"

尽管概率是那么渺茫。

闻臻没有在医院多待，他很忙，随时都需要处理工作。首都那边千求万请要他早日回去，闻臻只说家里有事，面不改色地挂人电话。今天助理又传来文件和合同，并与他确认归程机票，飞机三天后起飞，直达首都。

闻臻回到家，工作。

直到傍晚，闻臻下楼给自己泡咖啡，正好见母亲也从外面回来，却只有她一个人。

闻臻见她背后没人，问："闻小屿呢？"

母亲"哎"一声："小宝还没有回来吗？可能还在医院陪他爸爸。"

闻臻拿着泡好的咖啡上楼，回房间。坐在电脑前看完一份新提交的人事报告，目光转移，落在手机上。

他拿起手机给闻小屿拨过去一个电话。闻小屿的旧手机已经被他强制回收，现在用的是新手机和新号码。

那边很快接起来，闻臻听到车流的嘈杂，和闻小屿故作平静的声音："有什么事？"

"在哪儿？"

"刚从医院出来，准备回家。"

"是吗？"

"你……什么意思？"闻小屿很是警惕，"不要这样和我说话。"

闻臻挂了电话。一分钟后关上电脑，起身下楼，拿起车钥匙离开了家。

离开医院后，闻小屿匆忙搭车赶往胡春燕工作的工厂食堂。通常这个时候她都在上班，然而闻小屿到了工厂大门口，一打听，妈妈竟然已经辞职了。

闻小屿不敢相信："怎么会辞职？"

他正好碰到妈妈的食堂同事，一个认识他的阿姨，阿姨说："前两天刚辞的呀，你不知道吗？"

"她自己要辞的吗？"

"是呀，闷不吭声就辞了，我还和你妈妈打电话呢，她都不接。"

闻小屿只好又往家里赶。

只是短短数天没有踏进这栋破旧昏暗的居民小楼，闻小屿竟感到一丝陌生。他拿出家里钥匙开门，推门就见玄关处凌乱的鞋，地上散落着零碎垃圾和灰尘，衣服胡乱堆在沙发上，显然许久无人打扫。

脚步声从卧室那边传来，接着胡春燕走了出来。女人一身旧衣，枯黄的头发蓬乱揪在脑后，人浮肿、疲态，一脸红斑，提着一个大包站在卧室门口，直直看着闻小屿。

闻小屿也蒙蒙的，叫了一声："妈。"

胡春燕瞪着他，忽然把包扔在地上，大吼："你还知道回来？"

她扑到闻小屿面前发了疯般地喊："你还知道你有个妈？你怎么不死在外面算了！"

闻小屿难以忍受这种争吵，他费力挣开胡春燕，把人推开："我不想和你吵！"

"你得意了是吗？觉得自己了不起了是吗？是不是住在别人家的大别墅里特别开心啊？！"胡春燕歇斯底里打闻小屿，"你穿成这副有钱人的样子，跑来打我的脸吗？！"

胡春燕拉扯闻小屿的外套，那是今天早上出门前李清特地为他挑的新外套，好精神地去见闻家良。闻小屿根本没注意过这件外套，他忍耐着挡住胡春燕失去理智的攻击，后忍无可忍抓住她的手拽到一边："我没有特别开心！你能不能不要发疯了！"

胡春燕却听不进去他的话。女人谩骂着，不能自控地大哭着，把本就脏兮兮的家闹得一团乱，闻小屿靠在门上拼命忍住眼泪，手微微发着抖捂住眼睛，反复深呼吸几次，强迫自己冷静下来。

"我前两天拿了上课赚的钱，都给你。"闻小屿把银行卡放在鞋柜上，"你把卡拿着，以后给你用。我……我过几天就回学校去继续上课了。"

胡春燕骂："滚！"

"你不要闹脾气了好不好？"每次和妈妈交谈，都让闻小屿感到无比疲惫，"家里现在正需要钱，你为什么把工作辞了？我都想好了，等我大学毕业就开舞蹈班，到时候我也可以养家，可以帮你还钱，你就不用每天……"

他话未说完，被胡春燕冷笑打断："还钱？"

"还什么钱？"胡春燕冷笑的模样比哭还难看，脸颊咬牙切齿到发抖，"你那有钱的爹妈早帮我们这群穷鬼把钱还完了！"

闻小屿如遭雷击，愣在原地。如果他没有记错的话，爸爸欠下的债至少有四十万，还不算这么多年来的利息。

苦难被轻飘飘地只手摘走，让费尽心思挣扎的人活得像个笑话。甚至闻小屿到后来才知道，当时闻家不仅将这笔债务还上，还帮胡春燕找了一份稳定的工作，甚至许诺可以在杜晓东出狱后为他寻找出路。

他的亲生父母半个字没有透露，是不想让他有负担，也是因为是"亲生"，才这样理所当然为自己的小孩解决困扰。闻家已经回归原本属于他们的位置，只有闻小屿还无措徘徊，进退不得。

胡春燕依旧在发怒："你让他们有本事把你爸从派出所也捞出来！免得我还要去给那废物送衣服！"

他的爸爸也被警察扣下，即将面临审判和牢狱之灾。闻小屿靠在门上，感到一切都荒谬得可怕。他以为的亲生父亲竟是个偷小孩的贼，白白要他喊了二十年的爸爸。闻小屿甚至极为可笑地想：既然当初那样费大力气把他偷过来，为什么又不对他好？

闻小屿很累，说："我走了。"

他转身要走，胡春燕一把抓住他手腕："你敢走？我白养你二十年了？"

"我要回去上学！"闻小屿终于发脾气，"我一年多没上学了，你知不知道？！"

"你就在这里待着，给我待着！"

"我不！"

"啪！"一声脆响，胡春燕一耳光打在闻小屿脸上，"你今天要敢走，我就打断你的腿，让你再跳舞！"

胡春燕手劲极大，抽得闻小屿耳朵嗡鸣。所有委屈在那一瞬间爆发，闻小屿愤怒推开女人："留在这里让你成天打我骂我？成天做饭，扫地，到处打工？！"

"去有钱人家住了几天，长脸了你——"

"我没说我不要你！"闻小屿红着眼眶怒吼，"我暑假寒假都回来看你，毕业以后也回来看你，我还是喊你妈妈，就算你以后和亲生儿子一起生活，你要是乐意，也还是把我当儿子看，这样不可以吗？！"

女人深深地喘息着，忽然安静下来。闻小屿被打得好疼，恨透胡春燕的粗鲁，又不愿看她一个人孤零零的模样。他抬手擦掉眼泪，已经没有任何精力说多的话，只沙哑地开口："我回学校以后和你打电话。走了。"

闻小屿离开了这个满是疮痍的小家。

路灯亮起，夜幕降临。闻小屿拖着疲倦的步伐一个人走下楼，晚风有些凉，吹得他不停地吸鼻子，手脚都冷。

闻小屿刚走到门口，看到一辆熟悉的车停在面前。驾驶座的车窗开着，闻臻一只手懒懒搭在窗外，修长指间夹着一根快燃尽的烟。星点火光在夜里微微亮起，烟雾升入深蓝的夜空。

闻小屿下意识地后退一步躲进楼道内的黑暗里。他现在谁都不想见，尤其是闻臻。闻臻很无情，一点也不温柔，非常讨厌，他不想和闻臻说话。

他只是想一个人安静地待着，怎么就这么难。闻小屿脱力地蹲在地上，脑袋埋在膝盖间。他默默地哭，眼泪一滴一滴掉在地上，被灰尘裹住。

他听到车门打开的声音，闻小屿身体一僵，躲在墙边悄悄抬起头，见闻臻下了车朝居民楼走来。他只好站起身，用力擦去眼泪。

闻臻在闻小屿下楼的时候就看到了他的身影，见人躲在角落始终不肯出来，便渐渐失去耐心，开门下车。

他走到闻小屿面前，两人的身影一同融于黑暗。闻臻看见他水盈盈的眼睛，问："哭什么？"

"别管我。"闻小屿擦着眼泪，嗓音含一点哑，"我想一个人回去。"

闻臻果真对他毫不体贴："不行。上车。"

闻小屿发起火来："我就要一个人回去！"

"你一个人跑到这里来，有没有经过我的同意？"

"我去哪里为什么要经过你的同意？"闻小屿讨厌闻臻的专制，怒道，"你既然不把我当作弟弟，就不要来管我。"

闻臻面无表情："这是我的义务，和我怎么看待你没有关系。"

闻小屿气坏了，转身就往外走，被闻臻握住手腕，拖回来。

"放开我……"

"上车。"

"不要！"

闻臻收紧手指，不容抗拒把闻小屿拖到车边，拉开副驾驶座的车门。

借着昏暗的路灯光，闻臻低头看到闻小屿微微红肿的一边脸颊，还有那委屈的泪痕，倔强避开他的双眼。

他没有意识到自己已经非常烦躁。闻小屿在想什么，他一点也不明白。父亲和母亲千辛万苦找到他，小心翼翼疼着他，这个小孩却一而再地往回跑，跑到外面去受外人的气，就是不肯在他们的保护下安生待着。

闻臻压住闻小屿挣扎的手，冷冷开口："明天你就跟我回首都。"

第二天一早，闻小屿一睡醒，行李就已经全部收拾妥当，就等他洗漱吃完早饭，出发去机场。

闻小屿睡蒙了，站在客厅看着自己的行李箱发呆。母亲在一旁忙着煮热牛奶，一边责怪闻臻走得太匆忙，还没来得及和小宝多待几天。

"小宝快去刷牙，刷完牙来吃早饭。"

闻小屿去浴室刷牙，洗脸，穿着睡衣坐上桌，母亲顺手帮他理了理乱发。他捧着鸡蛋羹没动勺子，问："今天就走吗？"

母亲说："是呀，你哥哥要赶回去开会，吃完早饭就要走的。小宝和哥哥一起去首都，这样妈妈放心。"

闻小屿没想到闻臻竟然是说走就走，他看一眼闻臻，闻臻并不理会他，只兀自吃完自己的那份早饭，起身时还丢下一句："快吃。"

闻小屿只好埋头吃早饭，吃完后换好衣服，拿起行李出门。母亲一路把他们送到机场，在检票口与他道别，千叮咛万嘱咐，说过一阵就来首都看他，让他记得多多打电话回家。闻小屿一一应下，与母亲道别。

机票订在头等舱，闻小屿独自坐一个舱位，望着窗外，飞机起跑起飞，失重感伴随着飞行器轰鸣袭来，闻小屿的目光追随着逐渐远去的家乡大地，直到云层卷来，飞机飞上高空。

他就这么走了，好像什么都没解决，又好像事情全都尘埃落定。改名换姓，终于抛下重负，能够继续踏上自己追求的道路，闻小屿的心脏咚咚地不停跳着，难以平静。

一个半小时后，飞机落地。

闻小屿跟在闻臻身后快步走，闻臻从下飞机起就在打电话，长腿健步如飞，闻小屿拖着行李箱几乎一路追着人小跑。闻臻打完电话停下看手机消息，闻小屿噗一声撞在他背上，闻臻握住他肩膀把人扶正，皱眉："走路不看路？"

闻小屿捂着鼻子："你不要突然停下来！"

"闻总！"

一个年轻女孩提着包跑过来："闻总辛苦了，车已经在外面等着，幸好今天没堵车……"

女孩看到闻小屿，不明白怎么多出来一个人，但还是礼貌与他打招呼："你好，我是闻总的助理乔乔。"

闻小屿与她打过招呼，转眼闻臻已经走远，两人忙追上去。乔乔和闻小屿并排走，女孩对他很好奇，问："请问您是闻总的朋友吗？"

"不是，我是他……"

"他是我弟弟。"走在前面的闻臻头也不回地说，"亲弟。"

乔乔差点左脚绊右脚摔在地上，闻小屿连忙扶稳她，乔乔一脸震惊茫然，看看闻小屿，又看看闻总，最后被职业素养生生拽住，一个字都没敢再多问。

车停在出口路边，闻臻上车后对司机说："先回江南。"

江南枫林是闻臻所住的小区，因邻近枫林公园而得此名。开车的也是公司的年轻员工，与闻小屿打过招呼后疑惑地看向乔乔，乔乔给他使个眼色，示意他不要多问。

车一路驶进江南枫林小区，小区内环境优美，甚至踮脚眺望就能看到高楼背后的公园。闻小屿仿若山里小孩进城，一路观赏远处林木风景，跟在闻臻身后上电梯。

当闻小屿第一眼看到闻臻的家，心想，天啊，又一座现代艺术展览馆。

闻臻没有注意闻小屿无语的表情，只把行李箱放在门口，钥匙给他："你自己收拾客房住，饿了就去楼下超市买吃的。"

闻小屿反应不过来："你去哪儿？"

"公司开会，晚上回。"

说完转身离开，大门关上。

闻小屿捧着钥匙站在门口，半晌回头，看着这个空荡荡的、充满简约风格的房子。

这还需要收拾？蚊子进来都没地躲。

闻小屿卷起袖子把行李箱拖进屋，找到闻臻说的所谓客房，果真是客房，除了一张床，连个桌子都没有。

床上甚至只有一个席梦思床垫。

闻小屿快抓狂，心想这个人是有什么毛病吗，什么东西都没有，让他收拾空气？

这时他的手机接连响起收到转账的提示音，手机振个不停，闻小屿点开一看，看到闻臻给他转了两万块钱。

闻小屿眨眨眼睛，确定那串数字是真的，后哆嗦着手指给闻臻发消息：

你做什么?

闻臻大概还在车上,很快回复过来:转钱。

我问你转这么多钱做什么!

零花。

……太多了。

然后闻臻就不再理会他了。闻小屿捧着手机蹲在地上,手机屏幕显示的巨额让他大脑空白。这钱他该不该拿?

闻小屿小心把钱往回转,谁知刚转完一笔就接到闻臻打来的电话,男人在手机那头不耐烦地开口:"我很忙,别烦我。"说完挂断电话,那笔钱又被转了回来。

不要钱算了,这么爱给别人打钱,我还不还呢。闻小屿被凶得气呼呼的,蹲在地上暗念讨人厌的闻臻,边收拾自己的行李。他想起什么事,拿出手机分别给李清和胡春燕发消息:我到首都了。

李清很快回复:好,可以到处玩一玩哦。学费和生活费已经转到你的卡上啦。

胡春燕则没有任何回应。

不过一会儿,手机显示有人申请加他好友,备注是"乔乔",闻小屿通过请求,对方发来消息:弟弟你好呀,我是闻总的助理乔乔。

你好。

闻总说你可能缺些家具,让我帮你一起看看,你看你需要什么呀?都跟我说!

闻小屿打字和人道谢,说自己暂时只需要床上套件和一副桌椅,乔乔很快发来链接让他自己挑选款式,闻小屿一眼看到某套实木桌椅单价,陷入沉思。

反正是闻臻出钱。闻小屿专心往贵了挑,还多买了一个单人小沙发和一套窗帘,挑好发给乔乔后,乔乔表示 OK,帮他买下。

两个小时后,东西被商家亲自送上门,之后乔乔又下单让人送来两大箱各式各样的零食,让闻小屿不够吃了就找她要。

再次回到房间时，床铺好，桌椅摆好，窗帘挂上，干净，舒适，漂亮。没有呛鼻的烟味与潮湿气息，没有嘈杂人声和无尽的争吵摔打，窗外就可以看到不远处枫林公园一大片茂盛的植被，天空遥远淡蓝，令人平静。

闻小屿甩掉拖鞋扑进被子，抱着枕头在床上滚了两圈，心脏咚咚地跳。本想到这里后睡个觉休息一下，可闻小屿压根睡不着，在床上扑腾一会儿后跳起来，满屋转一圈，又拿起钥匙出门下楼转去。

他今天收到辅导员的消息，他的复学申请批得很快，原本下周一就可以回学校上课，可由于他休学一年多，只能跟着下一届继续上课，这样就导致他的宿舍位不好安排。

安排宿舍还需要一段时间，但闻小屿挺着急回学校，干脆心一横告诉辅导员自己会在校外住，课照常上就好。发完消息又想起闻臻那张冷脸，心虚。

他到楼下超市逛了一圈，买回菜、米和小份调料，回到家后和闻臻发消息，问他什么时候回。

闻臻问他有什么事，闻小屿说"你要是回来吃，我就做饭"。

过了一会儿，闻臻才回复说，可以。

闻小屿就提着袋子进厨房准备晚饭。

他是后来才知道闻臻独自住在这里的时候，从来没有在家里吃过饭。

晚上六点半，闻臻从外面回到家。家里飘着陌生的饭菜香味，厨房亮着灯，一个人影在里面忙碌。闻臻脱下西装外套放到一边，走进厨房，见中岛台上已摆了三菜一汤，热腾腾的，还挺丰盛。

闻小屿下午忙得要命，准备晚饭的时候一下发现没电饭煲，一下发现没碗筷，超市家里来回跑了好几趟才把东西买齐，累得半点脾气没有了。

他添好两碗饭，取下围裙，对闻臻说："回来得正好，吃吧。"

闻臻坐下来，闻小屿奇怪地看他一眼："洗手啊。"

闻臻无言起身去洗手，回来拿起碗筷吃饭。

他吃了两口，闻小屿装作随意，问："味道怎么样？"

"一般。"

闻小屿特意做的拿手菜，就得这么个评价，不高兴地低头吃饭。过会儿又想起来自己有求于人，只好调整表情："我下周一就可以去上课了。"

"嗯。"

"我能不能，在这里多住一阵？"

闻臻停下筷子，抬头看闻小屿，闻小屿有点紧张。实际上他也会一点观察，在他看来，闻臻大概率是有洁癖的，且生活极简，想来不喜欢家里有第二个人。

闻小屿解释："我的宿舍还没安排好，等安排好了，我就搬去学校宿舍住。"又加一句，"我不会把这里弄乱的。"

闻臻垂下眸，表情不知怎么的，又变得冷冷的："随你。"

闻小屿以为闻臻不喜欢自己住太久所以不高兴了。但他也没有办法，总不能去住宾馆。闻小屿莫名有些委屈和失望，他悄悄看一眼闻臻，见闻臻把饭都吃完，放下碗筷起身离开。

偌大的厨房，闻小屿一个人站在水槽前洗碗。他之前还以为闻臻的冷漠是在针对自己这个突然多出来的弟弟，后来看闻臻对父母和其他人的态度，才知道这人竟然就是这种性格。

那么他对另外一个弟弟，也是如此吗？

闻小屿出神地洗着碗，想起那个和自己互换了二十年人生的人。他是什么样的人，以后会如何？

闻臻对待他会有所不同吗？

想着想着，闻小屿恍然回过神，忙拧关水龙头，擦干净碗盘放回原位，洗手擦干，捂住自己微微发烫的耳朵，懊恼自己冒出这样奇怪的念头。

一大早，闻臻和闻小屿同时起床。闻臻在卫生间洗漱，闻小屿穿着松垮的睡衣迷糊地走过来，顶着一头睡乱的短发："上班吗？"

"嗯。"

"我要做早饭。"闻小屿还没完全睡醒，问，"要不要给你做一份？"

闻臻说："要。"

闻小屿就清醒了。他无言看着闻臻,哪知道随口一问,这个人还真不客气。他只好转身去厨房准备早饭。

厨房已经拥有一定的生活气息,至少锅碗和调料具备,冰箱里也放上不少水果、肉类和鸡蛋。闻小屿的饭量不小,不大吃主食,但吃很多的水果、蔬菜,大量摄入蛋白质,闻臻还给他订了定期送上门的新鲜牛奶。

闻小屿很快把早餐准备好,白煮蛋,苹果,生菜和牛排肉,分成两份,自己喝牛奶,闻臻喝咖啡。闻臻洗漱完进来看这一桌早餐:"你在减肥?"

"我在健身。"闻小屿回答,"不能吃热量高的东西。"

闻臻坐下来吃,闻小屿去洗漱,回来后见他吃得慢,以为他不爱吃,便说:"你要是吃不惯这些,我明天就早点起来给你下面条或者煮稀饭吃。"

闻臻剥着鸡蛋,说:"吃一样的就好。"

闻小屿煮了六个鸡蛋,闻臻剥四个放进他的盘子里,闻小屿有些受宠若惊,"我自己来。"

"多吃点。"闻臻慢条斯理擦手,"长高。"

闻小屿一口气堵上,瞪着闻臻,埋头吃鸡蛋。闻臻拿过一旁咖啡,抬起头看向他。

刚洗漱过的闻小屿冒着水汽,皮肤泛着健康的淡粉,露出脖颈侧边的胎记,干净温润。

闻小屿自己都没有发觉的是,尽管意识尚未完全转变过来,他的身体和气质却早已先一步融入了这与从前天差地别的环境之中。他看起来没有任何突兀,好像生来就过着这样的生活。

闻臻收回视线。

接下来的一周闻臻大都在外忙碌。公司积压了太多事务要解决,好在闻臻和他的团队效率极高,一周内处理掉了绝大部分事务。周五晚上召开过一次重要的会议之后,闻臻短暂地空闲下来。

他在九点左右回到家。打开门看到家里空空荡荡,一个人没有。

闻臻穿过客厅,见闻小屿的房门紧闭。他微微皱起眉,接着就听到里面传来"咚"的一声,不轻不重。

闻臻在门外开口:"闻小屿?"

无人应答,闻臻就按下门把手推开门。下一刻他眼睁睁地看着闻小屿一个侧空翻飞到他面前,唰地掀起一阵风。

闻小屿突然感到房门被打开,吓一跳没保持好身体平衡,脚刚着地就慌乱往前摔去,被闻臻整个托起,两人面面相觑。

蓝牙耳机啪嗒甩在地上,闻小屿被闻臻抱着,心有余悸:"你什么时候回来的?"

闻臻漠然地看着他:"你把家里当花果山?"

闻小屿一张脸臊红,稀里糊涂地蹲下去捡起耳机:"我只是偶尔练一下,不然动作会生疏。"

闻臻扫一眼房间,没说话,转身走了。

闻小屿白天无事,还下楼去旁边枫林公园里跑了会儿步,回家后在自己房里练习基本功,折腾出了一身汗。他洗完澡换上干净睡衣从浴室出来,见闻臻也换了身居家休闲服,手里松松拎着罐汽水,正往他的游戏室里走。

闻小屿好奇地望着,闻臻推开门,转头与闻小屿碰上视线。闻小屿装作低下头,却听闻臻说:"想进来?"

好奇的闻小屿就走进了闻臻的游戏室。

游戏室的风格独树一帜,墙体和地板铺着厚厚的隔音垫,一面显示屏占据大半墙面,地上堆满游戏盒和游戏光碟,耳机、游戏机和手柄数据线弯弯绕绕,胡乱缠了一地。

闻小屿震撼。闻臻随手把手机和汽水丢在地毯上,往矮沙发上一坐。他打开显示屏和游戏机,拿手柄调出之前的游戏进度:"玩吗?"

"我不会。"

"叫声哥就教你。"

闻小屿傻站几秒,一时有些窘迫。闻臻却像是只漫不经心逗了他一句,并未真的在意什么。他从柜子里翻出一个新手柄,拆开丢过来,闻小屿接住,一声不吭到沙发边坐下。

"这个摇杆用来移动方向,这是进攻,这是互动。"闻臻教闻小屿,见他拿手柄的姿势古怪,就握住他的手调整,"手放两边。"

沙发软得塌陷,两人并肩坐着。闻小屿认真记住手柄的使用方法,抬头望向闻臻:"然后呢?"

闻小屿的眼睛大而圆亮,像某种野生的猫类,不谙世事而透露天然的野性。

闻臻靠回沙发。他挑出联机模式,给闻小屿创立角色,开始带着他进入游戏模式。

房内没有开灯,窗帘拉开,窗外夜色深深。显示屏上随着角色的动作不断闪过移动的游戏界面,伴随外放的游戏背景音乐与激烈音效。

"放技能。"

"面向这个士兵。"

"前进加进攻俯冲。"

"不要傻站在那里让人砍。"

"闻小屿,你肢体不协调吗?"

刚上手就连死三次回到重生点的闻小屿扔了手柄:"这个很难!"

闻臻面不改色地打游戏:"跟在我后面丢药瓶,你不用再打怪了。"

一晚上,闻小屿跟在闻臻后面瞎玩。闻臻去哪儿他就去哪儿,重复这种简单摸不着头脑的行为竟然还玩到了十一点,直到闻臻要他去睡觉。

闻小屿着急:"不行,我马上要升级了。"

"去睡觉。"

"就差一点……"

闻小屿被抓起来,开始闹:"你都没睡,凭什么要我睡!"

闻臻把他赶回卧室塞进被窝,闻小屿挣扎爬起来,闻臻说:"我帮你打。"

闻小屿这才乖乖地躺进被窝。

一个周末两个晚上，两人泡在游戏室里度过。

闻小屿都不知道自己怎么这么喜欢跟在闻臻屁股后面跑，闻臻采集任务物品，他跟在旁边一起采；闻臻打怪，他躲在后面扔药；闻臻和 NPC 对话，他津津有味地站在一边看。明明半点作用都没有，还围在闻臻旁边乱逛。

推任务的时候遇到一个迷宫关卡，迷宫里机关太多，闻小屿重来三次都过不了，只好把手柄交给闻臻。闻臻飞快推着摇杆，一边嘲他："笨成这样，怎么教都不会。"

闻小屿辩解："我比第一次玩得好多了。"

"那你自己过关试试。"

"自己玩有什么意思。"

闻小屿话一出口忙闭上嘴，闻臻看他一眼，回头继续走迷宫。闻小屿坐在一旁等闻臻帮他过完迷宫，不吭声接过手柄，操纵着角色四处乱转。

闻臻说："不要乱跑，跟着我。"

闻小屿顿一下，默默跟上闻臻。

房间没有开灯，只有大显示屏投射着游戏界面的亮光。整个房间环绕游戏的音响，闻小屿躲在昏暗和喧闹里，小心抚上自己的脸颊。

第三章

闻臻刚散会就接到母亲的电话。

"闻臻,小宝怎么样啦?"

"他已经回学校上课了。"

"你要多陪陪弟弟,不要对他太冷淡,弟弟刚回家,需要人关心,要人疼的,知道吗?"

"嗯。"

"看你这性子……算了,我把电话给你爸爸。"

电话那边静了会儿,接着老人的声音响起:"闻臻。"

闻臻起身走到会议室窗边:"您身体如何?"

"不错。"闻家良简洁地回答。他叫妻子打这通电话目的不在寒暄,直接省过闲聊,问:"你走了这么多天,公司如何?"

"一切照常。"

"好。你做事情,我向来放心。"老人说,"但是不要太冷落了小宝,他毕竟是你亲弟弟。"

闻臻想起这几天闻小屿理直气壮霸占自己游戏室不肯走的画面,没有解释:"嗯。"

"本来你妈妈也想跟去首都,她最舍不得小宝。但她还是留下来了,照顾我和康知。"

闻臻不动声色听着。老人在那边继续道:"康知的事我们会妥善解决,他的父母我们也会安顿好。如果康知打电话找你,你就说你忙,安慰他几句,不要多说。"

"我知道。"

"康知性子有些冲动,你妈妈看着他,我也放心。"老人的声音放低,"你照顾好小宝,莫要叫人再欺负他。"

闻臻说:"不会有人欺负他。"

重新回到校园后,闻小屿投入紧张充实的课程之中。他需要大量正规严谨的练习恢复到一年前的状态,同时还要抓文化课。白天的时候上完课,晚上闻小屿还要去形体房继续练舞,或者去图书馆学习。如此一来,回到家时总是很晚。

江南枫林离大学城远,地铁要坐一个多小时,出地铁站后还需要走一段路才能进入社区。闻臻不满闻小屿的到家时间,给他派了辆车,让人每天接送他上学。

闻小屿很不习惯。他坐地铁坐得好好的,每天自己上学放学回家,舒服又安全,闻臻叫人开车来接他,同学还好奇过来问。

闻小屿让闻臻不要让人接送,闻臻说:"不行。"

"我想自己上学回家,你不要管我。"

两人面前摆着早餐,闻臻喝着咖啡,面色同样不悦:"你回家太晚。白天上完课以后为什么不直接回家?"

闻小屿说:"我要练舞,还要写作业,光是白天上课怎么够?"

"你可以在家写作业。"

"难道我在家练舞吗?"

闻小屿觉得闻臻管自己像在管高中生,简直没办法沟通。闻臻却看着他,没有说话，吃完早餐就去上班了。

　　过了一个月，闻小屿依旧被车接送。闻臻在有些事情上完全不管他甚至不搭理他，在有些事情上却强硬得毫无妥协余地可言，根本不管自己有没有道理，让闻小屿一点办法也没有。

　　晚上十点多，车进入小区，闻小屿从车上下来，正好碰到闻臻也回家。闻臻下车后看到他，便停下脚步等在原地，示意他过来。

　　闻小屿只好走过去，闻臻等他走近，说：" 带你看个东西。"

　　说完转身进楼，闻小屿不吭声跟着他进电梯，还在闹不开心。闻臻也不哄他，只带着人上楼，出电梯，没有进自家门，而是从楼梯继续往上走。

　　闻小屿问：" 上楼做什么？"

　　闻臻答：" 楼上也是我们家。"

　　闻小屿蒙了，跟着上楼。闻臻家在顶楼，没想到往上还有一层，右手边是整片宽阔的天台，种满规划好的观赏绿植，属于公共领域。左手边楼内有一扇防盗门，闻臻拿出钥匙，开门。

　　闻小屿跟在闻臻身后好奇探头进去看，这一看就愣了。

　　里面是一个舞蹈室。

　　门里的空间很大，大概一百五十多平方米，崭新的地板、白色墙体、把杆，闻臻打开灯，整个空间顿时明亮起来，闻小屿走进去，看到整墙的镜子里自己和闻臻的身影。他抬起头，见屋顶竟是尖顶，如此显得空间更大。三大排窗户外面城市夜景通明，窗帘绾到两旁，这里宛若一个童话里的小屋。

　　" 之前一直空置，不知道做什么用。" 闻臻站在闻小屿身后，" 干脆拿来给你练舞。"

　　闻小屿看着这个崭新空旷的舞蹈室：" 这里是给我用的吗？"

　　闻臻答：" 给你的。"

　　闻小屿沿着舞蹈室走一圈，窗都开着，通风很好，地上放着工作中的净化器，竟然还有一个不小的洗浴间。闻小屿进洗浴间看看，又出来傻傻站在地板中间,四处看这个崭新、漂亮的、送给他一个人的大舞蹈室。

闻小屿做梦一般,话都说不出来,无措摸一摸把杆,又转到窗边看楼下,最后回到闻臻跟前。闻臻看着他,等他说话。

"我……我好高兴。"闻小屿有些激动,心跳一直控制不下来,白净的小脸都泛起了红。他紧张站在闻臻面前,闻臻抬起手,他下意识也跟着抬手,接着一个钥匙掉进他的手心。

他听到闻臻低缓的声音:"高兴就行。"

"以后下了课就回家练。"

"……嗯。"闻小屿跟在闻臻身后进家门,想起什么,忙加一句,"如果有老师来教,我还是在学校练舞。"

"让司机接你。"闻臻说,"不准再闹脾气。"

闻小屿埋头换上拖鞋,抬头见闻臻转过身,低头看着他,高大的身影笼罩下来。

"听到没有?"闻臻说。

闻小屿只好小声回答:"知道了。"

自从到了首都,李清基本每天都给闻小屿打个电话,温温柔柔地问他生活得习不习惯,开不开心。胡春燕却一次也没有打电话过来,闻小屿得不到回应,也就不主动联系她了,知道她脾气执拗,肯定到现在还在生气。

每天早上,闻臻都和他坐在一起吃早餐,之后各自去学校和公司。周末的时候,闻臻就带闻小屿打游戏。闻小屿没有半点游戏细胞,拖累得闻臻游戏进度直线减速,但闻臻什么都没说,依旧带着他这个拖油瓶升级打怪。

闻小屿给楼顶的舞蹈室买了些小装饰品,窗摆饰、星星挂灯、门贴,花里胡哨的,看得闻臻无言。闻小屿买了一个大衣架放在舞蹈室里,用来挂训练和表演时穿的服装。学校没有课的时候,闻小屿就回家待在他的舞蹈室。周末如果闻臻不在家,闻小屿能一整天待在舞蹈室,练舞,吃饭,睡觉,趴在垫子上玩手机。闻臻给他买了一个平板电脑后,他就扔下手机,转用平板看电影。

练舞辛苦，学校老师要求严格，闻小屿在学校练，回家给自己加练，每天累得倒头就睡，虽然食量大，却半点也胖不起来。有同班的同学问他每天吃这么多，到底怎么保持身材，闻小屿直直回答一句"练舞不要偷懒就好"，把同学噎得说不出话。

一日他们在形体室上古典舞课，门外进来一个人，也没有打扰他们，只站在后门那边看他们练舞。有学生好奇看过去，闻小屿没有注意，他一直专心跟着音乐练动作。

直到一堂课结束，老师叫住他，还有另外两个女生两个男生，其他人下课离开，他们被留下来。那个人这才走上来，来到他们面前。

老师介绍："这位是森老师，咱们学校森林艺术团的创办人，相信大家都认识，我就不多介绍了。"

何止认识，简直如雷贯耳，森林艺术团创办五年，年年出国巡演拿奖，其中的舞蹈班子尤为出名，早年因一出舞剧《春江花月夜》名满大江南北，后相继又出《牡丹亭》和《葬花》，受欧洲邀请进行世界巡演。从艺术团舞蹈班出去的学员无一不是赫赫有名的青年舞蹈家，有的甚至进入演艺圈成为明星。

这三支被编入教材的舞剧，就是森冉所编。

森冉年过四十，身材保养依旧，盘着长发，一脸笑眯眯："各位好，不要紧张，我就是来看看你们练舞。"

几个学生紧张坏了，从来都是听闻森老师大名，压根没见过真人，一个个脸红扑扑的还在喘气，排成一排看着森冉，不知道她要做什么。

森冉让他们一个一个，又把刚才上课时候的练习舞跳了一段。她坐在一旁认真看，时而点头，看到闻小屿的时候，目光专注定在他的身上。

等所有人跳过一遍，森冉起身："辛苦各位。"
然后对闻小屿说："请你留下。"
其他人便离开了教室，只剩闻小屿、森冉和老师。闻小屿擦着汗，走过来对森冉鞠躬:"森老师您好。"

"你好呀。"森冉冲他友好一笑,接着下一句就是,"闻小屿同学,你要不要来跳我编的舞?"

闻小屿看看森冉,又看看老师,老师说:"森老师正在找适合她新舞的人,还缺一个主角,老师觉得你很不错,闻小屿。"

闻小屿转不过来:"主角,我吗?"

森冉点头:"你非常、非常地适合,闻小屿。"

手机响起的时候,闻臻刚刚约谈过一名财务副主管,并开除了此人。对方的工作能力能够跟上公司的速度,然而小心思太多,把财务部弄得乌烟瘴气,影响部门效率,进而拖累项目进程,惊动闻臻。

闻臻叫来助理、财务主管和人事部主管开短会,发了火。公司正是发展阶段,需要人,辞了一个,不立刻补上的话,大家都要忙坏。开完会后所有人飞快逃离会议室,马不停蹄各自去办闻臻吩咐的工作。

乔乔留在会议室小心翼翼地收拾桌面,偷偷看一眼老板。闻臻发起火来很吓人,冷着一张脸气质森寒,叫人半句话都不敢说。偏偏这时闻臻的手机响了,乔乔在心里默默地为对方祈祷。

闻臻看一眼手机来电,面色隐隐柔和一些,接起来:"什么事?"

电话里传来闻小屿雀跃的声音:"哥!我被选上一个舞蹈演出的主角了!就是、就是森冉老师的舞,那个很有名的森冉老师!"

闻臻莫名地,不禁也勾唇笑一下,上一刻还乌云密布的脸像冰雪融化:"是吗?"

乔乔抱着材料站在一旁,看得呆住。

"森老师说我很适合,还说我跳得好,她,她竟然让我来做主角。"闻小屿激动得语无伦次,"我以前连主舞都没有跳过,我现在好紧张,吃不下饭……"

闻臻站起身,问:"你还在学校?"

"嗯。"

"还有课没有？"

"没有了。"

"我开车过来接你。"闻臻往门外走，一边说，"带你去吃饭。"

闻臻打着电话离开了会议室。乔乔从震惊中回过神，猜想电话里的人是谁。老板这段时间忙于工作，什么人会让老板露出那种表情？

乔乔不敢多想，忙收拾好会议室离开。

半个小时后，闻臻开车到闻小屿的学校门口。闻小屿已经等在门口，看到他的车，穿过人群跑过来拉开副驾驶的车门，带着一阵风坐下。

他系好安全带，大眼睛发亮，脸到这会儿还是红扑扑的："哥，我觉得自己像在做梦。"

闻臻说："出息。"

"我没想到自己竟然可以被选上做主角，我才大二！我是不是很厉害？"

"嗯。"

闻小屿把自己说得不好意思，脸红坐在一旁，兀自在心里兴冲冲欢呼。等红绿灯的时候，闻臻侧头看他一眼，笑了一下。

闻臻带闻小屿到一家粤菜馆吃饭，等菜的时候两人坐在一个沙发上，闻小屿拿手机给闻臻看视频："这是森老师发给我的编舞视频，我跳这个位置。"

闻臻跟他一起看视频，问："这是什么舞？"

"主要是古典舞。这支舞有剧情的，森老师说等过两天正式排练的时候再给我讲剧情。"

闻小屿抬起头："森老师说她的舞都要上大舞台，有好多观众，让我一定要好好练。"

他的眼中充满期待和开心，闻臻望着他，也不自觉露出笑意。

森冉的舞《花神》分为三个部分，讲述的是一个从自然中孕育出来的小神灵与凡人相遇相知的、带有神话色彩的故事。

第一部分，神灵从万花之中出生，来到人间；第二部分，神灵受到村民的喜爱和尊重，并与一名年轻的男子陷入爱河；第三部分，男子被征兵前往沙场，在战火中死去，神灵找到男子，救回了男子的性命。最后男子回到了家乡，神灵却消失于人间。

其中前半部分基调轻快欢乐，后半部分沉重悲凉，除了第二部分有群舞外，其他部分全是独舞和双人舞。

故事的设定里，神灵是女性形象，森冉选来选去，最后还是选了闻小屿。不仅因为闻小屿舞功底子好，长得漂亮，主要是森冉一眼看到闻小屿，就觉得他是故事里的小花神。

花神是从天地之中诞生的神灵，纯真活泼，对凡人好奇，是小孩心性；同时又有大自然的野性，不拘泥于尘世的条条框框，自由追寻爱情，最后为了爱人献出生命，回归天地。

闻小屿的眼睛，就是森冉的脑海中小花神的眼睛。

三个月后，《花神》会参与全国青年中国舞大赛，届时比赛将在 S 市的中心体育馆举行，比赛队伍来自全国各地。这也是闻小屿第一次参加这种全国性比赛。

他忙碌起来，除了自己的文化课和专业课，又多了一项舞蹈排练。为了照顾所有人的时间，森老师把排练安排在周一、周三和周五的晚上，同时为年纪最小、最没有舞台经验的闻小屿单独加课。

还没开始排练几天，辅导员的电话过来，说他的宿舍位下来了，今天就能搬进去住。闻小屿接了电话，才想起来还有这档子事。

他是要从家里搬出去的。

晚上司机照例过来接闻小屿。闻小屿刚排练完从教室出来，出了一身汗，走路都不利索。森老师说他之前一年没上学，荒废了基本功，人又硬回去了。闻小屿下叉的时候她就蹲在旁边压他的腰，一边压一边哄，闻小屿疼得脸通红咬牙。每次一排练，人都要散架。

闻小屿胡乱擦干汗，套上外套，坐在车里捏着手机。他心情有些低落，想到自己要搬去学校住,竟然感到孤单。

如果住学校宿舍,以后大概很少有机会回江南枫林的家。他要排舞,闻臻要工作,两人都忙,岂止是没有机会回家,可能他连闻臻的面都很难见到了。

自来到首都到现在,闻小屿不知不觉中已经习惯了和闻臻一起生活的日子。他本身不大喜欢集体生活,拥挤和吵闹的空间会让他想起小时候的糟糕生活。

如今这个家的床、干净宽敞的浴室和厨房都让他感到舒适和平静,他也习惯了每天早起准备两人份的早餐,周末晚上可以和闻臻窝在游戏室里打游戏。

闻小屿失落地回到家,洗澡,换上睡衣,回到自己房间,窝进床里埋着不动。他应该起来收拾行李,但是身体完全不想动作。

他听到大门响,一下从床上爬起来。闻臻回来了,似乎去了厨房。闻小屿下床拉开门,踩着拖鞋走到厨房,闻臻正从冰箱拿水喝,闻声转过头。

"有事?"

闻小屿背着手站在中岛边,说:"我明天就搬回学校宿舍了。"

闻臻拿出水,关上冰箱门,走到闻小屿面前。

他刚回家,刚脱下外套,还穿着白衬衫、西裤,领带都还没拆,身上一股陌生的、外面世界的气息。闻臻看着闻小屿,黑眸冷冷的:"以后牛奶送来了,谁喝?"

闻小屿"啊"一声,茫然地望着闻臻。

闻臻面无表情:"舞蹈室拆了,我把游戏室搬上去。"

"不要!"闻小屿顿时着急起来,"都装修好了,你都送给我了,怎么能反悔?"

"我可以收回来。"

"不可以,你已经把钥匙给我了。"

闻臻拎着水瓶往外走,闻小屿忙追上去跟在人后面:"你说话不可以不算话。"

"我可以。"

"你……你怎么能这样……"

闻臻走进书房,闻小屿怕他把自己关在门外,情急之下抓住闻臻袖子:"等一下!"

闻臻停住脚步,接着转过身,高大身形堵在闻小屿面前,看着闻小屿焦急委屈的眼睛。

"你不住这里,还要占着我的地方。"闻臻神情冷淡,"凭什么?"

闻小屿松开他的袖子,迟疑望着闻臻:"那我以后……还是一直住在这里,可以吗?"

闻臻说:"随你。"

然后关上了门。

闻小屿怔愣片刻,后一溜烟地跑回自己房间,开心地扑到床上打滚,滚完一圈想起什么,爬起来给辅导员发消息,说自己不住学校了,然后诚恳道歉。辅导员大晚上被骚扰,一看这小孩怎么想一出是一出,回复说住不住都给你申请下来了,不住就让它空着吧,正好给人家放行李箱。

闻小屿心情一好,精神也好了,他兴冲冲地揣起手机离开房间,拿起钥匙换鞋出门,噔噔噔跑上楼,打开舞蹈室的门,啪嗒打开灯跑进去,准备再练会儿舞。

他刚起动作,放在不远处的手机就响了,来电显示"哥"。

"闻小屿。"电话那头闻臻的声音低沉沉的,"你给我下来。"

闻小屿说:"我练舞呢。"

"现在几点?"

"我一会儿就下来的。"

"两分钟。"闻臻半点不给他机会,"不然明天就换锁。"

闻小屿只好拿起手机钥匙下楼,乖乖回屋睡觉。

还没高兴一晚上,第二天早上一起吃饭的时候,闻臻告诉闻小屿自己要出差,地方远,需要一个星期。

闻小屿抱着牛奶,刚睡醒的脑袋还是蒙的:"要去这么久?"

闻臻出差,偌大个房子就只有他一个人。人还没走,闻小屿就已经感到一点孤单。他没精打采的,背着书包和闻臻一起下楼。

"我不在,司机还是照常来接你。"

闻小屿小声答应:"知道了。"

闻臻看着他:"每天回家后给我打个电话。不要一个人跑出去玩。"

闻小屿不高兴:"不在家还管我那么多。"

闻臻停顿片刻,却还是没有说什么,上车走了。闻小屿看着车越走越远,也默不作声坐上自己这辆。

上午上文化课,闻小屿坐在座位上听课,做笔记,周围许多人都在玩手机,他格外认真。一年多不能上学的日子让他格外珍惜在教室里坐着念书的时光,无论是在速食店打工还是在外面做舞蹈老师,都又累又难熬,要面对各种各样的人,遇到各种各样的困难。

闻小屿不喜欢和很多人打交道。他只喜欢跳舞,看电影,好好吃饭,好好睡觉。

最近还比较喜欢打游戏。

中午闻小屿一个人去食堂吃饭,食堂的饭菜没有自己做的好吃,但闻小屿不挑食,吃得很干净。

下午上完专业课,晚上还要上森老师给他单独加的课。闻小屿在老师的指导下专心练习,他的动作里有很多细节不到位,森冉一个一个对着镜子给他慢慢掰揉。一个倒踢紫金冠来回地练,要再软、再柔,像小鸟呼的一下飞上半空,来符合一个女性神灵的灵动形象。

"累不累?"森冉问闻小屿。

闻小屿红着脸喘着气,腿绷直挂在把杆上细细地发抖:"不累。"

森冉笑着说:"好了,下课休息吧。"

闻小屿收回腿站好,从脖子到小腿一阵阵地酸疼。从下午练到晚上,他累坏了，软着腿对森冉鞠躬："老师辛苦了。"

"别这么紧张。"森冉安慰他，"你已经跳得很好了，只是我觉得你还可以更好，才对你比较严格，不要有太大压力。"

森冉很喜欢闻小屿，一起排舞的其他人也都挺喜欢他，只有闻小屿自己什么都不知道，只埋头练舞，休息的时候就一个人盘腿坐在角落喝水擦汗。有时候森冉想过去和他闲聊几句，他一看见老师过来，就马上起身站直，认真问老师有什么动作需要改进。

弄得一群人无奈又好笑。

回到家的时候，闻小屿才现出原形，扔了书包倒进沙发软绵绵趴一会儿，才爬起来蜗牛般挪去浴室洗澡。

洗完澡后回到卧室，闻小屿躺进床里，完全不想动弹。他慢吞吞拿过手机，才发现有两个未接电话，都是闻臻打来的。

闻小屿拿过蓝牙耳机戴上，拨回去。

电话很快接起来。

"做什么去了？"

"我刚才在洗澡。"听到闻臻的声音，闻小屿的身体渐渐放松下来。他抬手关灯，房间陷入黑暗，唯有窗外的夜色投落进来。

闻小屿抱着被子，忍不住对闻臻说："我今天练舞练得好累。"

电话那头安静片刻，响起一阵沙沙的声响，接着闻臻开口："练那么累做什么？"

闻臻的声音冷感，低沉，让闻小屿的耳朵略微有麻意，是舒服的触感。闻小屿说："我要努力练习，不然会拖大家后腿。"

"你跳得很好。"

有时候闻小屿新学了一段舞，心情好的话会在家里跳给闻臻看，然后翘着小尾巴若无其事地问闻臻跳得如何。闻臻每次都只是简单点头，或只是"嗯"一声。

但因为闻臻看的时候都很专心没有走神，所以闻小屿还算喜欢这位观众。

闻小屿被夸得抿起嘴笑，抱着被子翻个身："那你说，哪里好？"

"四肢协调……灵活？"

"没了？"

"这还不够？"

"……跳舞的都这样！"

闻小屿气呼呼的，不想和闻臻说话了，却不愿意挂电话，只好问："你还在工作吗？"

"没有。我刚回酒店。"

"这么晚做什么去了呀？"

"和人吃饭。"

闻小屿歪在床上，脑海中想象闻臻和各色人士觥筹交错。他忍不住问："和谁吃饭？"

电话那边的人像是笑了一下，说："管得还挺宽。"

闻小屿立刻说："我才没有管你。"

"都是四五十岁的中年男人。"

"都说了我没管你……"

"闻小屿，你是不是一个人在家不敢睡觉？"

闻小屿打个磕巴，再开口时气势弱了几分："没有。我只是没事做，和你随便聊聊。"

"明天让人给你送个等身布偶到家里，让你抱着睡。"

"我挂电话了！"

"好了。"闻臻低声说，"睡觉。"

这两个字像一道特定的魔法，被闻臻独特悦耳的低音加持，送进闻小屿的耳朵。闻小屿安静下来，脑袋埋进枕头里，小声说："那我睡觉了。"

耳机里传来细微流动的磁波，带一点热度，闻臻对他说："晚安。"

闻小屿就闭上眼睛，渐渐进入梦乡。

闻小屿一打开大门，就看到一个巨大的熊玩偶堵在门框上。

"嗨！你好呀闻小屿。"乔乔的声音从熊后面传来，和闻小屿打招呼，"我挑了好久，觉得这个最可爱，不知道你喜不喜欢。"

闻小屿连忙帮她抱过玩偶，好大一只熊，他两只手都差点环不过来。

没想到闻臻竟然真的给他送来一只熊玩偶。闻小屿脸皮薄害臊，暗暗念了闻臻几句，把熊放到一边，对乔乔说："对不起，麻烦你了，请进来吧，我给你拿瓶水。"

乔乔本来要走，但她实在对闻小屿好奇，就没有立刻走。闻小屿从冰箱拿了水和酸奶，出来递给乔乔："请进来坐。"

"不用不用，我还要回公司呢。"乔乔道谢接过来，试探着说，"闻总对你真好，还怕你一个人在家孤单。好多哥哥对弟弟都没这么关心呢。"

闻小屿听到这话，心情忽然又变得很好，面上还装作淡定点点头："还好吧。"

乔乔从老板家里离开，路上还在想这个弟弟长得像个小明星，还这么有礼貌，真是可爱。接着她又想起之前在公司总部上班的时候遇到的另一个弟弟，心下疑惑，两个都是亲的？那这个弟弟到底是怎么冒出来的？

她只敢想，不敢问。老板家的私事，谁都不敢乱打听。

形体室，森冉正在指导闻小屿和舞伴的动作。

"放松，再往下一点。"森冉轻轻按着闻小屿的肩，示意他继续下腰，"别怕，姜河会托着你的。"

姜河分开腿稳稳站在地上，一手托在闻小屿腰后，笑着说："小屿好轻的，把重量都放在我手上也没关系。"

他往上一推，闻小屿轻巧起身："再来一次吧。"

"你的动作很漂亮，柔中带刚，很有劲，干净。"森冉对闻小屿说，"你现在的问题是要习惯双人舞的状态，姜河是你的舞伴，你要信任他。你可以把自己代入到故事里，你的动作要有这种感觉，要黏一点，明白吗？"

闻小屿懵懂点头。

姜河在一旁笑开了："森老师，你看他根本没有明白嘛。"

姜河是闻小屿的舞伴,即故事中那个年轻的凡人男子。他是闻小屿的学长,民间舞专业,主攻蒙古舞,身段长而有力,跳起舞来飒爽英姿,非常好看。

　　"你们要经常在一起练习。"森冉着重提醒闻小屿,"小屿不要总是一个人练独舞,你的独舞跳得很棒,要把时间多多花在群舞和双人舞上。小花神是很喜欢村民的,你也要融入大家,知道吗?"

　　闻小屿点头:"知道了。"

　　下课后,姜河喊闻小屿一起吃饭,还有一起排练的几个同学。姜河性格开朗,人缘很好,叫上几个人一起陪着闻小屿,和他说话。

　　"以后咱们多在一块儿跳,多练练找感觉就好了,你现在就是缺那种感觉。"姜河一边大口扒饭,一边对闻小屿说,"首先你一定要信任我,第一我绝对不会让你摔在地上,第二你所有的动作我都可以配合。"

　　闻小屿乖乖点头:"好。"

　　旁边同学说:"你要表现出你信任他,要有一种这样的感觉,不能太高冷了。"

　　闻小屿疑惑:"我高冷吗?"

　　"你和姜哥跳舞的时候根本没表情,刚一碰在一起,啪一下就分开了。"有人说。

　　一桌人笑起来,闻小屿才知道自己是这样,讷讷地说不出话。姜河给他提建议:"你可以看一些优秀的双人舞作品,找找感觉。"

　　于是晚上闻小屿窝在自家舞蹈室的小沙发上看双人舞视频,找"信任"的感觉。看完后起身,想象着舞蹈的动作独自模仿,可没有人搭舞的话,跳起来感觉就不对。

　　闻小屿决定多找姜河学长练习。他回家洗澡,躺上床,翻身抱着熊睡觉。

　　第二天一早,闻小屿起床,打开手机,接着十几条未接来电弹出来。

　　闻小屿顿时清醒。他看到胡春燕在半夜两点多给他打了电话,之后是几个陌生号码。闻小屿拨回胡春燕的电话,第一遍没有人接,闻小屿打了第二个,电话才被接起。

"妈?"

电话那头却响起陌生的声音:"你好,请问你是胡春燕的家属吗?"

闻小屿紧张起来:"是。"

"胡春燕现在在医院。"对方说,"她喝农药,我们刚刚把她抢救回来。"

闻小屿的脑子霎时一片空白。

他买了机票,坐车赶去机场的路上和学校请假,浑身上下就带了手机和一串钥匙。直到坐上飞机,闻小屿的手心还凉得吓人。

他吓坏了,一直到飞机落地的时候,从脚心到大腿还是麻的。他在机场门口打车直奔医院,此时已过中午,他忘记吃早饭,中饭也还没有吃。

闻小屿急匆匆找到护士问路,护士把他带去抢救室,在一众病床中找到他的妈妈。胡春燕躺在床上,戴着氧气罩,手背打着吊瓶,仪器围在旁边嘀嘀嗒嗒地响。她消瘦不少,脸蜡黄,眼圈凹陷,枯败得像截老木。

"送来的时候差点没了。"护士的语气带着责怪,"你们做家人的怎么回事?没一个人接电话。还有麻烦去前台交一下钱,之后是要住院的。"

抢救的费用和住院费不是一个小数目,闻小屿乍一听心跳加快,那种曾经为钱费尽力气饱受折磨的窒息感忽然压上心头,过了几秒,闻小屿才从这种难以呼吸的压抑中脱离出来,想起自己的身上是有钱的,足够来支付医药费用。

他去前台缴费,之后胡春燕被转入住院部,闻小屿跟着一起过去,坐在胡春燕的病床边望着妈妈。

这阵子他忙于学业和练舞,安宁地住在闻臻的大房子里,无论是李清还是闻家良打电话过来都是询问关心他的现状,逗他开心,以致闻小屿都快忘了外面世界的风风雨雨,忘了自己仍在漩涡的中心。

闻小屿脱力地蹲下,手抓着病床的被子,嗓音沙哑:"妈……你在做什么啊……"

像是听到了他的声音，胡春燕渐渐醒了。闻小屿感受到动静，直起身紧张看去，胡春燕睁开眼睛，和闻小屿对视。

两人都是沉默。闻小屿已经没有力气生气，只疲倦坐在一旁，试着和胡春燕沟通："妈，发生什么事了？"

胡春燕的反应有些迟钝，只定定地看着他。闻小屿看见她干涸的嘴唇，想起护士的叮嘱，起身去旁边倒杯水过来，拿棉签蘸着水，一点点抹在胡春燕嘴唇上，胡春燕都舔了。

过了一会儿胡春燕才慢慢清醒过来，嘶哑着声音开口："你还管我死活做什么？"

闻小屿很累："你不要再说这种话了。"

"要不是我住院，你早把我忘干净了。"

"我和你发消息，是你不回复我。"

胡春燕恨恨地道："我需要你假惺惺管我？"

"你到底在做什么？"闻小屿终于克制不住发火，"从前那种苦日子也过来了，现在家里不需要再还钱，你也有更好的工作，你为什么要做这种事？你是觉得喝农药不会死人吗？！"

"你爸要被判刑了。"

闻小屿一怔，愣愣站在原地。胡春燕红着眼睛："你爸要坐牢，你管不管？"

杜晓东因为涉嫌拐骗儿童罪被告上法庭，将面临牢狱之灾。闻小屿就是那个被拐走的孩子。拐骗他的人要被判刑了，他管不管？

闻小屿闭上眼睛抵着额头，胡春燕又嘶声问了一遍："杜越，你管不管你爸！"

"他不是我爸。"闻小屿低声说，"我不管。"

"好……好……不认我们了是吗，这就不认我们了，你这白眼狼！"

但是我管你。闻小屿想这么说，他知道胡春燕爱他，知道杜晓东这么多年来折磨得她面目全非。他一辈子都要报答胡春燕养他的恩情，报答胡春燕节衣缩食送他去舞蹈班。

闻小屿从小就喜欢跳舞，问胡春燕可不可以和别的小朋友一起学跳舞，胡春燕说不行，要他念书。可闻小屿念念不忘，跑去文化宫蹲在教室门外看同龄人跳舞，门关上，他就踮着脚趴在窗边看，每天放学都去看。老师出来问他哪来的小孩，做什么，他不说话低头往外跑，跑回家，抱着胡春燕求她送自己去跳舞。

"求求妈妈，我也想学跳舞。"小小的闻小屿一边哭，一边拼命求，"我一定好好念书，考高分，求求你了妈妈。"

胡春燕骂他败家，胡闹，可最后还是牵着他，进了文化宫的门。

学舞很花钱，杜晓东为此和胡春燕吵过无数次，打骂闻小屿，不要他学舞。闻小屿不能反抗，忍耐着父亲的怒火，小心翼翼地讨好母亲，一到上课时间就背着包准时抵达舞蹈教室。

如此跌跌撞撞十几年，直到杜晓东赌博借债彻底败光家产，闻小屿的舞蹈生涯才被迫中断。

可胡春燕不给他回应的机会，已情绪激动地在病床上大吵大闹起来。闻小屿想按住她，胡春燕扯了针头，大喊"不住了"，护士闻声进来，又喊来医生，一时病房里混乱无比。

护士把闻小屿拉到一边："你怎么回事呀，会不会照顾你妈妈？她是病人，需要静心休息的！"

"对不起，对不起。"闻小屿不停地道歉，只能站在一旁看着她们安抚胡春燕。他孤零零地靠在门边，半晌慢慢走出去，坐在走廊的长椅上。

他拿出手机，犹豫捏在手里，捏了很久，才鼓起勇气拨出一个电话。

"喂？"闻小屿开口，"我是小屿……嗯，我，我现在在医院……"

李清赶到医院的时候，手里还提着一袋路上匆忙买的热饭。她原本在为一个晚会排练节目，一接到闻小屿的电话就扔了歌词稿，换下高跟鞋直奔医院。

"小宝小宝！"李清一看到走廊上坐着的闻小屿就小跑过去，"宝贝，回来了怎么也不说一声！吃过饭没有？妈妈给你买了饭过来。"

闻小屿赶紧站起来，一听到"饭"，肚子几乎立刻就叫了。他饿得前胸贴后背，刚才一直心神不宁的，这会儿才想起来自己忘了吃饭。

"谢谢。"闻小屿接过袋子，里面的饭盒还是热烫的。

他忽然有点想哭。

李清一照面就看到他红着的眼眶，心疼坏了，搂过他亲亲他的头发，哄小孩子似的："小宝不怕，不伤心哦，乖。"

接着又问："哥哥呢？"

闻小屿抱着饭盒坐在椅子上，任李清轻轻摸他的脸，答："哥哥出差，下周一才回。"

"好，没事了，小宝吃饭。"

李清哄着闻小屿吃饭，这时护士从病房出来，来到闻小屿面前："你妈妈已经休息了，你不要再刺激她了啊，弄得其他病人都在抱怨。"

李清站起身，客客气气地对护士说："不好意思，我是他的妈妈，请问你有什么事？"

护士莫名其妙，看看她又看看闻小屿，不说话了，转身离开。

要不是修养还在，李清气得差点翻白眼。她进病房看了眼胡春燕，又出来继续陪在闻小屿身边，看着儿子吃饭，说："怎么不早点和妈妈打电话呀？"

闻小屿连塞几口热乎乎的饭菜，终于缓过劲来，不知道如何解释，只能说："对不起。"

"乖乖，和妈妈不要说对不起，一家人不说这些的。"

李清这样温温柔柔地和他说话，让闻小屿莫名感到委屈想哭，他只能不停吃饭，把一大盒饭菜扒拉个干净。

"她喝农药，想自杀。"吃完饭后，闻小屿和李清坐在长椅上交谈。他说这话的时候，表情很沮丧。

"是这样的，小宝。"李清斟酌着说，"我和你的爸爸认为你的养父犯了罪，所以把他告上法庭，你的养母或许因为这件事情受到了刺激。"

李清停顿片刻，接着认真地对闻小屿说："但是如果小宝不希望这样，我们就撤诉。"

闻小屿怔怔地望着李清。女人慈爱、温柔，捧着他的手，轻声说："一切都按小宝想的来。"

如果撤诉，就是对闻家一场巨大的不公。即使在如今看来，亲生儿子已经回到他们身边，而闻家是如此富有和高高在上，完全能够承受这种不公。同时也让弱势的一方能够喘上一口气，不至于低微到尘埃里。

闻小屿垂着眸，半晌轻轻摇头，说："不。"

他平静地对李清说："不要撤诉。"

夜里十二点半，闻臻回到首都的家。

他把手里的定制糕点盒放到厨房中岛上，脱下外套，随手搭在一边。

他提前两天回家，没有留在外地过最后一晚，而是订了最近一班飞机回家。出差时的工作日程安排很紧，闻臻回到家后，感觉到一丝疲惫。

他注意到闻小屿的房门开着，以为闻小屿这么晚还没有睡，走到门口一看，房间空着，床上没人，躺着他让乔乔买的大熊玩偶。闻小屿的书包还放在书桌上。

闻臻微一挑眉，转身出门上楼，拿钥匙打开舞蹈室的门，里面却黑黢黢的，空无一人。

闻臻的脸色顿时黑下来。

房门被轻轻推开，李清小心看一眼床上熟睡的闻小屿，确定人已经睡着，关上门。

她压低声音对身后的闻臻说："小宝睡觉了，等他醒了你再和他说。"

两人下楼到客厅，李清说："电话里都跟你说小宝回家了，你怎么还是大老远跑回来。"

闻臻刚到家，在飞机上也没怎么睡，这会儿因连日工作和睡眠不足而心情烦躁，只喝水不说话。

李清还觉得怪欣慰。自家大儿子从小性子冷淡，很小的时候就开始凡事自己拿主意，连他父亲都管不了，她就更是别说。闻小屿刚回家那会儿，李清还担心闻臻对闻小屿也不闻不问。好在如今看来，事情并非如此。

哥哥还是挺关心弟弟的，这对李清来说是放下了心中的一块石头。

只要闻臻肯关心小宝，一切就好说。

李清去厨房准备早饭，闻臻在沙发上坐了一会儿，还是起身上了楼。

他推门走进闻小屿的房间，不需要刻意放轻动作，闻小屿压根不会被吵醒。闻臻关上门，走到床边坐下，看着闻小屿熟睡的脸庞。

眼角还残留着红，一定是回来以后又一个人躲在被子里哭。一不开心，睡觉的时候就皱着眉一副委屈的样子，偏偏又睡得很熟，有人坐在床边了都不知道。

闻臻心生暗火，一手捏住他的脸："闻小屿。"

闻小屿被捏得脸颊鼓起，迷糊"唔"一声，睁开眼醒过来，看到闻臻那张冷冷的脸。

他吓得清醒，忙乱挣开闻臻的手坐起来："你怎么在这里？"

"谁让你擅自跑回来？"

"我以为你过两天才回家。"闻小屿揉揉眼睛，嗓音还有些软哑，"我本来打算过来看一眼就回去……"

闻臻冷冷道："有什么值得你看？"

闻小屿抿住嘴不说话了，掀开被子下床，被闻臻叫住："我在问你话。"

他本就心情低落，这一下隐隐炸了毛："我的养母住院，我难道不应该回来？"

"我说了，他们以后再与你无关。"

"你不要总是把你的想法强加在我的身上！"闻小屿挣不开闻臻，气恼，"她养的是我不是你，有没有关系是我自己说了算！"

闻臻面生怒意："你是我们家的人，她养你再久，也是替我们养！"

"你……"闻小屿气得手指都在发抖，眼眶再次飞快红了，"你放开……你出去！"

早餐经过精心准备，十分丰盛。李清坐在餐桌中间，看看低着头一声不吭的闻小屿，再看看黑着脸的闻臻。

她无奈得不得了，只想一个电话打给丈夫告状，说哥哥又惹弟弟不开心。她是半点也管不了闻臻，只有丈夫偶尔能与大儿子沟通。每次一涉及小宝的养父母一家，大儿子就和小宝吵架，哪里像平时稳重少言的年长哥哥。

李清没有办法，只能哄着闻小屿："小宝怎么啦，不喜欢妈妈做的早餐吗？"

闻小屿摇头，揉揉自己的脸，拿过煎鸡蛋和牛奶埋头认真吃。李清瞥一眼闻臻，闻臻却看着闻小屿，直到闻小屿吃下东西，才默不作声吃自己的早餐。"今天我带他回首都。"闻臻说。

闻小屿立刻停下筷子。李清忙开口："不急不急，正好弟弟回来，爸爸还想见弟弟一面呢，让弟弟陪爸爸说说话，明天再回去也是可以的。"

闻小屿这才继续吃早餐，吃完后收拾好碗筷，起身回房换衣服，闻臻则转去阳台打电话。李清松一口气，去厨房给闻家良打电话，让他待会儿好好说说大儿子。

三人一同去往医院，看望闻家良。自心脏动手术以后，闻家良时而回家住，时而需要住一段时间的医院。年轻时为钱拼命与操劳太多，导致一旦大病袭来，他就迅速地苍老下去。

好在大儿子争气，甚至比他更有天赋头脑，能够发展壮大他耗费大半生打下的一片基业。

唯一的问题就是闻臻的性格，办正事无情，与人交往冷淡，心思太深。闻家良反思是自己对闻臻从小的教育太严格，因此如今反而对闻臻的事业不做要求，只希望大儿子能早日结婚生子，多点人气。

闻家良与闻小屿好生谈过，安慰小儿子不用担心养母，会找护工好好照顾胡春燕，让他早点回学校上课，免得落下学业。接着又单独留下闻臻，有话要与他说。

"闻臻，你对待弟弟要好一点。"闻家良说，"你知道杜家的人过去对他不好，我们把他接回来，更要好好疼他。”

见大儿子不言语，闻家良只好把话说得更明白：“你越拦着他，他越是要去见他养母。不如放着不管，我们做好自己该做的，到时他自然就慢慢靠向我们这边。”

闻家良出手帮杜家还清债务，没有让杜晓东赔偿一分钱，还帮胡春燕安排工作，不过就是要让闻小屿知道闻家的好，让杜家彻底失去与他们争抢的余地，也让外界知道闻家的大气风度。这笔钱对他们来说微不足道，闻家良要的是无价的人心和名誉。

闻臻说：“我知道。”

“知道还惹小宝不开心？”

闻臻沉默不语，闻家良也拿他没办法，又换一个话题：“等首都公司起来后，你还是回本部来，这边更需要你。老谢前几天又朝我打听，他家缦婷是真心喜欢你。”

“我忙。”

“三十了，该成家了。”闻家良平心静气道，“只要是你喜欢，家庭背景都不重要，我和你妈妈也不是什么老顽固。”

闻小屿到第二天才准备离开。他犹豫放心不下，李清反复安抚，说舞蹈排练的事情不能耽搁，如果实在担心，等周末坐飞机回来看望胡春燕也是一样，她会让人照顾好他的养母。

闻小屿临走前抱了抱李清，小声说谢谢，把李清感动得直拉着他说话。直到一旁闻臻提醒时间，李清才依依不舍松手，看着兄弟俩的背影下楼离开。

从家到机场，再从机场到首都，没人说话。来接的依旧是乔乔和公司的车，乔乔做了多年助理，极会察言观色，眼见老板一身气压冰冷，吓得走路都只敢躲在闻小屿旁边，上车之后立刻噤声。老板向来不喜欢吵闹，坐车时若无正事，同行者一般都保持安静。

但这一次乔乔格外如坐针毡。

回到家已是晚上，闻臻拿了衣服去浴室，闻小屿一路折腾回来，有点饿了，到厨房准备找点东西吃，一进去就看到中岛上放着一个袋子。

他好奇看一眼，里面装着一个漂亮的食盒。闻小屿拿出来看，食盒上的字是某地某老字号糕点品牌，正是闻臻前阵子出差的地方。

闻小屿愣一下，打开食盒，只见里面整整齐齐码着各种不同口味的糕饼，共十二枚，形状无一不漂亮可爱，打开盖子迎面就是一阵糕香，让人非常有食欲。

可再一看保质期，只有三天。

糕点现做现卖，非常新鲜，想来是闻臻出差的最后一天去买来，回家正好能让闻小屿吃到。可算上闻臻买到糕点的一天到现在，保质期已经过了。

闻小屿捧着食盒发呆，摸一摸盒子，眼巴巴望着糕点，失落地把盖子盖上，起身去冰箱前找吃的。

没过一会儿，闻小屿又空着手转回来，重新打开食盒，偷偷拿起一块梅花糕，闻一闻，小小咬了一口。

虽然过期了，但是没有过多久，应该是可以吃的。最重要的是，这是闻臻特地带回来的东西，闻小屿不想浪费。

他吃了一个，觉得很好吃，又趴在桌上伸手去拿第二个，冷不丁听门口响起一声含着火气的声音："闻小屿！"

闻小屿吓得缩回手，抬头见闻臻洗完了澡出来，头发还挂着水珠，冷着脸走过来把食盒盖子盖上，语气冷硬："没看见这东西过期了？"

闻小屿站在一旁，罚站似的："我觉得还能吃……"

闻臻抬手把食盒扔进垃圾桶，哐啷一声，转身走了。闻小屿看着被扔掉的糕点，孤零零地在桌边站一会儿，离开厨房，拿了钥匙，出门上楼去舞蹈室。

他没有练舞，而是在浴室里洗过澡，后趴在自己的小沙发上一动不动。舞蹈室没有开灯，小沙发放在落地窗边，闻小屿把下巴搁在沙发背上，看着窗外城市的夜景。霓虹映入他的眼睛，在隐隐的水光中闪烁。

闻小屿捂住眼睛，深呼吸。

他最不喜欢自己的一个地方，就是眼泪。闻小屿不觉得自己脆弱，却天生就爱掉眼泪，小时候父母吵架，他哭成个泪包；被抢走玩具要哭，练舞疼了要哭，想参加舞蹈比赛，落选了要哭，哭得一双大眼睛好像随时都能挤出水来。

后来长大了，这个毛病却半点改不了。从小到大经历了不知道多少难过和失望，明明已经渐渐坚强起来，也能够接受很多现实，可一旦情绪稍微涌上，眼泪水就跟着要在眼眶里打转。闻小屿没有办法，只能强迫自己忍着，憋着，直到找到一个没人看见的角落，躲起来偷偷哭。

闻臻就是那样一个不温柔的人，就算对人好，也是用他独特的方式。闻小屿明知如此，却仍然期盼着闻臻能像他想象中的哥哥的样子，能够关心他，体贴他。

忽然，舞蹈室的门被再次打开，闻小屿反应极快，立刻掀起毯子把自己盖住，蒙头裹得严严实实。

脚步声靠近，在沙发边停下。闻小屿抓紧毯子，闷在沙发里不吭声。

"回去睡觉。"

闻臻的声音一如他的人，冷冷淡淡，没有任何商量的意图。闻小屿躲在毯子里没有回应，怕自己一开口就暴露哭腔。

接着他感到闻臻蹲下来，他浑身无意识地紧绷起来。

"闻小屿。"

闻臻叫他的名字的时候，低冷的声音咬着字撞上心脏，震得血管发麻。闻小屿捂住耳朵："我待会儿再回去。"

他甚至听到闻臻平稳的呼吸，一阵沉默后，闻小屿感到身前的沙发忽地下陷，发出吱呀的声音。闻臻竟然坐了下来。

"看不出来你这么小心眼。"

闻小屿乍一听气坏了，差点掀开毛毯跳起来。但他忍住了，没好气道："觉得我小心眼就不要和我说话。"

闻臻上楼来不是为了和解，只是叫闻小屿去睡觉。他向来不考虑他人意志,有关道歉和退让的经历几乎没有,闻小屿是开心地睡,还是憋着气睡,与他也没有关系。

但闻臻看着气呼呼的闻小屿,忽然别过头笑了一下。接着在闻小屿差点以为他在嘲笑自己之前,说:"对不起。"

闻小屿跪坐在沙发上,不认识似的看着闻臻。闻臻却继续道:"别生气了,早点回家睡觉。"

闻小屿一下就消了火软下来。他第一次听到闻臻道歉,一面感到惊奇,一面还是有些疑惑,小声问:"你知不知道我为什么生气啊?"

"不就是扔了你的糕饼。"闻臻说,"过几天再给你买一盒。"

"……"

闻小屿扔了毛毯径直往门口去,本来想直接走,末了还是忍不了气,走到门口又转身,说:"我又没有那么爱吃!"

随后扔下闻臻,跑了。

第四章

　　要表现出初生花神的神灵姿态，任何一个动作细节都要做到以力带柔，以体现灵动和飘逸。舞蹈的第二部分前半段中，群舞簇拥着花神表达敬意，花神的其中一个动作设计为单脚抓地从半蹲旋转起身伸展，后加入群舞。搭配上花神层层叠叠的舞蹈服装，转圈时裙摆散开，跑进人群中衣袂飞扬，会非常好看。

　　这个动作要做得稳、柔而轻快，闻小屿从开始排练到现在练了一个多月，还是偶尔会身形不稳。要转得轻快好看，脚底就不能踩实地面，要用脚尖的力量。没有其他捷径，只能重复地练习。闻小屿疼得流汗咬牙，之前还被森冉带去学校医务室按摩。

　　今天他没掌握好力度扭痛了筋，疼得在地上滚圈，脱了鞋一看脚，前脚掌整个通红肿起，指骨已经踩麻了。他往地板上一躺，喘一会儿气，然后费力起身去拿手机，给司机打电话。

　　"不好意思，我要去医务室拿冰敷，会晚一点出来。"

　　司机询问他是否需要帮忙，闻小屿想了想，说："麻烦你把车开进来吧，我在三号教学楼这边，我的脚有点疼，走路有点费劲。"

　　挂了电话，闻小屿套上外套，收拾好书包，离开教室前关灯关门，今天他又是最晚走的一个。闻小屿扶着楼梯扶手慢吞吞下楼,好不容易挨到楼下,见车就在楼梯下面停着。

后座的车窗摇下来,露出闻臻那张微微皱着眉的脸。

"脚怎么了?"闻臻问。

闻小屿吃惊:"你怎么来了?"

"回家顺路带你一起。"

"我还要去一趟医务室……"

闻臻不耐:"上车。"

闻小屿打开车门看到座位上放着一袋冰敷袋,这才扶着车门坐进来,他挺好奇的:"这是你买的吗?"

前面司机回答:"这是闻总让我在门口药店买的。"

闻小屿挺不好意思,拿着袋子对司机说谢谢。闻臻见他不动,说:"不是要冰敷吗?"

"我……回去再敷。"闻小屿不想在车上脱鞋,觉得奇怪。

闻臻没有再说什么。车今天开得比平时快一些,提前了十分钟到家。闻小屿坐了一阵,再站起来简直浑身不利索,他拖着书包下车,关上门,站在原地扶着腰,哪都疼。

车启动离开,闻臻站在闻小屿身边,无动于衷地看着他。闻小屿看他这副样子就气不打一处来,拎起书包:"帮我拿一下包。"

闻臻接过他的书包,扶他走进电梯,上楼回家。

晚上闻小屿趴在床上,一边给脚冰敷,一边和李清打视频电话。闻小屿都不敢和胡春燕打电话,怕刺激到她,只能询问李清。

"等过段时间就慢慢好了。"李清在视频里安慰他,"她现在就是需要时间接受。"

闻小屿犹豫着:"有一件事情,我想……"

"小宝想问什么就问。"

闻小屿便说:"她和亲生儿子见过面了吗?"

李清那边短暂地沉默一下。闻小屿于是明白了,这么长时间过去,他们是没有见过面的。

"小宝也知道,当生活发生巨大的改变——大多数人都是很难接受的。"李清温声解释,"你的养父母的家庭有一点复杂,家里的另一个弟弟还暂时没有做好和他们见面的准备。大家都需要时间。"

闻小屿点点头。李清说:"小宝介意康知吗?"

闻康知是那个男孩的名字,闻小屿听闻他的名字,不曾见过他的人。

"我不介意。"

李清温柔一笑,后叹一口气,似乎想说什么,却又没有说出口,只是问:"小宝这周末回来吗?"

"嗯,我回来看看。"

"早一点回来可以吗?妈妈好想你。"

闻小屿一时不知道说什么,只"嗯嗯"点头。李清笑着逗了他几句,之后叮嘱他早点睡觉,挂了电话。

闻小屿往床头挪,调整姿势,把冰袋放到一边,低头查看自己的脚。这时闻臻走进来,拿着一杯牛奶。

闻小屿接过牛奶捧着,对闻臻说:"我周末要回家一趟。"

"做什么?"

"……"闻小屿喝一口牛奶,"妈妈……让我回去。"

闻臻一挑眉,闻小屿很不自在,一口气喝光了牛奶。闻臻说:"还有呢?"

"我当然要去医院看我的养母。"闻小屿知道闻臻问的就是这个。他真的想不通,明明父亲和母亲都不在意,为什么闻臻就这样不喜欢他和胡春燕见面。

闻臻冷淡地看着他。闻小屿回避他的目光,说:"她养我这么多年,现在生病了,我原本应该在她身边照顾。"

"她有好好养过你?"闻臻冷冷道,"当着我们和警察的面,她也敢打你。"

"如果不是她愿意送我去舞蹈班,我现在都不知道自己该做什么。"闻小屿尽力解释,"学舞的钱对我们家来说很多,非常多,但是她还是答应……"

"'我们家',"闻臻打断他,"你到现在还不把自己当闻家的人。"

"我不是!"闻小屿不大善于言辞,一急就更笨拙,"我只是习惯这么说,你总要给时间让我接受。"

"外人给你一点好处,你念念不忘。自家人对你好,你半句不提。"闻臻漠然说,"倒是有情有义。"

他不再看闻小屿,转身离开了房间。

闻小屿握着喝干净的牛奶杯,手指紧了又紧,水光晃晃悠悠在眼眶里打转。他用力闭眼睛,把杯子放到一边,倒进床拉起被子蒙住自己。

一碰到养父母的事,他们就吵架,冷战,没完没了。

第二天闻小屿起床时,家里已经没人了。闻臻没有留下来吃早餐。闻小屿独自做自己的那一份,吃完后下楼,司机照旧在楼下等待。

"早上好。"司机和闻小屿打招呼,抬手递过来一个袋子,"这是闻总要的糕点,今早送到的,我顺路给您带来了。"

闻小屿疑惑接过袋子,打开一看,竟然是上次那家老字号牌的糕饼。他拿出食盒打开盖子,里面依旧是十二个口味不同的糕饼。

闻小屿拿出一枚放进嘴里,甜丝丝的,很好吃。

他关上盖子,抱着食盒,深深呼出一口气。

上课之前闻小屿把糕点给周围人分了几个,留下一半,下午上专业课的时候分了一些给老师和同学,晚上上森老师的课时才把最后两个分出去。

姜河学长吃着糕饼,对闻小屿说:"你的脚肿成这样,今天就别练了。"

闻小屿穿好舞鞋,答:"没关系,练一下动作也好。"

他直起身,走到姜河面前侧身抬手搭住姜河的肩膀,脚绷直,那是他们双人舞中某一部分的起始动作。"来吧。"

姜河配合扶住他的腰:"好好,你不要一副想打我的样子。"

一旁森老师几口吃完糕饼,见状无奈地笑道:"小屿,你的表情要放松。"

闻小屿忙揉揉脸。两人跟着音乐练了一段,森冉站在一旁看着,时不时出声提醒，结束后关掉音乐，示意两人到自己面前来。

"你们现在唯一缺少的，就是感觉。"森冉说，"我让你们两个人来做主角，那么你们的基本功一定是过硬的，这一点一定要对自己有自信，小屿，知道吗？"

闻小屿点点头。

"在舞台上，舞蹈是一部分，神态和氛围同样是重要的一部分。独舞和双人舞有不同的表现方法，跳双人舞的时候，你需要注意故事的背景和人物设定，那种纯粹、灵动的感觉你是有的，但是缺一点信任和依赖的感觉。"

闻小屿求教："要怎么样才能表现出那种感觉？"

"你的目光追随着他，你的身体总是朝向他，希望接近，又保持距离。"森冉说。

姜河在一旁道："老师，可以通俗一点吗？"

森冉把捣乱的姜河扔到一边，继续对闻小屿说："你和小姜跳舞的时候，要把自己代入角色。"

闻小屿诚恳答："我每一次都把自己代入女性角色。"

姜河说："懂了，这是压根不信任我的意思。"

闻小屿忙说不是不是，姜河老喜欢逗他玩，在一旁乐个不停，森冉无奈，见时间不早，闻小屿也不能练太多，便让两人下了课。

闻小屿的排练进入瓶颈期，人非常苦恼。他第一次受到这样德高望重的老师的青睐，可再有一个多月就要参加全国比赛，闻小屿的心理压力很大。

周末闻小屿回了趟家，与李清见过面，又去医院看了胡春燕。

被从死亡边缘拉扯回来之后，胡春燕瘦了许多，躺在病床上，似乎比从前平静。见到闻小屿，也没有再一味地发泄怒火。

她的暴烈好像终于在现实面前烧了个干净。情绪无法抵挡事实，唯有接受。

两人一个躺着，一个坐在床边。闻小屿把切好的水果装在盒子里放在床头柜，没有人说话。

从前就是这样,一家三口,谁和谁都无法沟通,家里不是寂静,就是火爆。闻小屿小时候哭泣害怕,无法忍受的时候会请求父母不要争吵或打骂自己,长大以后失去期待,才渐渐学会平静。

可如果不是胡春燕,他学不了舞,也上不了大学。他要如何对闻臻解释自己的心情呢?这种事对闻臻来说轻而易举,甚至不在需要进行思考的范围内,因此闻臻是不能理解他的。

"妈,你知道我为什么不愿意原谅爸爸吗?"闻小屿忽然开口。

胡春燕不耐烦地皱眉:"因为你是他从有钱人家那里偷来的。"

"不仅是因为他犯罪。"这番话已在闻小屿的脑海里来回打过无数次稿子,现在他终于能够顺利说出口,"你有没有想过,从爸爸赌博背上几十万外债开始,未来我们的生活是什么样子?几十万,还不算利息,你在食堂炒菜,我打零工,爸爸的赌瘾戒不掉,没有单位要他,这笔钱我们十几年也还不完。我或许再也读不了大学,不能跳舞,你知道这对我来说意味着什么吗?"

"如果一开始我没有喜欢做的事情,或许我能浑浑噩噩过一辈子。但是我有,"闻小屿这样说着,喉咙干涩,"所以我不能忍受……这样的生活。我没有你那么坚强。"

胡春燕冷冷地道:"现在你飞上枝头做凤凰了,当然不用管我们死活。"

"如果我不知道爸爸做的事情,如果他曾经愿意对这个家负责,哪怕一点,我都不会像今天这样看待他。"闻小屿认真对胡春燕说,"但他偷换我的人生,还差点再次毁掉我的人生,包括你的。我不愿意同情他,也不想再把精力耗费在他的身上。"

胡春燕激动道:"谁同情他?要不是为了你——"

"你觉得他那种人能让我感受到父爱吗?甚至有时候从你身上,我都不能感受到你爱我!如果、如果你们不会爱人,就不要强行拼凑在我身边,那样只会让我很难受!"闻小屿一时情绪激动,"你知不知道自从他赌博以后,变化最大的人其实是你?那时候我都感觉你变了一个人,特别暴躁,根本不听人说话。我每天都希望你和他离婚,我希望你脱离他,过你自己的生活,我希望你变得正常。我想你有一个稳定的工作,不用每天发脾气、吵架,不用还债,想吃什么、想用什么就买,做你想做的事情。"

胡春燕喘息着,眼眶通红,泪从她布满褶皱的眼角落下。她四十五岁,却老得像快六十岁,曾经的一头乌黑长发枯萎成暗黄的杂草,无序地盘踞在她的头顶。

"我想做的事情,就是照顾我的儿子,看着他长大成人,成家。"胡春燕死死地捂住自己眼睛,声音沙哑哽咽,"可是我没有儿子了。"

晚上李清回到家时,楼上楼下转了一圈,才在房子后面的小花园里找到闻小屿。

闻小屿穿着件白色外套,蹲在地上闷头拨弄草坪。李清走过去,闻小屿才回过神抬头,站起来,很小声地唤了一声:"妈。"

李清笑着过去挽起他的胳膊:"小宝想什么呢?来,和妈妈说说话。"

李清把闻小屿牵到旁边吊椅上坐下。吊椅旁的小白桌上放着阿姨特地给闻小屿端来的果汁和小点心,闻小屿一口没动。李清把果汁拿过来,放到闻小屿手里:"去过医院了?"

闻小屿点头。他摩挲着玻璃杯的杯壁,喃喃道:"她说,她没有儿子了。"

李清沉默。闻小屿问:"康知以后会和我的养母见面吗?"

李清微微叹一口气:"我想,有一天会的。但不是现在。"

她转头看向闻小屿,认真问:"小宝,妈妈想和你商量一件事情。"

"什么事?"

"我和你爸爸也谈过了。关于另一个弟弟,我想了很久,考虑还是继续抚养他,如果他愿意,就让他留在我们家。"李清轻轻握住闻小屿的手,"如果就这样突然让他回到他的亲生父母那边,我想这无论对他还是对你的养母都不是一件好事。而且康知从小身体不大好,这些年也一直在养病。我觉得……我们可以慢慢来,你说呢?"

闻小屿愣住:"这样你和爸爸会不会很辛苦?"

李清顿时笑起来:"有什么辛苦的?你们都大了,不需要我们老人家多操心了。"

多养一个或是好几个小孩,对闻家来说也都无区别。闻小屿差点又没转换过来思维,点头:"那就好。"

"小宝不介意吧?"

"不介意。"闻小屿想了想,对李清说,"谢谢你……不、不是,谢谢妈妈。"

他差点咬了舌头,对着李清叫妈妈,还是不大习惯。李清却温柔地摸了摸他的头发:"乖……妈妈还怕你会不高兴。"

闻小屿不会不高兴,他已经非常感激闻家,给予了他想要的和不曾想象的一切。与他互换的那个男孩在闻家生活了二十年,母亲不可能对他没有感情,这样的处理方式在闻小屿看来,甚至称得上完美。谁都不愿从高处走向低处,若要那个孩子立刻回到胡春燕身边生活,或许对他们母子二人都是煎熬。

闻小屿抬头看着夜空。空气清朗,夜幕星光闪烁,坐在这样一个美丽静谧的小花园里抬头仰望星空,身边围绕扑鼻的花香和夜风的清爽,也是闻小屿不曾想过的体验。

如今看来,父亲和母亲也很疼爱那个孩子。闻小屿没有表现出来,心中却不能控制地感到点点失落和不安。

他想,闻臻对那个弟弟也是这样心疼和放不下吗?

是否比起他,对待那个弟弟更温和、更体贴,不会莫名就冷下脸,也不会那般专制不容抗拒。过去的二十年里,他们是否早已培养出一种根深蒂固、无可取代的感情。

那是闻小屿无论如何都无法触碰的二十年。

飞机抵达首都后,来接闻小屿的是乔乔。前一天晚上乔乔就发消息询问他的飞机抵达时间。

闻臻让她来接人,这几天却不曾与闻小屿说过一句话。白天的时候不在家,晚上回家后,闻小屿要么在楼上练舞,要么已睡熟。同住一个屋檐下,竟是半点交集没有。

乔乔毫不知情,只觉得闻臻这样关心一个人很稀奇。但转念一想,如果自己也有一个闻小屿这样的弟弟,或许也会想要去细心爱护。

乔乔接到闻小屿,领着人出机场上车:"弟弟饿不饿?我带你去吃好吃的吧。"

闻小屿系好安全带,闻言说:"不用了,我回家自己弄着吃就好。"

"偶尔也吃点丰盛的嘛,而且闻总已经给我们订好餐厅了,是一个很棒的粤菜馆,你会喜欢的。"

闻小屿停顿片刻,才说:"好的……谢谢。"

乔乔带闻小屿去了粤菜馆,表面平淡矜持,内心欢天喜地。这家餐厅不面向她这种工薪阶层,还是沾了闻小屿的光,她才终于能尝一口这里的招牌焗龙虾。

乔乔吃得心满意足,吃完后还包了一份木瓜雪冻提走。她见闻小屿吃得多,却半点不见胖,好奇地问:"弟弟,你是怎么保持不胖的呀?"

"我是舞蹈生,运动量比较大。"

乔乔恍然大悟,难怪身条这么漂亮,又白净,竟然是学跳舞的。她好奇地问:"那你以后想往演艺圈发展吗?"

"什么?"闻小屿有点蒙,"没有,我只会跳舞。"

乔乔笑道:"你长得这么好看,我还以为你会去做明星呢。"

闻小屿一被夸奖就不好意思,礼貌地回应:"谢谢,乔乔姐也很漂亮。"

乔乔很喜欢闻小屿,也把他当作自己的弟弟一般,一路与他闲聊,直到安全把人送到家楼下。

与乔乔告别后,闻小屿回到家。家里安安静静,空无一人。

不知从什么时候开始,客厅的沙发上多了两个风格迥异的动物图案枕头,空无一物的茶几摆上了一个小花盆,一个装零食和杂物的收纳盒,几包粗粮饼干，一瓶维生素含片。厨房更是全然不似从前，料理台放齐厨具、餐具和调料，冰箱更是塞满食物。闻小屿的食量大，吃的东西种类也多，无论食材还是水果，只要他喜欢，冰箱里就不会断供应。

闻小屿从冰箱拿出一盒大樱桃，一根香蕉，抱着上二楼舞蹈室。家里没有人，他不想待在楼下。

天已入凉，夜里有些冷，闻小屿套着平时在家穿的棉白外套，盘腿坐在落地窗边，边吃水果边看窗下的城市夜景。

从二十层的窗往外看，城市仿佛一览无余。俯视繁华的霓虹与身处高楼之中的感受截然不同，过去闻小屿从未在这样的高处去观望他生活的城市，他是街上人群中的一员，忙忙碌碌，为生活奔波。

闻小屿轻轻拿额头抵着玻璃，一边慢吞吞地吃香蕉，一边出神望着远处街道与天桥纵横交错，无数流动的光线交汇又离开，在高低错落的楼宇之间明灭。

他坐在自己的家里，却感到孤单。

当听到母亲说要继续抚养那个孩子的时候，那种最初的陌生感再次充盈他对这个家的印象。

闻小屿能够平静地接受父母的选择，他对遗憾早已习惯，也从不断的失去中学会放弃念想，好让生活好过。

无论是亲生父母还是兄长纯粹的爱，他知道自己都再也得不到了。谁都没有做错，只是二十年的时光太久，他不能奢望自己空着那个位置，还要别人全都只看着自己。如今的生活已经足够他感恩，能够专心跳舞，钱也够用，不愁吃穿，还要奢求什么呢？

城市的夜空有种冰冷的美感，降低心跳速率和身体温度，让看着它的人也逐渐安静下来。

一阵钥匙轻响，舞蹈室的门被打开。闻小屿坐起身，回头看到闻臻站在门口。

闻臻看上去刚从外面回来，还穿着西服正装，头发也整齐梳起，露出英挺俊逸的五官。他皱眉看着闻小屿:"还不休息?"

闻小屿拿起地上的水果盒子和叉子,起身扔进垃圾桶,跟着闻臻一前一后下了楼。这回他没有再嘀咕"管这么多",只不作声回房,拿衣服洗澡。

两天没见,加上好几天没说话,两人仿佛已经很久没有见面。闻小屿在浴室里洗澡,闻臻回房换上家居服,坐在床边打开笔记本电脑回了封邮件,关上电脑思索了会儿,起身离开卧室。

闻小屿洗完澡出来往自己房间走,他叫住闻小屿,状似无意地问:"晚饭吃得如何?"

闻小屿洗得热腾腾的,习惯揉一揉耳朵里的水,答:"很好。"

随后说:"谢谢你,我知道是你订的餐厅。"

闻臻看着闻小屿走进房间,关上门。

第二天一早,闻小屿起床时,就看见闻臻已经坐在厨房里,开着电脑似乎在工作。他有些不确定,走过去问:"在家吃早餐吗?"

闻臻只看着电脑屏幕,"嗯"一声。

闻小屿就转身去准备早餐。闻臻抬起头看着他的背影,直到他把煎好的牛肉片装盘转身端到桌上,才收回视线。

吃过早饭,两人下楼。两辆车等在楼下,上车前,闻臻出声叫住闻小屿。

"我有事,今晚不回。"

闻小屿顿一下,点头说:"好。"然后坐进了车里。

闻臻在车边站了片刻,才拉开车门坐进去。司机照例道早上好,无意从后视镜瞥到自家老板冷冰冰的脸色,顿时板直腰身,噤声。

闻小屿照例上课,吃饭,练舞。《花神》班的同学都待他很好,闻小屿也慢慢融入群体,休息的时候也会坐在一旁听大家聊天,而不是一个人待在角落。

姜河是个很好的舞伴,非常优秀,同时性格也好,对闻小屿很有耐心。有时候闻小屿都练得钻牛角尖了,他也能不厌其烦地陪着一遍又一遍重复。

有一群同龄人在一旁说说闹闹，闻小屿的心情好了一点。下课的时候，姜河特地走在闻小屿身边："今天怎么情绪不高？"

"……这么明显吗？"

"看你休息的时候都在发呆。"姜河笑着说，"怎么，还琢磨信任的感觉呢？"

闻小屿被逗笑，却没有解释。姜河便继续道："你也不用刻意去想这种感受，也可以想一想平时让你开心的事情，然后代入进去就好了。"

"或者你这么想。"姜河煞有介事勾住闻小屿的肩膀，"你就暗示自己，'小姜学长好帅，好优秀，能和他一起跳舞，我好幸福！'这样你说不定就找着感觉了。"

闻小屿忍不住笑。姜河乐呵呵地摸摸他的脑袋，把人逗开心就算完成任务，大摇大摆地挥手走了。闻小屿与人道别后，到学校门口坐上车离开。

他回到家，想起今晚一个人睡。洗完澡后，闻小屿回到卧室，半个身子趴在熊身上。

家一大，如果只有一个人，就显得空荡荡。闻小屿抓着熊的爪子，闭上眼睛让自己什么也不去想，专心入睡。

凌晨一点，闻臻关闭与某个外国企业高层的远程视频会谈，看一眼时间，再拿出手机打开看了看，关屏扔到一边。

他在公司里有一间休息室，可以洗浴、休息和工作，非常忙的时候，闻臻有时会睡在那里。原本今晚也是如此，因为第二天早上还有会议要开。

闻臻坐在沙发椅上，点燃了一根烟。城市的夜光从他的身后流走，勾勒他的轮廓。烟雾缓慢缭起，散开。

一根烟结束，闻臻起身走到门口，从衣架拿起外套，离开了办公室。

门铃毫无征兆响起。闻小屿正趴在被窝里开外放看电影，闻声忙关掉电影，合上平板电脑。门铃还在响，闻小屿从床上爬起来，拖鞋也忘记穿，光着脚小跑到玄关，打开猫眼往外看。

他看到一个清秀的男生站在门外，手边放着一个行李箱。

闻小屿一愣，接着立刻关上猫眼，手放在门上，低头轻轻深呼吸。他的心脏猛一下跳得很快，咚咚地撞得胸腔疼。强迫自己平复片刻后，闻小屿调整表情，打开门。

男生懒懒地把手搭在行李箱拉杆上，见门开了，看向门里的闻小屿。

两人面对面看着对方。男生比闻小屿要矮些，骨架也显小，穿着黑色大衣，衣着亮眼，衬得他皮肤白皙好看。

"闻小屿。"男生率先开口，冲闻小屿笑，"你好啊，我是闻康知。"

闻小屿一瞬间生出好像呼吸困难的错觉。他呆了两秒，才忙往旁边让："你好……请进。"

闻康知就拖着行李箱进来了。他随意地脱了鞋，站在客厅中间往四周环顾，看看沙发和茶几，又远远瞥一眼厨房，最后转过身，看着闻小屿。

"你和我哥住一块儿呢？"闻康知笑眯眯的，看上去很随性，还有些吊儿郎当。

闻小屿点头："我在这边上学。"

"你应该认识我吧？"闻康知随手把行李箱放在一边，晃到沙发边坐下，"爸妈没和你提起过我吗？"

"提起过。"

"是吗？好奇怪，爸妈都不和我提你的。要不是我问起来，我都不知道家里多了个人呢。"

闻小屿偏过视线，不愿意接这句话。

他没有想到这个和自己被调包了二十年人生的人会如此突然地出现在自己面前，他没有任何心理准备，并且在这短短一照面的时间里，没有感受到丝毫善意。

"怎么这么晚过来？"闻小屿平静下来，问。

"我怕自己白天跑过来，家里一个人都没有，那我不就扑空了。"闻康知笑的表情已经渐渐淡了，只直直地盯着闻小屿，"我哥不在家？怎么，这边是你一个人睡啊。"

他一口一个"我哥",喊得闻小屿内心酸涩又火起,却无法开口反驳,只能回答:"他今晚不回家睡。"

"是吗?我还以为他让你和他住一块儿,还挺关心你呢。"闻康知看着闻小屿,说,"看来是妈妈让我哥这么照顾你的,毕竟这么多年没见你,心里也挺愧疚。可惜我哥压根不爱和别人住,不然他怎么家都不回呢?"

闻小屿深吸一口气。他的脾气算不上好,只是许多事尽量不去在意。闻康知半夜闯进他住的地方,打扰他的休息,上来不是明里暗里地嘲,就是攥着劲宣示主权,令他非常烦躁。

"如果你来这里没有其他事情的话,就请离开。"闻小屿忍着不耐,"我要睡觉了。你可以白天的时候再过来。"

闻康知也早已冷淡了:"没看我拎了行李箱过来?"

闻小屿生硬地道:"家里没有多的房间。"

闻康知笑起来。他起身走到窗边转了一圈,闻小屿皱眉看着他的身影,感觉闻康知的步伐之间透露着一股不知名的焦虑和烦躁。

接着闻康知拿出一包烟,抖出一根,点燃抽起来。闻小屿无言看着他:"你不要在家里抽烟。"

"这里是我哥的家,我想抽就抽。"闻康知转过身,呼出一口烟雾,那眼神分明带着挑衅,"我哥都不管我,你管我做什么?"

闻小屿再按捺不住火气:"你来就是找我吵架的?"

闻康知又笑起来:"没有,怎么会呢,我哪敢和你吵架?你才是这个家的正主,我是个假的,偷了二十年好日子过,以后还不知道能不能继续过呢。这不特地从家里跑到首都来和你搭关系么。"

"你不需要这么做。"闻小屿冷声说,"爸爸和妈妈已经决定继续把你留在身边,往后你还是能继续过这样的生活。"

闻康知乐了:"不是吧闻小屿,我听说我亲生爸妈家里挺穷的啊,你从小生活在那种家庭,怎么还能这么天真烂漫?你这个亲生的回来了,我就算还留在闻家,我算什么?我还不就是个外人?"

"你说这种话,把爸妈这么多年养你的感情放到哪里?"闻小屿怒道,

"在一起生活二十年，怎么可能把你当外人？如果你是来炫耀的，就不必再说这种话了！"

"二十年又怎么样？一听说我不是亲生的，还不是说不认就不认？"闻康知霍然发起脾气，"这才刚把你认回来几个月，就把我的房产和股份全都转走，还不就是打算都转给你？你真以为他们想继续养我？！"

闻小屿乍一听说这种事，半晌说不出话。闻康知却情绪愈发激动："反正我就是个假的，这么多年人生统统都是假的，从此以后也没有人会管我！"

"你的亲生妈妈会管你！"

"放屁！"

闻康知狠狠抽一口烟，在窗前走来走去："你一回来，所有人都围着你转，我算什么东西？自己家门都进不去，哈哈！把我送到灵香山那种鬼地方住，说什么让我养病，不就是不想让我找到你？笑死人了，说谎，都在对我说谎！"

他的面色很白，嘴唇呈现不正常的淡紫，夹着烟的手指也一直在生理性地发着抖，并越发明显。闻小屿差点要和他吵起来，却不经意注意到他的古怪状态，疑惑不定看着他："你……哪里不舒服吗？"

他听李清说过闻康知的身体不大好，想起这件事，闻小屿开始有些紧张。闻康知一直在深深地喘息，闻小屿起初以为是情绪太激动导致，现在看来，竟然像是某种病症发作的前兆。

闻康知竟然笑起来："你猜啊。"

他脚步不稳，扶住玻璃窗，嘴唇颜色愈发变深，不停抽气。闻小屿朝他靠近几步，看清他的脸色，脑海里猛地闪过记忆。

闻小屿难以置信看着他："是冠心病吗？"

闻康知喘息着笑："真聪明，不愧是闻家的小宝贝。"

闻小屿并没有多聪明，他能迅速猜到闻康知的病，只是因为杜晓东也有冠心病。他见过杜晓东发病的模样，和闻康知的状态简直一模一样，那时他才上小学，对杜晓东乌青着嘴唇瘫在沙发上往嘴里倒药的画面印象极为深刻。也因此当妈妈得知他通宵赌博的时候，才在家中发了疯般大吵大闹，尖叫：

"杜晓东你疯了吗，你想死吗？！"

他不知道杜晓东这样消耗自己，是否哪一天就会在某个地方暴毙。更不知道这样的心脏疾病，竟然遗传到了闻康知的身上。

"你有冠心病还抽烟？"闻小屿上前夺过闻康知手里的烟，发怒，"你不想活了？！"

闻康知已经站不住，跌跌撞撞地坐进沙发，漠然地道："反正没人要我，我活不活有什么区别？"

闻小屿半句话不想与他多说，扔了烟后转身去翻他的衣服口袋："药放在哪里？快点！"

闻康知盯着他，声音低哑："行李箱。"

闻小屿立刻去拿他的行李箱，但箱子有密码，闻小屿急坏了："密码！"

"我哥的生日。"

闻小屿的动作停顿半秒，后快速滑动密码轴，打开行李箱，从侧边的网袋里翻出药瓶。他匆忙从厨房倒来温水，把药和水拿到闻康知面前。

就在这时，门锁响了。两人同时看向大门，门从外面打开，闻臻裹着一身夜风的气息，走进这个家。

他一眼就看到客厅的场景，看着突然出现在家里的闻康知，然后把视线转向闻小屿。闻康知望着闻臻，温软着嗓音喊："哥，你回来了。"

闻小屿转过头。他下意识地回避这样的画面，不看闻臻，只把药递给闻康知："快吃。"

闻康知却只看着闻臻，固执地说："哥，你来。"

闻小屿深吸一口气站起身。身后传来稳定的脚步声，闻臻的气息靠近过来，接着他手上的药和水被拿走。闻臻坐在沙发上，背对着闻小屿，把水杯放进闻康知手里，从药瓶里倒出药丸，闻康知吃下药，乖乖喝水。他流露出病弱苍白的模样，脸色依然十分惨淡："哥，我心脏好难受。"

闻小屿站在一旁，看着闻臻转身抬手把闻康知背起来。闻康知纤瘦，人也轻，软绵绵抱着闻臻的肩膀，陷在男人的背上。

"我带他去医院。"闻臻终于说出进门后的第一句话，对着闻小屿，"你就在家里。"

然后就带着闻康知离开了。

闹剧过后,房间变得更安静。闻小屿一个人站在客厅中央,面前沙发垫凌乱,茶几上放着水杯,淡淡的烟味还没有完全散去。闻康知的行李箱摊开放在脚边,里面只有简单几套衣物,或许是匆忙赶来,或许是不打算再走。

夜晚的风从敞开的窗户阵阵往家里涌,吹得人一身凉意。闻小屿握住自己冰凉的手指,蹲下来,脑袋埋进膝盖。

"脚,脚!"

姜河嗷一嗓子,闻小屿连忙跳开,不停地道歉。

姜河扭曲着脸抽气,还不忘关心闻小屿:"今天怎么了?心不在焉的。"

"昨晚没睡好,抱歉。"

他眼眶下挂着淡淡的黑眼圈,人打了蔫似的,姜河便把他拉到一边让他先休息。过会儿森冉教完其他人过来,坐在他身边:"怎么精神不好?不会是练舞练得压力大睡不着觉吧?"

闻小屿坐在一旁抱着水瓶,摇摇头:"没有。歇一会儿就好了。"

森冉说:"别人练舞,我都是使劲催,使劲督促,你呢,我还得小心拉着你点,别让你练太狠累坏了。小屿,你不必太在意这次比赛的结果,跳舞只是你生活的一部分而已。况且你真的表现得很好。"

"我不觉得自己优秀。"闻小屿低着头说,"我一年多没有系统地学舞,已经落下别人太多了。"

"没有关系的呀,你看你现在不是已经赶上来了吗?难道有人说你跳得不好吗?"

"我自己觉得自己跳得不好。"闻小屿说,"学长一直教我,可我就是找不到那种双人舞的感觉,我是一个学跳舞的,却没有舞台表现力。"

森冉在心中叹息,看着闻小屿,仿佛在看着自己家一个苦恼的孩子。她握住闻小屿的手,想了想,说:"小屿,你不要着急。这样,今天你先回去好好休息,回去以后也不要练舞了,可以和朋友约出去玩一玩,转换一下心情,好吗?"

"可是排练……"

"只是一天,你的话不会掉进度的。"森冉安慰,"偶尔转换一下状态,说不定能有所突破。相信老师,回去吧。"

下午和晚上没有课,闻小屿难得在白天离开学校。他有些疲惫,也不想到处去玩,便坐上回家的地铁,路上给司机打电话,告诉对方晚上不用来接,自己已经在回家的路上。

不过十分钟,他就接到闻臻打来的电话。

"没课了?"闻臻在电话那头问。

闻小屿"嗯"一声。

"一起吃个午饭。"闻臻说,声音比平时少了些清冷的意味,"我来接你。"

闻小屿说:"不用了,我有点困,想回家睡觉。"

沉默一阵,电话那头才说"好",闻小屿便挂了电话,靠在地铁座位上,看着地铁显示屏里的广告。

闻小屿回到家,脱了鞋,慢吞吞地走进自己卧室,把书包取下来放在桌上,脱掉外套和长裤,换上家里穿的衣服。他本想往床上躺,看着自己的床,又转身拉开衣柜,从里面抱出一叠毛绒毯,然后抱着毯子上了楼。

他打开舞蹈室的门走进去,把毛绒毯铺在沙发上。天气凉了,一层薄毯不够,他自己再加一层。闻小屿掀起毯子钻进去,把自己裹起来。

这样睡很舒服。闻小屿闭上眼睛,渐渐放松下来。他不想待在楼下,那里有让他不舒服、不喜欢的味道。

昨晚直到后半夜才勉强睡去,导致闻小屿白天排练时净出状况。他极少晚睡,仅一次就折腾得他大半天缓不过来。闻小屿窝在暖融融的毛毯里,躲着窗外的天光,很快睡着。

似乎睡了很久，闻小屿感觉有人在叫自己。他睡得正香，好不容易迷糊醒过来，睁眼感到光线暗了许多。

闻臻收回手，说："起来吃饭。"

闻小屿睡蒙了，顶着一头乱毛从沙发上坐起来。闻臻不知什么时候回来，就坐在沙发边沿，没挤着他睡觉。窗帘拉上了，把外头的日光一遮，难怪他睡得昏天黑地的。

闻臻把带回来的饭盒放到闻小屿怀里："两点了。"

闻小屿抱着饭盒，这才想起自己光顾着睡觉，忘了吃午饭。醒了就饿了，闻小屿也没客气，说一声"谢谢"，就直接坐在沙发上打开饭盒开始吃。

饭很丰盛，蔬菜肉蛋和紫米，另一盒装的是水果沙拉和一小盒酸奶，水果多沙拉少，完全符合闻小屿的饮食习惯。

闻小屿吃着饭，闻臻也没有要走的意思，只坐在一旁不说话。

闻小屿吃完饭菜，拿过另一个饭盒吃沙拉，见闻臻不走，问："你吃过了吗？"

闻臻说："吃完了才问我？"

闻小屿低下头兀自吃沙拉，装作不知道。闻臻一手搭在沙发背上看着他，问："什么时候才肯消气？"

叉子一顿，闻小屿戳进小番茄，过了一会儿把小番茄塞进嘴里："没有生气。"

闻臻没说话，闻小屿也不说，吃完沙拉喝酸奶，没让自己的嘴得空。等他吃完，闻臻拿过手边另一个袋子，从里面取出一瓶红花油，递给闻小屿。

药油倒进掌心，顺着骨节微微还红肿的地方揉开，缓解残余的不适。闻小屿轻轻揉按自己的脚腕，脚渐渐热起来。

"妈今晚会过来接康知回去。"闻臻说，"他们住在城西滨湖区，不会来这里住。"

"知道了。"

闻臻尝试着解释："我不知道他会半夜跑过来。"

"不要说了。"闻小屿侧过头，"这些事都和我没有什么关系。"

"不是说没有生气?"

"我本来就没有生气!"闻小屿霍地站起来。

闻臻跟着站起身,低声说:"是我没处理好,往后他不会再出现在家里。"

"做什么不让他来家里?他也是你弟弟,他是这个家的一分子,他想去哪里就去哪里!"

"他不是。"闻臻把闻小屿捉回来,摆正到自己面前,"我就你一个弟弟。"

闻小屿像只被一巴掌捏住的雀,听到这句话就哑了火,只低头抿着嘴不说话。闻臻见他终于不扑腾了,就是低着头看不到他的脸,干脆半跪下来。

闻小屿不愿意看他的眼睛,偏过头:"说起来真轻松。"

"你想要我怎么证明?"

闻小屿很想转身离开。他不想表现得任性不讲道理,但一面对闻臻,情绪就总是走向失控,拼命往心底藏的那些话也一句一句往外冒:"你们在一起生活这么多年,早就是一家人了,这是很正常的事情,我可以接受。所以你不需要再说些好听的话来哄我。"

两人一个盯着地板,努力忍耐泪意。一个盯着对方,黑眸沉沉。

"闻小屿,我再说一次,"闻臻平静道,"我只有你一个弟弟。"

闻小屿被闻臻领回楼下,回到自己卧室,抱着熊靠在床上一动不动。没过一会儿,门外就响起闻臻的声音:"闻小屿。"

闻小屿忙把熊推到一边:"什么事?"

闻臻推门进来:"晚上和妈一起吃个饭。"

"知道了。"

"跟我去公司吗?"

闻小屿愣了一下:"去做什么?"

闻臻整理衣袖,扣好表带,看他一眼,说:"带你去玩。"

"公司有什么好玩的?"

"你下午没课,不如和我一起出门。"闻臻说,"走吧。"

这话在闻小屿听起来几乎没有逻辑和说服力,但他犹豫了一下,还是从床上起身。

经过闻臻身边的时候,闻臻抬手拍了一把他的后脑勺。

"真难哄。"闻臻说。

闻小屿立刻争辩:"我一点都不难哄。"

后来才知道闻臻说这句话竟然是发自内心,因为闻臻从前从来没有尝试过让某个人开心起来,没有这种想法,更不会有实践。以致第一次发生在闻小屿身上的时候,很是有些费劲的意味。

这回闻臻是自己开车回来。闻小屿才知道他上午还开了一场近三个小时的会议,中午竟然还抽空回家一趟,把他从家里拎出来,下午还要回公司处理工作。

闻小屿再不吭声了,乖乖跟着闻臻到公司去。公司位于某个商业街区的一栋写字楼内,周围一片区域都属于闻家的地产。

大厅里,乔乔早早就下楼等着,见两人坐电梯上来,马上迎上去:"闻总好,小屿你好呀。"

闻臻对乔乔说:"带他四处逛逛。"

然后对闻小屿说:"两个小时后给你打电话。"

闻臻言简意赅,说完就走。乔乔见老板走了,立刻凑到闻小屿身边:"走,姐姐带你上楼去玩。"

乔乔如今已经把闻小屿当作自己的小福星,只要闻小屿出现,自己的工作量就会大幅度减少,主要任务不是陪吃饭,送玩偶,就是接送,带着玩,简直没有比这更轻松的助理工作。想当年刚跟着老板来首都开拓市场的时候,她忙到内分泌失调,无数次差一点就累到不想干。

闻小屿跟在她旁边:"乔乔姐,你们都在上班,我跑去玩,这样不好吧。"

"没事的,你上来看就知道了。"

闻小屿跟着乔乔坐电梯上楼,进入办公层。室内设计充满简约大气的现代风格,整面落地窗收光极好,由于楼层高,窗外能看到大片的天空。

此时正是上班时间，楼层间人来人往忙忙碌碌，大家看起来都繁忙而专业，闻小屿差点想贴着墙走，生怕拦着路。

许多经过的人都会看一眼闻小屿。有人问："乔乔姐，这位小帅哥是谁呀？"

乔乔就回答："是闻总的弟弟。"

一时所有脑袋都抬起来好奇看向闻小屿。在更多好奇涌上来之前，乔乔带闻小屿进了休息室，关上门。

公司有两层楼专门用来做休闲娱乐区，有私人影院、咖啡厅、游戏房、健身房等区域。但上班的时候，那里通常人少，乔乔特地把闻小屿带到工作区，让他在大家面前露面。

她在集团做了九年，从一个初入职场的小会计一路到闻臻身边的助理，对于自家老板的意图，不说十分了解，也是八分清楚明白。闻臻要她带闻小屿在公司四处逛逛，话里意思便是让大家都见见自己这个弟弟，看清人，认清脸，以后不要弄错了。

尽管从不打听老板家私事，但乔乔还是能察觉出一些事。从前在本部上班时，她偶然见过闻总的另一位"弟弟"。那时一个男孩招呼也不打大刺刺地走进来，说要见自己哥哥，一问哥哥是谁，说是闻臻。可闻总当时正忙，从头到尾都没有让人上去过。

熟悉闻臻的行事方式后，乔乔以为自家老板与家人的相处模式就是这般，比普通家庭有距离感得多，就像老板本人一样冷淡寡情。

于是当闻臻带着闻小屿出现在机场，让她给闻小屿买这送那，又把闻小屿带到公司来的时候，乔乔跟随老板的意志，第一时间对闻小屿空前重视起来。

休息室比茶水间大得多，乔乔带闻小屿到沙发坐下，把装满零食的大收纳盒和饮料挪到闻小屿面前："弟弟想吃什么就拿，电视可以看好多电影电视剧的，还可以连手机打游戏。"

"谢谢。"闻小屿规矩坐在沙发上，"乔乔姐，你去忙吧。"

乔乔打开电视，教闻小屿自己选电影放，告诉他卫生间的位置，让他有任何事就给她打电话，这才离开。

她回到自己办公室，没过一会儿几个主管来她这里拿材料，顺便好奇地打探："乔乔姐，那个男生是闻总的弟弟吗？"

"是的。"

"他好白好漂亮呀，我还以为你领了个小明星代言来公司呢。"

"不可以拍照哦，和你们部门的人也都说一下。"

"好。"

闻小屿坐在休息室里，拿了一包粗粮饼干吃，一边看电影。其间有几个人进来拿零食饮料，都是笑着和他打个招呼就跑出去了。闻小屿看了会儿电影，才意识到自己坐在这里，大家好像都不敢进来久待。

他顿时如坐针毡，想来想去，还是关掉电视，把桌上零食收拾好，起身轻手轻脚推开休息室的门，在众目睽睽下往外溜。经过乔乔在的办公室时，乔乔眼尖，一抬头捉到他的身影："弟弟！要去哪里呀？"

"我去楼下咖啡厅坐着。"闻小屿在门口对乔乔解释，一边说一边慢慢往外挪，"谢谢你乔乔姐，不耽误你们工作了，再见。"

说完客客气气对乔乔挥手，转身一溜烟不见了踪影。

第五章

闻臻到楼下咖啡厅找到闻小屿的时候，人正抱着手机津津有味看一部喜剧电影，面前桌上放着一杯快见底的冰水。

他走上前，从后面把人脖颈一捏。闻小屿吓得手机差点飞出去，转头一看是他："别突然吓我！"

"你怎么一刻也坐不住？"闻臻皱眉。让他好好待在哪里，他偏偏就不，每次不是躲起来就是跑掉，滑不溜手，让人心情不耐。

闻小屿说："别人都在工作，我在那里吃吃喝喝，不是很奇怪？"

闻臻没答话，看着他像在看一个笨蛋。闻小屿敏锐察觉："你那是什么眼神？"

闻臻不再多说，把闻小屿拎上车，带去吃饭。

李清专程从家赶来首都，去了趟医院，再到饭店的时候已是晚上七点。李清平日里很忙，她是当地音乐家协会会长兼广播艺术团演员，每天从家到剧院两头跑，有时丈夫需要住院，她还要前去照顾。

闻家良与她说得很清楚，自己这边让护工照顾就好，她主要负责看好康知，让康知好生待在灵香山的别墅，不要让他跑到首都去。

丈夫的心思,李清都明白。尽管有时候她不喜欢丈夫这样的冷静和无情。小屿是她失而复得的小宝,康知也是她抚养了二十年的孩子,让康知回到那样糟糕的亲生家庭中去,李清也不乐意。

她曾想着让小宝和康知见面,期望两个孩子可以和睦相处。然而闻家良不许,不仅让康知搬去灵香山住,甚至直到康知到自己面前来哭诉,李清才得知丈夫已经把他名下的财产统统转走,唯留自己这边给孩子的一些资产未动。

李清得知后,跑去找闻家良,在丈夫面前委屈地问:"你这就不认康知啦?"

闻家良悠悠地坐在花园里晒太阳:"你给他的,我又没动。"

"家良,你知道康知从小受宠,现在你突然把东西都拿走了,他在我跟前都闹好几天了。"

"你也知道你把他宠坏?仗着自己心脏不好,都快成家里的霸王了。"

李清只好说:"康知只是有点任性,心又不坏。"

"小宝性子软,单纯,对别的没什么欲望,只喜欢搞艺术,你也看到了。"闻家良对李清说,"要让他把自己当闻家人,光只是给东西不行。还要让他知道他才是家里唯一的小儿子,就他一个,没有别人。"

李清担忧:"可你做得这么果断,万一康知记恨上小宝怎么办?"

"所以让闻臻陪着小宝,让你看着康知。你是母亲,我知道你爱得深,放不下,你还想继续抚养康知,我没有意见。但有一件事我要和你说明白,清清,小宝好不容易回家,别人不能再让他受委屈,自家人更不行,否则我们谁能对得起他?"

闻家良不让康知和小宝在同一个屋檐下生活,李清回去细想过以后,也认为这样更好。小宝性格单纯,与她一样专注于自己感兴趣的艺术道路,旁的东西都不是非常在意。而康知心思多,又受宠爱,趾高气扬惯了,李清还真担心他会欺负小宝。

她最不想的就是小宝的练舞生涯受到一星半点的阻碍。李清曾因一次生病坏了嗓子,花了很久才休养回来。那段日子是她最煎熬黑暗的时光,身为演唱者却不能上台唱歌,不知自己的嗓子还能不能好起来,恐惧自己年纪轻轻就被舞台抛弃。因此当李清得知小屿从首都舞蹈学院休学在家打工时,才那样恨透了杜家的无能;得知胡春燕竟然供着小屿从小练舞一直到大学,心情又复杂到无以言说。

李清推开包厢的门,兄弟俩已经在里面等她。闻小屿看见她就站起来,依旧不大习惯地叫一声"妈"。

李清放下包,走过去抱一抱闻小屿:"都怪妈妈不好,小宝是不是受委屈了?"

闻小屿不自在:"没有。"

一旁闻臻说:"明天回程的机票已经订好,到时候我会让人送你们去机场。"

李清颇有些无奈。她的丈夫和这个大儿子,真是一脉相承的薄情。

她小声问闻小屿:"哥哥有没有欺负你?"

闻小屿还真被问住了。要说没欺负,明明是吵过架了,要说真欺负,好像也没有。他傻了一会儿,含糊地答:"没有。"

李清拉着闻小屿坐下,温声细语地说:"康知就是脾气不好,冲动,怪妈妈太纵容他了。要是他和你说些不好听的话,小宝千万别往心里去。"

"嗯。"闻小屿点头,"他好些了吗?"

"没事,吃点药就好了。"

闻小屿思索片刻,还是对李清说:"那天我看到他抽烟。他既然有心脏病,就不要让他抽烟了。"

李清吃惊睁大眼睛,后有些气恼皱起眉:"这孩子怎么……"

闻臻说:"吃饭。"

这个话题便到此停下。李清很快调整过来心情,在小屿面前她不愿意流露负面心情,之后依旧笑着与他聊天。

中间闻小屿起身去卫生间,饭桌上剩李清和闻臻。李清这才说:"难怪康知这次反应有点严重,这孩子竟然还在偷偷抽烟。"

闻臻说:"他还有这毛病?"

"还不是你做的榜样。他什么事都喜欢模仿你,你抽烟,他立马就学来了。"

闻臻无言。李清叹了口气,又说:"康知躺在床上还跟我说,说是你把他背到医院的。本来以为你不关心他,看来多少还是在意的。"

"妈,避免以后误会,有些事我还是现在就说清楚。"闻臻平淡地道,"我带他去医院,是因为他在家里吓到闻小屿了。"

李清愣住:"什么?"

闻臻说:"您还想把康知当作自家人,我无所谓,家里可以养他一辈子。但他的地位从今以后不可能和闻小屿相提并论。"

这番冷漠的话让李清一时心中难过:"你就算这样想,何必说得这么直接?康知从小最喜欢你,天天围着你转……"

门推开,闻小屿从外面走进来,话题戛然而止。闻小屿感到气氛有些怪,不安地看看李清。闻臻对他说:"过来把汤喝了。"

闻小屿坐过去喝汤。李清心中暗暗叹气,拿大儿子没有办法,就像和自家丈夫也谈不拢一样。两个男人都是这偌大一个家的顶梁柱,也都是一般的独断专行。

好在小儿子乖乖甜甜的,还像她一样喜欢艺术。家里丈夫从商,大儿子从商,康知在大学学的也是金融。小宝对商业毫无兴趣,专心跳舞,叫李清看着就觉得可爱。她真想跟着自家小宝到首都来住,好天天照顾他。

可就像丈夫所言,即使是她,也不愿意让另一个娇纵的孩子打扰到小屿的平静生活。

吃过饭后,李清与兄弟二人告别。闻臻和闻小屿回到家时已是九点多,闻小屿难得在外面玩这么久,精力用在跳舞以外的事情上,总是变得有限。他打个哈欠,拿着衣服去浴室洗澡。

洗完澡闻小屿精神一些,去厨房倒水。拿杯子的时候听到自己手机远远地响,他端着杯子到处找,在沙发上找到自己手机,拿起来看。

是森老师在群里发的他们排练舞蹈的视频。闻小屿把杯子放下，蹲坐在沙发上抱着手机点开视频看，专心研究自己跳舞的动作和神态。他看着看着就趴到桌上，腿跪到椅子上翘起来，伸长胳膊，习惯性地抻腰拉筋，眼睛还认真盯着手机屏幕。

闻臻一进来就看到他这奇怪的姿势："……你在做什么？"

"看我们排练的视频。"闻小屿看了一会儿，抬起头看一眼闻臻，手拨弄一下手机，状似随意地问，"你要看吗？"

闻臻走过来，闻小屿矜持抿着嘴，起身把手机拿起来往他那边挪一点，进度条拉到最开始重新放。

背景音乐响起，闻臻站在闻小屿旁边看视频。他没什么表情，但目光专注，近十分钟的舞蹈视频，他一言不发从头看到尾。

闻小屿流露出期待的模样："如何？"

闻臻说："这个男生是你的舞伴？"

"对，我在剧本里扮演的是一个女性角色，跳的是女位。"

闻臻一手放在桌上，食指轻轻一磕。他看上去没有要表扬的意思，面无表情的，不知心里在想什么。

闻小屿心里便有些打鼓："你觉得跳得不好吗？"

闻臻看向他，黑眸深沉不见光，开口："你的双人舞跳得一般。"

不知为何，这话从闻臻嘴里说出来，打击程度竟然比森老师还要强烈。闻小屿心中顿时非常沮丧，他忍着失落，让自己看起来不要太过脆弱："我知道，老师也说我这部分跳得不算好。"

"你和你的舞伴关系如何？"

这话问得毫无缘由，闻小屿莫名，还是如实回答："就是一起排练的学长，普通朋友。"

闻臻侧过身来，完全面对着闻小屿。他身形修长高大，眼眸垂下时，薄薄的眼角就显得挑起，透露冷漠与压迫感。闻小屿莫名有些不安，站在闻臻身前的阴影里，抬头看他。

"你还需要练习。"闻臻说。

"我知道。"闻小屿回答,"我每次排练都会和学长……"

话音未落,他被握住手腕。闻小屿茫然被拉着往前两步,站在厨房空旷的平地上。灯落下光,映照他的皮肤微微发光。

"四分十七秒的时候,你抱着舞伴旋转下腰的动作生硬,表情也不到位。你的老师没有提醒过你?"

"……有的。"

闻臻说的话和森老师当时提出的问题几乎一模一样,看来后来反复练了那么久,他还是没有练好。闻小屿迟疑道:"森老师说我跳双人舞没有那种信任的感觉。"

"换个人练。"

闻小屿怔怔抬起头,见闻臻也低头看着自己,脸上没有半点开玩笑的意思。

"我和你也练、练不了。"闻小屿抽回自己的手,小声说,"你又不会跳舞。"

紧接着他被拉过去。闻小屿吓得身体瞬间紧绷。

"你不需要练习技巧。"闻臻握着他的手,没有用力,"你只需要找感觉。"

闻小屿屏气凝神,期望借助这种方式让自己进入舞蹈状态。

"你跳起舞很轻盈,为什么一贴到舞伴身上,关节就变硬?"

"因为……我不太习惯双人舞。"闻小屿低着头,还是说出实话,"我不喜欢身体接触。"

这些话,他半个字也不敢讲给森冉和姜河听。这是他自己的小毛病,和姜河学长没有任何关系,他就是不习惯身体接触,这会让他内心生出点不可明说的嫌弃。

闻臻依旧没有动,低头看着他:"那你现在适应一下?"

闻小屿想反驳,他的小腿肚都站麻了,抬手去推闻臻。闻臻纹丝不动,像一座沉稳的雕像。

"你既然要跳舞,总要克服。"闻臻说,"现在就练。"

他的话简练无情,即使是贴心的陪伴行为,也仿佛命令一般。闻臻说得没有错,既然自己想要在舞蹈的路上走下去,这种心理状态怎么能不改正?更何况这是他真正意义站上大舞台的第一支舞。

闻小屿迟疑重新扶上闻臻的肩膀,鼓起勇气抬头看一眼他,又飞快垂下睫毛:"我不知道……怎么找到那种入戏的感觉,森老师说……呃……"

"首先要接受与他人的身体接触。"闻臻说,"这是你需要迈出的第一步。"

闻小屿有些紧张地点头,试着再靠近闻臻一些。闻臻的确是个不错的练舞对象,他也学过交谊舞,动作保持着绅士的距离感,既不让人感到压迫,又不至于疏离。

最重要的是,闻臻是他哥。这样的认识让闻小屿本能对闻臻保持信任与安全感。在这样的心理状态下,闻小屿慢慢放松身体,投入到练舞的状态中去。

"你可以扶着我吗?"

"可以。"

"这里我要下腰……"

"嗯。有点沉。"

闻小屿马上直起身,瞪一眼闻臻。闻臻无辜举起手:"开个玩笑。"

闻小屿好气又好笑,神奇的是,那种打心底的抗拒感正在淡去。他莫名有些不好意思,松开他哥的手。

"不练了?"闻臻问。

"不练了。"闻小屿不自在地后退几步,转过身,"但还是谢谢你……嗯。我回房了。"

闻臻看着闻小屿抛开的背影,安静站在桌边。不过片刻,他也离开厨房,一言不发走进自己的卧室。

"小屿,再来和小姜练两把!"

闻小屿回过神,放下水壶从地上一骨碌爬起来。森冉在一旁拍拍手:"音乐准备起——"

熟悉的背景乐第无数次响起，闻小屿踩着乐点搭上姜河的肩膀，抬头望向舞伴。

练功房墙顶的灯光倾泻而下，一瞬间模糊了对方的轮廓。闻小屿再次晃神，脑海中重又浮现起闻臻教他练舞的画面。那种安心的感觉仿佛无声地萦绕左右。

那是一种新鲜的体验，像偶遇某个世间少有的稀奇物，无所不在地保护他的弱点。外人的靠近变得不再令他抗拒，令他能够专注在舞蹈本身，而不须再费力气去克服自己的胆怯。

音乐停止。

姜河顶着一头汗过来，脸上表情很是惊喜："小屿，今天感觉很对欸。"

森冉也说："不错，今天的表情和姿态大有突破，就是跳前半段的时候要再开心点，后半段那种哀伤的感觉是有了。"

闻小屿站在原地怔怔的，慢半拍擦掉额角的汗。

姜河笑着靠过来："怎么忽然开窍了？是不是回去偷偷补了好多双人舞视频啊。"

闻小屿勉强笑一下："嗯。"

下课后，闻小屿独自在一旁收拾背包。姜河经过他身边，注意到他的神情："怎么看起来心情不大好？"

闻小屿背起包："没有，就是昨晚没睡好。"

两人一同离开教室。姜河说："今天你表现得棒多了，再接再厉啊。"

闻小屿低着头不说话。姜河疑惑，抬手搭着他肩膀："怎么了？有进步还郁闷呢。"

"没有。"闻小屿想着心事，忽然问，"学长，你有没有兄弟姐妹？"

"有啊，我好几个表弟表妹呢。"

"亲的呢？"

"那没有。"

"你和你的弟弟妹妹……关系好吗？"

姜河耸肩开玩笑："他们可爱的时候就关系好，不可爱的时候，我只想把他们逐出家门。"

闻小屿笑一笑，又默然叹一口气。他不想把自己不好的情绪带给姜河，便在岔路口随便找个理由，和人分开走了。

闻小屿站在茫茫夜色里，周围嘈杂人声遥遥，他一个人陷进难言的叹息。

很难想象在不久之前，他和闻臻在这世间还是一对陌生人。闻臻不能算是个体贴温柔的哥哥，即使如此，他带给闻小屿的特殊感受仍无比的独特。

就像一个漫漫独行的旅人，走过沙漠和大海，在大地上偶然遇到一棵大树。大树遮天蔽日，绿荫繁盛，轻易就为他遮去所有风雨，把烈日筛落成温柔的碎光，树底盘绕淙淙水源。

原来这就是"哥哥"的存在吗？

"……闻总，闻总？"

闻臻的目光从窗外收回，抬起。旁人小心提醒："我们到了。"

门口早有人等候，见车来了，小跑过来给闻臻开门。闻臻下车与来人握手打招呼，一同走进山庄。

他到外地来签订一个投资项目，出差的最后一天受邀参加一场在私人山庄举办的晚会，主办人是父亲曾经重要的合作伙伴，也将是他未来的合作方。

已有不少客人三三两两会聚庭院内外，见到闻臻都客气与他打招呼。山庄的主人谢风涛特地从楼上下来，迎接闻臻。

"闻臻！要和你小子见上一面可真不容易。"谢风涛熟稔地拍拍闻臻手臂，身边跟着他的女儿谢缦婷。缦婷穿一袭淡绿镂花半裙，长发绾起，化精致淡妆，面色粉白如少女，正看着闻臻笑，一双眼睛弯弯的。

闻臻与父女俩打过招呼，他这次答应来，也是因为谢风涛的身份，两家多年有合作关系，且目前来看都还算比较愉快。

"老闻身体如何？"

"还不错，已经可以回家休养。"

"嘿，那老家伙，骨头硬得很，百八十岁没有问题。哪像我，比他少长几岁，倒真成个老头子啰。"

"谢伯还年轻得很。"

"不年轻了，天天有操不完的心，你看看我，头发都白成这样。要是我家有你这么个争气的小子，哪能有这么多事让我心烦？我早和你家老头一起天天上山钓鱼去了。"

两人慢慢踱步到假山湖边，谢风涛说："前阵子我还和老闻聊天，他说你忙着在首都主持工作，连他要见你一面都难。听说你来这边了，我这不赶紧把庄里收拾收拾，约你出来散个心，放松一下心情。"

闻臻说："谢伯太客气了。您要是一个电话，我也就随时随地赶过来了。"

"你小子，话说得这么好听，人还不是一样难逮。怎么，一听你老头说谢伯想给你介绍对象，忙不迭就跑了？"

话题绕来绕去，最后还是落在这个点上。闻臻站在湖边停顿片刻："谢伯，我暂时还没考虑婚姻的事情。"

谢风涛笑道："你都三十了，这时候不考虑，等四十岁再考虑？你不急，可别把你爸妈急坏了。"

闻臻不言语，谢风涛说："缦婷特地从国外飞回来，昨晚才刚刚到家。你们从小一起长大，这么久不见，总要一起说说话的嘛。"

两人一同看向别墅内，只见女孩远远在走廊下和朋友们散步聊天，时而看向他们这边。闻臻收回视线，平静道："谢伯说得是。"

他与谢风涛暂时告别，转身往别墅走去。女孩察觉到他的身影，立刻挺直腰身背过去，假装与朋友继续聊天。闻臻走到走廊下，礼貌加入她们的对话，不过一会儿，闻臻与缦婷并肩离开，往花园里的林荫小道走去。

缦婷颇有些紧张，尽管面上还是从容。仔细算来，自从闻臻去了首都，自己飞往国外，两人竟是整整两年未曾见面。他们是传统意义的青梅竹马，两人的父亲一同发家，从小在一个院里长大，每年至少都会在过年时的聚会上见一次面，更不论在同一条街上抬头不见低头见。

她追求闻臻早已成为朋友圈内人人皆知的事情，不仅同辈人知道，连父辈都有所耳闻。缦婷不觉得这是羞于启齿的事,她打小喜欢闻臻,这么多年过去了,见过形形色色的人,也没见过比闻臻更优秀的男性,自然就没有转移目标。更何况明着喜欢闻臻的也不止她一个,熟悉的人几乎不把这种事当作八卦,而是看作寻常。

当年圈内盛行把孩子送出国念书,谢家也不例外。缦婷原本也要去国外学钢琴,然而女孩看闻臻自始至终都没有要出国的打算,便咬牙也选择在国内上学,说什么也要跟闻臻一块儿。后来高中毕业,闻臻保送国内一流大学,缦婷不解,但还是因此想留在国内。谢风涛这才出手干预女儿,硬把人送去留学。

后来缦婷打听闻臻的消息,得知闻臻在大学念数学系,大二时创办一个工作室,与室友一同开发独立游戏。后来游戏上市,收获一大批铁杆游戏迷,听说在游戏论坛上相当风靡。可没过两年,闻臻的工作室接二连三遭到恶意收购和抄袭等事件,官司打了两年,因对方是世界名牌大厂而始终没有结果。

之后闻臻从工作室离开,进入自家集团任职。几年后,闻臻买下当年自己创办的工作室,出高薪把曾经的大学同学挖到自家公司名下,继续研发游戏。

缦婷喜欢闻臻的特立独行和不为所动。闻臻所做的一切都不同于她所熟知的大多数朋友,充满个人风格与实力,让她感到新奇又神秘。可惜她的竹马哥哥的心思似乎全然不在感情上,这么多年来即使谈过女友也再无下文。缦婷等来等去,等得愈发焦急。她今年二十五岁,已到婚嫁的年龄。

"闻臻哥这阵子都在忙什么?"

"工作。"

"我之前还去了首都呢,可当时你在外地出差,又错过了。"

"抱歉,我经常不在家。"

"以后就打算留在首都了吗?"

"看公司的发展情况。"闻臻说,"你呢?"

"我应该会在这边待一段时间,以后会长居在哪里,我也不知道。"

"这里很不错，气候宜人，风景好，这些年也一直是重点开发地区。"

两人在林荫小道上并排走，远远看去郎才女貌，十分登对。缦婷却在心中叹一口气，闻臻对他的态度一如既往，客客气气的，也就比旁人多点温和与耐心。可她追着闻臻跑了这么久，要的并不是这一点对待妹妹一般的温和态度。

"闻臻哥谈恋爱了吗？"缦婷假装不经意询问。

闻臻看着路边错落有致的花景，闻言回答："没有。"

"你身边这么多优秀的女孩，就没有看得上眼的吗？"

"我工作忙，不会照顾人，容易让人受委屈。"

"也不是所有女生都需要照顾。"缦婷说，"我觉得闻臻哥这样很好，专心事业，不花天酒地，也不滥情。"

她说话方式还像少女一般，在闻臻面前更是自然流露出娇俏的模样。闻臻平淡一笑，没有说话。

"闻臻哥，你看我就不需要照顾。"缦婷眼睛亮亮的，看着闻臻，"我也有自己的事业，忙起来世界各地飞，从来不缠人。"

这算是明着告白，这么多年来，大大小小也有好几次了。闻臻的回答也一如既往："嗯，将来要是有人得你青睐，是他的福气。"

缦婷停下脚步站在湖边，闻臻便也停下。缦婷失落地问："你觉得我太小了吗？还是说，我还不够优秀。"

"不，你很好。"闻臻停顿半响。

闻臻谈过的寥寥几任女友，全数与他同龄或更年长，无一不是独立、美丽、极有主见的女性。他没有刻意去寻求这一类女性的陪伴，只是自然地感到与这类人更容易沟通，不干扰他的个人生活，互相也都能有所帮助。难怪缦婷会问出那种话，圈内大多数人都认为闻臻的取向是成熟性感的女人。

闻臻沉默思考。原来某些事情的发生会这样无理、荒谬，轻易脱离条框、天马行空。

缦婷的声音在身旁响起"既然你觉得我很好，为什么不愿意考虑我呢？"

闻臻看向她，后转过头，平静地道："缦婷，我很抱歉。"

谢缦婷最后独自离开，留下闻臻一人在湖边沉思。

转眼离演出比赛还有半个月，元旦过去，天已入冬。

森冉早早叫人拖来大箱演出服，挂在架子上一件件发给所有人。闻小屿的演出服以白色交领半袖长衫为底，外裹一袭月牙色垂纱衣，色彩区别于群舞的深色调。森冉特地请人精心定做，垂纱质感柔软细密，点缀细小亮片，在光下宛若波光粼粼，力求展现一名小神灵的灵动飘逸。

闻小屿穿好演出服对着镜子转一圈，其他人纷纷围过来摸他的长袖和衣摆，赞叹好看。姜河也换上一身竖领束袖服，衣服蓝黑相间，穿在身高腿长的他身上尤为英俊飒爽。

姜河凑过来搭住闻小屿肩膀："来，赏脸合个影。"

闻小屿比耶照相，其他人也在摆姿势拍照玩，直到森冉忙活完一声招呼，大家才各自散去站好位，准备排练。

经过两个多月的高强度训练，所有舞蹈动作已经刻进身体的记忆，最重要的是，闻小屿对双人舞的拿捏程度比起一开始已有截然不同的面貌。

"很好，眼神对了，肢体要再柔和一点。"森冉在一旁教导闻小屿，"想象自己是个仙子，你看你小屿，多好看啊。"

森冉这一通夸，还把闻小屿夸不会了，他脸红地戳在原地："也还好吧。"

姜河在一旁乐，森冉一本正经道："有什么好害羞？扮作女生就温婉柔美，扮作男生就英姿飒爽，这才是表演者的本职工作。"

闻小屿点头，放松心态继续排练。

排练结束后，一群人纷纷换下演出服。姜河站在衣架旁边解袍子，和旁边闻小屿交流排练心得："我觉得做完这个旋转的动作后，咱俩不是还拉着手吗，慢慢拉开距离的时候，你最好再带点笑。"

姜河在一旁比画动作，闻小屿专心看完，说："好的。"

"你现在已经好很多了，至少我们在舞台上看起来像模像样的，不像之前，不知道的还以为咱俩跳的是什么陌生人呢。"

"嗯,我还会继续练习的。"闻小屿把演出服挂好,套上自己的厚外套。

机场内人来人往,闻臻与两名公司高管下飞机时还在谈论公事,乔乔照旧来接。高管还有事在身,坐另一辆车离开,闻臻坐上车,他本打算回公司一趟,却转头看窗外华灯初上,沉思片刻。

"直接回江南枫林。"闻臻说。

坐在副驾的乔乔愣一下,转过头来看一眼闻臻,小心提醒:"闻总,今天晚上原本定了和苏小姐吃晚饭,需要改时间吗?"

闻臻这才想起这件事。出差前苏筱曾经问他回来的那天晚上要不要一起吃个饭,因为苏筱也忙,常常接连几天抽不出空闲,闻臻便答应了。

闻臻稍微转变坐姿,说:"不用,走吧。"

晚饭地点定在苏筱家名下的一家私人餐厅,环境幽雅、私密,食材新鲜,适合两人的就餐品位。苏筱是典型的闻臻所偏好的那一类女性——知性、优雅,具备商业头脑,拥有财富地位,同时外形靓丽。两人在不久前尝试着接触来往,见面不多,大都在一起吃饭,聊天,有来有往,关系融洽。

闻臻与苏筱在餐厅见面,一同进餐,聊了些公司的事。苏家以经营全球连锁餐饮著名,资产雄厚,苏家子女众多,苏筱年纪不大,资历尚浅,正尝试创办自己的苏式中餐厅品牌。和闻臻见面的时候,她偶尔询问闻臻有关创业的建议,闻臻毫不在意与她分享经验,有时候两人仿佛不是在约会,而是在商谈。

晚餐进行一个小时结束,闻臻把苏筱送回家,这才回江南枫林。

他回到家时,家里干净整洁,空无一人。闻臻看到闻小屿常穿的鞋摆在门口,一串钥匙放在玄关鞋柜上的小盒里。闻小屿习惯把钥匙放在鞋柜,以免出门时忘记拿。

闻臻回书房工作,后洗澡更衣,把电脑从书房拿出来,坐在客厅的沙发工作。他的沙发早已变样,从以前空无一物的白到如今堆着花里胡哨的靠垫,有时候沙发布也有些小乱,因为闻小屿在上面小憩后忘记把褶皱牵整齐。

闻臻有一定程度的洁癖,自己的房子堆进许多风格全然不同的东西,与他人同住,独立的空间就难免缩小,且不受控制。

但闻臻从不感到烦躁。

晚上十一点,大门响起,闻小屿终于从楼上练舞房下来。他进屋时冒着一身热汗,转头看到闻臻时还愣了一下:"你回来了。"

闻臻出差一个星期,两人没有任何联系,以致闻小屿看到闻臻时生出些陌生感。他打完招呼,抬腿就想走,被闻臻叫住。

"是不是马上就要演出了?"闻臻问。

"嗯,下个月5号。"

"到时候我和爸妈都会去。"

闻小屿的表情变得僵硬:"都去吗?"

"怎么?"

闻小屿紧张压力大。他第一次面临大型演出,到时台下全是乌泱泱的观众,而闻臻会坐在台下看他,这令他生出仿佛被窥见不堪心事的错觉。

"没事。"闻小屿抬手拿毛巾擦去脸上的汗,低头匆忙走进自己卧室。

周末他们要回家一趟。闻臻的生日在下个星期一,李清和闻家良不便来首都,也知道他和小宝都忙,希望他们周末抽出时间回家,一家人一起吃个饭。

机票订在周五晚上,闻小屿完成下午的排练后就没有课,回江南枫林太麻烦,他索性直接去闻臻的公司,等闻臻忙完一起去机场。

闻小屿本来打算就在公司楼下的咖啡厅等,可闻臻知道他来了以后,没过多久乔乔就找下来,把他领上了楼。

"我和前台工作人员说过了,让他们看到你就直接让你进来。"乔乔对闻小屿说,"以后你就直接上楼,公司里的零食和饮料都免费,人少安静,还可以看大投屏电影,很舒服的。"

闻小屿跟在人后面:"不用麻烦,我也不经常来。"

"弟弟不要这么客气嘛。"电梯门打开,乔乔领闻小屿出来,笑着说,"到了。这儿就是我们休息的地方,你随便玩,我还有些事要忙,就不陪你啦。"

闻小屿与乔乔道别,自己找个窗边的沙发坐下,拿出手机玩。这一楼整层都是休闲区,工作时间没什么人,空旷安静,闻小屿塞着耳机专心看电影,过会儿便有些困了,陷在柔软的沙发里,不知不觉撑着额头睡着。

临近演出,闻小屿白天在学校排练,晚上回家里的练舞房自己练,早上六点多起床,晚上十一点多才睡,每天运动量大,一遍一遍纠动作,重复枯燥的练习,把每一个动作都嚼烂。为了保持体力,还要规定自己定时跑步锻炼。一日三餐吃得那么多,竟然还瘦了一些。

闻臻下楼来的时候,就看到闻小屿一个人靠在窗边的沙发里,睡得脑袋歪在沙发背上,人走近了也不见醒来。

他站在沙发边,看着熟睡的闻小屿。闻小屿对穿着没有半点讲究,因为常年要穿舞蹈服,总是随便在外面套一件大码外套或棉袄把自己裹起来。这阵子他忙于排练,头发长长了些,碎刘海挡着额头,熟睡时呼吸轻轻起伏。闭上眼时,纤长的睫毛落下,白肤透出淡粉。

闻臻站立半晌,把人叫醒:"闻小屿。"

闻小屿迷糊醒来,见闻臻站在自己面前,收拾好书包起身,下意识地理了理自己的头发,牵好睡歪的衣领:"走吗?"

两人一同下楼。电梯里,闻臻说:"下次困了可以去我的休息室,里面有床。"

闻小屿与他隔着一个人的距离,闻言说:"不用了。"

"你这样睡会感冒。"

"我只是休息一下,没有关系。"闻小屿转过视线,专心看着电梯下行变化的数字。

闻臻没有再说话。电梯抵达一楼,两人一同出来,刚走到大厅门口,一旁就响起一声:"闻总!"

乔乔提着一个袋子从旁边小跑过来,来到闻臻面前,拿起袋子:"这是苏小姐给您送来的生日礼物,我刚刚才去拿回来的,幸好赶上您还没走。苏小姐说您生日那天她在国外回不来，就让我提前把礼物带给您。"

袋子上的标志是一家著名的手表品牌，想来价格不菲。闻小屿看着袋子，明白过来什么。

闻臻沉默片刻，没有接下袋子，而是对乔乔说："先收起来，放到我的办公室。"

乔乔愣一下，但还是很快答应下来，收好袋子，与二人道别。

车驶向机场，一路无人说话。

闻小屿看着窗外，手指交握放在腿上。傍晚的街景从他眼前流逝，他时而想起那个漂亮的礼品袋，想苏小姐是个什么样的人，已经和闻臻交往多久，到什么程度。

闻臻非常优秀，且容貌英俊，事业发展成熟，身边不乏优秀的女性，早该进入成家的阶段。从前闻小屿不思考这些问题，常年生活在从前那样的家庭之中，令他从不考虑把婚姻列入自己的人生计划。

但闻臻不一样。闻臻是要结婚的，要为偌大的闻家继续开枝散叶。家庭和家族，就像杜家和闻家，是两个全然不同的事物。

闻小屿感到轻微的断裂。像一脚楼梯踩了空摔下去，只能眼睁睁看着眼前没有尽头的台阶。

就像在那个光线昏暗的厨房，他第一眼看到闻臻，就知道他们不是一个世界的人。望着遥远的人，像望一场童话里的故事。

闻臻坐在车座另一旁，一手放在扶手上，沉默不语。随着车的平稳行进，他的视线余光时而落在旁边人的手上。那双瘦白的手安静交握，始终没有任何动静。

他想含点烟，但没有动作，也没什么表情。

抵达机场后，离登机还有一个小时，他们便到贵宾候机室等待。闻臻让人送来一些蛋糕和饮品，闻小屿就专心吃，吃完后戴上耳机，安静地坐在一旁听歌。

他半点不吵闹，不打扰任何人，如果是闻臻的员工、同事，或是任何一个路人,都不会让闻臻感到不舒服。

闻臻拿着一份自然地理杂志,半个小时翻了两页。闻小屿坐在对面沙发,离他很远,听着歌不言不语,像是又快睡着的模样。

机场响起提示音,到时间登机了。闻臻站起身,闻小屿也收好手机跟着起身,他们离开候机室,一前一后走出门,闻臻停了下来。

他转过身问:"我的礼物呢?"

闻小屿吓一跳,抬头望着他:"什么?"

"你准备了没有?"

闻小屿这才反应过来:"准备了。"

他重新移开视线,对闻臻说:"不是什么贵重的东西,等你生日那天,我再给你。"

闻臻这才重新迈开脚步。

"哥哥和小宝回来啦。"

李清特地到门口来迎接兄弟二人,亲热牵着闻小屿进屋。闻家良也在家,正坐在一楼客厅沙发看电视。

闻家良招手让闻小屿坐到自己身边,和蔼地问:"小宝是不是快上台演出了?"

"是。"

"到时候爸爸妈妈和哥哥都会去看你演出,给你加油鼓劲。"

"您不方便的话,可以不用去。"闻小屿说,"飞机要坐两个小时,看演出的人也多,很累。"

一旁李清笑道:"你要是不让你爸爸去,他才不高兴呢。你爸爸念叨好几天了,说第一次看小宝演出,还请了人专门给你拍照录像,以后都要留在家里做宝贝的。"

"现场会有人录像的,不用再专门请人来。"

"哎呀,请人来当然是只拍你一个嘛,我们小宝这么好看,跳舞又棒,就是要多多拍照。"

夫妻二人一左一右围着闻小屿，寿星本人闻臻没有参与对话，独自逛去了后院的花园。

闻小屿见闻臻走了，这才对父母说："我给我的养母也买了一张票。"

李清和闻家良都是一怔，短暂对视一眼后，闻家良先温和开口："也好，小宝第一次上台演出，意义重大，请你的养母来也是应该的。"

李清只好跟着说："是啊。小宝买的什么位置的票？要不要帮忙把你的养母换到前排来？"

"不用，她也不一定会来。"闻小屿停顿半晌，还是鼓起勇气坦白，"我给她买票，是想告诉她这么多年来她花钱送我学舞，没有白白浪费。希、希望你们不会介意。"

李清忙牵起闻小屿的手："我们怎么会介意？妈妈也希望更多人看到你的才华。"

闻家良说："小宝，你做得很好，做人就应当有情有义。"

晚上所有人各自歇下，李清和闻家良并肩靠在床头交谈。

李清叹气："小宝实在太心软了，就因为胡春燕送他学舞，他就一直惦记在心里。那两个人对他那样，他也不在意。"

闻家良说："怎么不在意？小宝知道谁对他有恩，放不下他的养母，也不过是想报答恩情。他毕竟喜欢跳舞，供他做喜欢的事和做其他寻常事比起来，还是不一样的。你看他对杜晓东的态度就不是这样。"

之前李清和闻小屿在医院交谈，说如果他不能接受，就撤销对杜晓东的诉讼。实际上李清只是试探闻小屿的态度。她想要了解自己的孩子的品性和对是非的判断能力，而结果也出乎她的意料。

家庭的不和与生活的压迫，都没有扭曲闻小屿的性格，这是件令人好奇的事情。闻家的每一个人都想要了解他的过去，但闻小屿不说也不倾诉，他们只能等候在一旁，等着小宝慢慢接受他们，敞开心扉。

"都这么久了，小宝还是不亲我们。"李清一脸失落，"家良，要么我们也搬去首都和小宝一块儿住吧，你看他和哥哥的关系更好呢。"

"小宝本来就独立，你黏着他，他反而要被你吓跑。"闻家良说，"再说，你去首都和小宝住，康知怎么办？"

"你还说，康知有一天大半夜跑来我房间，哭着问我是不是不要他了，把我心疼坏了。"李清无奈地道，"我看着他长到这么大，把他当自己孩子养，怎么可能不要他？想着他也是被你和闻臻吓坏，你们爷俩真是……"

闻家良说："退一万步讲，就算没有接小宝回家，康知也已经成年，万事都已经要自己做打算。他既然崇拜闻臻，怎么不学学他哥？我怎么教的闻臻，就怎么教的他。闻臻从高中起就什么事都自己做主，不要我们操心。"

"康知身体不好呀，你怎么能拿他和闻臻比？"

"清清，你心疼小孩，我半点没有意见。但既然是我们家的孩子，无论是闻臻，小宝还是康知，如果他们不做出点事情，即使我不说，外人也会认为他们不过是群草包富少爷。"闻家良平静地道，"你不要怪我，我年纪大了，有些事情，我只想为你和我们的孩子考虑，不想我走了以后，还要你们受委屈。"

李清靠向闻家良的肩膀："你不要说这种让我伤心的话……"

两人便不再谈论这个话题。

周六中午，一家人在一家订好的餐厅吃饭。难得四人聚在一起，李清和闻家良都兴致很高，时而聊起闻小屿的课业，时而说起闻臻。

闻家良问闻臻："听说你正在和苏总的小女儿交往？"

闻臻答："只是在互相认识。"

"我可是听老苏讲苏筱老提起你呢，她说你帮了她很多，就是两人都太忙了，没什么时间见面。"

四人围坐一桌，夫妻二人坐一边，兄弟坐一边。闻臻摩挲着红酒杯杯柄，看闻小屿专心对付面前的牛排，好像没有在意他们的对话。

"我们接触时间不长，目前只是朋友。"闻臻说。

李清说："你也老大不小了，苏筱这个女孩子很好的呀，人家喜欢你，你也难得看中一个，可要主动一些。"

闻家良说:"你妈妈说的没错,谈恋爱的事情总不能耽搁。"

闻臻把酒杯移开一些,调整坐姿:"爸,妈,我们不谈这个话题。"

他这么说,二人只好不再提。李清转而对闻小屿笑道:"小宝倒是不急的,书还没念完,还要练舞,谈恋爱反倒分心思了。"

闻小屿这才放下刀叉,"嗯"一声。

他面前的果汁已经喝完,闻臻问:"还想喝点什么?"

"不喝了。"闻小屿回答。他吃完牛排,继续吃紫薯饼,两口一个,嘴巴塞得鼓鼓的,很不方便说话。李清还笑说小宝胃口好,吃相可爱。

直到一顿饭吃完,两人也没多少交流。

从餐厅回家后,正好有闻家良的老友找上门来,几人便一同去了后山的小苑喝茶。闻小屿待在自己卧室边吃鲜切水果边看排练视频,过会儿吃完一盘,拿起盘子下楼。

他把盘子拿到厨房洗干净放回去,出来时正巧听到门铃响。他走到玄关拉开门,和门外的闻康知对上视线。

闻康知望着他,笑一笑:"好久不见。"

他说:"我去朋友家的路上突然想起哥哥今天或许会回家,就开车过来看看。"

"我去叫他。"

"不用了。"闻康知叫住闻小屿,"我把礼物放下就走。"

他拿出一份礼盒,递给闻小屿:"这是我之前淘来的水晶,品相还算不错,我哥应该不会嫌弃。麻烦你带给他。"

闻小屿拿着礼盒,侧过身子:"先进来吧。"

闻康知叹一口气,流露出伤感的表情,全然不似那天晚上闯到闻小屿面前大闹一番的架势,"不了,我一出现,你们就不开心。"

"没有人不开心。"

"不,我知道你们都不想见我。"

闻小屿面无表情地看着闻康知。

出于某些原因,他的心情一直不大好,回家后还要在爸妈面前端出没事的样子,现在已经有点累。他没有心思应付闻康知的演戏,看到闻康知的脸,想起他那天晚上盯着闻臻一口一个的"哥哥",心情变得更差。

"那你就别进来了。"闻小屿客客气气地把一脸错愕的闻康知关在了门外。

闻小屿拿着礼盒上楼,敲响闻臻的卧室门。房门打开,闻臻看到门口站的是他,还有些惊讶。

"闻康知给你的生日礼物。"闻小屿把礼盒放进闻臻手里,"他特地送过来,送完后就走了,没有进家门。"

闻臻接过盒子,闻小屿转过身,闻臻见他说完就要走,开口:"闻小屿。"

闻小屿站住,回过头。闻臻看着他的眼睛:"我做了什么事,让你不高兴?"

"我没有不高兴。"

闻臻指出他的问题:"你不想和我说话。"

"我在想排练的事情。"闻小屿垂下眼睛,避开让他烦恼的视线,"我快演出了,很紧张。"

闻臻走近一步。

"你不需要紧张。"他说,"我没有见过比你更适合舞台的人。"

闻小屿一怔,接着耳尖倏忽泛起红。他忽然就忘了自己要说什么,只感到一点茫然,和被闻臻低声夸奖的满心酸甜。

"嗯。"闻小屿无措点点头,"谢谢。"

然后逃一般回到自己的卧室,啪嗒关上门。

他们在家度过周末,之后飞回首都。周一的一整天,二人各自忙碌,却不约而同在晚上的饭点左右时间回了家。自开始排练舞蹈后,闻小屿已经很少这么早回家,闻臻更是从来如此。

闻小屿早一步到家,换衣服,进厨房洗手,慢吞吞地洗菜,切肉。没过多久,大门响起,闻小屿飞快回头看了一眼,看见闻臻经过客厅。

脚步声靠近厨房，闻臻的声音在他的身后响起："今天怎么回这么早？"

"没有排练，就回来了。"闻小屿专心切菜，随口问，"吃过晚饭了吗？"

"没有。"

"那就一起吃吧。"

夜幕降落，厨房亮着暖黄的灯。闻小屿在料理台前准备晚餐，十五分钟后闻臻回到厨房，换上一身黑灰的短袖半裤宽松休闲装，隐隐勾勒出肩背的肌肉线条。

他从冰箱拿出一瓶水，拧开喝一口，转身看到闻小屿端着两碗热腾腾的面条，放到桌上。

面条雪白细腻，卧一圈青菜、荷包蛋、整齐的火腿切片和瘦肉，面汤油亮，飘着绿油油的葱花。

闻小屿做了两碗长寿面。

闻臻看着眼前的面条，闻小屿猜他可能没想到晚餐会吃这个，便解释道："每年我过生日的时候，我的养母都会给我做长寿面，我觉得……味道还不错。"

"嗯。"闻臻点头，坐下拿起筷子就吃。闻小屿坐在他对面，看他吃得专心，没有不喜欢的样子。

"味道怎么样？"

"很好。"

两人对面而坐，安静吃这一顿朴素的晚餐。吃完后闻臻也没有马上离开，而是坐在桌边等待。

闻小屿看出他的意思，心里忽然有些想笑。

"我把礼物放在游戏室了。"他说。

闻小屿给闻臻买了一款单机游戏，叫作《太空游侠》。游戏盒子就放在游戏室的沙发上，闻臻拿起来看，拆开盒子，里面有好几本手册和一个磁盘。

"这是四十年前的游戏。"闻臻问，"你怎么买到的？"

闻小屿说："就在网上买的。"

他在一个多月前计划送闻臻一个游戏卡带，并从零开始艰难摸索其中门路。他不是游戏迷，对什么样的单机游戏值得买一窍不通，每天忙完后就在网上搜索，并数次偷偷跑进闻臻的游戏房数光碟和卡带，确认不会和闻臻已经有的游戏重合，最后看中这款沙盒探索单机游戏。

《太空游侠》是个很老的游戏，他怕买到盗版，好不容易在网上找到一个卖家，追着人问了又问，问得卖家叫苦不迭，说这游戏要是盗版就根本玩不了，还给他拍照看盒子里全套的指导手册和游戏小说。卖家看他一副游戏小白的样子，还说"你不会打游戏的话就不要买这个，买了也不会玩"。闻小屿就去闻臻的游戏室拍了张照片发过去，说"我给我哥买的，我哥喜欢打游戏"。卖家看了照片，第二天就给他发了货。

闻臻取出磁盘，插进电脑，昏暗的游戏室里亮起光。闻臻拿过手册翻看，闻小屿也好奇拿过一本附赠的游戏小说翻开，发现里面是纯英文，默默地放了回去。

闻臻仔细看手册，一边打开游戏。游戏界面出现一片漆黑的太空，像素白点在屏幕上乱转，闻臻按键盘操纵飞船，游戏是第一视角，视角乱了几次后，闻臻的操作便逐渐熟练起来。

闻小屿坐在他旁边，睁大眼睛看着电脑屏幕里不断移动的像素太空景象。他觉得很神奇，问："听说这个游戏很难，你已经会了吗？"

闻臻说："难你还买回来。"

"我觉得你应该很容易上手。"闻小屿说，"你打游戏那么厉害。"

闻臻看他一眼。闻小屿专心地看着他操纵飞船飞来飞去，电脑屏幕发出的淡淡蓝光时而跳跃，照亮闻小屿纤长的睫毛。

闻臻收回视线。

这款八十年代的老游戏的确磨人。闻臻翻了几次手册，又把配套的小说看了一遍，研究明白游戏的背景和星系图，开着飞船在太空里转来转去，总算找到目的空间站。这一通操作下来竟然不知不觉花了一个多小时。

打游戏的时候，闻臻通常心无旁骛。他操纵人物进空间站逛了一圈，和几个NPC互动，觉得对话内容挺有意思，便转过头。

看到闻小屿已经窝在旁边的小沙发上睡着了。

他看着昏暗角落里安静睡觉的闻小屿,起身走过去。

"闻小屿。"闻臻叫他。闻小屿睡得呼吸起伏,半点不应人。他累了,这阵子总是回家就早早入睡,听司机说坐在车上也是睡觉,到了学校后要叫几声才能把人叫起来,醒了后就背起书包,精神十足地蹿进学校。

闻臻拿来毯子给闻小屿盖上,睡着的人这才冒出点动静,莫名其妙地皱眉含糊一声:"不要。"

声音软哑,不知在说什么梦话。

闻臻低声问:"不要什么?"

想跟一个熟睡到说梦话的人交流不太可行。可没有收到回应,闻臻也没有很快离开。

窗外夜色深深,晚风间或撩起半掩的窗帘。月光一路攀缘,落在枕边。

他坐了很久。

第六章

演出开始前三天,所有演出人员要提前去S市准备彩排。闻小屿前一天晚上收拾好行李,第二天一大早爬起来检查完毕,提着行李下楼。

闻臻和他一起出门,到车边时说:"路上注意安全。"

"嗯。"

司机下车来帮他把行李放进后备厢,闻小屿拉开车门,闻臻抬手按住门,站在闻小屿面前。

"有任何事情和我打电话。"闻臻说。

闻小屿收回手,点头:"知道了。"

闻臻等他坐进车,关上门,看着车离开。

闻小屿去机场与森冉他们会合,后一同乘坐飞机前往S市。抵达目的地时已是傍晚,一行人到酒店放行李,吃晚饭,各自休整,等待第二天的彩排。

闻小屿和姜河一个房间,两人在酒店餐厅吃完晚饭后回房,又吃起水果,闻小屿的手机响一声,他拿起来看,回复消息。

姜河忍不住好奇:"谁啊?"

"我哥。"

"亲哥?"

"嗯。"

"难怪,下飞机和你打电话的也是他吧?"姜河感叹,"亲生的感情就是好,这么关心你。"

闻小屿想说没有那么好,话到了嘴边又没有开口,不作声趴到一边回复消息。

吃晚饭没有?

吃了。

晚上不要和同学出门玩太晚,早点睡觉。

闻小屿翻个身,打字:我没有要出门玩,过会儿就睡了。

隔着手机屏幕,两人的交流才变得顺畅些许。闻小屿发完消息放下手机,望着窗外的夜色出神。

不在闻臻身边的时候,闻小屿才能放松下来。他不得不承认自己仍未能适应如今的生活,以及他身边的——家人。

家人。现实告诉他,他对家人的概念需要有一个颠覆性的认知。有时闻小屿都觉得自己可笑,多年来被迫习惯了扭曲的生活,如今竟然对新的生活感到不真实和生出怯意。

他甚至连打开自己的心扉都感到困难。

也不至于好不容易有一个这样好的哥哥,却不能心安理得去索要他的宠爱。

全国青年中国舞大赛在 S 市的中心体育馆准时开幕,《花神》排在第六位出场。台下乌泱泱一片观众,幕后来往繁忙的工作人员,以及等待上场的舞蹈队伍。

"小屿去哪里了!"

化妆间里人声嘈杂,森冉到处找闻小屿。高个子的姜河从人群中窜出来,身后牵着手忙脚乱扶裙摆的闻小屿:"老师,这儿呢。"

"小屿你不要乱跑呀。"

闻小屿把一缕头发别到耳朵后面，手里握着个纸杯："我口干，找水喝去了。"

他已换上全装，一身轻飘的月牙垂纱，裙摆散开，纱面点缀的细小亮片在灯下熠熠发光。一头长发及腰，编了细股的麻花用彩绳绕起，流苏簪随着小跑的动作轻轻摇晃。

他身段好，腰窄腿长，穿一身长裙非常漂亮，又化了粉白秀丽的妆容，乍一眼看真分不清性别。

森冉把他拉到化妆镜前："你少喝点水，不然不停跑厕所，好麻烦的。"

森冉拿过花型头饰细心给闻小屿戴上，闻小屿戳在原地，咽口水："老师，我有点紧张。"

"紧张什么呀？你放眼看过去,还有谁比你漂亮？到时候你一站上舞台，那叫一个什么？那叫——"

姜河插嘴："艳压群芳！"

闻小屿被逗笑，心情放松了点。旁边又不停有人找他拍照，闻小屿的注意力被分散，照了一轮下来，手机响起，是李清打来的。

"小宝在后台准备得怎么样呀？"

"都准备好了。"

"不要紧张哦，小宝最棒了，比赛一定可以拿第一名！爸爸妈妈都在台下看着你，给你加油鼓劲。"

李清和他聊了一会儿，又把手机给闻家良，闻家良简单鼓励他几句，停了片刻，手机那边一阵轻微的嘈杂，闻臻的声音响起。

"你们是第六个上台？"

闻小屿"嗯"一声。

"待会儿演出的时候记得多对台下那个戴红帽子的摄影师笑一笑，他是你的专职摄影师。"

闻小屿顿时忍不住笑起来。他拿着手机转到人少的角落，小声说："台下那么多人，我怎么知道你说的是哪个。"

闻臻忽然问："你很紧张？"

闻小屿一愣,下意识地清嗓子:"没有,现在好些了。"

"要见面吗?"

闻小屿握着手机傻站在角落,过了几秒才反应过来:"不行,你进不来后台的。"

"如果你需要。"闻臻说,"我随时过来。"

十五分钟后,闻小屿悄悄穿过人群往化妆间门口走,森冉眼尖逮住他:"小屿,又跑哪里去?"

闻小屿忙答:"我去厕所。"

"就知道你要跑厕所,让你少喝点水!"

"知道了。"闻小屿心虚,"我马上就回。"说完一路跑了出去,裙摆在门边飘开一道弧。

闻臻离开观演厅,从大厅上到二楼,往后台方向去。不远处拉着条拦线,竖个牌子,写"演出后台,闲人免进"。

临近出口的走廊没什么人,只有一个保安晃来晃去,偶尔有工作人员经过。一颗脑袋从拐角探出来,左右看看,接着闻小屿从拐角出来,提着裙摆沿走廊往外走。

保安看见他,招呼一声:"哎,小姑娘到哪里去?"

闻小屿尴尬不已,不知道该不该在这时候开口表示自己的男性身份,这时他冷不丁被握住手腕,身后响起声音:"我和他说几句话就走。"

餐厅很大,亮着灯,此时空无一人。闻小屿头发上的流苏簪晃得轻响,他站在门边,低头整理袖子,不知怎么,不敢抬头看人。

"谁买的裙子?"闻臻终于开口,声音低沉。

"森老师让人定做的。"

"刚才打电话听你的声音,好像很紧张。"

"只是有一点而已。"

"你这么上镜，还要怯场？"

闻小屿霎时红了脸，觉得闻臻有时候的说话方式真的很奇怪："舞蹈大赛，观众又不是看你漂不漂亮，是看你跳得好不好。"

"这次没跳好也没关系。"闻臻说，"你任何时候想演出，我都给你安排舞台。"

闻小屿好气又好笑："哪有你这么安慰人的。"

"我没有安慰你。"

闻小屿抬起头，看到闻臻认真的表情。闻臻没有和他开玩笑，竟是真的准备这么做。

他觉得不可思议，又有一点不愿道出的小小开心，沉默半晌，才说："我知道了……谢谢你。"

闻臻垂在身侧的手微微一动。

餐厅的灯明亮温暖，在闻小屿的垂纱裙上落下万千星点光芒，柔顺黑发披在背后，耳边清新的花饰衬得他的脸庞鲜艳可爱。一截白颈侧边生着枚吻痕状的胎记，唇上点了淡红的唇釉，白肤由里到外透出润泽。

没有他人的餐厅角落，静谧烘托起热。闻小屿有了些许临上台前的紧张，催促闻臻："你快点回去吧，我也回去做准备了。"

说完也不等闻臻回应，牵起裙子转身离开餐厅，飞快跑了。

舞台灯光暗下。

"接下来有请我们的第六支队伍——由著名舞蹈演员、舞蹈表演艺术家、教育家森冉老师编舞、由来自首都舞蹈学院的优秀学子共同演绎的中国浪漫古典舞——《花神》，有请！"

啪的一声，聚光灯亮起。背景乐模拟花鸟虫鸣与林间溪涧的声音奏响，村民在山野田地之间劳作。大自然青山绿水，万灵共生，在人们的簇拥下，森林诞生花神。

聚光灯打在闻小屿的身上。他一袭轻纱如梦，在花丛中优雅起身。神灵好奇这繁华的人间世界，舞姿柔美，生动，顾盼生风。村民喜爱花神，邀请花神与他们共舞，在欢庆的人群之中，花神遇到一名年轻英俊的男子。两人互相吸引，靠近，闻小屿和姜河进入舞台中央，群舞退去，一段浪漫的双人舞展开。

台下李清激动地手掌合十："哎呀，我们小宝真好看呀，跳起来这么美，真像个仙女！"

黑暗之中，闻臻坐在靠座上，看着舞台上的闻小屿。李清无意回过头，奇怪问："闻臻，你怎么面无表情的？小宝跳得不好看吗？"

随着悠扬灵动的音乐鼓点，飘然裙摆折射万千舞台光点，随闻小屿旋转的动作散开。姜河接住他的腰，闻小屿搂上他的肩抬手下腰，灯光打上他温润的下颌，一瞬亮得惊人。下一刻闻小屿忽地起身，被姜河握住腰抱起悬空，长裙轻纱飞扬，故事中的二人互相对视，闻小屿望向姜河的目光充满信任。

闻臻调整坐姿，回答："他跳得很好。"

然而好景不长，战乱打破了这片桃花源的安宁，青年被充军，花神苦等青年不归，毅然离开山林前去寻找自己的爱人。花神来到一片荒芜的战场，最终只找到青年战死的身躯。音乐转入哀曲，混合带有愤怒和痛苦之情的强烈鼓点，花神要献出自己神灵的生命换回青年的性命，巨大荧屏之上流云呼啸，黄沙漫天，无数战士与折断的兵戈被掩埋大地，花神在悲歌中死去，青年缓缓醒来，演出收尾，剧情结束。

台下掌声不断，李清更是激动得站起来鼓掌。舞蹈演员们在舞台上站成一排，朝下鞠躬，闻小屿个子不高，站在一排人中间。十多分钟的舞蹈，他几乎绷着神经从头跳到尾，这会儿累得脸红喘息，还得手忙脚乱整理头发。下台的时候姜河还在他旁边乐，顺手也帮他理理头发。

灯光再次暗下来。李清高兴地和闻家良讨论半天闻小屿的舞，然后转过头也想和闻臻说几句，却冷不丁发现旁边座位不知何时空了。

"哎，闻臻去哪儿了？"

演出结束后,《花神》众望所归拿了大赛第一名,一班子年轻人上台领奖、合照,之后观众也渐渐开始散去。闻小屿站在舞台上,往观众席的方向看了看,想知道胡春燕来了没有。可惜当他搜寻到位置的时候,却发现座位上并没有人。

闻小屿没有太多的失落,他猜到胡春燕不会来。第一次参与大型舞台演出就拿到这样的名次,他知道自己不需要再刻意去向养母证明能力。在聚光灯下跳了一场淋漓尽致的舞,他有一种类似解脱的感觉,像从一场漫长的茧封中破开,所有挣扎和咬牙坚持终于有所回报。

闻小屿和同学从舞台离开,路上又遇到不少人请求合影。旁边姜河左看右看,忽然开心招手:"这儿呢。"

一个高挑漂亮的女孩穿过人群过来,姜河笑着把人牵过来:"给你介绍一下,他就是我们小花仙闻小屿。"

女孩叫作沈孟心,姜河的女朋友,与姜河同一年级,学习芭蕾舞专业。沈孟心穿一身大棉袄,休闲裤子,与闻小屿打过招呼,诚恳地询问:"请问能看在老姜的面子上和我合个影吗?我怕你出名以后我就再没机会了。"

"当然可以。"

姜河和沈孟心一左一右挨着闻小屿拍照,拍完后,闻小屿回去化妆间,他早摘了假发,这会儿再卸妆,换下衣服,套上卫衣和牛仔裤,背起书包挎着棉袄出门。森冉过来找他:"小屿,有电视台想采访你,你去不去?"

"我不去。"闻小屿说。他觉得自己现在还不至于到接受媒体采访的程度。

"那待会儿咱们一起聚个餐,老师请客!"

所有人欢呼,闻小屿接到李清电话,对众人说自己过会儿就回来,拿着电话离开后台,下楼去了大厅。

李清和闻家良正在大厅门口等他,身后停着一辆车,半天不见人影的闻臻也站在一旁。闻小屿走过去的时候,闻到闻臻身上一阵淡淡的烟味。

闻小屿看闻臻一眼。夜色下,体育馆前灯影辉煌,闻臻面容沉静,没有看他,不知在想些什么。

闻家良在闻小屿的节目结束后就提前退场,在车里坐着休息,这会儿精神还不错，笑着说："看来小屿呀，和妈妈一样，天生就是要站在舞台上的。咱们家以后就有两位大艺术家了，了不起。"

李清高高兴兴地牵着闻小屿："小屿是不是要和老师同学一起聚餐？玩得开心哦。"

闻小屿的脸颊红扑扑的，套着件松软的大棉袄，像颗苹果。他"嗯"一声，抿着嘴角，显然也很开心的模样。

这场演出结束后，寒假也即将来临。学校的计划是让森冉和老师们先把学生带回学校，再让学生各回各家。李清问闻小屿可不可以提前和他们先直接回家，免得又要往首都再飞一趟。

一直沉默不语的闻臻这才开口："他学校还有事，到时候和我一起回。"

李清只好答应下来，与闻小屿聊过一阵，叮嘱他监督哥哥早点一起回家，之后扶着闻家良进车。

车边剩闻臻和闻小屿。闻臻说："我今晚先回首都。不要玩得太晚，早点回酒店。"

闻小屿点头，闻臻又加一句："回酒店以后给我打电话。"

"我知道了。"

闻小屿答应着，抬起头，看一眼闻臻，还是忍不住问："刚才你怎么不在台下面？"

闻臻垂眸看着他，答："我在外面抽烟。"

抽烟？是有什么心事吗？看他的演出，为什么还要想着别的心事。闻小屿胡思乱想间听见闻臻开口，回过神来。

闻臻说："恭喜你，第一名。"

闻小屿的心情又转个弯扬起来，他等来等去，不过就是等这几个字。他故作矜持点头："是我们团队第一名，不是我一个人。"

"你是。"

闻小屿一怔，听闻臻低声又重复一遍："你是第一。"

"小屿来啦。"

一群人在侧门大巴边说说笑笑，闻小屿背着书包跑过去，森冉吆喝一声："走啰，先回酒店，再去吃大餐！"

姜河和沈孟心暂时道别，沈孟心要去参加她那边的聚会。他蹦上车，找到闻小屿旁边的空位坐下来，一看闻小屿："哟，红光满面啊。"

闻小屿抬手挡住自己绯红的脸，没什么气势地瞪姜河一眼："你还满面春风呢。"

姜河装模作样叹气："烦着呢，马上就到孟心生日了，真不知道送些什么好。"

他从地上提起自己的书包，拉开拉链，从里头一下翻出好几个巴掌大的便笺本，花里胡哨地捧在手心："我打算画那种定格小人，画满一个本子连成定格动画。就画我单膝跪地，给她送一个生日蛋糕，怎么样？"

闻小屿没想到他花样还挺多："……嗯，很可爱。"

"帮哥看看，哪个本子好看点，我是真不会挑了。"

"我怎么知道，你要看孟心学姐喜欢什么风格的。"

"她喜欢那种可爱风。"

"那就这个粉色的，或者这个猫猫头的。"闻小屿胡乱指，他也根本不会挑。

两人琢磨半天，姜河终于选定一个便笺本，收进书包放好，然后把剩下的摆到闻小屿面前，"你拿一个走吧，剩下这些我也用不着了。"

闻小屿无言，只好随手拿走一个夏日海风图案的活页便笺本，姜河把其余的分给了旁边一圈人。闻小屿坐在窗边，捏着便笺本，指腹轻轻摩挲封面纸壳凸起的图案纹理。

他没有谈过恋爱，从前也没有喜欢过什么人，从小到大只专心练舞，连努力念书都是为了以后考上自己目标的舞蹈学院。人家小孩的青春期烦恼多种多样，他的烦恼只来源于自己的家庭。闻小屿鲜少关注外界，大学以前都是独来独往，就算隐隐听闻有人传言他端架子，不合群，和某某人谈恋爱种种，这些话也全都没能过他的脑子。他都是懵懂以为在说别人的事情，很快就丢到脑后了。

直到此时此刻，闻小屿才发自内心羡慕起别人的爱情来。

聚餐结束后，闻小屿回到酒店房间，和闻臻打过电话，洗完澡，坐在床边。姜河去外面和女朋友打电话，花神群里十分热闹，闻小屿看了一会儿，把手机放到一边。

他滑到枕头下面躺着，几分钟后把自己书包够过来，拿出姜河送自己的那本便笺，拿出一支笔，趴在枕头上，翻开便笺本的第一页，写字。

哥说我是第一。

他写完这句话，看了一会儿。随后啪的一下合上便笺，额头抵在封面上。

闻小屿发现仅仅是逃避，尚不能消减他矛盾的情感。他像个小学生一样，拿着一个别人随手送来的小本子，费劲想到这样一个幼稚的方法来缓解情绪。就像每当他想靠近温暖，却又迟疑地停驻不前。

他把便笺本收进书包最里面的夹层，拉好拉链，书包外层的拉链也严严实实封起来。

从 S 市回首都后，寒假来临，闻小屿在家好好休息了几天，没有再高强度练舞，但依旧早起早睡，吃好喝好，跑步锻炼。

闻臻在隔壁省出差，已经一个多星期不在家，两人极少联系。闻小屿一个人在家，依然每天要往学校跑。寒假结束后学校有一场会演，班上也要求交出一份小组作业，闻小屿天天和同学一起扒剧目，半点不比上课的时候闲。

寒潮席卷首都，气温骤降。首都干冷，风刮起来得像鬼啸，闻小屿在家里的练舞房练完基本功，冒着一身汗坐在沙发上喝水，看窗外寒风瑟瑟，玻璃窗纹丝不动。

他接到姜河打来的电话，询问他还在不在首都。

"你要是还没回家的话，有空要不来我家玩玩呗，我爸妈看了那次演出以后都可好奇了，特想见识见识你。"

姜河是首都土著，每次一放假，女朋友和小伙伴们都各自回老家了，他就无聊得到处找人玩。闻小屿一看时间还早，一个人在家待久了也憋闷，在姜河几番游说下,答应出门。

他就在练舞房的浴室简单洗了个澡,穿上舒服宽松的旧卫衣和牛仔裤,随便拿一件长过膝盖的大棉袄套上,戴上口罩,揣着手机和钥匙下楼。

他刚出楼道,就见一辆熟悉的黑车在门口停下。闻臻从车上下来,一身深色大衣更衬高大挺拔。两人碰面,闻小屿没想到闻臻这个时候出差回家,有些惊讶地拉下口罩。

闻臻见他一副外出打扮,皱眉:"去哪儿?"

闻小屿回答:"我和同学出去玩。"

"和谁。"

"姜河。"闻小屿解释,"就是那次演出的时候和我搭档的学长。"

闻臻站在他面前,高大身形一动不动,没有要让开的意思:"外面风很大。"

他表情严肃,让闻小屿很是有些紧张,忍不住往旁边移开两步:"没关系,我去他家里。"

闻臻漠然看着他:"你们关系很好?"

"还不错。"闻小屿自认为比起其他人,他和姜河的相处相对更融洽,毕竟学长性格开朗,是个非常好相与的人。但闻臻问得有点多,他虽不知怎么回事,还是解释道:"是他爸爸妈妈想见我。"

一阵难言的沉默。闻小屿见闻臻不动,可他自己快待不住了,只好先开口:"那我走了。"

"天天往外跑,把家里当宾馆了?"

闻小屿一下愣住:"你在说什么?"

两人俱是僵硬,闻小屿气道:"我还知道每天回家睡觉,你呢?一个月有二十天都不在家!"

他发了通脾气,大步绕开闻臻,离开了小区。

留下闻臻一个人站在原地。司机这才打开车门,小心从车里出来:"闻总,您的东西。"

司机手里提着两盒新鲜糕点,那是闻臻在从机场回来路上特地拐去一家糕点店买的。司机站在一旁等了一会儿，才等到老板沉默接过盒子，提在手里进了楼。

闻小屿从姜河家回来时已是晚上。姜河的爸爸妈妈热情好客，拉着他东拉西扯一番，之后姜河和闻小屿自己去玩。两人还聊起租房的事，闻小屿想租的那套青年公寓在寒假结束之前暂时没空房，这还是姜河托了熟人去问才说可以租，于是闻小屿干脆先加上房东联系方式，确定一番后预订了下来。

临走前，闻小屿被塞了一盒姜河妈妈亲手做的抹茶冻，据姜河和姜叔叔天花乱坠描述一番，已经好吃到可以纳入舌尖上的中国美食名品。闻小屿提着抹茶冻回到家，打开门，家里一片漆黑。

他以为闻臻不在家，开灯后却见玄关门口一双熟悉的皮鞋。他轻手轻脚走进屋，见书房门开着，游戏室门紧闭，就知道闻臻在里面打游戏。

闻小屿进厨房倒水喝，看到中岛桌上放着两盒糕点。他拿出来看，一盒淡奶油切片，一盒蓝莓酱。

闻臻不爱吃甜，这两份小零食显然是为他买的。闻小屿捧着盒子，看到盒子外面的店名标识，店全市只有几家，最好吃的在他的学校附近，之前他在家里提过一次，这次闻臻就从机场绕路到他的学校，买了两份回来。

他感到自己陷入分裂。闻臻漠然的时候，他冷得近乎瑟缩；可闻臻流露一点温情，他又万分难熬。

闻小屿竭力想心安理得接受闻臻的关心，不想自己手不是手脚不是脚，还在闻臻面前喜怒无常。他不喜欢这样的自己，闻臻工作繁忙，还想着给自己买糕点回来，他却对闻臻发脾气。

闻小屿洗过澡，换上短袖短裤，抱着糕点和抹茶冻，磨蹭到游戏室门口。房间隔音太好，他半点偷听不到里面的声响。

走廊只开着两排点灯，光线昏暗。闻小屿在门前徘徊，之后鼓起勇气，抬手敲了敲门。

"哥。"闻小屿小声唤。

没过一会儿,门从里面打开。房间里一片深蓝光影,闻臻站在门口,看着他。

"学长的妈妈做的抹茶冻,很好吃。"闻小屿捧起盒子,不自在问,"你要不要尝一尝?"

闻臻松开门把手转身,闻小屿跟过去坐下,从旁边拖来小桌子,把糕点和抹茶冻都放在桌上。他的头发还有一点湿,水珠时而滑进衣领。

闻臻在玩太空游侠。他穿一件宽松的黑色无帽衫,睡裤,光着脚踩在地毯上,懒懒靠着沙发,长腿横在闻小屿面前。

"玩得开心吗?"闻臻开口。

昏暗中,电脑屏幕上的游戏响着背景乐,闻臻没有看他,侧脸在深蓝的电子光线中显得英俊挺拔。

闻小屿喜欢闻臻在家里时休闲的装扮,让他看起来减少了冷酷和距离感,像个更容易接近的、帅气的大哥哥。

"还好。"闻小屿收回视线,把盒子都拿出来拆开,淡淡的甜味蔓延。

"这个不是甜的,有一点苦。"闻小屿把抹茶冻递给闻臻,还有一个小勺,自己吃起淡奶油切片。闻臻拿着勺,半晌没有动。

他忽然开口:"自己一个人在家觉得孤单?"

"我没有。"闻小屿立刻否认。闻臻说话有时候直接得令人难以接受,尤其让闻小屿感到面热:"我只是说气话,对不起。"

他埋头吃切片,心不在焉地,嘴角沾了一点淡奶油都不知道。闻臻看着他,从装蛋糕的袋子里拿出餐巾纸递给他。

"你的舞蹈生涯刚进入正篇,建议你这个时候不要把精力浪费在恋爱上。"闻臻说。

闻小屿睁大眼睛怔愣,停下擦嘴的动作,他都气笑了:"我没有在谈恋爱!"

他叉起一块切片吃进嘴里,吃半天还是觉得心里憋得很,指责回去:"你自己还不是谈恋爱,凭什么管我?"

闻臻两口吃完一个抹茶冻,闻言平静道:"我和你不一样。"

有什么不一样？闻小屿刚想问，自己反应过来。

"你要结婚，是吗？"昏暗的房间里，闻小屿小声喃喃，"你打算什么时候结婚？"

机械的游戏背景乐在两人的沉默之间嘀嘀嗒嗒地响，闻臻的脸庞隐于阴影，闻小屿只听到他低缓的声音："笨得很。"

闻小屿不满看着闻臻，闻臻却只是一笑。

"回你的房间去。"闻臻的声音很低，"以后不要再不吹头发就跑进来。"

房门咔嗒一声，关在身后。闻小屿抱着吃完的糕点盒子站在走廊上，低头检视自己全身，摸摸自己干净的头发。

年前一个星期，在李清的三请四催下，闻臻终于暂时结束手头事宜，带着闻小屿坐飞机回家。

两人到家时，李清特地来迎，还问闻臻："今年没打算带苏筱到家里呀？"

闻臻说："没到那个地步。"

李清见大儿子冷淡，只好识趣不去问，转而去找小儿子说话："你看你哥哥，总是板着脸。在首都的时候他有没有对你不好？"

闻小屿老实回答："没有。"

他想来想去，还是忍不住，小声问李清："那位苏小姐，是他的结婚对象吗？"

"谁知道呢，你爸爸之前不是催哥哥嘛，他可能也把这件事放在心上了，毕竟都三十……"

话还没说完，闻臻把闻小屿从母亲拉开，带到楼梯边："回房间收拾行李去。"

闻小屿只好终止这短暂的对话，拎着行李上楼回房。

楼下在准备晚餐，闻小屿拿出数据线给手机充电，打开手机看到森冉老师发给他的消息。挺长一段话，他仔细看半天，才得知《花神》演出反响非常好,首都电视台想趁着热度邀请他们给《花神》拍摄一段宣传视频,拍摄时间越早越好,策划组那边希望是在年初五以后就可以开拍。

闻小屿答应下来,森冉与他聊了几句,之后让他等安排,就忙去了。闻小屿待了一会儿,迅速翻出平板电脑打开浏览器搜索,看到关键词下弹出数百条和《花神》有关的信息。

他看到自己的名字出现在许多讨论帖里,人们都在问这个跳花神的男生是谁。自己演出时的视频片段也被放到网上,有从舞台录像中截取的,也有个人拍摄的,他甚至搜到一位知名的青年舞蹈艺术家评价自己,形容花神的舞蹈为:"翩若惊鸿,婉若游龙;力透而劲柔,厚积薄发。"

不爱玩社交网络、不关心新闻媒体、只拿电子产品闷头看电影和电视剧的闻小屿眼睛发亮,抱着平板电脑看得脸颊红扑,这一翻就是一个小时。

闻臻上楼来敲门:"闻小屿,吃饭了。"

门哗一下打开,闻小屿一手拿着平板,一手牵过他:"哥,你快来看。"

他拽着闻臻把人拉进房,坐在床边给他看平板上正在播放的《花神》舞蹈视频:"这个视频有一百多万播放量!网上有好多人看我们演出。"

闻臻说:"你现在才知道?"

闻小屿"啊"一声。闻臻有些无言:"你同学没和你说起过?"

闻小屿和班上的人至今不熟,要说朋友,勉强只有姜河一个。每次和班上同学排练的时候,闻小屿都是专心练习,只讨论节目,练习时间一到就走,从不留下来参加聚会,闲话更是不多说。

闻小屿不知道的是,学校早已有他高冷目中无人的传言,说他背景关系硬,才大二就被森冉挑去做主角,一个女性角色非要他这个男的来跳,甚至有人说他是森冉的亲侄子才会得到如此待遇。

他远离人群,不关心周围,加之学校里离他近的森冉和姜河对八卦流言同样不感兴趣,也是特意不去和他提起,这些话就没有到闻小屿的面前。

闻小屿这才想起来,难怪那天他去姜河家里玩,姜河一边玩手机一边说"咱们现在可是大名人了,以后去学校都得悠着点,别被人要签名"。那会儿他听了这话以为是姜河又在随口逗乐，压根没往心里去。

"你们都知道了吗？"闻小屿的反射弧终于落地，问闻臻。

那场大赛演出在网络平台上进行同步直播，第二天《花神》的舞蹈视频片段点击量就超过二十万，所有人都在问那个跳花神的女生是谁。后来知道竟然是男生，热度又攀升一大截，到处有人求闻小屿的照片、背景和过往舞蹈视频，内行人评他功力，外行人看他美貌，总之都没闲下。

闻臻和闻家良早有预料，没有让闻小屿的半点个人信息流到网上，全方位严禁他被互联网和陌生人骚扰，为此闻臻成立了一个专业团队。他知道闻小屿总要出名，未来也会大放异彩，这个团队从此会陪伴在他的身后，守着他一起成长。

谁知主角这么多天来竟然沉浸在自己的小世界里，半点也不知情。

闻臻这才想明白一点，或许正是这种奇妙的特质，才让闻小屿时隔二十年回到属于他的世界时，没有一丝违和之处。

"嗯。"闻臻简洁回答。

闻小屿兴致勃勃："怎么没人告诉我？"

"以后这种事对你来说就是家常便饭。"闻臻说，"你要习惯自己在第一的位置，接受所有人的注目。"

闻小屿的兴奋劲停住。他没想到闻臻会给自己这样的评价，一时都有些无措："我还没有你说的那么优秀。"

"总有一天你会。"闻臻平静，沉稳，没有多余的话语，只是陈述事实，"你想要的一切，往后都是你的。"

年三十还没到，闻家已陆陆续续有人登门来拜年。闻小屿这才知道闻家亲戚众多，父亲下有两位弟弟、一位妹妹，爷爷更是有六位兄弟姐妹；母亲这边则有一位姐姐、一位哥哥，奶奶有两位姐妹和一位弟弟，可想两家亲友甚众。

闻小屿这才见识到富裕人家的所谓灯火彻夜不灭，来往络绎不绝。每当有人上家里拜访见到闻小屿，听闻过一点风声的就装作吃惊问这漂亮孩子是谁，不知情的在得知他是闻家小儿子后，才是真吃惊。闻家良和李清都特意让闻小屿和所有亲戚见过一面，只说是自家小孩，不解释更多，旁人也不敢多问。

闻小屿知道父母一片苦心，虽然他不习惯应付这类场面。李清知道他不自在，特意把花园里的暖房收拾一下当作他的练舞房，闻小屿平时没事就待在里头，李清也不让外人去打扰。

家里每天都热闹，闻小屿却仿佛与世无关。他知道自己是这个家的一分子，却始终感到像隔着雾看对岸的灯火。闻小屿甚至会想，如果闻康知在这里，应该比他要自在开心得多。

闻家的另一个小儿子闻康知不在家，有人问起，闻家良只是说他到亲戚家玩去了。事实上闻康知被送去了李清的大哥家。闻家良的意思是，小宝在主家这些天，就不要让康知到这边来住了。而李清不想太委屈小孩，便托打小关系好的大哥一家照顾康知。

家里的人一多，闻小屿就想去找闻臻。然而闻臻才是这个场合的主角，闻小屿只好也不去打扰这个家里自己唯一想要占用一下的人。

没过几天，闻小屿找到李清和闻家良，坦言："过几天我想去看看养母。"

闻家良说："当然。我们备了一些礼物，麻烦小宝到时候一起带去。"

"这个就不用了……"

"还是要的。"

"我自己买吧。"闻小屿还是想拒绝，"不用太贵重的礼物。"

李清在一旁劝："没关系，我们自己家里人送东西出去，都是心意，小宝不要太见外了呀。"

闻小屿怔一下，闻家良说："什么叫见外？小宝节俭，这是好事。"

李清意识到自己说得不对，忙和闻小屿道歉，反倒是闻小屿不好意思起来，只说没事。

他走后，闻家良对李清说："你看你，惹得小宝不高兴。"

李清有些委屈："我总觉得都大半年了，小宝还和我们这么客客气气的，倒是把他的养母看得更像自己人。"

"你要给他时间嘛。"

"我真的着急，有时候我会有一种……明明是我自己的小孩，可我却再也不能把他牵在手里的感觉。"李清这大半年也常常发愁，她的情绪来得快，说着说着眼眶就红了，"你说胡春燕他们家是个什么家庭呀，那样对待小孩，小宝还往她那里跑，就是因为那二十年的养育，我就半点地位没有了……"

妻子一掉眼泪，闻家良就没辙，只得安慰："好好，什么叫半点地位没有了？你既然这么疼小宝，就再多多对他好就是，你是亲生母亲，在小宝心目中和旁的人都不一样。等再过一段时间，小宝就能体会到了。"

李清听了一会儿哄，缓过来了，叹一口气："家良，我想今天过后就不要让家里来人了，小宝喜欢安静，不喜欢人多吵闹。我看他这几天都情绪不高。"

闻家良答应下来。李清振作精神，挨个去给人打电话贺新年，委婉提到老闻做完手术不久，这阵子要静养。之后几天，闻家门前便清静下来。

年三十的晚上，闻小屿跟着父母和闻臻出门赴宴。一大家子在望山湖边的一家酒楼顶层聚会，酒楼特地空出一整层为他们布了古典风的景，楼阁悬台外便是一望无际的湖景和远处连缀的城市灯火，楼下热闹非凡。

闻小屿还是头一次见吃个年夜饭竟然几十号人一起吃的，老的少的幼的，也不是一大桌坐在一起，而是分许多个小桌，大人和年轻小孩分开，边吃边喝酒聊天。闻小屿被李清挽着在闻家良这桌坐着，亲戚们都很热情，但闻小屿看着这些陌生的脸，有些尴尬。

"闻小屿。"

闻小屿转头，见闻臻一个人坐在他身后不远处的小桌旁，朝他一勾手："过来。"

一旁李清松开他的手："你去和哥哥一块儿吃吧，咱们这桌人多。"

闻小屿忙过去找闻臻。兄弟俩坐在桌子同一边，闻臻把碗筷放在他面前："快吃。"

刚才他就没怎么吃东西，闻小屿赶紧拿筷子吃饭，一边好奇："你怎么一个人坐在这里？"

闻臻漫不经心答："看你什么时候饿得受不了过来找我。"

"……"闻小屿夹起一个水晶虾尾塞进嘴里，不想搭理他。

闻臻说："明天如果不想和爸妈出门，我带你出去玩。"

闻小屿心中小小一喜，刚要说好，却忽地想起什么，目光又黯下来。

"我明天去养母那边。"他想来想去，还是对闻臻说实话，"过年去看看她。"

闻臻果然冷下了脸。闻小屿及时提醒："你不要又和我吵架。"

"你觉得你这么做有什么意义？"

闻小屿不吭声抱着碗吃饭，不想接闻臻的话。闻臻却显然变得不耐："他们家有什么让你这么念念不忘，你不如找出一点告诉我。"

"这种事不能简单说清楚。"闻小屿觉得闻臻有时候的脾气简直像个小孩，"我知道你对她第一印象很差，但事情不是只有一面。"

"你的意思是她打你、骂你，但她爱你。"闻臻冷冷道，"你想说这种话？"

"我没有这个意思。"闻小屿也生气了，"你对她偏见很大，我们不用再聊了。"

满宴和睦的欢声笑语，只有他们二人之间气氛降到冰点。闻臻放下餐巾纸，漠然说："好坏不分。随你。"

然后起身把闻小屿一个人扔在身后，走了。很快有人围上闻臻交谈，将他带入人群。

闻小屿孤零零坐在桌前，半晌重新拿起筷子，不吭声继续吃自己的饭。

第七章

第二天一早他就独自出了门。从家门口走到街上拦一辆车,车开了十五分钟,从宁静的别墅湖区一路进入他曾经住的街道。天刚亮,街上还蒙着一层雾,通往住宅小区的长街两旁的早餐店已香气袅袅。

一切都是他熟悉的模样,自离开这个家后,他大部分时间都待在首都,这大半年来再没回来过,如今重新站在这条充满市井气息的老旧街道上,竟有恍若隔世的感觉。

闻小屿找到自己从前常光顾的那家牛肉面馆,要了碗牛肉面,坐在油腻腻的桌边吃完,付过钱,提着自己买的东西往小区里走。

小区的环保工作做得随意,过年进出人员多,路边堆了不少垃圾还没清理。灰扑扑的水泥地,墙边盘满杂乱的枯枝,早雾散去,阳光浅淡,落在地上还是冷。闻小屿捂捂围巾,走进楼道。

楼里依旧常年充斥油烟和猫狗在角落标记地盘的气味,楼梯狭窄,闻小屿上楼,敲响那扇熟悉的门。

门从里面打开,胡春燕扎着头发,围条围裙。她把门推开,瞧一眼闻小屿:"怎么来这么早?"

闻小屿进屋换鞋:"没什么事情就过来了。"

胡春燕拿过靠在墙边的拖把，继续麻利拖地："自己去倒水喝。"

闻小屿有个习惯，每次从外面回家，第一件事就是找水喝。他走进厨房，见家里都打扫过了一遍，平时似乎也一直在收拾，比之前要干净了许多。闻小屿再四处仔细一看，才发现原来是杜晓东的东西都没有了，才显得每一处都整洁起来。

他出去问胡春燕："你把那个人的东西都扔了吗？"

胡春燕使劲拖着地，没好气地道："人都要关进去了，还把东西留着做什么？晦气。"

"之前你在医院的时候，还问我管不管他坐牢。"

"谁还真指望你管了！"

"那你打算离婚吗？"

"我发现你这小孩真是怪，净问些没头没脑的问题。"胡春燕不耐烦地道，"离婚离婚，你当离婚是扔个垃圾甩手就没的？到时候你爸进去了，哦，我说我不过了，你信不信他那妈和她姐能砸了我们家的门骂死我？说得轻松！"

闻小屿小声嘀咕一句："谁骂得过你啊。"

胡春燕横眉竖眼："杜越，你要是来找不痛快的你就赶紧走！"

闻小屿只得不再说这件事。他把带来的盒子拆开："我给你买了一个扫地机器人，听说很好用。"

胡春燕嘲讽道："回了有钱人家里，买的东西都新奇了。"

闻小屿把盒子往腿上一放："你非要这样和我说话吗？把我气走了你就好过了？"

胡春燕不说话了，背对着他拖半天地，之后去厕所洗拖把，洗得哗啦哗啦响。闻小屿把扫地机器人拆开，拿着说明书研究半天，试了试性能，觉得还不错。

中午闻小屿留在胡春燕这边吃饭。胡春燕之前在食堂做厨子，手艺很好，从小闻小屿就爱吃她做的饭菜。胡春燕做了三菜一汤，都是闻小屿喜欢吃的家常菜。

两人坐在桌前吃饭，胡春燕看上去晒黑了，一张脸消去浮肿后瘦了些，一头倔强的硬头发毛躁依然盘在头顶。闻小屿问："你做什么去了？晒得这么黑。"

"送快递。"胡春燕答。

闻小屿一愣。胡春燕竟然没有接受闻家给她的工作，再一想，这个选择也符合她倔得要命的性格。或许接受闻家帮忙还款已经耗尽了她的自尊，让她在现实面前彻底低下了头。

"噢。"闻小屿不知该如何作答。

倒是胡春燕提起一件事："你的演出我去看了。"

"你去了？"闻小屿吃惊，又装作不经意地问，"那你觉得怎么样？"

胡春燕含糊哼一声："算你对得起我给你交这么多年学费。"

闻小屿低下头，笑了笑。

那年他哭着求着，抓着胡春燕的手说要学跳舞。最后胡春燕挨不住他求，把他牵到文化宫，一张一张数着钱给他交了第一笔学费，后把他拖到走廊上没好气地训："花我这么多钱，你要是学不出点名堂来，看我不揍死你！"

那是闻小屿小时候最开心的时刻之一，以至胡春燕那个时候一脸凶巴巴地瞪着他，他都觉得胡春燕是世界上最好的妈妈。而之后那一方小小的练舞房更是成了他躲避一切痛苦的安宁港湾，一心一意地专注一件事情，旁的苦恼也就远去了。

胡春燕说："你是出息了，以后上舞台跳舞，住有钱人的房子，哪还管得了我。"

闻小屿认真地道："我每年放假回家都来看你，和从前有什么区别？只要你别再让杜晓东和他家里人进这个家的门，我们就还像以前一样。"

胡春燕瞪他："你还敢威胁我？你是不是觉得自己了不起了！"

"你自己说他都做多少糟心事了，你数得过来吗？"闻小屿在胡春燕面前说话很直接，因为胡春燕也向来如此，"我从小就讨厌他，把家里弄得乌烟瘴气的，而且他犯法了好吗？你能不能有一点法律意识？"

胡春燕险些又要骂人。然而她憋一口气缓解情绪，看着闻小屿坐在自己面前拿着碗乖乖吃饭的样子，就像从前。可小时候的闻小屿在家里的饭桌上吃饭的时候总是又急又小心，吃完就飞快抱着碗去厨房洗干净，然后躲进自己的房间，因为她和杜晓东总是在饭桌上吵架。

直到看着眼前这个平静吃饭的闻小屿，白净的脸，下巴线条圆润了不少，比从前太瘦的模样好看太多，胡春燕才去想，是不是因为他从前在饭桌上吃得太不安心，才总也长不胖。

也是当坐在台下，看着舞台上熠熠生辉的闻小屿，她才终于从无尽的混沌、愤怒、焦躁和极度孤独中窥见了一点光。

一味糟糕的人生麻痹了她的大脑，令她在挣扎生存上耗尽心力，忘了爱的方式。她倒了八辈子大霉，孩子不是自己亲生，而她的悲哀却是孩子的幸运。

胡春燕还记得有人之前劝她，问她你是不是想你儿子好？你要是想他好，就不要到他面前去闹。人家是注定要去过好日子，都是命，你拦不住的！如果他还愿意逢年过节回来看看你，你就好好陪人吃个饭，说说话，说不定人照旧喊你一声妈，那这儿子也不算白养了。

胡春燕闷头吃饭，过会儿才说："我的事你不用管。"

闻小屿觉得这一趟回来，胡春燕的脾气正常多了，那感觉就像从前杜晓东还没沾上赌瘾的时候，胡春燕虽然嗓门大，说话凶，却能让他感受到来自母亲的爱，而不是家里欠上巨额债款的时候那个把怒火发泄在他身上的人，也不是在刚刚得知自己的孩子并非亲生时，发了疯试图抓住他的人。

闻小屿吃着饭，忽然莫名地又理解起闻康知来。若要人生换掉至为重要的父母角色，除非连同记忆也一同置换，否则连血缘也无法即刻奏效。他不能适应，闻康知更不能适应。

没关系。闻小屿天马行空地想心事，等自己以后毕业，工作了好好赚钱，养胡春燕就好。

下午闻小屿去精品超市买了很多东西，去他小时候的舞蹈老师家里拜年。

老师名叫孙惠儿,是本地一位小有名气的古典舞老师。当年闻小屿眼巴巴扒在舞蹈教室外面看里面的小孩学舞时,孙惠儿出来问他是谁家的小孩,又问要不要进来看看,可惜闻小屿一溜烟跑了。

后来孙惠儿有一次下课后回家,半路想起落下东西在教室,回到教室的时候,只见小小的闻小屿还一个人待在空荡荡的练舞房里独自压腿。她上去问半天,才知道小孩是不愿意回家。

于是孙惠儿把闻小屿带回自己家,给他煮晚饭。此后十年,闻小屿成为她家的常客,直到闻小屿考入首都舞蹈学院,远赴首都。

孙惠儿打开门看到闻小屿,笑眯眯地说:"老早就在家等着你了,快进来。"

孙惠儿年近四十,依旧肤白美丽,身材保养得标致,仪态优雅。她穿着简单的衬衫和牛仔裤,接过闻小屿手里的东西:"买这么多,怪浪费的。"

闻小屿到她家里来还挺习惯,换了拖鞋帮着一起放东西,问:"叔叔和小圆呢?"

"还在亲戚家玩呢,我提前回来的。"

孙惠儿坐在茶几前优哉泡茶,笑道:"小明星光临寒舍,蓬荜生辉呀。"

"……老师,您不要打趣我了。"

之前闻小屿邀请孙惠儿去看自己的演出,可惜孙惠儿实在抽不出时间,后来和家人一起在电视上看完了他的《花神》。孙惠儿说:"有什么不好意思的?有实力就要大大方方,让大家都知道你最棒。"

她教小孩教得太多,对二十岁的闻小屿说话还像在对七岁的闻小屿说话,连哄带夸。孙惠儿询问他在学校的近况,两人之间自然得仿佛一对母子。闻小屿剥茶几上的橘子吃,一边说:"挺忙的,过几天还要去给《花神》拍宣传视频。"

"忙才好呢。"孙惠儿仔细端详闻小屿,欣慰道,"你可终于长胖了一点,现在这样可好看了。是不是上大学以后吃了不少好吃的?"

闻小屿"嗯"一生,吃下橘子,低头思考一阵,说:"老师,有件事我想和你说。"

孙惠儿在闻小屿心目中的地位,无异于另一种形式上的母亲。孙惠儿教他跳舞,教他仪态,教他身体要动,心要静;还督促他好好念书。小小的闻小屿练舞累得摔在地上,孙惠儿蹲下来给他揉腿;当他在外面哭着不愿意回家,孙惠儿把他牵回自己家,给他做饭,在暖黄的台灯下温声教他写作业,让他以后受委屈了就来找她,不要一个人在街上徘徊。

身世一事,闻小屿没有与任何曾经认识的人说过,只等到今天和老师见了面,才简单与她提起。

孙惠儿听完,半天缓不过来:"是你爸爸当年把你们偷换的?"

"嗯。"

"这造的什么孽呀。"孙惠儿难以置信,"警察抓他没有?"

闻小屿说:"已经要判刑坐牢了。"

"你妈妈还好吗?"

"最近还好,找了份新工作。"

孙惠儿斟酌着询问:"那你的亲生父母,对你应该还不错吧?"

"他们很好。"

孙惠儿也从没听说过这种事,她拿出手机搜索,感叹:"你的亲生父亲是闻家良?哎呀,他好有钱的,我们这儿的步行街和玫瑰时代广场都是他的地呢。"

闻小屿没想到她的思维这么跳脱,笑起来:"是挺有钱的。"

"你一时半会儿应该也没法接受。一般人想和你打成一片,那可太难了。"孙惠儿还算了解闻小屿,说,"不过还好你已经长大了,咱们成年人不管外界如何变动,该做什么还是得做什么。我看你也没有受影响嘛,第一次大型演出就表现得这么好,你看你的台风,多稳多亮眼呀。"

闻小屿想起这段日子自己住在那栋大别墅里的生活,出神地道:"老师,我有时候会想,是不是失散多年的小孩就算找回亲生父母,也再不能像大多数普通的家庭那样相处了?双方都有了各自的人生,再要合到一起,谁都不自在。"

孙惠儿说:"可亲生的总归还是不一样吧?你没有结婚成家,对这方面的理解或许还不深,但你要知道,父母对自己的小孩那可是爱得不行呢。你现在找不到那种家的感觉,或许还是和你的亲生父母在一起的时间不够久有关,感情都是慢慢养起来的。你可以试着多和他们相处,交流,说不定慢慢地就适应下来了。"

从老师家离开后,闻小屿回到家。天色已深,家门前的小路上亮着灯,照得草坪一片绒绒。闻小屿开门进屋,客厅亮着灯,李清正坐在沙发上等他回家。

闻小屿走过去,李清笑着拉他坐下。她穿着居家服,腿上放着一本摊开的相册:"你看,你演出的照片都洗出来了,我让人做成了相册。哎呀,我们小宝真是好看。"

看自己的舞蹈照片,闻小屿感觉有点羞耻。李清还津津有味一张一张翻照片,一边不停夸赞,之后又想起什么,眼前一亮:"要么过两天我们去影楼拍点艺术照吧?小宝!我们还没有一起拍过亲子照呢。"

闻小屿看她兴致勃勃很开心的样子,也笑起来:"好。要叫上爸爸和哥哥一起吗?"

"才不叫他爷俩,你爸爸最不会拍照,你哥哥更是一点不配合,笑都不爱笑一下的。就我们俩拍,拍得美美的。"

闻小屿回家有一会儿了,也没看到闻臻出现。昨天闻臻把他一个人丢下后就再没回来,闻小屿也气,不愿意和闻臻讲话。

李清询问闻小屿养母的状况,两人聊了一会儿,李清特地去端来热牛奶给闻小屿喝。直到九点多,闻小屿才上楼休息。

拍摄宣传视频的计划被安排在年初七开始,导演把拍摄的第一站先定在首都,机票也早已为外地的演员们准备好。这几天闻小屿就在花园暖房临时改的练舞房里复习动作,几乎不怎么出门。

他和闻臻也几乎没有交流。一是家太大了，上下三层，一个地下室，前后两个花园，两人就是闲逛也不一定能碰到一起。而且每次闻小屿去找胡春燕，闻臻的脾气就变得很差。

闻小屿讨厌别人吵架，但同样讨厌冷战。闻臻不理会他，他又生气又委屈，也犟着脾气不去理闻臻。细数下来，两人闹脾气次数还不少，连闻家良和李清都快习惯了，只能随他们俩去。

年初六一大早，李清和闻小屿就出门拍照去。李清约好一家影楼，对方拿出相册集给李清和闻小屿挑选模板，李清兴致很高，挑来挑去，一副想把所有风格都试一遍的架势。闻小屿本想早点回家练会儿舞，但想起孙惠儿之前与他说的一番话，想了想还是答应李清，陪她拍个够。

这一拍就是到傍晚。闻小屿算是见识到女人拍起照来的旺盛精力，眼见着李清又是换衣服又是换发型，十几套下来半点不见累，自己在一旁陪着拍都快累坏。难怪家里另外两个男人不来，敢情是早就被折腾过有经验的。

他们刚换完最后一个景，李清的手机响起来。

李清看手机来电，接起来："哥，有什么事？"

她听了一会儿，脸色变了。李清放下手里的东西站起身："好，我现在就去医院，麻烦你们了哥。"

她挂断电话，对工作人员说了句"抱歉，今天就拍到这里"，然后自己拿了卸妆巾简单把脸一擦，对一旁闻小屿说："康知心脏不舒服住院了，妈妈现在过去看看。"

闻小屿便帮她一起收拾东西，换好衣服陪着她离开影楼。他本不想跟着一起去，但李清一个人，又很着急的模样，闻小屿怕她一个人路上不安全，还是陪着一路到了医院。

路上闻小屿的手机也响了，他拿出来一看，是闻臻打来的。

闻小屿接起来，闻臻在电话里问："这么晚还不回家？"

时间刚过六点，闻小屿也不知道哪里晚，只答："闻康知心脏不舒服，我和妈妈现在到医院去。"

一阵短暂的沉默后，闻臻开口："我现在过来。"

电话挂断，李清问："是哥哥吗？"

"嗯。"

"要不把哥哥也叫过来吧。"李清特地提起轻松的话题想活跃一下气氛，"康知最听哥哥的话了，要是闻臻过来，他指定不敢闹脾气。"

他为什么这么听闻臻的话？闻小屿在心中无声地问。他只知道人在得到回应后才会有更多的热情，那么闻臻也这样对待闻康知的吗？

闻小屿甚至开始荒谬地心想，是否是自己的出现，分走了闻臻原本对闻康知的宠爱，才让闻康知对他有这样的敌意。

因天生患有心脏疾病，闻康知在仁心医院心内科有一间专门的病房，以便随时为他提供最好的医疗。仁心医院是著名的私立医院，设备好，各项费用昂贵，院长与闻家良私交甚好，为闻康知配备最好的医资力量，只要闻康知进医院，无论什么时候，心血管内科主任都会第一时间赶到。

李清到医院以后，她的大哥李明丰一家便暂时先回去放行李休整。兄妹二人交谈一番，原本李明丰带着一家子和闻康知在海南度假过年，然而闻康知始终兴致不高，李明丰找他谈心，闻康知就哭着说想妈妈。一家子便也不度假了，带着孩子回了首都。

谁知刚下飞机，闻康知就说不舒服。一行人忙把他送到医院，李清不来，大家也不敢回家。

走之前，李明丰和李清还在走廊边聊了会儿。李明丰低声问："那孩子就是小屿？"

李清点头："嗯，今天一直陪着我呢。"

"长得确实像我们家里人。"李明丰叹一口气，"委屈他了。"

李清也跟着叹气："哥，我现在也是好为难。小屿终于回了家，我是肯定不愿意他再受一点委屈的。康知是个少爷脾气，小屿性子软，把康知送到你家过年也实在是没有办法的办法。"

"他没有和亲生父母见面吗？"

"见什么面呀？那种父母，我都不想再提。"李清十分头痛，"难道把小孩送回去给他们糟蹋？一个赌博欠债，一个动辄打骂小孩，小屿能平平安安长大，我真是要感谢老天爷。"

李明丰只好安慰自家妹妹："好了，孩子回来就好，别的事情以后都能慢慢来。好在两个孩子都长大了，你也不用太担心。"

这边正说着话，那边病房里，闻小屿坐在沙发上，闻康知盘腿坐在床上，大眼瞪小眼。

闻小屿本没想进来，他就在门外走廊坐着等李清，然而护士路过看见他，知道他是与李清同行的人，便礼貌问他要不要进去坐，说里面有沙发，还有纯净水和电视。护士很热心，闻小屿只好进了门，在沙发坐下。

闻康知吃着盘子里切好的苹果块，瞅着闻小屿，一笑："少爷赏脸来看我啦。"

闻小屿真是一听他开口就没好气，忍着怒火面无表情地答："嗯。"

闻康知一张脸差点气扭了。但他很快调整回来，说："你说你这一回来，闹得我大过年的家都回不了在外头流浪，刚下飞机就被送进医院，我也太惨了吧？"

"这些话你对我说没用。"

闻康知看着闻小屿，忽然说："闻小屿，我听我妈说你很乖的啊。"

他掰着手指数："她说你又可爱又善良，赚钱给家里补贴，还学跳舞，说连我哥都好喜欢你呢，她还要我好好和你相处——可我怎么看你有两副面孔啊？"

这算是聊不下去了。闻康知压根就是来和他找不痛快的，闻小屿看出来了。他起身要往门外走，就听闻康知在他身后说："闻小屿，你少在我面前演戏了，你这种人我见了不知道有多少，表面上装成可怜兮兮的小绵羊，背地里就想着巴结这个赖上那个，明眼人说你一句，你比谁都生气委屈，别人都是坏人，就你一个是好人是吗？"

闻小屿气得握紧拳头，转过身怒视闻康知："我从来没有演戏，我喜欢谁就对谁好，讨厌谁就没有好脸色，就是这样而已！"

"哦？那你是天生菩萨心肠了？"闻康知冷笑，"一个赌徒和一个素质低下的女人能养出什么样的人，我妈不知道，我哥不知道，我可没那么好骗。你想要什么，你以为我猜不出来？"

"你什么意思？"

"你不就是想让所有人都可怜你，心疼你！"闻康知说，"穷了二十年，一下子知道自己是有钱人家的小孩，觉得自己马上要飞上枝头做凤凰了吧？你是不是觉得我是个假的，在这个家里就压根没有地位了？我告诉你闻小屿，我妈爱了我二十年，闻臻也是我哥，这么多年都是！你再想博同情博喜欢你也抢不走！"

闻小屿忍无可忍，终于爆发："我没有想得到任何人的喜欢，实话告诉你，我也没有把自己当作你们家的人！你那么喜欢自己家你就待在这里，没人想和你抢！"

他心想真是悲哀，他觉得闻康知才是闻家的主人，而闻康知却害怕他会抢走自己的位置。可李清爱他，关心他，闻臻那样冷淡的一个人，也会背着他去医院，听他病了就挂掉电话赶过来，他有什么好害怕的？

他拥有这么多，为什么还要害怕自己这个一无所有的人？

闻小屿想起闻臻在年三十晚上把自己一个人丢在饭桌上，高兴了就哄一哄他，不高兴了就冷着脸丢下他，现在想来，真是自在随意。

"你那么喜欢闻家就喜欢好了。"闻小屿平静下来，"反正是你家，与我无关。"

闻康知显然被他一通脾气唬愣了。他古怪地看着闻小屿，目光又转向他的身后。

闻小屿若有所觉，转头看去。只见李清和闻臻不知什么时候站在门口，李清呆呆地看着他,闻臻则冷得像一座雕像。

闻小屿下意识回避目光,知道自己把事情全都搞砸了。方才他说的半是气话半是真话,连自己也解释不清楚,但被李清和闻臻听去,意义就变得全然不一样。

太糟糕了。闻小屿心累。他就不该听护士的话进这个门,都是他的错。

闻小屿贴着墙站一会儿,小声说了句"抱歉",然后飞快往门边走,想穿过那二人离开。谁知刚走到门口,就被闻臻抓住手臂。闻小屿吓一跳想挣,然而闻臻竟一言不发嵌紧他的手,转身直接往门外拖。

李清这才回过神来,忙追上去:"闻臻,闻臻!你不要对弟弟发脾气!"

闻小屿被拽得跟跄,骨头被捏得生疼:"你放开!"

病房隔壁不远就是一间私人的会谈室,里头无人,闻臻抓着闻小屿大步走进去,砰的一声关上门,上锁。

李清被关在门外,慌忙拍门:"闻臻!你做什么呀,你怎么能对弟弟这个样子?快点把门打开!"

会谈室内,闻臻把闻小屿拉到自己面前,闻小屿差点被他拽得摔倒。

"和你无关?"闻臻的声音低冷无情,让闻小屿感到非常紧张,"我们都和你无关是吗?"

闻小屿犟着站在原地不说话,闻臻侧过头深吸一口气,转而继续看着闻小屿:"辛辛苦苦把你找回来,你要什么给什么,什么要求都答应你,到头来你从来没把自己当这个家的人,闻小屿?还是说我叫你杜越你会更高兴?"

闻小屿低着头拼命忍着眼泪,闻臻却已经被闻小屿那"与我无关"四个字气到彻底失去理智:"胡春燕和杜晓东除了打骂你,让你给他们做饭拖地,不让你上学,还会做什么?你就这么喜欢挨骂挨打,就要一天到晚跑去胡春燕那里受虐是吗?!"

闻小屿的指尖都在发抖,来自闻臻的怒火和羞辱终于击溃他的最后一道防线:"被换走的人是我不是你,你当然不会明白,你这辈子都不会明白!"

"那你就给我滚去他们家再也别回来了!"

会议室霍地安静下来。

争吵顷刻消失,只剩李清在门外焦急的呼喊。闻臻呼吸偏重,理智回笼。他向来冷静,极少因怒火而口不择言,方才在门口听到闻小屿说的那一番话不知烧到了理智线上的哪一段脆弱点,轰的一下就熔断了所有。

他看到闻小屿站在自己面前,眼泪一滴一滴落在地上,一句话也不说。

接着闻小屿推开他大步走向会谈室的门,闻臻的心跳猛地提速,手已下意识抬起想把人拦住。

可闻小屿已经用力拉开门,走了。

从医院离开后,闻小屿稀里糊涂走到最近的公交站上了一趟公交车。他抓起背后的帽子挡着脑袋,围巾圈起来挡住大半张脸,找到倒数几排空位一个人坐下。

冬天的夜晚,公交车不知驶向哪里,车上只有零零星星几个人。闻小屿小声抽着鼻子,从衣服口袋里拿出一包纸巾,抽出餐巾纸闷不吭声给自己擦眼泪。

公交颠颠晃晃,闻小屿哭得头疼脑热,觉得车里闷得慌,又随便找了个站下车。外头冷风一吹,把他吹得一哆嗦清醒过来。

街边的路灯落下光,长江的一道支流从城市经过,江上吹着夜风,偶有行船。闻小屿哭累了,离开公交站找到江岸公园边的楼梯坐下,远处就是宽阔的江面和对岸城市夜景。

口袋里的手机一直振,一直振,闻小屿把手机拿出来,调成静音。李清给他打电话,闻臻也给他打电话。

一个不敢接,一个不想接。

闻小屿把手机放在脚下,随它亮了灭,灭了亮。夜里寒风瑟瑟,他戴着帽子,拿围巾包好自己,抱着腿把脑袋埋进膝盖,听江水的声音在耳边起落。

从离开医院到这里,他哭够了,心情也逐渐平静下来。手机快被一个接一个的电话打没电,闻小屿默默在坐在台阶上不动,等着手机没电。

之后手机消停下来。闻小屿攥着纸巾时而擤一下鼻涕,好容易眼睛终于不肿得疼了,才低头看一眼手机。

又有电话打进来,但这回来电显示是"闻爸爸"。

闻小屿犹豫片刻,还是拿起发热的手机接起电话。

"小宝?"电话那头响起闻家良的声音。

"是我。"闻小屿嗓子沙哑,声音只能压轻,以免让自己听起来满是哭腔。

"这么晚了,外头冷,爸爸来接你回家好不好?"

"不用……"闻小屿清一清嗓子,低声说,"我自己会回来的。"

闻家良温和而耐心:"我已经坐在车里了,你给一个地址我过来可以吗?"

"真的不用,我现在就回来。"

闻家良年纪大了,闻小屿哪敢让他大晚上出来接自己回家。可闻家良坚持要来,并说车已启动出发。闻小屿没有办法,只好报出地址。

他起身把蜷巴的餐巾纸都扔进垃圾桶,在江边慢吞吞地徘徊,不安地等着父亲来接。他与闻家良交流不多,闻家良在他的心目中不类似父亲,而更类似他在新闻上看到的那位气质强大而威严的富有企业家。

没过多久,一辆黑车缓缓在路边停靠。闻小屿认识车牌,走上前。司机下车来为他开门,闻家良在后座探身过来,苍老的手拍拍旁边空位:"快上来,外头这么冷,别冻坏了。"

闻小屿坐进去,车里开足暖气,他摘围巾,放下帽子,闻家良抬手摸一摸他冰凉的头发,叹气。

"对不起。"闻小屿小声道歉,"我没有想要麻烦您。"

闻家良说:"父母来接自己小孩回家,怎么叫麻烦?"

闻小屿不说话了。

"你妈妈和哥哥都犯糊涂了。"闻家良说,"不搭理他们也好,让他们好好冷静一下,反思自己错在哪里。"

他这样说,闻小屿反而觉得不安:"是我先说错了话。"

"说错话,做错事,谁没有错过?"闻家良缓缓地道,"可谁都能受委屈，只有你不能再受委屈了。"

闻家良握住闻小屿的手，温和地摩挲着："我老了。要是再年轻二十岁，可不得把你哥拎过来揍一顿给你出气。"

闻小屿被逗笑，闻家良见他终于露出笑容，也弯起眼笑。

"小宝明天是不是就要回首都了？"

"嗯。"

"爸爸给你安排好了车，明天让阿姨给你准备早饭，你早点吃，早点去机场等飞机。"

闻家良始终沉稳，也不提发生在医院的糟心事，这令闻小屿心中的紧张情绪逐渐和缓。

"家里的事情，你不必想太多，也不必太在意。"闻家良平静对闻小屿说，"你是这个家的主人，无论如何，爸爸永远在你身后支持你。"

回到家后，闻小屿跟在闻家良身后进门。闻家良在出门前已告诉李清和闻臻不许来打扰小屿，让小屿安生洗漱休息，赶第二天的飞机。因此闻小屿没有在客厅看到李清和闻臻，这让他着实松了口气。

而李清此时就守在卧室的阳台，眼巴巴看着接小宝的车回来，看小宝下车回家。看着看着又忍不住掉眼泪，直拿手绢抹。

闻臻则独自坐在卧室的床边，一身外衣到现在还未换下。烟不断从他的指间燃起，上升。卧室没有开灯，夜色寂寂，月光无言。

第二天一大早，闻小屿收拾好自己，提着行李箱下楼。阿姨已准备好早餐，让闻小屿没料到的是，桌边还坐着闻臻、李清和闻家良。

他本想一个人赶紧吃完早饭赶紧走，特地六点就从床上爬起来。这下可好，闻小屿只能硬着头皮过去坐下。

李清的脸色不比他好半点，同样是眼眶肿着，觉也没睡好的样子，还小心地望着他笑。李清把煎鸡蛋放到他面前："小宝来，多吃点。"

她不停地给闻小屿拿吃的，闻小屿只好闷头往嘴里塞。一旁闻家良开口："让小宝自己安生吃。"

李清只得收回手。闻小屿赶紧把早饭囫囵咽下，含糊地说自己吃饱了，起身托起行李箱和他们道别，往外走。闻臻放下筷子站起身，闻家良说："闻臻，待会儿到后院来，陪我说说话。"

"我送他去机场。"

闻家良说："你坐下。"

闻臻便只能看着闻小屿匆匆离开，背影消失在门后。

闻小屿坐上车，放松下来。他拿出手机检查消息，确定今天下午的开会时间和地点，姜河发消息询问他什么时候到首都，要不要干脆一起吃个午饭。闻小屿低头回消息，回完后把手机放在一旁，靠在车座上闭目休息。昨晚他根本没睡好，这会儿十分疲惫。

上午十一点，飞机抵达首都。闻小屿直接提着行李去了学校，和姜河见上面后，两人就在学校附近的餐馆解决午饭。下午两点准时开会，花神班子的所有人和电视台、学校的工作人员聚在一起商量视频脚本与行程安排。

《花神》的故事背景原本设定在西南，导演和森冉决定把首都这边的素材拍完后直接去西南取景，预计大概花费一周的时间。工作人员把行程安排和拍摄脚本发到每个人手机上，今天的任务结束，明天一大早所有舞蹈演员就要在学校门口集合坐大巴去拍摄点。

人成群结队散去，闻小屿叫住姜河，两人到门口草坪的长凳上坐着。闻小屿问："之前我订的租房，现在空出来了吗？"

姜河奇怪："应该没有吧？离寒假结束还有好些天呢。我打电话问问房东。"

姜河给房东打电话询问一番，之后挂掉电话对闻小屿一耸肩："要等寒假结束才能空出来。"

闻小屿失望地坐在凳子上，姜河问："怎么，现在租的房子不能住了？"

"住不下去。"闻小屿扒拉着自己行李箱的拉杆，低声回答。

"去哥家里将就几天呗。"

闻小屿摇头，他不习惯住在别人家里。他对姜河道过谢，拎着行李箱边走边思考，后想到一个办法，又拿出手机给辅导员打电话，询问现在还可不可以住学校的宿舍。

辅导员在电话那头好气又好笑："闻小屿，你可真是会给我找事，之前给你安排好了宿舍你不住，现在放寒假了你跟我说想住宿舍，找碴呢？"

闻小屿也非常不好意思，站在路边不停给人道歉。好在辅导员人好，说了他一通后还是去联系了学校的后勤和宿管。闻小屿在学校门口解决了晚饭，等了半天才等到辅导员给他回电话。

"还是你原来的那个宿舍，正好寒假留校的人都安排满了，就多出你一个人的床位，我和后勤老师说半天人才愿意给你单独开间宿舍出来，算你小子运气好，去找宿管拿钥匙吧。"

闻小屿立刻道谢，辅导员没好气地在电话里说："按时上交电费水费，门禁前乖乖回宿舍，不许麻烦宿管，知道不！"

"知道了。"

闻小屿道过谢，挂掉电话，忙拖着行李箱跑进学校，穿过校区到宿舍楼，找到宿管拿到自己要住的宿舍的钥匙，提起行李箱飞奔上楼，到寝室前开门把行李箱放进去，又关上门火速下楼出学校，跑进地铁站。

天色已晚，他得赶紧回江南枫林收拾行李，从那个家搬出来。坐地铁和公交要花不少时间，闻小屿怕自己赶不上回学校的地铁，一路紧赶慢赶回到江南枫林，已是九点多。

闻小屿开门进屋，家里黑漆漆的，他打开灯，翻出自己另一个行李箱拖到卧室，开始收拾东西。

他不打算继续在这里住下去，以后也都不住了。他已经想好，寒假之前就先在学校的宿舍住，等租房空出来，他就搬过去。如果合适的话，就住到大学毕业。

闻小屿手脚麻利，把衣服一件一件叠好放进行李箱，幸亏他衣物和随身用品不多，大多都是必需品和舞蹈服。行李箱塞满后，闻小屿又拿来一个包装自己的鞋。

他收着收着,想起楼上的练舞房,又上楼打开练舞房的门,进去把衣架上的衣服都拿下来,挂在墙上和窗上花里胡哨的饰品也拆掉。

闻小屿很喜欢这个练舞房,但没办法,他一定要走。

把所有东西收拾好后已是十点多,闻小屿蹲在地上检查自己的行李是否有遗漏。忽然,他听到大门响起打开的声音。

闻小屿动作一顿。他一瞬间有些茫然,看着满当的行李箱和空空的卧室,忘了自己下一步要做什么。

门边传来熟悉的脚步声,很快闻臻出现在他的卧室门口。男人风尘仆仆,大衣也没有脱,手里提着一个袋子,里面装着闻小屿喜欢的蛋挞,盒子上还有热意。

闻臻显然也愣了一下。他看着闻小屿脚边的行李箱和背包,卧室里闻小屿的东西已经基本空了。

他本来应该在家里再多陪父母几天,但不知为何,闻小屿前脚刚走,他后脚也到了首都。

闻小屿没想到闻臻今晚就回来,他颇有些没防备,但事已至此,他只得不去看闻臻,只低头不作声拉好背包拉链,盖上行李箱锁好,然后背上包,竖起行李箱站起来。

闻臻叫他:"闻小屿。"

闻小屿说:"我去学校住。"

他提起拉杆往门外走,装蛋挞的袋子啪的一下掉在地上,闻臻按住他的行李箱:"我没有想赶你走。"

"我知道。"闻小屿说,"是我自己想出去住。"

他想走,闻臻纹丝不动:"那天是我说错话了,我没有……要你走的意思。"

闻小屿垂下视线,不与闻臻对视:"我也说了很不好的话,让你和妈妈伤心了,对不起。"

闻臻一时再没有办法,只能僵硬地站在闻小屿面前,低声哄:"你别生气。"

"没有生气。"闻小屿说,"可不可以让开?我怕会赶不上地铁。"

他提着行李箱往前走,闻臻不得不侧身让过,跟上去:"练舞房你不要了?"

闻小屿走到玄关门口低头换鞋:"你把游戏室搬上去吧。"

闻臻强压着愈发的焦躁,试着问:"打算录完舞再回来住?"

闻小屿换好鞋,站在大门前,深吸一口气。

"我在学校附近租房子,以后就在外面住。"

他说完就抬手想去开门,然而闻臻比他更快从后面握紧门把,手背浮现青筋。

"那天我没有控制好脾气。"闻臻站在闻小屿身后,冷冽的气息从上包裹下来,声音很低,宛若在闻小屿的耳边震动,"我不喜欢你去见胡春燕,是因为我总觉得她会伤害你。你说得对,是我对她的第一印象太差。"

闻臻的喉咙干涩,不得不停顿片刻才继续解释:"以后我都不会对你发火,你想去见她就去见,我不会拦着你。"

闻臻尽力把说话的语气压平揉顺,不让自己听起来会吓到闻小屿。闻小屿听了他的话,转过身,终于看了他一眼。

从昨天傍晚到现在,闻臻心中的焦躁这才被按下去些许。

闻小屿轻声说:"你不用担心她会伤害我。我已经二十岁,是个成年人了。"

闻臻紧盯着闻小屿,"嗯"一声。

随即却听闻小屿继续道:"我下学期的课很满,住在学校附近上下课更方便。住在这里太远了,还得麻烦司机天天接送我。"

火又腾一下升起来。闻臻捏紧门把手:"不麻烦。"

对话中止。两人站在大门前,一个不吭声,另一个也不说话,就这样僵持着堵在门边。

闻小屿调整好心情,让自己尽量平和地说话:"我还要赶地铁。"

"我们聊聊。"闻臻只得说,"明天早上我送你去学校。"

闻小屿不想与闻臻聊。他不多的精力在闻臻面前飞速耗尽，要强撑作平静的样子，要理智，要和气的交谈，要端出哥哥和弟弟之间的正常模样。

"等我录完舞……再聊吧。"闻小屿累得要命，推开闻臻拦在他面前的手，"我走了。"

闻臻的手绷得很紧，最后却还是被闻小屿推开。闻小屿拖着行李箱走出家门，逃也似的，头都不敢回。

录舞的第一天，闻小屿换上演出服，坐在化妆镜前让人给自己化妆。他的手机一响，闻小屿拿过来看，是李清给他发来的消息。长长的一大段文字，闻小屿仔细看完，直到化妆师提醒他，"下巴抬起来点"，他才收起手机。

李清认真给他道歉，大意是说她和爸爸已经看过那天病房里的监控，她会重新考量自己对待康知的态度，文字的最后一句话是希望小宝能再给妈妈一些时间，证明妈妈是真的很爱你。

闻小屿想了很久，拿起手机打字。他输了又删，删了又输，费劲一个字一个字斟酌，怕自己又说错了话。他编辑半天，回复过去，最后一句话说：不用担心，我们还可以一起生活很多年，我们可以慢慢相处。

消息发送过去，闻小屿松了口气，把手机放回背包里。他化好妆，和同学一起出门上大巴前往拍摄地点。他们先趁白天光线充足去了郊外的一座道观内拍摄，巧的是这天正好下起些小雪，导演抓住机会让闻小屿和姜河以落雪为背景补录视频素材。

拍出来的效果美是美，就是把闻小屿和姜河冻得不行，两人身上的袍子都只有薄薄的两三层，闻小屿的袖子还是宽袖，姜河好歹在衣服里头塞了秋衣秋裤，闻小屿连秋衣都不敢穿，怕抬手时露出来。

寒风就铆着劲往他胳膊里钻。

外景拍完，下午他们转入室内继续录。一天的任务结束后已天黑，闻小屿拆簪子拆假发，换衣服卸妆，收拾背包的时候看到手机上有一个未接来电，闻臻的，一条未读消息，闻臻说：结束了回个电话。

闻小屿拿着手机站了一会儿，还是回拨过去。

那边很快接起来:"录完了?"

闻小屿"嗯"一声。

"一起吃晚饭吗?"闻臻在电话那头问,"我订了餐厅。"

身旁人来人往,闻小屿面对着化妆镜坐下来,放低声音:"我待会儿随便吃点就回宿舍休息了,明天要很早起来拍摄。"

闻臻说:"我可以现在过来接你,吃完后送你回学校。"

"我……已经订好外卖。"闻小屿不得不硬着头皮撒了个谎,"已经快送到学校了。"

手机那头沉默片刻,闻臻才低声开口:"好,那你早点休息。"

电话挂断,闻小屿一下子泄了气般把脑袋埋进书包,深呼吸,吐气。

每一次拒绝就像一场分离的痛在心脏上抽打一下,闻小屿不想总是痛,才寄希望于逃避。

姜河从卫生间回来拿包,见闻小屿有气无力趴在化妆台上:"怎么啦?"

闻小屿闷闷的:"累。"

"饿了吧?走,吃饭去。"

闻小屿早饿了,背起包起身跟在姜河身后出门。两人随便找到学校门口的一家小火锅店,一人点一份小火锅,闻小屿拿了不少菜,坐下开吃。

火锅店里热气腾腾,闻小屿情绪不高,又饿,就埋着头不停吃东西。姜河就和女朋友发了个消息,抬头见闻小屿面前的盘子都快空了,又眼睁睁看着人起身去拿了几盘肥牛回来,还有一碟炸酥肉。

姜河好心提醒:"你少吃点儿,明天还要上镜呢。"

闻小屿哽住,一脸郁闷看着自己的小火锅。

闻小屿心情不好,不想自己的情绪影响到姜河,吃完火锅后便与姜河道别,独自回学校宿舍。他回到寝室打开灯和暖气,休息一会儿,拿盆子装着沐浴露和毛巾去澡堂洗了个澡,回来收拾好东西,坐在下铺床上低头擦着脖子上的水珠,看窗外又簌簌下起雪来。

他走到窗边，抬头望着深黑的天空落下纷纷扬扬的白点，夜里寂静，唯有暖气片运作时发出的轻微声响。

他低头拿起手机，看到房东给他发来消息，说是房间已快清扫好了。

这阵子托姜河的帮忙，他很快顺利地找到了租房。一千三一个月，闻小屿觉得有点贵，但离学校近，房子也不错，而且闻小屿急着搬，去看过房子后，很快与房东签了协议。

他知道逃避是懦弱的行为。但他觉得自己可能做不到融入那个家了。他也很想，但是每当隔阂和争吵发生，闻小屿就会怀疑自己究竟是被需要，还是多余。

如果他真的应该回到这个家，又为什么会带来诸多的不愉快和不安？

结束了在首都这边的拍摄，一行人马不停蹄前往西南。舞蹈的绝大部分素材都在郊野公园拍摄，以色彩浓烈的森林山花为背景。但关于最后一幕花神死去的场景拍摄的地点，导演和森冉之前数次商量，最后一致选择雪山，并特地又为闻小屿额外准备了一套黑白山水色为底的单袍，以融入冬天清肃凛冽的延绵雪山之境。

车在天还没亮时从市区出发，一上午在盘山公路上绕，中途在休息站停车吃饭。闻小屿晕车，又出现高原反应，裹着大棉袄恹恹窝在车里，没有胃口。姜河给他塞了一手的橘子和山楂，森冉把自己的晕车贴拿来给他在脖子后面贴了一块，闻小屿慢吞吞地剥橘子吃，脑袋靠着车窗，看远处雪山绵延，天空纯净旷远。

口袋里手机响起，闻小屿拿出手机看，闻臻打来的。

自搬出去以后，闻臻每天都至少给他打一个电话，没有什么重要的事，只是问他拍摄进度如何，有没有吃饭等等。

闻小屿一开始对闻臻的这种行为感到很烦恼，可若电话来得晚了，他又会失落，直到反反复复把自己折腾得麻木。

他接起电话，"喂"一声。

闻臻在电话那头问:"你怎么了?"

闻小屿清清嗓子,让自己听起来精神一点:"我刚睡醒。"

"今天到哪里?"

"在去雪山的路上,这两天都在山上拍。"

闻臻的声音停顿片刻,然后响起:"你是不是坐车不舒服?"

闻小屿轻轻一眨眼睛,后垂下眼眸。

"我有一点……晕车。"闻小屿说,"吃了橘子,感觉好些了。"

"吃饭没有?"

"不太想吃。"

"到宾馆以后好好休息,不要乱逛。"

"知道了。"

一行人在下午抵达雪山山脚下的县城,休整一晚后,第二天早早坐车上山拍摄。服化就在车里完成,闻小屿化好妆穿上单袍,裹着大棉袄和姜河一块儿站在摄像机边听导演讲怎么拍。

年轻学生们基本都是头一次到这种外景录舞,花时间磨合许久才完成一半进度。中间休息时,闻小屿就裹着棉袄,把手揣在兜里,站在草地上看远方的雪山。

冬日里的天空晴朗,起伏山峰之间落下太阳的金色光芒,将峰顶的无垠白雪映照得圣洁。闻小屿出神眺望雪山,风抚过耳边的长发。他从小到大没有见过这样的景色,心里漫无边际想着,如果能和他们一起来就好了。

全部拍摄结束后,众人收拾行李回到首都。大巴停在学校门口,闻小屿下车拎行李回到宿舍,收拾过后下楼去寄快递,他买了些特产分别寄给李清那边和胡春燕。

寄完快递后闻小屿没有回寝室,他在楼下犹豫,拿出手机想给闻臻打电话。

他给闻臻也买了一个小礼物。

这时手机响一声,竟是闻臻正巧发来消息:回学校了没有。

闻小屿回复：我到宿舍了。紧接着问，你在公司还是家里？我给你送点东西。

消息很快过来：我来接你。

我去找你就好。

二十分钟后在学校门口等我。

闻小屿只好收起手机，一路赶到学校门口。等站在路边了才发觉自己走得太快，实在没有必要。他等了十分钟，看到闻臻的车从马路上下来。

车停在他面前，车窗摇下来，闻臻对他说："上车。"

闻小屿本只想把东西给了他就走，但他还是听话拉开车门坐上了副驾驶。

车里只有他们二人，闻臻看上去刚从公司出来，西装妥帖，腕上的表还未取下。

闻臻问："累不累？"

闻小屿说："不累，那边风景很好，我还是第一次看到雪山。"

"想看雪山，过两天我带你去国外看。"

闻小屿愣一下，忙说："不用，那也太远了。"

"不远，可以直飞。"

闻小屿没想到闻臻竟然是认真在和他说，他一时凝噎，想了半天才开口："下次吧，我还要排舞，收假以后有会演。"

闻臻平静道："那就明年冬天。"

闻小屿垂眸看着自己的手，移开视线去看窗外。

他颇有些不知所措。是不是那天自己昏了头说出的气话伤了闻臻的心？闻小屿不停地反思自己，虽然闻臻面上冷静，但再强大的人，心也是肉做的。闻小屿觉得自己需要好好和闻臻聊聊，让闻臻放下这件事。

他们依旧在望山湖的私房饭馆吃晚饭。饭后闻臻接到工作电话，到走廊上去交谈。闻小屿等着他打完，来到闻臻身边。

"给你的礼物。"闻小屿举起手，闻臻手心朝上，闻小屿把一个金丝的小布袋放进他的手心。

"下山之前我去山脚下的一个寺庙里逛了逛,这是我朝寺庙求的平安符。"闻小屿说,"我给爸爸妈妈也求了一个。不过那个寺庙没什么名气,也不知道灵不灵。"

闻臻拿着平安符,沉默摩挲。闻小屿说:"你们什么都不缺,我实在不知道带什么好,我家家里的玉石和木雕也很多……"

闻臻抬头安抚似的回应:"我很喜欢这个。"

"噢。"闻小屿有些傻乎乎的,"喜欢就好。"

车从望山湖回到大学门口,闻臻把车停在路边,问闻小屿:"不带我进去看看?"

闻小屿茫然:"看什么?"

闻臻说:"我还没有参观过你的宿舍。"

"我的宿舍……没什么好看的。"很小的一块地方,都没有家里的卧室大,闻小屿不大愿意让闻臻进去,觉得闻臻不会喜欢那种地方。

可闻臻的手一直放在方向盘上,车没有熄火,人也没有放他下去的意思。闻小屿只好说带他进去看看。闻臻就开车进学校,把车停在了他的宿舍楼楼下。

天黑夜冷,闻小屿捂好围巾,带着闻臻进宿舍楼。假期人少,楼道安静清冷,光线不亮,闻小屿走到自己寝室门口,拿钥匙开门。

他灵活先一步跑进去,赶紧把地上摊开还没收拾完的行李匆忙整理好,盖上行李箱放到一边,顺手牵好床上的被子。闻臻站在他身后,反手关上门,看着这间小小的寝室。只有闻小屿一个人住,很干净,暖气打开后也温暖,窗棂老旧,地砖简朴,白墙上生着灰斑。

闻臻的视线重新回到闻小屿身上:"洗澡和吃饭方便吗?"

"方便。"

"这里太小了。"

闻小屿在心里叹一口气,答:"我只是暂住,寒假结束后就搬去租的房子。"

闻臻不说话了。他一身西装革履站在寝室中间，面容冷淡，没有一处与这里相融。闻小屿知道他不喜欢，想说要么我还是送你下去吧，话到嘴边，又想起自己有重要的事和闻臻说明白。

"那天在医院里，我说了气话。"闻小屿小心地提起话头。

闻臻本在看他桌上的零件布置，闻言望向他。闻小屿说："我不是不把你们当作家人，其实我一直很想融入这个家。大概——或许是现在的生活和我从前的太不一样，所以我一直没有找对办法，抱歉。"

闻臻说："你不需要道歉，说错话的是我。"

"我也没有……不把你当哥哥。从前我没想过自己竟然还能有一个哥哥，自从回家以后，你常常陪在我身边，我真的很高兴。"

闻臻说："既然高兴，为什么要走？"

"我说了，我想住得离学校近一点，上课方便。"

"是这样吗？"

闻臻看着闻小屿。闻小屿深吸一口气，终于承认："我只是觉得如果我们拉开一些距离，或许彼此会更加适应与对方相处。我……不想再像那天一样与你和妈妈吵架，我也不想爸爸都那么大年纪了，还要为了我的小性子大晚上出门找我，我真的——我不想我回到家里，带给你们的却是麻烦，不愉快……"

闻小屿一口气说了这么多，也不知道自己是否说得太重，抬头看一眼闻臻的表情。

闻臻皱眉看着他："家人之间有吵架和不愉快，难道不是再正常不过？"

闻小屿低下头。闻臻对他说："无论是我还是爸妈，关心你都是我们应该做的。是你到现在还没有转换角色，你还是不能接受我们。"

"我没有……"

"你很念旧，某些方面来说这是个优点。"闻臻平静道，"但我们是你真正的家人，这一点也是事实。我希望你能接纳我们，因为我们都在等你。"

闻小屿怔怔的，闻臻注视他的脸，末了表情有些微的和缓。

照往常来说，他不会有这么多的耐心，更不会摆出这样的低姿态与人真诚相待。他坐在高位惯了，的确养出些不好的习惯和性子。

但在闻小屿面前，他不得不有所收敛。因为闻小屿是他的弟弟，而他的这个弟弟随时都想从他们身边逃走。

"你慢慢考虑。"

最后闻臻留下这句话，没有再为难闻小屿，转身离开了寝室。

第八章

对杜晓东和张彩霞的最终审理结果为二人均判五年有期徒刑，同时对杜晓东实施强制戒赌。入狱前杜晓东提出想见闻小屿和闻康知，闻小屿拒绝了，闻康知却答应去见了他的生父一面，只是两人交谈了些什么内容，无人知晓。

自那次在医院里两人吵一架后，李清终于动怒，把闻康知教训一番后送去灵香山的别墅，让保安看住他。李清自己也从灵香山搬回了朝安区。之后李清把给闻康知的银行卡冻结，一车库的名车也全部收走。之前李清安排了他在自家公司总部见习，由首席执行官亲自带他，这件事以后，李清把闻康知见习的机会撤走，只勒令人静心念书。

转眼三月到来，《花神》中国古典舞宣传视频登录互联网平台，闻小屿和姜河的知名度一时高涨，其中男扮女装扮演花神的闻小屿名气更甚。所有人都在找他的社交平台账号，短短半个月不到，网上就出现有人假扮闻小屿发布社交平台信息吸引流量的乌龙。闻臻为闻小屿组建的团队效率很高，不过半天，虚假信息就销声匿迹。

网上都热闹开了，闻小屿才慢半拍打开手机看关于自己的新闻和讨论。

开学后的学校会演刚刚结束,他这些天练舞忙得天昏地暗,现下闲了才坐在一旁慢慢翻看。

有这么多人夸自己,闻小屿心里挺高兴的。但讨论热度虽高,可翻来覆去也就是差不多的意思,"跳得好""长得美",闻小屿看一圈下来,没有什么真实感,把手机放下继续练舞去了。

闻小屿自己闷头上课,家里头反倒热闹起来。闻小屿的生日要到了,父母知道闻小屿不喜人多,便谁都没有请到家里,只是忙来忙去的,神神秘秘的不知在做什么。

闻小屿在生日前一天晚上和闻臻回家,吃完饭后就陪闻家良在廊前下围棋。他对棋牌类活动一窍不通,闻家良手把手从认棋盘开始教他,闻小屿磕磕绊绊学了一晚上,直到李清无奈来请二人去睡觉。

第二天一早,闻家良和闻臻带着闻小屿去了集团总部。闻家良收拾整齐,一头白发梳好,拄着拐杖在助理的搀扶下走进集团大门。兄弟二人在后头走,一群人早已等候多时迎上来,闻小屿见这些人无不西装革履,其中还有外国人。他不明所以,跟着父亲和哥哥一路上楼,其他人彬彬有礼与他打招呼,闻家良便说"这位是我家小儿,年纪小,还望各位多多照拂"。众人忙说"哪里哪里",没一个人惊奇老总怎么突然多出个儿子。

一行人抵达办公室,闻家良带闻小屿到自己身边坐下,闻臻一同坐在他旁边。闻家良说:"小宝今天过生日,爸爸送你一点生日礼物。"

有几个人便上前来,一份一份地把合同摆到闻小屿面前。闻小屿拿过来看,闻家良在一旁温声说:"爸爸前阵子买了块地皮,那边风景好,地段开阔。还有望山湖的山庄,一起送给小宝了。"

闻小屿做梦似的:"不,我不用……"

"还有这几处房产,一并划到你名下。"闻家良说,"这一份是爸爸和哥哥拟划给你的公司股份,在座各位已经讨论过,大家都欢迎你这位新股东。"

闻小屿这才知道面前这群人皆是股东与律师,又听闻家良给他一个个讲合同,闻臻买下大西洋的一座小岛,连带岛上的私人城堡一同当作他的生日礼物；李清则在海外为他建立了一个信托基金。

闻小屿捏着钢笔，看合同上的字看花了眼。闻臻在他旁边开口："不必细看，签你的名字就行。"

闻小屿的手心都起了汗，稀里糊涂地问："是不是送的太多了点？"

旁人笑起来。闻家良说："小宝，这些可一点不算多。"

闻臻的声音在闻小屿耳边低低响起："不要犹犹豫豫，让人看笑话。"

闻小屿便静了下来。他签了字，众人起身过来纷纷与他握手认识，顺祝他生日快乐。

一上午忙完，他们回到朝安区的家，李清已经让厨师准备好丰盛的家宴等待他们。

四人围坐一桌进餐，李清笑道："上午是不是吓到小宝了？我想说给你一个惊喜，特意让爸爸和哥哥不要提前告诉你。"

闻小屿岂止吓到，现在都还脑子一团糨糊。闻家良说："小宝大家风范，淡定得很。"

"小宝以后是要成为舞蹈艺术家的人，当然是不怕大场面的。"

话题又转到闻小屿的学业上。家里人都看过他参与拍摄的《花神》舞蹈视频，也知道他在网上小有名气。

李清道："要不我在首都找一位营养师，去江南枫林专门给小屿做餐好了。闻臻天天忙工作，肯定顾不上小屿吃。"说着转头去抚闻小屿的手背，"小宝天天要练舞，消耗那么大，让营养师做便当给你带去学校吃好不好？"

闻小屿还没开口，闻臻就说："不必让人来江南枫林，他已经搬出去住了。"

李清和闻家良都是一愣。闻小屿心下气恼，他本不想让父母知道这件事，没想到闻臻竟然当着爸妈的面说出来，明显就是故意。

闻小屿解释："江南枫林离我的学校太远，来往不方便，我就在学校附近租了个房子住。"

李清疑惑："让哥哥给你在学校旁边买一套房就好了呀，怎么自己就搬出去了？"

闻家良问："是不是和你哥住一块儿不开心了？"

"没有。"闻小屿忙否认，"我只是打算住到毕业。因为平时要经常练舞……"

闻臻说："不是给你装了练舞房？"

闻小屿略微恼火地看闻臻一眼，李清和闻家良看出兄弟俩不对劲，便没有再聊这个话题。饭后李清拉着闻小屿到后花园去坐，正是阳春三月，花园里的花开得蓬勃烂漫，阿姨端来两杯茶饮，放在二人面前。

李清小声问闻小屿："哥哥欺负你了没有？"

闻小屿答："真的没有。"

李清笑着说："你哥哥从小就主意多，性子冷，又是他爸爸一手教大，唉，那是半点我的样子都没有。小宝别怪妈妈总是这么问你，因为从前……康知很崇拜闻臻，但闻臻对他总是不大关心，我怕同样是弟弟，他对你也不闻不问……好在我看他对你还是在意的。"

"他对我很好。"闻小屿心里很难受。李清越是这样说，他就越是感到罪恶。"但是我这学期课程很满，不想每天花太多时间在来回路程上，所以才在学校附近租房子。"

李清试探着道："你的选择爸爸妈妈都不会反对，这样吧小宝，我们在学校附近给你买一套房好不好？你住租的房子，妈妈真的不放心，怕不安全。你如果不想房子太大，我们就买小一点的，如何？"

"不用买，真的。"闻小屿知道要和李清解释这种事情有些困难，他认真地道，"我知道家里有能力买，但是对我来说没有必要……我是说，不是必需品的话，也可以不用多花这个钱。"

李清出身富裕，从小是家里的掌上明珠，长大后又醉心于歌唱艺术，貌美声甜，又有家族庇佑，不愁没有舞台。生活中更是十指不沾尘，全然不闻世事。

但闻小屿说的话，李清都会试着去理解。闻小屿不想买房子住，她就随闻小屿的心意，点头："好，都听小宝的。那小宝想不想请营养师？"

"我一直都是自己给自己做饭,这么多年都习惯了,不用再麻烦别人。"闻小屿笑一笑,"我做饭味道还不错,晚上给您煲汤喝?"

"好,好。"李清高兴又心疼,牵着闻小屿的手不停摩挲,"小宝,妈妈之前让你受了好大的委屈……"

这件事还是绕不过去。

闻小屿说:"我没有受委屈。"

李清却苦笑道:"这阵子我一直在反思自己,才发现我这么多年做母亲竟然做得不对。难怪你爸爸说我把康知惯坏,要不是有监控,我真想不到他竟然会说出那样刻薄的话。"

"您没有做错什么事。"闻小屿怕自己嘴笨说不好,组织了一下语言,才对李清说,"您对过去有感情,我觉得很好,因为这说明很多年以后,您也会同样……这样爱我。"

闻小屿都把自己说脸红了,但还是坚持把话说完:"我也一样。"

他抬头才发现李清红了眼眶,连忙起身要去找纸巾,李清拉住他,从衣服口袋里拿出手绢擦了擦眼角的泪珠。

她抱住闻小屿:"妈妈现在就很爱你……以后每一天都更爱我的小宝。"

夜深,车穿过城市霓虹,来到近郊一处占地不小的双层楼前。闻臻走下车,在大门前刷过卡,进门上楼。

一楼是工作区,放满电脑和服务器,闻臻熟门熟路到二楼,穿过走廊,推开其中一扇门。

房间里昏黑,只有电脑亮着蓝光。地上全是电子设备和数据线,一个身穿肥短袖肥裤衩的胡茬男歪在椅背里,嘴里还含着一大块巧克力,望着闻臻。

朱心哲含糊地说:"大晚上来视察工作?"

闻臻跨过一地线走过去,坐在另一张沙发椅上,随意按开一台电脑,安静看着电脑屏幕亮起光。

他说:"打会儿游戏。"

朱心哲把巧克力咽下去:"臻哥,我正写程序呢,再不写完一休哥又该抽我了,你没看其他人都走了,就剩我一个人孤军奋战?"

"你进度最慢?"

"我太难了,我承认我跟不上一休哥进度,臻哥,你把我调去美工部吧,这程序部我是一天也不想待了。"

闻臻漫不经心地挑选游戏,答:"你跟不上他,整个公司就再没人跟得上他。"

朱心哲被一句话哄得身心舒畅,乖乖地把工作暂时放到一边,过来和闻臻一块儿打开游戏:"怎么有空闲跑我们这儿来了?"

这里是闻臻名下的一家游戏公司,前身是闻臻大学时和同学一起建立的游戏工作室。朱心哲是闻臻的大学室友,朱心哲提到的"一休哥"则是闻臻的学长赵均一,全球顶尖的计算机天才,大二剃光头发后再没留长,因为觉得光头更帅。闻臻是老总,赵均一则是公司的核心人物。

两人坐在电脑前打游戏,闻臻选了一款射击游戏,环绕音响回荡枪械激烈突击和爆炸声,机枪打得满屏爆裂火星,朱心哲观察闻臻一眼,狐疑。

"心情不好?"朱心哲试探着问。

"嗯。"

"怎么回事啊,难得见你不开心。"

两人打了把游戏,闻臻没有立刻回答,只静静坐在椅子里。他今天只穿一身休闲服,光影映上他沉思的面容,令他看上去恍若一个棱角分明的冰冷雕像。

"一点俗事。"闻臻说。

朱心哲笑道:"你少来了,什么俗事能入你的眼?"

别人朱心哲不知道,但闻臻和他大学四年室友,又是他真心钦佩的对象,他知道闻臻是个什么样的人。出身富裕,特立独行,没有从小出国念书玩乐就算,大学念的还是令人头疼的数学系,然而也没有在好好念书,大二就拖着他们这群普通学生办了个游戏工作室,也不知道他从哪里找来那么多游戏开发爱好者,还一个比一个鬼才,只有闻臻能镇住。

闻臻不玩车,不玩表,不满世界游乐体验钱财带来的乐趣,大学也没谈恋爱，成天就闷在工作室里和他们一群宅男宅女钻研游戏。后来游戏真做出来了，工作室出了名，闻臻并未在意外界的赞誉；再后来工作室遭遇恶意收购和抄袭而无法维持下去，闻臻也没有表现出多少愤世嫉俗；最后闻臻回到自家公司做了老板，买回工作室，把曾经的同学都找回来，告诉他们可以继续做游戏了。

这么多年相处下来，朱心哲明白闻臻是个非常执着又非常寡情的人。他可以只专注自己感兴趣的寥寥几物而全然不管周遭一切。朱心哲曾经甚至担心这样的性格会让闻臻在某个时刻走上偏执的道路，但好在目前看来，闻臻是冷静、理智、没有出差错的。

闻臻开口："新游戏进展如何？"

"这你就不用担心了，有一休哥带着咱们，没问题的。就是时间预计很长，因为咱们同时还要准备推幻影2，大家都忙得头顶冒烟了。"

"辛苦你们。"闻臻说，"年终让财务多发20%的奖金，每个人都有。"

朱心哲一下打了鸡血："闻总英明，我司保证完成任务！"

闻臻没有多与他聊，只打了两把游戏，在电子嘀嗒声里和一堆数据线中坐了一会儿，便离开了。

朱心哲弄不明白，但如果是赵均一坐在这里，就会知道闻臻的情绪已经非常糟糕以致无法排解，而不得不选择这种转移注意力的方式舒缓片刻。

没人知道闻臻是否得到了缓和。

月落星沉，闻小屿从睡梦中醒来。

现在是早晨五点。闻小屿有心事，没有睡好。他起床洗漱完，走了几步脚腕又开始隐隐作痛，便泡了热毛巾给自己敷脚。

他的脚从前跳舞时扭过几次，这阵子练舞量大，旧伤又复发。闻小屿拿热毛巾捂着自己脚腕，喷过药，换衣服出门上课。

自他上次登台演出后，李清主动联系森冉，两人吃过几次饭，聊了不少共同话题，最终森冉答应做闻小屿的"私塾"老师。闻小屿做梦也没想过自己会成为森冉的学生，因为他年纪不小了。一把藤蔓可以在幼时随意掰着长，可等藤蔓都成熟了，再掰又能掰到什么境地？

但森冉说原本也想收他做自己的学生，年纪并不是问题，他有天赋又刻苦，差的不过是个尽情展现的舞台罢了。

没过多久，机会就来了。"风华杯"全国舞蹈大赛将在六月举办，各地举办初赛，七月进行全国总决赛。森冉点名要求闻小屿参加，并希望他能够出独舞。

独舞之于双人舞和群舞又是截然不同的境地，但老师对自己抱有期望，闻小屿就是咬紧牙关也要上，更何况森冉在百忙之中抽出时间亲自给他编舞。

除了上课，就是排舞，闻小屿的日程可谓没日没夜。他把自己安排得这样紧凑忙碌，不单是为了比赛，也是为了排解心中的情绪。

搬进租房后，每天他都会收到一份丰富的营养餐便当，营养师定时定点客客气气地给他打电话，无论他在出租房还是学校，都会把新鲜的便当送到他的手上。闻小屿原本不想吭声，然而对方好像生怕他不知道是谁在做这善心事，时而就打一个电话过来，问他饭吃得如何。

今天闻小屿刚下课走出教室，又接到电话。

"我说了，便当很好吃，水果也很新鲜。"闻小屿拿着手机走到一旁，已近无可奈何，"你不要总是给我打电话。"

"是吗。"闻臻的声音在电话那头响起，"今天的不是还没送？"

"……"闻小屿都糊涂了。

闻臻说："我还没吃饭，出来陪我。"

"我下午要练舞。"

"上课前送你回来。"

"我不想去。"

"好。"闻臻听起来很平静，"那我在你的出租屋门口等你回来。"

十五分钟后，闻小屿背着书包一脑门火气走出校门，一辆车在校门口等着他。他板着脸去拉后座的车门，谁知后车门锁嗒一声响，接着驾驶座的车窗降下，闻臻说："坐到前面来。"

闻小屿静了两秒，绕到副驾驶座旁拉开车门坐进去。闻臻启动车，问他："想吃什么？"

闻小屿只看窗外，不答他的话。闻臻也不在意："有一家泰国菜餐厅还不错，带你去吃。"

闻小屿故意让自己听起来很不客气："你都决定好了，何必还来问我？"

闻臻答："多和你说几句话而已。"

闻小屿一下闭上嘴。他不敢再开口，怕闻臻又说出什么惊世骇俗的话让人不能安宁。

车抵达一家泰国菜餐厅门前，服务生引两人到里间坐下。闻臻点单，菜都是合闻小屿的口味，服务生离开后，气氛安静。

闻臻问："怎么瘦了？"

闻小屿动作一顿。

从江南枫林搬出去后，闻小屿一心让自己沉浸在练舞的世界，运动量加大，与之相应的却是胃口变得不好。

闻小屿知道自己出了什么问题。孤独、想念，想要靠近那团温暖的光又畏惧。仅此而已。

他握着水杯不抬头："最近在准备比赛，练习很多。"

"如果你不能照顾好自己，就回来住。"

闻小屿闷闷道："我能照顾好自己。"

两人又没话说。闻臻本就少言，闻小屿也不主动提起话头。好在菜品上得很快，一样一样摆到桌上，泰国菜大多一股酸甜热烈的辛香，色彩感强，闻小屿看着菜，莫名的胃口又好起来。

他吃饭专心，吃完一盘面又拿过肉排吃，闻臻给他拌好沙拉，他拿过来几口吃完，半点没有这阵子端着便当慢吞吞咽饭、了无兴致的样子。

饭后二人从餐厅离开上车，闻小屿还抱着罐红茶鲜牛乳喝。闻臻系上安全带发动车，见他一副吃得停不下来的憨模样，笑了笑。

等闻小屿喝完鲜牛乳，闻臻说："明天也出来陪我吃饭。"

闻小屿舔干净嘴唇，闻言回答："不行。"

闻臻平淡地道："之前我怎么和你说的？"

闻小屿没有办法，试图与闻臻好好商量："我课多，很忙。"

"再忙也要吃饭。"

"你让人送便当来就好。"

闻臻忽然开口："我已经拒绝了苏筱。"

闻小屿怔愣片刻，还没反应过来闻臻为什么会提起这个有些陌生的名字。但他很快想起苏筱是谁，脸色变了。

"你为什么拒绝她？"闻小屿惴惴不安。

"你需要陪伴，是吗？"闻臻答，"物质不能满足你，你想要的是家人的感觉，如果我猜得没错。很抱歉我不是个温情贴心的家人，如果你需要的话，我会尽可能减少不必要的外部交际，回家陪你。"

闻小屿有些恍惚。他低头看着自己放在腿上的手，又去看窗外流逝的街景。

他心下一团乱，为闻臻的每一句话、每一个靠近的举动而感到痛苦，又为自己的期待竟有所回应而本能地尝到甜。

"这叫不必要的交际吗？"闻小屿无奈。

"否则你希望我怎么做？"

"我没有——希望你怎么做。"闻小屿硬着头皮说，"但我不想你和爸爸妈妈为了我而改变步调和生活方式。难道你要为了陪我，连恋爱都不谈了吗？"

"有什么问题？"

闻小屿觉得自己简直在对牛弹琴："当然有问题！如果你是这种想法，那我宁愿不要你陪。"

车缓缓靠向路边，停下。闻臻一手搭在方向盘上："你还是把自己当作外人。"

"我没有……"

"家人和外人之间，你宁愿我选择外人。"闻臻说，"一旦我和爸妈在这种选择中倾向于你，你就会感到愧疚、不自在、觉得自己不能心安理得地接受，是吗？"

闻小屿说不出话。

闻臻没有看闻小屿。他保持镇静，不想发火，不想又吓跑了他谨小慎微的弟弟。

"是不是我们与你保持距离，你会更自在？"闻臻问。

闻小屿用力握紧手指，转头看向窗外。那一刻他简直有想掉眼泪的冲动，但这太糟糕了，他一定不能哭出来。

为什么每走一步都要小心翼翼，宾客般顾虑彼此的心情和礼节，不知是否该靠近，不知能否亲密。

明明应该是最亲密无间的人，为什么会变得这么困难？

闻小屿在排舞的时候摔了一跤。

森冉吓一大跳，过来扶的时候看到闻小屿疼得脸都白了。闻小屿扭伤了脚筋，眼见着脚踝发红肿起，森冉立刻叫来一位男老师把闻小屿背去校医院。好在拍片结果是没有伤到骨头，但扭伤处有常年的劳损，医生让闻小屿好好休养一周，尽量不要走动，不然恢复得慢会影响之后的舞蹈练习。

闻小屿很注意自己的身体状态，乖乖点头答应。之后医生给他开好病假条，森冉见他脚不方便，询问："你住在哪里？"

"我在校外租房子住。"

"一个人？"

"嗯。"

"那谁来照顾你呀。"

闻小屿一时也想不出办法。这时他的手机响起，闻臻打来的。

闻臻掐准了他下课的时间，让人不接都没有借口。闻小屿接起电话："我今天不方便和你吃饭。"

一旁森冉挑眉。不知电话那头的人说了什么，闻小屿说："不用，我自己回去。"

森冉问:"是谁呀?"

闻小屿把电话拿开一点回答她:"我哥哥。"

"对了,我想起来你妈妈之前提过你哥哥也在首都,这下好了,让他来照顾你吧,你现在一个人住肯定是不方便的。"

闻臻在电话那头听到了森冉说的话,问:"你怎么了?"

森冉朝闻小屿递眼神,示意他不要逞强,闻小屿只好回答:"我的脚……崴了一下。"

"你在哪儿?"

闻小屿报出地址,电话便挂了。森冉说:"你哥哥很关心你嘛,说来就来了。"

闻小屿勉强笑:"还好吧。"

没过一会儿闻臻抵达诊室,森冉与他打过招呼,把闻小屿的情况说了一遍。闻臻听完后点头,向森冉道谢。

医生特地找来了一副轮椅让闻小屿坐上去,方便他下楼。闻臻一路把他推出大门,与森冉道别后,扶起闻小屿上车。

车很快离开学校,驶上了回江南枫林的路。

闻小屿眼见着离学校越来越远,虽知道反抗基本无望,但还是试着说:"我想回我租的房子。"

闻臻挺平和:"你一个人怎么照顾自己?"

"我可以扶着东西走,吃饭可以点外卖。"

"是吗?"闻臻说,"那你很厉害。"

然后车继续往前开,半点没有要停的意思。闻小屿愿望不成还被戏弄,不高兴了,不再和闻臻说话。

车抵达江南枫林,闻臻下车到闻小屿这边,闻小屿刚打开门一脚着地,闻臻就已来到他面前,俯下身。

闻小屿愣住："做什么？"

闻臻说："背你上去。"

闻小屿僵硬半天，最终还是没有拒绝："……麻烦你了。"

离开了几个月，闻小屿的卧室还保持他离开前的整洁模样。闻臻让人买来衣服和一应日用品，又打电话叫来营养师给闻小屿准备晚餐。等一切都安置好后已是天黑。

闻臻来到闻小屿房间敲门："早点洗澡换药。"

闻小屿正在用电脑写课堂作业，闻言坐起身。闻臻坚持扶他进浴室，等闻小屿洗完澡，又把他搂回房，半跪在床边给他上药。

闻小屿难得从上看他哥，闻臻的眉目深而挺拓，不笑时疏冷，见之令人印象深刻。

夏夜的月光如湖水涨入房间，光影似波纹，唯床头一点暖光点映。

"我自己来。"闻小屿不自在地想拿过闻臻手里的药，被随意躲开了手。

"只是帮你擦药而已。"闻臻低着头手上没停，"不用这么紧张。"

闻小屿只好小声说："……谢谢。"

上完药后，闻臻离开了房间。他表现得很有耐心，虽然他的内心深处远没有表面上这样平心静气。

自从那次在医院他失控对闻小屿发火，他因闻小屿的眼泪而心惊，也领会了自己这个弟弟真犟起来有多么难哄。这几个月来他可谓想尽办法，也没能让闻小屿重新亲近自己，对闻小屿早已从焦躁恼火到无可奈何，再到如今的任其所为。

他知道要让闻小屿跑远是件多么轻松的事，可若再希望闻小屿靠近，实在是难上加难。闻臻算不上好脾气，但还算聪明，吃了一次亏，就知道从此以后该如何做。总之无论如何，是绝对不能再朝闻小屿发火的。

第二天闻小屿就差不多可以慢慢自己走路。他不乱跑，闻臻也就不强制管他,依旧让营养师来给他准备三餐,亲自给他上药,冰敷换热敷。

闻臻似乎知道闻小屿有些怕他,便没有再靠得太近,只是正常照顾他的起居。他端着副沉稳耐心的架子,叫闻小屿拿他丝毫没有办法。

几天后闻小屿已经能够自理,便想走了,闻臻没有多说其他,开车把人送回了学校附近的租房。

闻臻一路把人送到租房门前,跟着进了屋。他一踏进房门,闻小屿就开始赶人:"你可以回去忙自己的事了。"

闻臻说:"我不忙。"

闻小屿只好不吭声去床边坐下,给自己脱袜子。闻臻去厨房给他倒来水,把一直提在手里的袋子也放下,从里面拿出一个包装盒。

他从盒子里取出一对关节套护踝,依旧半跪在闻小屿面前,给他戴护踝。他动作很轻,避过会让闻小屿感到疼痛的位置,面上清冷,举止却是小心翼翼。

闻小屿想起自己小的时候练舞因疼痛而掉眼泪的时候,除了孙惠儿会温柔哄慰他,其他再没有多的人关心。他不算贪心,却也会常常觉得孤单。

而闻臻一个人就能够打破这种孤单。当他第一次出现在闻小屿面前,就像一场风暴中屹立不动的一角,给予闻小屿奇异的、唯一的安全感。从此往后有闻臻陪伴的时刻里,闻小屿都不再对外界感到惧意。

闻臻给他戴好护踝,抬头见他神色有异:"怎么了?"

"没事。"闻小屿低声说,"哥,你回去吧。"

闻臻沉默一阵,最终收回手站起,离开了闻小屿的租房。

转眼到了六月,天愈发热起来。"风华杯"全国舞蹈大赛在各地陆续举办初赛,闻小屿的独舞顺利通过初赛,将参加一周后在首都大剧院举行的决赛。

闻小屿的独舞节目名为《琼玉》。舞为森冉所编,最开始森冉朝闻小屿展示编舞时,与他讲述过编这首舞的灵感。他们在雪山为《花神》拍摄宣传视频期间,一次森冉无意中看到闻小屿站在人群外看着远处的雪山。森冉见他专注，也顺着他的视线去看，见苍穹旷远，雪山绵延，山脚下绿意欲生，若《敕勒歌》中"天苍苍，野茫茫，风吹草低见牛羊"之景。

这支舞是为闻小屿量身定做。琼玉为霜雪，是高山之巅无人触及的白，冰冷之下隐含蓬勃的生命力，不受外物干扰，一如初生纯净。编曲老师为这支舞编入了一段羌笛的笛音，森冉则为闻小屿定做了一套雪白长衣做演出服，衣料轻盈有垂感，长袖与衣摆飞动时有水波质感，穿在闻小屿身上煞是好看。

森冉的编舞通常是情感和技巧的融合，无法投入角色或不具备扎实基本功的人跳不来。闻小屿为了练好这支舞，几乎除了睡觉上课吃饭就是在练舞房里泡着。常常是森冉准时抵达教室的时候，闻小屿已经练得浑身是汗，见了她还小尾巴似的跟过来，说"森老师，我有一个动作一直找不到感觉……""森老师，麻烦您看一下我这一段……"，等等，最后直把森冉磨得没法，只能说"好，你跳得很好，休息一下吧"。

他害怕自己表现不好，怕森冉给他编了这样好的一支舞，他却不能在大舞台上表现出来。森冉感受到了他的焦虑，常常帮助他舒缓情绪。森冉教过不知道多少学生，见过骄傲自信闪闪发光的，见过缺乏天赋刻苦努力的，也见过像闻小屿这样，有天赋，又努力，气质与容貌俱佳，却唯独难以认可自己的。森冉能做的就是不断鼓励闻小屿，给他信心。

离比赛还有三天。

六月末，学校渐渐空了。首都的夏天热得像一块烧融的油块淋下来，太阳刺得人睁不开眼睛。闻小屿和同学一起在练舞房里自主练习，他练习太多独舞，森冉建议他如果想在赛前保持状态，可以和同学一起互相练一下基本功或者群舞。

休息的时候，闻小屿接到胡春燕的电话。电话那头车流嘈杂，胡春燕说她已经到了首都，问他在哪里。

闻小屿专心跳舞过了头，接到电话才想起来前阵子胡春燕说会来首都看他比赛，住处就订在首都大剧院附近的一处宾馆。从火车站到闻小屿的学校不远，闻小屿便让胡春燕先来学校找他，等他练完再送她去宾馆。

一个小时后闻小屿在学校门口接到胡春燕，胡春燕提着大袋子不方便，楼道里又闷热，闻小屿征求过同学的意见，搬了张椅子让胡春燕坐在练舞房门口休息，然后回去继续练习。

胡春燕上来前特地拿冷水冲了把脸，她怕热，剪了一头短发，穿一身清凉裙子，手里攥一瓶路上买的矿泉水，坐在一旁看闻小屿他们练舞。

清凉空旷的练舞房里，一群年轻孩子踮着脚转来转去，或靠在墙边练习基本功，或自成一队跳起舞。他们无不匀称、漂亮，姿态美好，像轻飘摇曳的花，在阳光下熠熠生辉。

在胡春燕的眼中，闻小屿无疑是最闪亮的那一朵。她对生活从未有过仔细观察，只是凭直觉感到闻小屿比从前轻松，也更加健康有力。他在镜前专注随着音乐伸展开身体，注视自己的每一个动作，心无旁骛。

结束后，闻小屿来到胡春燕身边。他还未从练完舞轻松愉快的状态出来，心情很好地问："妈，我跳得怎么样？"

"妈妈，今天孙老师夸我跳得棒。"

年幼的杜越从房间里跑出来，开心跳到胡春燕面前："你看，我跳给你看。"

有时候杜晓东不在家，杜越若是心情好，就会兴冲冲拉着下班回家的胡春燕，把新学的舞蹈跳给她看。家里太狭小，胡春燕就把客厅的折叠桌收起来，沙发推开，然后把买回来做晚饭的菜放到一边，看着杜越跳舞。

她缺乏耐心，易怒易躁，对艺术没有半点造诣，却总能心平气和看着小小的杜越跳完一支舞。她不曾细究这其中的原因。太多事情，她不曾思考。

原来她看着杜越开开心心地跳舞，她也会有好心情。能够让杜越做他喜欢的事情，仿佛胡春燕自己无味的人生也有了一星的意义，再多吃点苦好像也无妨。

只恨麻木让人不知拥有可贵，连照进生命的光都分不清来向。

"你自己跳得怎么样自己不知道,还来问我?"胡春燕提起袋子往外走,"都是要参加全国比赛的人了,不拿个金奖银奖,都对不起你学这么多年跳舞。"

她说话还是不好听,但如今闻小屿已不在意了。胡春燕给闻小屿带了自己做的香菇酱和煎鱼片,都是闻小屿从小爱吃的。闻小屿把这些东西拿回自己的租房,再把胡春燕一路送到宾馆,两人就在附近解决了晚饭,之后闻小屿与胡春燕确认过比赛时间和她的座位,回了学校。

比赛前一天的中午,闻臻来学校接闻小屿去吃饭。

一段时间不见,两人各自忙碌,好像又拉开合适的距离,调整到了能够如常相处的状态。闻臻订了家上海菜餐厅。闻小屿上楼进去才发现这个半开放的包间布置得十分温馨好看,餐桌上吊一盏祖母绿灯罩的小灯,墙上挂着油画,嵌一方彩色玫瑰窗,窗外是一览无余的江景。

二楼人少幽静,环绕舒缓的古典乐。这家的红焖猪蹄是一绝,一盘四个小半蹄,秘制酱料焖透骨,撒上葱花,清香色美,闻小屿埋头吃得脸颊鼓起,啃干净肉了还要咬咬骨头。

闻臻也不拿筷子,就坐在对面看着他吃,等他吃干净一盘,开口:"也没想过给我留一个。"

闻小屿舔舔红润油光的嘴唇:"你自己再点一盘。"

闻臻抽过餐巾纸给他擦嘴。桌子不大,两人挨得近,闻小屿躲了一下,接过餐巾纸自己默默擦干净嘴。

"这两天还在练舞?"

"没有一直练,我养母来了首都,昨天下午带她到故宫逛了一下。"

闻臻沉默。闻小屿像是故意要知道他的态度,抬头看他一眼。闻臻若无其事地调整表情,让自己看起来没有那么冷漠:"放松一下也好。"

饭后桌上碗盘被撤走,上小甜点。灯落一圈光晕,照亮二人之间静谧的距离。

闻小屿接到森冉打来的电话,询问他是不是还在练舞。森冉担心他练得忘了吃饭,特意打电话来叮嘱他一定注意休息。闻小屿忙答应道谢,挂掉电话后,闻臻问他什么事。

"我练舞太勤,让森老师有点担心。"闻小屿说。

"你的脚有旧伤,的确不能练得太过度。"

闻小屿不作声吃了几口栗子糕,忽然说:"我的身高……不算高,之前也有一年没有上学,落下太多进度。如果不多加练习,很容易就会落在别人后头。"

闻小屿从小发育得慢,到了初中仍是一副没有长开的模样。市里有舞蹈比赛,老师来班上挑人,见他又瘦又矮,便直接把他略过;连学校里办演出,他都因为身高不够平均水平而直接落选。闻小屿只能眼睁睁看着他的同学一个个被父母牵到老师面前,听大人热情介绍自家小孩有多刻苦,多喜欢跳舞。而他一个人站在一旁,身后没有任何人。

即使他专心又努力,急切地期待,仍不能踏上那舞台。从那以后闻小屿明白他需要比别的小孩更努力,努力很多倍,才有可能往前迈出一个脚印。

闻臻说:"你考上首都舞蹈学院,《花神》拿了第一,森冉收你做学生,就算耽误一年,也没人比你优秀。"

闻小屿微红了脸:"你不用这样夸我。"

"我不常夸奖人。"

闻小屿静了一会儿,说:"我知道有时候……我容易钻牛角尖。可能是我对自己的要求有些高。"

静谧的灯下,闻臻看着闻小屿。他很希望闻小屿能明白,无论他想走上什么样的舞台,家里都可以给。但闻臻也知道,闻小屿需要的并不是这种给予。

闻臻说:"很巧,我也是。"

闻小屿终于被逗笑。他笑起来的样子生动鲜活，看起来有些无奈，还带一点无意的安然，要人移不开视线。那种长久的孤独感在闻臻面前又被打散了一点，因为闻臻的话仿佛在告诉闻小屿，他们是相似的。

所以他们天然可以互相陪伴。

第九章

风华杯决赛前前后后要举行四天,闻小屿的赛程安排在第二天的晚上。李清在第一天就抵达首都,闻家良因身体原因不宜远行。母子俩一起看了首轮的比赛,当天晚上还与森冉面对面聊了许久,谈的都是闻小屿的个人能力、舞台表现与未来发展道路等。

之后李清在自家的酒店下榻休息。闻家在首都有不少落脚处,但仅就寥寥数天的行程而言,酒店还是比自家方便。

首都艺术中心人头攒动,市民、媒体记者与不少知名人士纷纷涌入艺术中心最大的剧场,等候比赛开始。剧场的后台,年轻的演员们则忙碌做着最后的准备。

闻小屿换上演出服,又开始抱着水杯喝水。森冉抽空到化妆室来给他化妆,见状哭笑不得让他少喝点。

森冉给闻小屿定做的长衣十分纤薄,无风自飘似的轻盈,一件雪白单衣加一条衬裤,坐下时长袖与衣摆飘飘然落在脚边。周围人大多身着有色彩,有的民间舞选手更是衣妆鲜艳,如此更显得闻小屿白亮。

森冉说:"给你把脖子上的胎记遮一下,不然太显眼。"

"嗯。"

森冉化好妆,满意直起身:"好啦,你看看自己多好看。"

闻小屿跟着站起来:"谢谢老师。"

"我还有事,待会儿你快上台的时候我再来找你。"

闻小屿与森冉暂时告别,他回到化妆镜前想拿手机看看时间,紧接着发现自己放在化妆台上的背包不见了。

他怔一下,仔细环视一圈,也没有看到包。明明化妆的时候他还看到背包就在眼前,怎么和老师转头说个话的工夫就不见了?

闻小屿找了找周围,又到走廊上左右看看,四处都是人来人往。

他的包里没什么现金,但有闻臻给他买的手机和闻臻给他的银行卡,这两个是最贵重的东西。离他的节目还有一段时间,闻小屿本来打算过会儿再把包放去寄存处,谁知会在这个时候丢了。

闻小屿回到化妆间又找了一圈,确定没有。再过一个小时就到他上台,他是找还是不找?

闻小屿一时很是恼火。手机和背包都不便宜。

"小屿!"

不远处姜河和一群人走过来,见了闻小屿,姜河便暂时离开同伴过来和他打招呼。姜河也参加了这次比赛,报的是蒙古舞组合,他穿一身蒙古族服饰,乐呵呵过来:"转悠什么呢?"

闻小屿坦言:"我的包不见了。"

姜河一愣,询问他发生什么事,听完后想了想,说:"估计是被人顺走了。不用太担心,这地方到处是监控呢,等比赛结束以后咱们去监控室看看,肯定能找到人。"

"那是不是要报警?"

"当然了,手机和银行卡可都是贵重物品。"

闻小屿有些无奈:"好吧。"

他正想去找保安和工作人员描述自己的背包外形,拜托人帮忙留个心,就远远听有人喊他:"哎,闻小屿在这儿呢。"

闻小屿回过头，没想到竟看见闻臻跟在工作人员身后进来后台。他一身休闲服，个子又那么高，在一群盛装的选手之中十分显眼。工作人员把闻臻领到闻小屿面前便走了，闻臻看上去不大愉快，看一眼闻小屿身边的姜河，客气点头："你好，我是闻小屿的哥哥。"

"你好你好，我是小屿的同学，比他大一级。"姜河与闻臻打过招呼，拍拍闻小屿，"正好你哥来了，找你哥想想办法。"

姜河赶去找自己舞伴准备上台了，闻小屿和闻臻走到人少的楼梯拐角，闻臻问他："怎么不接电话？"

闻臻一来，闻小屿的心情就恢复了平静。他把事情与闻臻说了，闻臻听后没说其他，朝闻小屿确认了丢失地点和背包里的物品，便拿出手机给乔乔打了个电话，让她去警局找一名钱姓警官报案，然后给钱警官打电话，客客气气请人帮忙。

闻臻的办事速度快得惊人，他打完电话后收起手机，皱眉看着闻小屿："这种事不第一个找我，找别人做什么？"

闻小屿冤枉得不行："我手机都没有了，怎么找你？"

他前一刻还心中焦急，也很愧疚，因为背包和手机都是闻臻送给他的，却因他一时粗心而丢失。但闻臻只是说："掉了就再给你买。"

闻小屿还是道歉："对不起。"

闻臻抬起他低落的脑袋："现在什么时候了？专心做你该做的事。"

像一股气劲重新注入身体，闻小屿闻言打起精神，抬起头揉一揉自己的脸："嗯。那我回去了。"

他正要走，被闻臻叫住。安静的楼梯拐角，喧闹离他们很远。

闻臻的声音很低："这一身很好看。"

所有杂乱不定的情绪在闻臻稳定的气场里被轻易撇去，闻小屿重新回到为即将登上舞台而紧张和上扬的状态中。他小声说"谢谢"，然后转身离开。

"接下来有请中国古典舞男子Ａ级青年甲组选手闻小屿。"

舞台陷入黑暗，灯光聚拢于一人。清越悠扬的箫声响起，闻小屿背对观众跪在地上,远远望去,皮肤与雪衣的白相交融。他的背影纤长,劲瘦有力的身体线条被一袭白衣轻飘拢去,刚化于柔。接着闻小屿起身,指尖到双腿的线条若水波荡漾,干净柔美,蕴含无形力道。

雪是莹白细腻,落雪是旷然无声。表演者既要有冰霜的冷感,好像能听到寒冬腊月里廊下冰凌碎裂时的轻响;还要有雪的轻盈,像白色的精灵在林间跃动。不能有任何多余的动作,连衣袖飘飞的力度也要利落,闻小屿浑身的肌肉与骨骼都在悠扬乐声中反复紧绷与舒展,旋身至背对舞台的眨眼之间,闻小屿极为克制地轻轻喘了一口气,背隐生一层薄汗。

上台之前,森冉在幕布后给闻小屿整理头发和衣服,随口问:"之前我一直教你,上台之前只用想哪件事?"

闻小屿回忆森冉对他的教导,答:"只用想……要让所有人都看着我。"

"怎么样别人才会看着你?是你求来的吗?是看你可怜施舍给你的吗?"

闻小屿摇头:"是专心。"

森冉告诉闻小屿,他的心中有一个自成的小世界。只要他在舞台上足够专心与投入,这个小世界就会出现、发光,让所有人的视线都集中在他的身上。

羌笛声如一阵草原上的风吹来,随着古筝的打点,一捧雾打入聚光灯中,像一场细腻的雪粒温柔洒落闻小屿的肩头。不同于《花神》时的纯真俏皮和柔肠婉转,《琼玉》飒冷且高傲,是山巅亘古的白头,不曾沾到尘世的灰。

黑压压的观众席下,大家都注视着舞台上的闻小屿。看他一截雪白的颈浸入光尘,没有瑕疵;黑眸红唇,令人联想到水浸的玉珠。

《琼玉》获得小组最高分。当天比赛结束后,卸了妆换上常服的闻小屿红扑着脸小跑出后台,大厅里人来人往,远远有人喊他:"小屿!"

闻小屿转头,只见同样下了舞台的姜河一身宽大短袖短裤,大哥哥一般朝他走来:"听说你拿了第一?可给咱们长脸了,快给哥抱一下!"

闻小屿这会儿开心得不得了,由着姜河过来大笑着一把抱起他,还把他当小孩似的转了一圈。

之前《花神》排练期间，姜河和森冉都是见缝插针地夸闻小屿跳得好，闻小屿能够从从前那种沉默退缩的状态中慢慢走出来，这两人算功不可没。即使已不再是舞伴，姜河还是习惯性地第一时间为闻小屿送上夸奖。

"小宝！"

不远处李清踩着高跟鞋快步过来，闻臻落后一步，看着闻小屿和姜河这边。李清看起来比闻小屿还兴奋："宝贝今天表现得太棒了，真的太优秀了！"

姜河与李清打招呼，闻小屿在一旁理理刚才弄乱的短发，看一眼闻臻，看到他面色冷淡，挑眉看着自己。

闻臻需要暂时离开，去警局帮闻小屿处理背包遗失的事情。从闻小屿下台起就陆续有媒体工作者想与闻小屿搭话，一路皆被森冉委婉拒绝。为免被打扰，李清直接带闻小屿回酒店，等闻臻办完事再来找他们。

钱警官办事效率很高，比赛结束没多久就把偷书包的人带回了警局。闻臻前去警局核实情况，对方是艺术中心的后台工作人员，据本人解释是路过看到闻小屿的背包，恰巧认识那个昂贵但国内少有人知的品牌，当时正巧无人注意，便不知怎么就顺手把包拿走了。看监控画面显示，此人离开化妆间后，十分自然地背起包离开了后台。

闻臻问钱警官："他认识我弟弟吗？"

"他和你弟弟是完全不认识的，应该是单纯的见财起意。"

闻臻便不再关心那人。钱警官把闻小屿的背包和包里的东西拿到桌上给闻臻看，让他看看有没有多或者少东西。闻臻一样样检查闻小屿的手机，钥匙和钱包，看到桌上还有一个蓝色的活页便笺本。

之前他问闻小屿的时候，闻小屿没有提过包里有这个东西。以防万一，闻臻把便笺本拿过来，翻开看了看。

哥说我是第一。

闻小屿的字迹清秀，笔尾总带一点圆翘，闻臻不能再熟识。他看到便笺本头一页上的这行字,停顿片刻,合上便笺本。

钱警官在一旁问:"都是你弟弟的东西吧?"

"是。"闻臻说。他拿好闻小屿的背包,叫司机来送乔乔回家,与钱警官聊过一会儿,之后便离开了警局。

这边闻小屿和李清回到酒店,闻小屿一身的汗都干了,李清让他赶紧去洗个热水澡。闻小屿洗完澡换好衣服出来,一边擦头发,一边时而看看时间。

方才见到闻臻的第一面没有及时得到闻臻对也舞台的反馈,闻小屿便总觉得缺点什么,静不下来。李清见他坐不住,叫酒店送了瓶红酒上来,拉着闻小屿在窗边坐下。

"一看你就是跳兴奋了,妈妈年轻的时候也是这样,每次刚从舞台下来那会儿,心里头根本闲不住。要是唱得好得了掌声了,那更是恨不得再回去台上转几圈才好。"李清笑眯眯的,"小宝可以喝一点红酒,不然晚上要睡不好觉了。"

闻小屿接过酒杯:"谢谢妈妈。"

酒品质优越,入口回甘,李清只给闻小屿倒了小半杯,怕他喝多。母子俩坐在窗边,窗外夜色深深,城市夜景繁华。从完全沉浸于舞台世界的状态中脱离出来后,闻小屿渐渐放松下来。

李清小心问闻小屿:"你的养母是不是也来看比赛了?"

"嗯。"

"需要去看看她吗?"

"没关系,我们不讲那些的。她就是过来看看,看完就自己回去了。"

闻小屿极少碰酒,没想到一碰就上脸。李清与他聊了会儿天,见他渐渐脸颊泛红,一双眼睛倒还亮亮的,便笑着收起红酒。没过一会儿房门外响起门铃,闻臻办完事回来了。

李清迎上去:"背包拿回来了?没什么事情吧?"

"没事。"闻臻拿着闻小屿的背包,一眼就看见闻小屿的醉红脸,皱眉道,"妈,你给他喝酒做什么?"

"只是好少一点点红酒呀,小宝就是上脸,没有醉的。"

闻小屿跟着点头。闻臻把他拎过来:"我带他回去。"

李清舍不得闻小屿:"要么就在酒店睡好了,免得大晚上折腾来折腾去。"

"他不喜欢睡酒店。"闻臻说,"我们走了,您好好休息。"

李清只好眼巴巴地望着闻臻把闻小屿带走,在后头提声叮嘱:"明天记得陪妈妈一起吃午饭。路上注意安全!"

回到江南枫林时已是晚上十一点。酒劲上来,闻小屿开始有些困了。

他回到卧室,掀了被子想睡觉,听闻臻的声音在门外响起:"闻小屿,你的包不要了?"

闻小屿这才想起自己的包。他甩甩脑袋打起精神,闻臻走进他的房间,他伸手接过背包:"谢谢你帮我找回来。"

闻臻说:"看看少了东西没有。"

闻小屿拉开背包拉链低头翻看,检查一圈,"没有少,都在。"

闻臻看着闻小屿:"再没有少了?"

闻小屿蒙了会儿,想半天,忽然一怔,而后有些紧张拉开包里面的夹层拉链,却发现里头是空的。

闻小屿一下从床上站起来。

他犯傻了,竟然忘了那个便笺本!自《花神》演出结束到现在半年多,他课业繁忙又要练舞,准备风华杯比赛的这段时间更是忙得脚不沾地,若不是闻臻每天让人送来营养餐便当,他连饭都要忘记吃。如此竟把这个藏了自己小心思的便笺本完全忘到了脑后。

闻小屿咽下唾沫:"少了点东西……我现在去警局问问。"

他抬脚就要走,被闻臻捉住:"现在太晚了。"

"我着急找。"

"什么东西这么着急?"

闻小屿说不出口,想挣开闻臻:"不是什么重要的东西,你先睡,我很快就回……"

下一刻他就听见闻臻说:"你的便笺本在我这里。"

闻小屿一下睁大眼睛,大脑空白片刻。他慌乱地问:"你看了?"

"看了。"

"你怎么能随便看我的东西?"闻小屿气急上火,"我有说让你看了吗?"

闻臻看着他,竟笑了一下。

"如果你喜欢我的夸奖,我可以每天都这么做。"闻臻走到床边坐下,身体放松,示意希望与闻小屿交谈,"我一直都很认可你的舞蹈天赋。"

闻小屿又急又羞:"我没有……喜欢!我只是随便写写,我——"

"向你的家人索取对你来说就这么困难吗?"闻臻说,"这些都是你应得的。是我们想给你,而不是你在索要。"

闻小屿怔怔地站在原地。

他应该得到什么?即使得到以后,他又是否能妥帖地接好?将一堆宝物放进一个流浪儿的手里,究竟是宝物的不幸,还是流浪儿的不幸。

"如果你还在为那天在医院我向你发火的事而生气,我再次向你道歉。"

闻小屿怔愣看着闻臻认真的表情:"不……我没有生气了。"

"是吗?你一直拒绝我,有时候我也不知道该怎么办才好。"

"我不是想拒绝你。"闻小屿笨拙解释,"我只是更习惯一个人。你和爸爸妈妈都很好,我……没有见过比你们更好的人,所以是我的问题,和你们没有关系。"

闻臻看着他,若有所思。闻小屿此时都有些讨厌自己了。他们只是吵了一次架而已,又不是很严重的事情,可从那以后他就一直在逃避,还连累闻臻放下手里的事哄他。

闻臻明明不用这样浪费时间。

"闻小屿,你要纠正你心里根深蒂固的一个想法。"闻臻尽力拉长自己的耐心,对闻小屿说,"从我们找到你的那一刻起,你的一切就与我们有关。"

闻小屿低着头不说话。闻臻继续道:"如果你不习惯我们给予你什么,那我希望你为我们做出改变,这样可以吗?"

闻小屿有些茫然抬起头,望向闻臻深黑平静的眼眸,下意识地答:"……可以。"

闻臻站起身,闻小屿顿时有些紧张。他朝闻小屿走过来,把口袋里的便笺本拿出来递给他。闻小屿傻乎乎地接过,闻臻低声说:"今天你表现得很好,我为你感到高兴。"

闻臻离开了房间。闻小屿拿起便笺本打开,看到自己写的那句话,仍感到一丝羞耻。

闻臻一眼看透了他不愿声张的心思和那一点小愿望。他是期待着亲近,却生涩不得其法,只敢在没人看见的地方写下"哥哥"这样亲昵的称呼和欢欣的小时刻。闻臻竟然招呼也不打就把他的小心思拎上台面,让闻小屿手忙脚乱差点恼羞成怒。

一晚不安宁的梦过去,闻小屿在手机闹钟声里惊醒。他从卧室出来,短发凌乱翘起,走进洗浴间时正好看到闻臻站在镜子前擦头发。

闻臻看他一眼,从架子上取来正准备穿的T恤随手往头上套,拉好衣摆,去了厨房。

经过昨晚的"谈心",闻小屿起床后看到闻臻还有些不自在。他慢吞吞地洗漱,想等闻臻从厨房出来再进去。左等右等,等不到动静,他到厨房门口悄悄探头去看,竟看见闻臻在料理台前做饭。

闻臻把煮好的意面放进盘子,切水果,洗蔬菜,锅里小火煎着牛排,有条不紊。他侧身拿调料的时候看到闻小屿:"过来吃早饭。"

他没想过闻臻竟然会做早餐,迟疑走到中岛边,看闻臻把两份早餐端到桌上。看起来竟很不错。

闻小屿把盘子拖到自己面前,坐在桌边。闻臻看他装出若无其事的模样,起身去冰箱拿出鲜牛奶,绕过半个中岛走到闻小屿身边:"昨晚睡得还好?"

"嗯。"闻小屿点头,拿起刀叉埋头吃早餐。吃完后主动收拾餐具洗碗,这才离开厨房去楼上练舞。

中午兄弟二人准时抵达酒店，李清已在酒店门口等待。她上车时见闻臻坐在驾驶位，"咦"了一声："怎么没有叫司机来开车呀？"

闻臻说："方便。"

"你不是不爱开车？"

李清没有想太多，她一见到闻小屿心思就跑到小儿子身上去："小宝昨天睡得还好吧？妈妈挑的红酒一点不伤脑袋的，喝一点点就可以睡好觉。"

闻小屿"嗯"一声。有李清在，车上的气氛顺畅许多。三人一同吃完午饭，之后李清需要回家去照顾陪伴丈夫，而闻臻有公事，闻小屿也要等比赛全部结束后参加颁奖仪式。李清在上飞机前叮嘱兄弟俩忙完就回家，尤其念叨闻小屿，让他一定早点回。

风华杯比赛正式结束当天，闻小屿拿了Ａ组第一。他领完奖就买了机票飞回家，没有通知闻臻。到家后李清还问他怎么没有和闻臻一起回来。闻小屿只说闻臻还有事要忙，时间安排不到一起。

小儿子回家，李清高兴得把大儿子丢在了一边，拉着闻小屿又是给他做好吃的，又是带他出门逛街，闻家良想喊闻小屿陪自己到后山去钓鱼赏花，李清都占着闻小屿不乐意。

过两天闻臻一个电话打过来，问她闻小屿是不是回了家。

李清奇怪："小宝回家了呀，他不是说和你讲过了吗？"

一旁闻小屿抱着水果切片吃，不说话。不知闻臻在电话那头说了什么，李清笑着说："你忙完后就快点回来吧，你爸爸一直想去望山湖的山庄，你要是这几天就回，我们还能一块儿去。"

前两天父亲询问他愿不愿意和他们一起去避暑山庄玩，闻小屿难得回家陪伴父母，自然是答应下来。只是没想到闻臻公事繁忙，还能抽身参加这种家庭休闲活动。

没过两天，闻臻就忙完工作回了家。李清高高兴兴地打电话约朋友，叫阿姨赶紧把行李都收拾好。一家人一同踏上了前往避暑山庄的路。

山庄位于望山湖中心地带，占地五万多平方米，植被丰茂，环境清幽，原是闻家良早年买下的地，如今已归闻小屿名下。闻家良和李清几乎每年夏天都来这里避暑，叫上三五个好友打牌下棋，很是清闲。

到了山庄后，夫妻俩怕约束了孩子，早早让他们自己去玩。山庄内一应设施俱全，有健身房、瑜伽馆、游戏室和医疗点等，李清还特地请来营养师专门为闻小屿准备餐点。

除了吃饭，去瑜伽馆练舞，陪父母，闻小屿就只待在自己的房间，有时候在屋外的泳池游游泳。

闻小屿难得空闲，每天从房里散步到林间，从林间散步到湖边，像个四处游荡的小幽灵，没有目的，自在孤单。他的心情倒是平静，但始终维持在低谷水平。他在晚上睡觉前总要拿出手机翻来覆去看看，看完后又把手机丢在一边。

这天闻小屿在房间睡过午觉起床，见窗外光影斑驳，屋里四下静悄悄，他下床洗了把脸，换上衣服出门，穿过一片花园和长廊，来到父母住的小院。李清在房里和朋友打牌，闻小屿便摸到楼上，他本想找父亲说说话，下棋也好。谁知上楼就见父亲和闻臻坐在桌前，面前摆着一部笔记本电脑，那架势显然是在谈工作。

两人看向他。闻小屿说："我先下去，你们忙。"

闻家良叫住他："不忙，小宝来。"

闻小屿只好走过去。闻家良牵过他的手让他在自己身边坐下，询问他有什么事。闻小屿说自己就是没事过来看看他们。闻家良了然。

"小宝一个人乏味了。闻臻，你怎么不晓得多陪陪弟弟？"

"没有……"

"我倒想陪他，他大概嫌和我有代沟，从不来找我。"

闻小屿拧眉看一眼闻臻。闻家良说："他不找你，你不知道去找他？性子一点也不热络,难怪小宝不敢找你。"

闻臻看向闻小屿:"嗯,怪我。"

闻小屿如坐针毡。闻家良说:"这里这么多你们年轻人玩的东西,什么电影、游戏、打球。晚上也可以带小宝在山庄里逛逛,今天晚上听说有露天演出,估计热闹得很。"

夜幕垂落,山庄四处亮起灯。湖中心小岛上正举行一个小型的民间民俗艺术演出,已有不少人前往观看。

闻小屿坐在床边。他穿好了衣服,捏着手机。房内没有开灯,他看着落地窗外远处绵延的灯火,湖与林相连。

他起身到落地窗边,望着楼下通往小院门口的石子小路,看到闻臻的身影出现在小院门口。

闻小屿躲在窗帘后头悄悄看了看,才转身下楼。闻臻在楼下等他,见他下来:"还以为你不愿意和我去看演出。"

闻小屿闷头往前走:"你都到门口来了,我怎么可能不出来。"

"知道心疼你哥了?"

"我没有心疼你。"闻小屿很无力。

两人一同离开小院。闻臻走在闻小屿身旁,闻小屿这样反驳他,他也不恼:"在我面前你倒是不藏着掖着。"

"如果你有意见,我现在可以回去。"

"我没意见。"

两人穿过花园和排排房屋,走过湖上长长的木桥,来到湖心小岛。演出就在空旷平地上搭的露天舞台进行,台下已有不少乘凉观戏的观众,一个卖糖水炒冰的摊前排起长队,闻臻去排队,给闻小屿买糖水。

闻小屿怕热,接了别人四处免费发的扇子,坐在长椅上给自己扇风。

一只手出现在他面前,手里拿着一碗糖水。闻臻看着闻小屿怔一下才抬手接过碗,转身在他身旁坐下。

舞台上唱着一折戏，南方的婉转柔腔，听得人心头发软。四周热闹，形形色色的人来往、交谈，有不少是拖家带口，大人携着小孩，有的还抱一个牵一个，满当得很。闻小屿拿勺子吃着糖水，看着别人一家几口，看出了神。

闻臻顺着他的视线看过去，看到一对夫妻和小孩。他想了想，忽然问："你的养父母从前带你出来玩过吗？"

闻小屿被他问得一愣。闻臻还是头一次问起自己从前的家，原本这个话题在二人之间已默认不会被提及，因为太敏感，也很难聊得愉快。

"小的时候，我的养母有时候会带我去家附近的公园玩。"闻小屿如实回答，"后来就没有了。"

"她曾经对你很好？"

闻小屿发现闻臻非常敏锐，总是寥寥几句就能读懂他话里的意思。

闻臻在试着靠近他，想要了解他，这令闻小屿根本无法硬起心肠。

"从前我的养父还没有赌博的时候，他们两个人都有一份比较稳定的工作，那个时候我的养母虽然脾气不好，说话也不好听，但不会无缘无故朝我撒气。"

闻小屿整理语言，对闻臻讲述自己的过往。他必须承认的是，胡春燕一开始就并非一个高分的母亲，她与杜晓东在某种程度上相似，不会去理解任何人，也不能理解自己。闻小屿在很小的时候，有一次被别人家的小孩抢走了喜欢的玩具，他哭着去找胡春燕，胡春燕即使听了他的讲述，也仍不明白这种小事有什么好哭，最后不耐烦呵斥闻小屿不许闹。

后来又有一次，闻小屿因不合群被小区里的小孩欺负，对方把他推倒在地上，这个画面正巧被下班回来的胡春燕看到，胡春燕当即冲上来给了那小孩一巴掌，后来对方家长赶来，她凶狠地把大人骂得回不了嘴，从此小区里没有小孩敢欺负闻小屿。

随着年龄增长，闻小屿渐渐明白，即使胡春燕给他做好吃的饭菜，给他洗衣服，接他放学回家，夏天里一遍一遍给他擦凉席，大半夜到他房间里来给他换掉烧完的电蚊片；冬天给他织厚厚的毛衣和袜子，每晚都给他灌上热水袋让他暖在被窝里睡觉，他也依然无法在试图向胡春燕表达内心的时候，获得胡春燕的回应。

胡春燕只按照她自己的轨迹行事,怀抱着她的孩子,却不细看她的孩子。闻小屿不能改变她,于是早早就学会了接受。若非后来杜晓东的赌博和欠债将胡春燕扭曲得面目全非,闻小屿本已接受这个家的心灵淡漠。

"我觉得与其对别人要求太多,不如专心做自己的事。"闻小屿说,"所以我的养母让我能够一直学舞,让我有一件可以专心做的事情,就算她脾气不好,她也真的已经解脱我很多。"

闻臻沉默不语。闻小屿看他一眼,见他脸色还好,放下心。

"我很抱歉。"

闻小屿一愣:"抱歉什么?"

闻臻说:"为你养母的事和你吵架。"

"……都过去了。"

闻臻微微倾身,手肘放在腿上,双手交握。他看着闻小屿:"但你总是试着理解她,已经太委屈你自己。"

闻小屿侧过头避开闻臻的视线:"我去理解她,也只是不想自己钻牛角尖而已。"

不知为何,把这些陈年旧事说出来后,闻小屿轻松了许多。他从小到大没什么朋友,少与人交际,所有情绪都在舞蹈中排解抒发,除了孙惠儿孙老师,没有人问他在想什么,为何难过,为何一遍又一遍闷头练舞。

他们仿若真的心有灵犀,一个人在想什么,另一个人很快就感受得到。他这样陈年埋藏的心事,闻臻竟也能察觉。

所有的爱与苦,好像都被接住了。他究竟是运气太好,还是运气太差,闻小屿茫然。他想得头疼,手里的糖水碗冰冰凉凉,水汽化了他一手,湿漉漉地粘在皮肤上。

"我想回去了。"闻小屿低声说。他的电量在闻臻面前加速耗尽。

闻臻便带着他离开了湖心岛。

夜幕已深，离开湖心穿过林间小路后，喧哗便散去，四周静谧昏暗，只剩草丛里蛐蛐的叫声。闻小屿住的小院门前一到晚上就会亮起盏小灯，今天却莫名黑着。

闻小屿没在意，想摸黑走进门，冷不丁肩膀被一拍。他吓一跳，闻臻却带着他，走进黑黢黢的小院。

"不怕黑？"闻臻问他。

"不怕。"闻小屿答。

闻臻进屋后打开客厅的灯，房间大亮。看来只是院门口的小灯坏了。以防万一，他检查过房间的电源和门窗，最后确定无事，站在房间门口。

"睡个好觉。"

闻臻对闻小屿说。他身姿挺立，拉开大门，离开了这里。

第二天中午，一家人照例在餐厅共进午餐。餐厅内冷气充盈，管家准备好餐具，将菜品在桌上摆好，之后退出餐厅。

李清这几天和朋友们打牌聊天，又知道不少新消息，谁家姑娘恋爱了，谁家儿子大学毕业就结婚了，还有生了二胎三胎的，听得她心里痒痒，想催一催闻臻，又知道自己从来管不了这大儿子，便拐着弯把八卦都讲给了丈夫听。闻家良知道她的意思，今天坐在一起吃午饭，便顺口提了。

谁知闻臻说："我暂时没有结婚的打算。"

夫妻二人都是一愣，闻小屿停了筷子。李清问："怎么这么说呀？要是没有喜欢的，爸爸妈妈帮你介绍也是可以的嘛。"

闻臻答："从前谈过几次恋爱，一直没有想结婚的念头，目前也没有这个必要。"

闻家良说："学我坏倒是学得上手，难不成你要像我一样四十岁才成家？"

不知道闻臻此时说这种话到底在想什么。闻家良显然不愉快了，说缦婷和苏筱这样好的女孩子他都看不上，真是心比天高。接着又说起闻臻上学的时候多不成器，若不是他这个做父亲的时时在一旁耳提面命，他早就打游戏打得人生荒废。

闻家良板起脸来很是严厉，李清和闻小屿坐在一旁都不敢说话，闻臻也规矩听着，等父亲训完后，才开口："没有看不上，是我自己没有这方面的心思。平时也忙。"

"忙忙忙，你能有多忙，成家的事都顾不上？"

这顿饭吃得不尽兴，闻家良冷着脸，没吃多少东西就起身离开，李清只好让厨师做点凉菜和绿豆汤端去房间，也陪着闻家良走了。

餐厅就只剩下闻臻和闻小屿。刚才父亲训人的时候，闻小屿都没敢动筷子，这会儿肚子还饿着也顾不上吃，问闻臻："你为什么要对爸妈说这种话？"

"我的确这么想。"

闻小屿皱眉："爸爸身体不好，你还这样气他。"

"他对我严厉惯了，没有真的生气。"闻臻随手给闻小屿夹肉，"你再多和爸妈相处一段时间，会发现他们的接受能力比你想象的要高。"

闻小屿早该知道不能指望闻臻去体贴谁的心情，他不想与闻臻说了，埋头吃完饭后直接出门去找父母。

闻家良和李清在院子里的树下纳凉，两人见了闻小屿，招呼他过去。对待自家小儿子，夫妻二人都是竭尽温柔爱护，那是半点对大儿子的严苛也没有。闻家良天生一副严相，见了闻小屿却似冰雪融化，笑着牵过他的手："刚才吓到小宝。"

李清在一旁说："小宝不要在意，爸爸对哥哥严厉，也是为了要哥哥不走弯路。他们父子俩是从来不吵架的。"

闻小屿问："他什么时候走过弯路吗？"

闻家良说："不要看你哥现在人模人样，从前他上学那会儿，真是怎么教都教不好，天天就知道打游戏，书也不爱念书，叫他和同龄的朋友一起出国长长见识，他就是不去，犟得很。"

李清笑道："你哥哥他从小就什么事都自己拿主意，谁说什么他都不管，我和你爸爸一开始都发愁得很,后来也不管他了,随他做什么去。但是有些人生大事总要听一听大人的嘛,他现在不想成家,往后也是会想的,人到了一定年龄就觉得外面世界的许多东西索然无味,还是自己的家好。就算他条件好,可要是拖得太晚,哪有女孩子会等他呀。"

闻小屿听得沉默不语,闻家良还以为他有心理压力,安慰他:"小宝不着急,你想做什么事情都可以慢慢来。"

三人在树荫下坐着聊了一会儿,之后闻家良回房午休,李清拉着闻小屿神神秘秘地到客厅坐下,小声说:"小宝,妈妈问你件事,你要是知道的话一定要告诉我。"

"什么事?"

"你哥哥最近有没有在谈恋爱?"

"没有吧,我不清楚。"

"这种事是强求不来。"李清说,"我就希望你们过得开心快乐,别的要求再没有了。我就是希望有人能陪在他身边,不然他工作那么忙,每天回家还要对着冷冰冰的家,多难受呀。"

李清的一番话让闻小屿很是消化了一阵。她这样温柔与开明,打破了闻小屿对富裕家庭的某些固有认知,"传宗接代""联姻",总是胡思乱想着这些词的闻小屿感到好像自己才是老土的那一个。

在避暑山庄待了半个月,闻臻准备回首都处理工作,闻小屿也要回学校排剧目。行李都在山庄这边,临出发前的午后,闻小屿楼上楼下地收拾东西,衣服都拿出来放在一楼客厅的沙发上,一件一件叠好放进行李箱。

他正收着,闻臻来了。闻小屿问:"你来这边做什么?"

"我的行李已经放上车,顺路过来看看。"

闻小屿继续叠衣服,闻臻过来坐在他身边:"回去以后住哪儿?"

"租房。"

"周末来江南枫林住如何?"

"我排练很忙,不分周末。"

闻臻被闻小屿一句一答全都堵回去,他也神色不变,耐心简直超乎寻常:"可我说去你那里看看你,你也不愿意。"

闻小屿低下头匆忙把衣服叠好,再开口时声音变小很多:"我那边地方太小,本来就是一个人住的,你不要再挤进来。"

连语气都弱了许多。闻小屿已经不知道自己究竟是否在拒绝闻臻,他的态度已可以划入非常不合格。

闻臻说:"我可以不去你的租房,但定时见面还是很有必要。"

闻小屿真是一点办法没有,自暴自弃道:"不要再问我了,反正你谁的话都不听。"

他听闻臻笑了一下,不高兴地看过去:"有什么好笑的?"

闻臻坦言:"你很有意思。"

客厅凉爽安静,阳光从落地窗外打进大片明亮的光,沿着界限分明的光区,细细尘埃游动。盛夏蝉鸣生动,风吹过树叶的沙沙响声掠进屋内。

他们本该有一段浅浅的嫌隙,但在知觉的短暂空白里,这段嫌隙被消解了。

闻臻离开后,门嗒的一声关上。午后的阳光倾斜,从沙发边缘缓慢攀至闻小屿的身旁。

回到首都后过了一个月,学校还未开学,烈日炎炎。闻臻因公事出国大半月,其间和闻小屿打过电话。闻小屿也忙,排学校的剧目马不停蹄,还有电视台想请他拍摄短片。甚至有导演联系他想请他做电影的男主角,并表示希望与他当面详谈。闻小屿只觉拍戏会耽误自己练舞的时间,想也不想便拒绝了。

排练安排得太紧凑,在一次舞台彩排的时候闻小屿忽然中场停止,他的脚踝疼得厉害,等同学把他扶下舞台时已疼得不能走路。后来闻小屿被送去校医院,拍片检查,果然是旧伤复发,肌腱拉伤严重,需要住院,且被医生要求短时间内不许再练舞。

　　送他来的同学围在床边安慰,闻小屿不好表现得太沮丧,一一谢过关心他的人,还要为耽误了排剧和老师道歉。校医院的医生都已经认识他,教育了他一番,说再喜欢跳舞也不能折腾自己身体,闻小屿都乖乖听了,之后几天也老老实实待在医院接受治疗。

　　闻臻回国收到消息已是三天后。他赶到校医院时,正看见闻小屿吊着脚坐在病床上吃饭吃得正香。

　　食欲好说明没大问题。闻臻放下心,下午就把闻小屿接回了江南枫林。从学校医院病房到闻臻的家,舒适程度大幅提高,闻小屿坐在自己的大床上,舒服了。

　　闻臻去换了身休闲衣服,拿着闻小屿平时喜欢的蓝莓果汁和水果干进卧室来,把东西放在闻小屿床头:"给你买了护踝,怎么还是受伤?"

　　"护踝也不能常戴。"

　　蓝莓果汁冰冰凉凉,闻小屿抱着喝,人彻底放松下来。闻臻也累了,飞机一落地他就回公司开会,开完会后又赶到医院去接闻小屿,天还这么热。

　　闻臻说:"给你从国外带了点礼物,估计晚上送到家。"

　　闻小屿说:"谢谢。你快点去休息吧。"

　　他面上冷静,心里却非常好奇闻臻给他带了什么礼物。他潜意识不希望是一些华贵奢侈的东西,那对他来说实在不实用。当然,闻臻送他礼物,他就已默默地感到很开心了。

　　晚上家里送来一个偌大的木箱,木箱沉重密实,里面又塞满气泡薄膜,工人从木箱里取出方形纸盒,拆开后是一幅油画。

　　画上是一片花园的一角,花园没有尽头,万千繁花被油画厚重的笔触归于陪衬,唯有一朵白玫瑰近在画前,形状鲜明细致,显然是画面的主角。画中正是晨昏交界,夕阳欲坠,晚霞烧融半边天空,另外半边则是即将落下的深蓝星夜。

闻小屿专心看着这幅油画，直到一旁工人询问挂在哪里，他才慢半拍反应过来这竟然就是闻臻从国外带回来给他的礼物。

他心下惴惴，胡乱猜测闻臻该不会是从某个拍卖会上脑子一热拍下的百万美金艺术品？这幅画很美，他非常喜欢，但如果真的那么昂贵，闻小屿觉得也完全没有必要。

闻臻在一旁问："就挂在你的房间？"

画便挂上了正对闻小屿床头对面的墙上。闻小屿的房间布置温馨，虽然之前清空拿走了许多，但床单、壁柜和书桌这类物件都色彩清新，这幅画一挂进来，竟十分融洽。

两人坐在床边看画。闻小屿问："这是谁画的？"

"比利时一个画家。"闻臻答，接着补充一句，"便宜价买的。"

闻小屿忍不住被逗笑："你出便宜价，别人怎么愿意卖给你？"

"我在他的画展上看中这幅画，他原本不愿意卖。"闻臻说，"这幅画画的是他家的一个小花园。有一次他的妻子在花园里新种下一朵花，让他去把这朵花找出来。他去花园里逛了一圈，就找出了这朵白玫瑰。"

"为什么？"

"因为就在两天前，他的妻子买了一条白玫瑰图案的连衣裙。"

闻小屿听得专心："他们好恩爱。"

"所以我和他聊了很久，他才勉强愿意把画给我。"

闻臻问："喜欢吗？"

闻小屿从小就喜欢色彩和线条明亮温柔的事物，这幅油画可谓正中他偏好。他面上不表现出来，只认真问闻臻："不能把它挂到我的租房去吗？"

"闻小屿，我说的便宜价，不是说只花了几万人民币。"

闻小屿有些尴尬，试图争取："我的租房很干净，它只是小了点。"

闻臻没搭理他，起身走了。过会儿听门口又是一阵动静，是有人送东西来了。他听闻臻一直与人交谈，似乎还有很多东西被放下，闻小屿的好奇心被勾起。

过了一会儿，闻臻回到他的卧室，手里多了一个航空箱。闻小屿眼尖，一眼就瞥见那箱子里的猫爪。他的注意力顿时集中在箱子上："这是什么？"

闻臻把航空箱放在地上，打开，一只幼年期的猫探头出来。猫黑背白肚，偌大的绿眼睛和粉耳朵，胆子挺大，四处嗅着从箱子里出来。

"德文卷毛，四个月大。"闻臻说，"年纪小，应该不认生。"

闻小屿的眼睛都快粘在猫身上："你要养猫？"

"送你的。"

他的视线转向闻臻："送我猫做什么？"

闻臻随口答："想送就送了。"

"你……我不会养猫！"

"学就会了。"闻臻说，"先给它取个名字。"

猫被暂时安置在闻小屿的房间，放了点水和猫粮，闻臻就丢下人和猫去书房工作了。闻小屿只能看着猫在自己房里嗅来嗅去，旁若无人到处走，还到他脚边晃一圈，弄得他怪紧张。猫也不叫，自己找到猫粮吃了点，就趴在地毯上卷起来睡觉。

开学之前闻小屿就一直在江南枫林这边住着。他给猫取名叫百岁，相处了几天，百岁就和他熟了。猫胆子大，在偌大的家里闲庭信步，亲闻小屿但不亲闻臻。闻小屿给它洗澡，喂吃的喝的，抱着猫玩，晚上猫就和闻小屿一起睡觉。

闻小屿在家里吃好睡好，练不成舞就成天在网上学习怎么养猫，一天打几次电话给猫舍老板。闻臻把大多工作挪到线上，其他时间都尽量在家里，像普通的哥哥那样正常照顾闻小屿。如此闻小屿心情安宁，前阵子掉下的体重慢慢回归正常水平。

假期结束前两天，闻小屿准备回学校。他的脚踝伤已恢复，晚上睡前准备收拾一下行李。他正把行李箱拖出来放在地上摊开，百岁绕过来在他行李箱面前转，绿眼睛好奇看着他。闻小屿心中蠢蠢欲动，想把百岁也一起带走。

他去书房找闻臻："我想带百岁回学校那边。"闻小屿抓着门把，试探道。

闻臻正在电脑前办公，闻言头也不抬："不行。"

闻小屿与他哥讲道理："百岁又不喜欢你，留在这里它不开心。"

"大房子不给它住，让它去住小地方？你考虑过它的感受吗？"

闻小屿没话说，虽然他觉得对于猫来说没有什么问题，但也不想真的委屈了百岁。百岁的性格很活泼，精力旺盛，喜欢在房子里转个不停，有时候还莫名其妙玩起冲刺，大老远追到闻小屿面前扒着人不放。

"你昨天说想买个猫爬架，我看中一款。"闻臻把笔记本电脑移过来，闻小屿一看，那哪里是个爬架，分明是棵装在墙上的针织藤，一节一节往上垒，又拐个弯穿过整面墙，一般房间根本装不下。

但闻小屿很喜欢，注意力顿时就被吸引过去，和闻臻讨论应该把爬架装在哪里。最后决定把地方定在闻臻的书房，书房是闻臻在家临时办公的地方，空旷少物，有一整面墙都空着。

商量完后，闻小屿的注意力才转回来，想起自己要回学校的事情。买了这么大的猫爬架放在家里，他还怎么带百岁去租房？

"那平时你照顾百岁，我周末回来？"闻小屿不确定地给出一个建议。

闻臻正回复公司消息，手上不停，也不看他："我下周出差。"

"那百岁怎么办？"

"你自己看着办。"

闻小屿站起来生气地走了，觉得闻臻一点都不负责任。他想把百岁带去学校，但小猫吃的用的全在这边，冰箱里还放了新鲜鸡肉和牛肉，专给百岁吃的。他的租房没有冰箱，地方小，不够百岁跑来跑去。

闻小屿纠结了一晚上，第二天一早闻臻就走了，闻小屿只能继续待在江南枫林。直到过两天开学，闻臻人没回来，司机倒按从前那样准时等在楼下送他去学校。闻小屿往百岁的饮水机和自动喂食器里装好水和猫粮，百岁看着他换衣服拿书包，知道他要出门了，一直跟到玄关处，送闻小屿出门。

上舞蹈课的时候，老师知道他脚踝才好一个月，只让他练习一些基本功，排剧那边之前也和闻小屿商量过，给他替换了人选。结果闻小屿没怎么练舞，一整天就时不时惦记着猫,怕没人陪它玩它会孤单。

放学后闻小屿主动联系司机回家,一回到江南枫林就放下书包陪百岁玩。如此过了一周多,房东发消息询问闻小屿要不要续租,闻小屿才重新头疼起来。

他放不下百岁,但百岁已经适应了这个家的环境,每天在给它装的爬架上玩,非常喜欢吃闻臻买给它的鲜牛肉和鸡肉,显然百岁在家里过得很开心,闻小屿一想自己要是把百岁带去自己的租房,那感觉简直像硬把孩子从金窝带去狗窝。

房东说房源比较紧张,希望他尽快给回复。闻小屿趴在床上费劲思考,想起这段时间自己在家住得也很舒服,他喜欢自己做饭,冰箱里就长期备好新鲜蔬肉,以及他喜欢的水果切片、牛奶和鲜榨果汁。

合适的距离感和亲近让闻小屿的情绪逐渐安定。百岁趴在闻小屿枕边舒舒服服地睡觉。闻小屿拿着手机想了很久,最后与房东发消息说自己不再续租,并且这周内会搬出去。

发完消息后,闻小屿放下手机把脑袋埋进被子里,舒了口气。

他为自己罗列出足够多的理由来掩埋内心最真实的想法。选择留在这个家里只是为了照顾好百岁,为了每天都吃到新鲜的水果切片和牛奶,为了节省租房的钱,为了看卧室墙上的那幅油画,为了能睡好觉补足精神。

夏末气温下降,一场暴雨来临,雨从下午一直下到晚上。深夜闻小屿正睡觉,忽然迷糊醒来,听到玄关门响。闻臻回来了。

他探出脑袋,听外面若有若无的动静,过一会儿洗浴间隐隐响起水声。闻小屿没了睡意,从床上坐起来。百岁被他闹醒,也支起脑袋看着他。一人一猫大眼瞪小眼,过会儿闻小屿轻手轻脚掀起被子,下床。

他拉开卧室的门,犹豫片刻,走到客厅,看到闻臻放在地上暂时没有收拾的行李箱和包,外套搭在沙发背上。闻小屿过去拿起外套,衣料上有被雨淋过的潮湿气味,还有淡淡的酒味。

他把闻臻的外套展平挂到阳台上，鞋收拾进鞋柜，之后摸黑在走廊上走，看到闻臻的房门掩了一条缝，里面泄出点暖光。

他轻轻敲了敲门，里面闻臻的声音响起："进来。"

闻小屿推开门缝，站在卧室门口："你喝酒了吗？"

"嗯，应酬。"

闻小屿转身离开，进厨房捣鼓会儿，泡好一杯蜂蜜水，端到闻臻的房间。

房里昏暗，只有床头灯亮着夜间柔光。闻臻靠在床头拿手机回复工作消息，腿懒懒地搁在床上，看着他把水杯放到自己床头。

"我没有喝多，不过还是谢谢。"

闻小屿点头，不吭声往外走。闻臻看着他离开的背影，嘴角勾起一点促狭的笑："有种孩子终于长大了的感觉。"

闻小屿："哼！"

"我只是不想看到你喝多了难受。"闻小屿扔下这句话，飞快逃离卧室。闻臻好笑，拿起桌上的蜂蜜水慢慢喝，低头继续处理公事。

周末过去，闻小屿又忙碌起来。他被老师相中推荐去参加一个电视台和博物馆联合策划的特别节目，策划打算挑选首都博物馆内的文物作为灵感来源进行编舞，其中有一幅明代的人物画《踏春图》，画的是学馆一群年轻学生出游踏春之景，闻小屿要饰演的就是里面一位活泼好动、与女孩们打成一团的男孩。

闻小屿答应邀请，开始排舞。排练时间紧，闻小屿一连几天很晚才能回家，即使如此，等他到家以后，面对的依然是空荡荡的家，和唯一绕着他喵喵叫的百岁。

闻臻似乎比他还忙，这几天都是在他入睡后才到家。两人白天各自工作上学，晚上面都见不到，遑论交流。

闻小屿心中失落，却不愿承认。他不该期待太多——他始终这样告诉自己。

咚咚两声，办公室的门打开，朱心哲从门边探头："一休哥，臻哥又来了，在我办公室里。"

赵均一正在电脑前忙碌，闻言不耐挑眉："又跑来打游戏？"

"对啊。"

"随他玩去。"

"你和臻哥聊聊吧，他最近老往这边跑。"

赵均一说："知道了，忙你的吧。"

朱心哲下班走了。赵均一忙完手头的事已过一个小时，后起身找去朱心哲办公室。他推门就见闻臻坐在电脑前戴着耳机打游戏，西服外套随手搭在一边，那架势显然是家都没回，直接从公司来的这里。

赵均一坐到闻臻身边，闻臻看他一眼，继续打游戏。

"怎么这两天老往这跑？你知不知道你弄得公司员工很紧张。"

闻臻漫不经心操纵游戏人物打副本："我只是来休闲，不是来检查工作。"

赵均一古怪地看着闻臻。他这位学弟虽平日不苟言笑，但两人在大学期间长期共事，一同经历过工作室的辉煌和衰落，之后闻臻买回工作室，第一个找的人就是他，两人可谓关系匪浅。闻臻的情绪变化虽不明显，但赵均一多少还是能有所察觉。

赵均一问："天天大晚上不回家，大老远跑我们这来打游戏，想什么呢？你自己家里没游戏室？"

"回家睡不着。"

"怎么？"

闻臻随口答："家里养了只猫。"

赵均一听着稀奇，没想过闻臻这种人还会养小动物。他想了想，说："猫吵你了？可能是肚子饿或者怕寂寞，你每天给猫喂饱点，晚上让猫在你房里睡，应该就不吵了。"

闻臻像在思考他的话。赵均一见他心不在焉的，诚恳地道："你要是闲得慌，就过来帮我写动作控制，或者下个月《幻影2》上市的直播和会议流程你来过目。"

"我忙。"

忙还在这儿占着别人工位打游戏?赵均一无语,干脆把闻臻的耳机拿下来:"走,出去抽烟。"

两个大男人到阳台去抽烟,聊了些工作的事情。赵均一没打听闻臻的事,总之心里知道没猫什么事。只不过闻臻自己不想说,谁都别想知道。

之后闻臻看了眼时间,准备回家。

此时天已全黑,赵均一本来早要回家,结果陪闻臻待到现在。闻臻来时是让司机送,他自己平时懒得开车,宁愿付三倍工资让司机等在楼下。车先把赵均一送回家,之后再把闻臻送回江南枫林时已是晚上十一点多。

闻臻进门时动作很轻,知道闻小屿一定已经睡下。闻小屿的生物钟可谓严格,晚上十一点前入睡,早上六点半前一定起床,保证一整天精力充沛地上课和练舞。

虽然如此,也不至于完全不和他发消息打电话吧?有时候闻臻真心实意感觉到自己在试着靠近一只警惕性极高的猫,从前猫无人疼爱,所以全然不亲近人。无论是他还是父亲和母亲,想试着摸摸这只猫,都要担心把猫吓得跑不见。

二十年的空白实在太久了。

第十章

"闻小屿!来准备站位。"

闻小屿回过神,连忙放下手里的水瓶起身匆匆往排舞老师那边去。他们正在湿地公园进行外景拍摄,电视台的工作人员在一旁忙碌,舞蹈演员们按照导演和老师的指示找好位置。

闻小屿走进队伍时老师还关心地问他一句:"是不是累了?今天是有点热。"

他坐着发呆太久,让老师都担心起来。闻小屿非常不好意思,只说自己不累,之后专心投入拍摄。

初秋来了场秋老虎,天闷热,拍摄间隙休息的时候,闻小屿都坐在一旁不怎么与旁人说话。他向来不主动攀谈,认识他的人都已习惯。看他安安静静的一个人,漂亮又干净,也都不好意思上去搭话。

拍摄结束后,大巴把学生老师们送回学校,时间已是傍晚。闻小屿收到他哥发来的消息,说在学校门口等他回家。

闻小屿找到闻臻的那辆黑色轿车,上车时见依然是闻臻坐在驾驶位上,衬衫袖子卷起,一只胳膊搭在扶手箱上,闲适的模样。

"晚上想吃什么？"闻臻问他。

闻小屿答："回去吃吧，我去超市买点菜。"

闻臻便把车一路开到江南枫林附近的超市。闻小屿进超市买东西，闻臻就在后面跟着，一边与公司的人打电话谈事。

闻小屿专心挑选今晚的食材，没注意身后的超市工作人员推着货物哗啦啦往这边走，闻臻一边打电话，一边抬手把人带到旁边，让身后的人推着车过去。

回家后闻小屿去厨房准备晚餐。他在料理台前忙碌，闻臻就坐在后面用电脑，闻小屿本以为他在忙公事，然而做好饭端上桌一看，发现闻臻只是在打游戏而已。

闻小屿有些无言："你最近不忙了？"

闻臻退出游戏界面，移开电脑："最近提拔了新团队，往后首都这边就交给他们。"

"你呢？"

"我的重心是负责制定公司的全球发展战略，来这边原本是临时任命我负责开拓市场。"

闻小屿好奇他的过往，问："你从前也是这样被提拔起来的？"

闻臻漫不经心："不然你以为我大学毕业就直接空降公司董事？"

闻小屿还真以为是这样。闻臻看出他的小心思，说："公司经营不是儿戏，我从分公司产品部经理做起，轮转几年岗位，三年前董事会才选我坐上这个位置。"

集团创始人闻家良对待儿子严苛，严格遵循公司制度把人丢进基层做起，万事不管，只看他自己能成什么样。事实上闻家良在多年前对闻臻一度恨铁不成钢，认为自己的儿子玩性太大不务正业，空有聪明头脑却不成器。那时闻家良年纪已大，心中本已有下一任CEO人选，然而眼见着闻臻一年年往上走，老人默不作声等了一年，又等一年，直到闻臻进入公司高层，自成一派。

那以后闻家良再未干涉过闻臻的任何决策。

过去的闻臻对闻小屿来说充满了未知和新鲜，甚至主观地带上传奇的色彩。闻小屿没有见过闻臻这样优秀的人，有时听父母说起闻臻年少时种种令家长烦恼的行为，他却听得暗自喜欢，好像看到他哥冷淡外表的背后还站着一个鲜活骄傲的少年，前前后后构成了一个真实的闻臻。

晚上闻臻难得有闲，在游戏室里窝着打游戏。闻小屿洗完澡后回到自己卧室，拿起手机看到一条未读消息。

闻臻：打游戏，缺治疗。

闻小屿忍不住笑了一下。闻臻时而流露出的幼稚的一面，他觉得很亲切。他坐在床边看着手机，看了很久，才放下手机起身去游戏室。他推开门，见闻臻坐在地毯上靠着沙发，转头看他一眼："来坐。"

昏暗的房间，闻臻懒散地靠着坐，投屏的光一闪一闪落在他的侧脸。

他走过去坐下，拿起手柄。之前有好长一阵闻小屿没有和闻臻一起打游戏，闻臻自己通关的时候就顺便把他的号也练了，保证两人的角色进度一致。这导致关卡越来越难，闻小屿的半吊子水平却没有半点长进。他注意力不集中，眼见着被游戏BOSS拍死几次都还重蹈覆辙，直到挑战次数彻底用完。

闻臻无言地看向闻小屿，闻小屿很羞愧，他道歉："对不起，我不会玩。"

输都输了，闻臻干脆放下手柄："在想什么？"

闻小屿答："没想。"

"最近这么忙，都不理人了。"

这话告状似的，让闻小屿认真怀疑闻臻是否真如他表面那样成熟。他强调："我没有不理你，而且你也忙得不见人影。"

"哦，怪我。"

闻臻继续打游戏，游戏里的角色熟练解开谜题通关。"我会反省。希望你也能反思一下自己的问题。"

闻小屿莫名其妙："我的什么问题？"

"不主动沟通，不关心人，拒绝接受来自哥哥的好意。"

"我哪有不关心人……什、什么来自哥哥的好意！"闻小屿一激动，角色掉进坑里摔掉半管血，"你喝酒的那天我还给你泡了蜂蜜水。"

"谢谢你的蜂蜜水。"

"你好敷衍……"

"快从坑里出来,不然血要掉光了。"

背景乐嘀嘀地响,闻小屿笨手笨脚地转手柄,从坑里爬不出来,角色血条掉光,一命呜呼。

闻小屿不玩了,气得回了自己房间。闻臻悠闲拿过他的手柄复活角色,设置角色跟随自己,转起手柄继续玩自己的游戏。

首都电视台和博物馆联合策划的特别节目在国庆期间登上电视和互联网平台,引发热议。节目从顶尖舞蹈学院和歌舞团挑选优秀舞蹈演员,一个个舞功好又靓丽,加之官方有意宣传文物文化,配曲请了当红歌手演唱,题材策划又新颖,节目收视率攀升。

在《踏春图》改编的舞蹈节目中,闻小屿饰演画里一名少年学子,白衣雪冠,言笑晏晏,游山玩水时与女孩们打成一团。闻小屿面容漂亮,身姿软长,融进一群女孩子中也半点不违和。

有了之前《花神》和《琼玉》的累积,这一次闻小屿再次成为人们关注的焦点。以防再次出现被人冒名顶替身份散布谣言这种事发生,闻小屿背后的团队顺势给他注册了官方社交账号,由团队经营,短短几天账号就涨到三十多万粉丝。

"啪嗒"一声,手机被扔进沙发角落。偌大的客厅,闻康知面色阴沉地坐在沙发里,电视上正播着这几天火热的节目,其间一闪而过闻小屿的镜头。

闻康知不耐烦地换台,低骂一声。李文瑄拿着罐可乐从厨房晃出来,往他旁边大刺刺一坐:"哥,你这两天还回不回朝安区啦?"

闻康知冷冷地道:"你看谁想让我回去?"

李文瑄说话不过脑子,惹怒了他哥,不敢多嘴了。自从上次过年他哥被"赶"到他家住,李文瑄就没见过他哥开心过。

李文瑄年纪尚小,不了解事情的前因后果,爸妈不与他多说,他就跑去问闻康知。闻康知提起闻小屿就是恨,说真少爷一回来就装可怜,抢走了他的家,霸占他的爸妈和哥哥。

因此李文瑄很不喜欢真少爷,心里暗自也觉得姑父和闻臻哥太绝情。就算真少爷从前过了二十年苦日子,可这些和康知哥又有什么关系呢?为了一个多年不见的亲生子,就把养育了二十年的儿子赶出去。而且康知哥的心脏不好,最需要人照顾,如今却连姑姑都扔下他不管了。

李文瑄说:"哥,要么这几天你还是来我们家住吧,咱俩一块儿打游戏。"

"不去,我就住这边。"

"你一个人多无聊啊。"

"小孩子少管那么多。"闻康知心情不好,挥手赶人,"舅妈刚才不是打电话叫你回家吃晚饭?赶紧回去。"

李文瑄只好回家去了,留下闻康知一个人待在这座大别墅里。

李清把闻康知丢在灵香山的别墅,要他反思。闻康知被冻了信用卡,在自家企业上班见习的机会没了,甚至不被允许去首都找他哥。那是他头一次被李清那样严厉地训斥,从小到大,妈妈都没有对他凶过。

可最后哭的却是李清。

闻康知烦躁焦虑,书也没心思念,天天和朋友出去玩,心想反正再也没有人管他,所有人只有他讨厌闻小屿,厌恶闻小屿,他就是欺负了闻小屿,那又如何?反正他已经被抛弃,是做了讨人开心还是讨人嫌的事情,又有谁会在乎?

闻康知起身往玄关走,家里阿姨刚准备好晚餐从厨房出来,见他要出门,忙唤一声:"康知,不在家吃晚饭吗?"

"不吃。"闻康知冷淡地扔下一句,把门摔得砰一声响,走了。

回 S 市的时候,闻小屿顺便买东西去看望了胡春燕,之后第二天又准备去孙惠儿家。当天正刮大风,天空乌云密布,闻小屿出门前便带了把伞。

老师的女儿小圆在家,小女孩喜欢闻小屿,拉着他一直玩到晚饭时间,闻小屿眼见外头黑沉沉的，婉拒了老师想留他吃晚饭的邀请，想赶在雨下起来之前回家。

马路上车辆拥堵，闻小屿从老师家离开，穿过步行街准备去坐地铁。然而半路雨就下了起来，闻小屿撑起伞匆匆离开步行街，经过街边一家酒吧时，迎面就遇到一群人从两辆跑车上下来，就听有人乐道："康总，说好今天你请客，可不许耍赖啊。"

熟悉的声音随之响起："我是那种耍赖的人？"

闻小屿抬起伞面，与走过来的闻康知对上视线。

两人都是一怔。闻康知戴个鸭舌帽，一身新潮大牌，身边一群人同样穿着亮眼，显然是准备去酒吧大玩一番。而闻小屿穿着简单的休闲外套和牛仔裤、白球鞋，高中生一般站在他们面前，皱眉看着闻康知。

闻康知盯他半晌，忽而笑起来："少爷，好巧啊。"

他身边的朋友都不明所以，也没人认识闻小屿。闻康知从人群中走出来，对身后道："你们先进去，我和人说两句话。"

一群人好奇地看看闻小屿，还是进了酒吧。闻康知走到闻小屿面前，雨丝落在他身上，他也毫不在意，只笑着看闻小屿："少爷现在是有钱人家的小孩了，怎么还穿得这么穷酸？看着怪可怜的。"

闻小屿懒得接他话，只说："你心脏不好，最好不要喝酒。"

雨渐渐大起来。闻康知倏忽冷了脸："装上瘾了？你以为现在有谁在看你？"

在闻小屿看来，闻康知的说话方式比起他的养母简直有过之而无不及。他气得再不作声往前走，然而闻康知半点没有让开的意思，直直地挡在他面前："你还跟我哥住一块儿？"

闻小屿听他说"我哥"就来气："是。你有什么意见？"

"好得很。"闻康知点起一根烟，淋着雨抽起来，"亲生的就是了不起，谁都向着你，你要什么都给你，所有人都要把你捧到天上去了。"

"没有人捧我，我也没要什么东西。"

"怎么,我哥疼你你还不乐意?这么高傲啊。"

"闻康知。"闻小屿再忍不了,沉沉雨夜之中,他看着闻康知,一字一句道,"闻臻是我哥。"

两人一个比一个心头火大,气氛降至冰点。闻康知被闻小屿的话气到呼吸都重了:"行,现在又不装了。"

"你不必拿你的心思来揣度我。"闻小屿说,"我不需要在你面前装模作样,也没有必要。"

风一阵呼啸带来斜雨,吹得树叶哗啦作响。闻康知被刺激到,流露出怒容:"你瞧不起我?"

闻小屿也来了脾气:"我就是瞧不起你,不把自己身体当回事,妈妈那么疼你,你还这么折腾自己,你以为你还是三岁小孩?"

"我爱怎么样就怎么样,关你屁事!"闻康知扔了烟,红着眼眶吼道,"装什么烂好人,滚!"

他转身就往酒吧大门走,闻小屿简直被他气坏,偏偏又一点不会骂人,心想算了,爱抽烟酗酒就抽烟酗酒,本来就不关他的事。闻小屿恼着火正要转身离开,冷不防又是一阵妖风袭来,连带骤起的大雨。伞被猛地吹得歪斜,闻小屿手上没留神,伞被吹飞了出去。

他轻轻"啊"一声,被雨砸了满头。又看前面闻康知被吹飞了帽子,登时也被淋得透湿。

两人皆是一身狼狈,闻小屿忙去捡伞,闻康知则烦躁不已,迎着雨去捡帽子。

"小宝,康知!"

不远处传来女人一声焦急的呼唤。两人都是一顿,而后转头看去。只见李清匆匆从车上下来撑起伞,迎着风和雨朝两人快步走来:"你们两个怎么会在一起?这么大的雨,怎么伞都不知道打?!都给我过来!"

温和的女人难得动了怒气,把两个小孩都拽进车里,之后自己也坐进来,对司机说:"回家,开快一点。"

车上没有毛巾,司机临时从后备厢取来一条毯子,递给后座的闻小屿和闻康知。闻小屿拿起毯子给自己擦头发,闻康知则不吭声坐在一旁,不动。

"还不赶紧擦擦?"李清语气严厉,话是对闻康知说的,"等着生病感冒吗?"

闻康知一脸委屈,没好气抓起毯子胡乱擦拭。初秋的雨有些凉,两人开始打喷嚏。李清坐在前头,忍了又忍,还是把话先暂时按进心里。

家中晚餐已准备好,闻家良和闻臻坐在客厅看电视新闻,等李清和闻小屿回来吃饭。听玄关大门打开时一阵稍显凌乱的脚步声,两人转过视线,见李清领着闻小屿和闻康知经过客厅。两个小孩不知怎了,衣服和头发都湿透,可怜兮兮的样子。

李清叫阿姨去拿两人的换洗衣服,一边转头对客厅的父子俩说:"外头的雨一阵一阵的,这两孩子也不知道躲雨,真是……"

她暂不提前因后果,闻家良也不问,只淡淡地道:"先洗澡换衣服去,别着凉了。"

闻臻看着闻小屿:"闻小屿,你去楼上的浴室。"

他这么说,闻小屿就默默地去了楼上,李清便轻轻推着闻康知要他往一楼的浴室去。闻臻站起身:"我去二楼看看。"

闻家良点头:"待会儿带小宝下来一起吃饭。"

闻臻上了楼。楼上安静无人,他拐过走廊,走到浴室旁边,听里面隐隐传来淋浴的水声,还有闻小屿零星的几个喷嚏。

他耐着性子等在一旁,直到浴室水声停下,过了一会儿,浴室门打开,闻小屿换了身干净衣服出来,看见闻臻吓一跳。

"你上来做什么?"闻小屿一时有些紧张。

闻臻说:"你怎么和他在一起?"

闻小屿闷闷不乐:"路上碰到,吵了一架。"

闻臻皱眉:"他说你什么?"

"没什么。"闻小屿不喜欢和闻臻谈论闻康知,低头往外走,"我也不在意。"

闻臻看他不愿意说,便不多问,只低声开口:"有没有不舒服?"

静谧的长长走廊,灯光微亮。闻小屿被这一句话问得心底变软,答:"没有,只是淋了点雨,不碍事。"

闻家的饭桌上头一次坐了五个人。李清担心闻康知身体不好容易生病,让阿姨煮了热汤给他喝,也给闻小屿煮了份。闻臻让闻小屿坐在自己旁边的位置,两人坐一块儿安静地吃饭。

闻家良说:"外头天黑雨大,吃完饭就各自回房休息,别往外跑了。"

李清偷偷松一口气,让阿姨去把闻康知的卧室打扫收拾一下。闻康知低头喝汤,看一眼闻臻和闻小屿。他心情极差,但在闻家良面前半点也不敢表露出来。一顿饭就这么勉强吃过去,闻小屿吃完后回房,闻臻便也起身和他一起走了。

闻康知咬牙看着两人背影。李清在一旁开口:"康知,跟我到书房来。"

李清领着闻康知到书房,关上门,与他面对面站着:"你为什么和小屿在一块儿?"

"路上碰到。"

"说什么了?"

闻康知不说话了。李清气不打一处来,好在回家的时候看闻小屿没有不开心的样子,闻臻又陪着他,李清便暂时放下这事,训起了闻康知:"我本来想今天去灵香山和你一起吃晚饭,结果呢?你又跑去酒吧那种地方!那是你能去的地方吗?"

闻康知犟着不说话。李清忍了一路的怒气:"你知道自己心脏不好,又是抽烟,又是喝酒!妈妈和你讲过多少次?你每一次都不听!你就这么喜欢作践自己的身体?"

闻康知漠然地开口:"我作践自己又怎么样?反正也没人管我。"

李清气得胸膛起伏:"你还要我怎么管你?你都这么大了,难道还要妈妈像以前那样抱着你,哄着你,饭喂到你嘴边,鞋子穿到你脚上?"

"我多大了?我才二十一岁,就被告诉爸妈不是亲生的,被你和爸爸赶出家门,我什么都没了,连想见我哥一面都不行!"闻康知的情绪也激动起来,"我现在不是闻家的小孩了,我就不是人了是吗?只有闻小屿是你儿子,我就不是了!"

"啪"一声,一个耳光甩到闻康知脸上。李清终究还是舍不得用力,一巴掌下去,没打痛闻康知,自己却落下眼泪来。

多年前当刚生产完的李清抱着幼小的孩子,得知小孩竟有先天性心脏病时,她满心痛苦和愧疚,决心要一生呵护和疼爱这个小孩。"康知"二字也是她所取,意为健康而聪慧。她有心要弥补康知,从不对小儿子发脾气,小儿子要什么她都给,给他请最好的医生,用最好的药和医疗设备,想要他一辈子健康平安,快快乐乐。

如今李清才知道自己做了错事。她太过骄纵闻康知,甚至康知染上抽烟的坏毛病也没有严令禁止。自闻小屿回家后,一切从前能够粉饰的东西全都暴露,李清终于意识到闻康知的自私和跋扈,而她已然无力去改变。

"如果我没有把你当儿子,我大可把你送回你的亲生父母身边,随你去受苦受穷。"李清又气又痛,声音都在微微发抖,"可妈妈爱了你二十年,怎么可能把你送回去?你再如何任性犯错,我都当作是我的错。那天在医院里你对小屿说出那种话,我也只是责罚你,从来没有离开你的想法!你是我的孩子,可你却伤害我的另一个孩子!康知,你非要这样消耗妈妈对你的感情吗?"

闻康知一动不动地站在原地,攥紧拳头忍着眼泪。他不去看李清悲伤的脸,低声喃喃:"可是再也不一样了。我不是闻小屿,在你们心中,我就是不一样了。"

"你是你,小屿是小屿,你们各过各自的人生,为什么要一样?"李清恨铁不成钢,"你该长大了,该学会体谅别人的心情了,康知!"

李清在离开前最后留下一句话:"这件事里,你和小屿都是无辜的,但是如果你再敢把情绪都发泄在小屿身上,到时候你爸爸要管教你,就不要怪妈妈不护着你了!"

夜深,花园里隐蔽的小路灯还亮着光。闻康知一个人在卧室徘徊。阿姨已经给他收拾好了卧室,还是原来的样子。他烦躁不安,淋了点雨,身体也不舒服起来。

他根本睡不着,过了一会儿,闻康知还是走出房门。他脚步很轻,到了他哥的房间门口,咽了咽唾沫,抬手敲门。

他只敲了一会儿,不敢一直敲,攥着衣角等在门口。仿佛等了很久,门才"嗒"一声从里面打开,闻臻站在门口,低头看着他。

"哥。"闻康知放轻声音,"我想和你聊聊。"

他在闻臻面前很乖,从小到大向来如此。

闻臻垂着眸不知在想什么,片刻后开口,出乎闻康知意料的没有拒绝他:"去书房聊。"

书房内,闻康知坐在沙发上,闻臻靠坐桌边,与闻康知隔着距离,开了落地窗点起一根烟。

闻康知觉得他哥抽烟的样子特别帅,高中的时候他见过他哥在阳台抽烟思考的模样,之后就自己偷偷学着抽,好像这样就能和闻臻有一丝的相似。

闻康知看着冷淡的闻臻,想起他对闻小屿的特别,已从最开始的愤怒嫉妒到如今不甘而沮丧:"哥,你是不是也觉得亲生的才是最好的?"

闻臻没回答。闻康知继续道:"我知道我从小脾气不好,所以你不喜欢我。但是闻小屿才来这个家多久,你就这么关心他?难道就因为他可怜,就因为他是你亲弟弟?"

闻臻答:"闻小屿回家之前,我把你当作亲弟弟,对你的态度就是我对待家人的态度。"

闻康知自嘲地一笑:"是这样吗?从小我就崇拜你,你说什么话我都听,你做什么事，我也都想学你的样子。可是你……从来不在意我。"

闻臻在闻康知的心目中，永远是一个高大而遥远的背影。他们相差十岁，生活难有交集，在闻康知小学的时候闻臻就已经在外读大学，即使假期也极少回家。闻臻好像永远都只在忙自己的事，和乐的闲谈在他与家人之间少有发生，大多时候闻臻只在家庭需要他的时候及时出现。

但闻康知时时都需要他哥。他希望闻臻能像别的哥哥那样陪他玩乐，而不仅仅是节假日回家时的一份礼物，或是被父母要求的辅导他学习。为此他在小时候还朝闻臻发过脾气，质问闻臻为什么不能再多陪伴他一些。

那时闻臻正在桌前教他写作业，闻言皱眉放下笔："爸妈平时少陪你了？"

小小的闻康知不满道："你是我哥，不一样。"

"没有不一样。"闻臻不欲与他讲道理，冷淡地道，"不想学我就走了，往后叫你的家庭老师教你。"

随着年岁渐长，闻康知慢慢摸清他哥的脾气。闻臻处理学习和工作上的正事效率很高，但对情感关系颇为没有耐心。闻臻不喜欢没有主见和想法的人，对黏人抑或死缠烂打的人尤为敬而远之。他只愿意在他认为容易沟通的人身上花费时间。

而闻康知显然没有被闻臻划入这类群体。即使他学着在闻臻面前听话，不吵闹，这么多年来也依旧得不到特别的偏爱。

"哥，你就这么不喜欢我？"闻康知喃喃。

闻臻平淡地抖落烟灰："妈把什么都给你，你就理所应当，以为所有人都要像妈那样对你。"

"你是我哥，我希望你多关心我一些，这样也有错？"

"看看你自己是怎么关心别人的吧。"

"你也觉得我自私……所以你才讨厌我,是这样吗?"

闻臻掐了烟,把烟碾进烟灰缸:"说完了吗?"

闻康知闭上了嘴。闻臻说:"有些事,我和爸原本已不打算追究,毕竟闻小屿已经回了家。但你却一而再找他的麻烦。"

"我……"

闻臻不欲与他多言,只说:"杜晓东庭审结束的那天,你为什么和他见面?"

闻康知一下白了脸。他低下头,答:"毕竟他是我的亲生父亲,我只是想在他坐牢前和他见一面而已。"

闻臻看着闻康知,面色已不知何时冷下来:"你和杜晓东见过几次面?"

闻康知满背都是冷汗:"当然是就这一次,哥,你怎么这样问我?"

"去年你出车祸住院。"闻臻说,"出车祸之前,你去了哪里?"

闻臻的眼眸很深,黑沉沉的让人看不出情绪。而闻康知已一下从沙发站起来,脸色煞白吓人:"……那么久之前的事情,我已经不记得了。"

他猛地想起刚才闻臻对他说的那句"有些事,我和爸原本已不打算追究",这句话如当头一棒喝,吓得他几乎手脚发软起来。

因为他全都记得,这辈子也不会忘记。

出那场车祸之前,他去了杜晓东的家。看到了胡春燕,也看到了闻小屿。

"哥。"闻康知满心惧意,再不敢在闻臻面前有所隐瞒,只乞求般地说道,"我不是故意不告诉你们,我只是、只是自己也不敢确定,我不敢相信……我不敢相信这种事会发生在我身上……"

闻臻说:"你怎么认识杜晓东的?"

闻康知这会儿一个字也不敢撒谎,汗涔涔地坦白一切:"前年冬天我朋友因为打架进了派出所,给我打电话让我帮忙,我就过去了。结果杜晓东当时也在派出所,警察问了我的姓名和联系方式,他在旁边听到我们的对话,就跟着我,一直跟到我的学校门口,他问我是不是姓闻,是不是闻家良的儿子……"

闻康知嗓子干涩:"他当时像个穷疯子一样,说什么他是我爸,要我给他钱用,我当然不信,就把他赶走了,后来我才知道他在赌博。我回去以后觉得很奇怪,就找人查了杜晓东,知道……知道他有个和我一样大的儿子,还和我同一天的生日。"

闻康知红了眼眶,几乎快说不下去:"我、我还是不敢相信,他家那么穷,我以为他想骗我们家的钱。我当时很生气,去了杜晓东家找他谈,然后——然后我回家的路上一直在想这件事,没注意路口开过来的车,才出了车祸。"

他没说的是去杜晓东家的时候,他在楼下远远地看到了闻小屿。他手上有闻小屿的照片,那双黑白分明的大眼睛和母亲有三分相似,鼻子更像闻家一脉的高鼻梁。生活在那样的家庭里,面容却清秀温润,没有一丝戾气。

闻康知不愿相信这荒谬的一切,心中却恐慌地隐隐有了答案。他恶狠狠质问了杜晓东,从男人嘴里问出了一切。

那一刻闻康知感到天都要塌了。

"你和爸爸早就知道了?"闻康知失魂落魄,"我做的这些事情,你们都知道,是吗?"

闻臻声音平静:"你出车祸以后,爸查了你身边所有人,知道了你和杜晓东曾经联系过。"

"我真的不是故意要瞒着你们。"闻康知连唇上的血色都褪尽了,他痛苦地道,"我只是不敢相信。那天庭审结束后我和杜晓东见面,也只是想问他为什么要做这种事。"

而杜晓东回答他,因为他们家有遗传的心脏病,家庭条件也不好,与其以后养不活他这个病秧子,不如把他送去富人家里,换一个健康的小孩给自己养老。

那时杜晓东已然瘦得不成人形,眼球突出,了无生气地坐在铁丝网的另一边,沙哑着嗓子对闻康知说:"我说过了,我只是想找你要点钱,我那时没钱了……你把钱给我,我拿着钱滚,再也不会来找你。你要是早点给我钱,怎么可能还会闹到现在这个地步……"

穷人,闻康知恨死了穷人。他没经历过贫穷,却因贫穷而失去了一切。他就不该调查杜晓东,就应该在杜晓东在学校门口拦住他的时候把这个男人当成叫花子打发走。

"我很害怕失去你们。"闻康知在闻臻面前哭起来,"我没办法面对那样的家庭,我真的很害怕,哥。"

闻臻沉默看着闻康知。他站起身,走到闻康知面前,高大的身躯带着冰冷的压迫感,令人畏惧。

"既然害怕,就安安分分地在这个家待着。我和爸把这件事当作没发生过,只是因为曾经把你当作亲人看待。如果你还想把自己当作这个家的一员,就收了你的脾气,从此以后离闻小屿远远的。"

"你对闻小屿做的任何事,我都会知道。"闻臻的声音冰冷低沉,"没有下次了。"

临睡前闻小屿爬起来,他晚餐时喝多了汤,想去卫生间。卫生间就在走廊拐角,闻小屿轻手轻脚进出,洗过手刚出来,就见走廊另一头闻臻经过,回去了自己卧室。

闻小屿正疑惑,紧接着又见闻康知经过,低着头穿过走廊。闻小屿下意识地躲回去,背靠着墙发一会儿呆,心想这么晚了,他们俩在做什么?

闻小屿惦记上这件事了。第二天一早吃饭的时候,又听闻康知生病发了低烧,只能在房里休息。李清饭后把他拉到一边,小声问昨晚闻康知有没有欺负他。闻小屿只说没有,就是偶然碰到而已。李清叹一口气,只摸一摸他的头发,没有多说。

假期结束前一天,闻臻带闻小屿离开家前往首都。抵达机场后,司机将二人一路送回江南枫林,到家时已是晚上。

闻小屿还念念不忘那天晚上看到的,心不在焉打开门走进玄关,把行李放到一边。

闻臻感觉闻小屿好像有话想和他说,问:"怎么了?"

闻小屿抬起头:"前两天晚上,我看到你和闻康知从书房出来。"

闻臻顿一下:"大晚上怎么不睡觉?"

"你们在说什么?"闻小屿问。

"我让他不要再欺负你,不然我会生气。"

闻小屿听了有些不服气:"他欺负不了我。"

"工钱都讨不回来的人,这话没有说服力。"

闻小屿郁闷不说话,托着行李进卧室。他蹲在地上从行李箱里拣出衣物,准备拿去洗衣机洗,一边心想说得也没错,辛辛苦苦打工的钱都差点要不到,要不是闻臻在……

闻臻敲门进来,闻小屿回过神。闻臻站在房间门口:"想不想出去玩?"

闻小屿茫然:"去哪儿玩?"他不太想去闻臻的公司了,在舞台之外的地方接受万众瞩目的滋味于他而言不大好受。

"欧洲。"闻臻说,"不是想看雪山?"

闻小屿一时间都不敢相信。从西南回来后,他说想去看雪山,闻臻就真的记住了。

他有些手足无措站起身,闻臻又问一遍:"想不想去?"

这语气好像机会仅此一次,这次不答应,下次就没了。闻小屿忙说:"去,想去。"

闻臻看他那模样只觉得有趣,点个头转身走了。闻小屿站在摊开的行李箱前发呆,好一会儿后扑到床上,拿起手机开始兴致勃勃地搜索欧洲旅游攻略。

十一月底秋末冬初,闻臻和闻小屿从首都前往欧洲,先落脚意大利。闻臻带着闻小屿在意大利逛了一圈,闻小屿从未出国游玩,对异国风情新奇得不得了,什么都想看,什么都想吃,兴致勃勃之余还不忘时刻攥着闻臻,生怕自己走丢。

闻臻在出行前买了一个单反相机,学了两天入门,出门后就拿闻小屿练手,还没到意大利就已经拍了数百张照片。两人行程松,在意大利逛了三天,后前往瑞士。

这次出游计划由闻臻一手安排，闻小屿只负责收拾行李和坐在一边看。当闻臻问他想住什么样的住宿，酒店还是别墅，海边还是城里等，闻小屿思考良久，认真和闻臻描述了自己理想中的西方住宿。

"像电影里那样，窗帘是碎花的，窗边摆一个小圆桌，两张椅子。床不大，就是那种有花纹的铁艺床，然后铺很软很厚的被子。木地板，还有一小块圆形地毯，墙边靠一个软皮小沙发，墙上可能还挂着一幅画。"

闻臻挑眉看着闻小屿。闻小屿细致描述完了，有点不好意思提这么细致的要求，"这样的房子……在欧洲应该有很多的吧？"

"嗯。"闻臻转头翻起手机，"给你找。"

然后还真被闻臻找到了。在一个小镇，一家来自德国的夫妻经营的三层民宿，闻臻带着闻小屿上楼推开其中一间卧室的房门时看到的一切，就是自己想象中的电影里的房间场景。

闻小屿开心得要命，在房间里转来转去，一会儿摸一摸床上格子花纹的被子，一会儿跑到阳台拉开门，看远处的湖泊与雪山，小镇建筑多颜色鲜艳，错落有致，若绵延山谷中一小块散落的彩色积木。

房东夫妻笑眯眯地将二人送到房间门口，妻子用德语与闻臻交流："怎么样，房间布置得还合胃口吗？"

闻臻答："可以看出来他很满意，谢谢你们。"

"不用谢，这间房的构造原本就是如此，我们只不过是按照你的描述换了窗帘和床铺，添置了一些小家具而已。"

"不知之前转账给你们的费用还够？"

"当然，先生，再没有比您更慷慨的人了。"

夫妻二人与闻臻交谈过一阵，下楼前邀请他们共进晚餐，闻臻答应下来。房东们走后，闻小屿这才好奇过来："你们在说什么？"

他半点听不懂德语，在异国一切对外沟通全靠闻臻，到现在可以说已完全被德语和法语流畅切换的闻臻迷住。闻臻说："晚上和他们一起吃饭。"

"你的外语说得真好。"

"想学？"

"算了，我连英语都说不好。"

"可以学几句对你来说有必要的。"闻臻说，"比如'抱歉，我迷路了'，或者'我听不懂你在说什么'。"

闻小屿瞪着闻臻，没好气去收拾东西。临近傍晚，小镇早早就已天黑，房间开了暖气，开着灯，闻臻拿手机教闻小屿说"你好"，"谢谢"这类简单词语，闻小屿费劲地跟着他哥学发音。

晚餐在一楼厨房进行，房东夫妻特地煮了热腾腾的猪脚汤锅，配土豆沙拉和面包，还有酒。现在是旅游淡季，镇上人少，在这家民宿住的只有旅客他们兄弟二人。房东热情，又见闻臻德语流利，其间一直与他交谈。

第二天一早，两人前往雪山。天气正好，天空碧蓝如洗，阳光耀眼。两人坐缆车上了山，眼见风景渐如童话景色，无数起伏像从天边涌来的深蓝海波，翻涌雪白的浪花。阳光照耀山峰，为绵延山体镀了一层金属的光泽。

闻小屿背着包跑在最前面，一会儿给雪山拍照，一会儿看溪水里的鱼，连路边好看点的石头都要捡起来研究。从雪山观景台下来后要翻一个小山坡到缆车交接处，闻小屿一路跑下山坡，回头见闻臻远远在后面走，催促他哥快点儿。

"我们晚一点再下去可以吗？"闻小屿顶着一头凌乱的短发，期待地看着闻臻，一双大眼睛圆而透亮。

闻臻说："随你。"

两人玩到下午才下山，回民宿后随便吃了点东西，出门去镇上逛街。小镇虽小，但五脏俱全。闻臻给闻小屿买了一双做工优良的皮靴，一顶怪可爱的报童帽，他本还想再给人买些表和包这类，被闻小屿拒绝。

时间在遥远异国的山中小镇像是变慢了。夜总是沉沉落下，温柔包裹一切。闻小屿喜欢小而充实的房子，这会令他感到安全和与世隔绝。雪山下的湖泊像清澈的一滴泪，倒映天空万物的风景，船舶如漂行梦境。

那是闻小屿回到闻家的第一年零四个月。一年零四个月，诸多坎坷不解，迷茫畏惧，是失而复得，抑或仍旧独行，还是偶有一闪而过温暖的心电感应，像心上掠起的一道闪电。

在这片清冷如画的天地间和安定的陪伴里，都被暂时抛却。

第十一章

从欧洲回来后,两人依旧回到江南枫林。

闻小屿渐渐恢复了与闻臻温馨相处的状态,并养成了拉着他哥说话的习惯。闻臻听闻小屿说自己在学校遇到的人和事,好奇地问他公司的事,并发现闻小屿对他的过去最感兴趣。

闻臻有问必答。

"我把房东太太给我们拍的一张照片拿去洗出来了。"闻小屿坐在沙发上,脚轻轻地晃,"可以放在家里。"

闻臻问:"哪张?"

"就是在小屋前面照的那张,背后是雪山。"

"怎么不给我们多洗几张?"

"你自己去洗。"闻小屿低下头。

闻臻看着闻小屿的脸,他胖了些,白白净净的,态度温软,不再像刚回到闻家那时消瘦,面色也不好,不敢看人。那阵闻臻每每一看到他,心底就一团无名火要烧,烦躁闻小屿怎么长成这副营养不良的样子,更厌恶把他养成这副样子的杜家。

现在的他看上去非常放松,像一只蜷在巢里的小鸟,比任何时候都安宁。

闻臻想把这个巢筑得再牢固、再广阔一些，让闻小屿永远这样安宁。

临近闻小屿放寒假，闻家良和李清思念小儿子，特地给闻小屿打电话表示希望他可以早点回 S 市。自心脏查出毛病以后，闻家良便放手公司一应事务，再不像从前那样成天一头扎进工作。除了养病休息，就是时不时与老友聚会。正巧今年老谢从海南那边回来，两个儿子也还没回家，闻家良闲来无事，邀人来家里打牌。

"老闻，精神不错啊！"

"可没你好，看你红光满面的，遇着什么喜事了？"

谢风涛乐呵呵搓麻将，闲聊几句后，才说自家女儿缦婷谈恋爱了，预计明年就结婚。其他人立刻好奇地询问，闻家良听了一会儿，明显不爽快了。因为人人都知道缦婷曾经追求闻臻，这样优秀美丽又门当户对的女孩，他那大儿子还不要，现在好了，人好姑娘都快结婚了，他儿子还一点动静没有。

旁人问闻家良："你家老大有情况不？三十岁了，咱们也快吃他的酒宴了吧。"

闻家良冷哼："吃什么酒宴，小子成天不着调，不知道在忙什么。"

谢风涛笑道："闻臻要忙事业，自然顾不上婚姻，再过几年自然就成了。"

"再过几年他就三十好几了。"

"嚯哟，你当年可是四十才找的小清呢，当时可把闻伯他们急的，头顶冒烟了都。"

"我那会儿公司正是起步阶段，和现在能一样？那小子就是叛逆得很，从小不听话……"

其他几人便安慰闻家良，只说闻臻这条件将来还愁找不到媳妇，让闻家良放宽心。然而闻家良的心里却装上了这件事。

他的年纪已经很大了，心脏又愈发不好，说得不好听，或许已不剩下几年。若是再年轻大几年，他也不会这么着急。

但如今他真想看着闻臻有个家。他管教得最严厉，也是最引以为傲的大儿子，一表人才，事业有成，如果闻臻能在适婚的年龄与一个善良贤淑的妻子结成家庭,他的一生就可谓圆满。

几天后兄弟二人回家。闻小屿每次一回家就成为中心,其他长辈和老人听说闻小屿回来了,也要特地来看一看,问一问。闻臻反倒落得清闲,回了家也不必天天处理工作,只悠闲地待在房里打游戏。

李清闲来就在家自己研制茶点。一日午后阳光难得正好,李清摆了一桌精致的茶点,闻家良和闻臻坐在桌前边喝茶边谈公司事务,李清和闻小屿就坐在旁边沙发上看电视,吃蛋糕。

公司的事,闻小屿向来听不大明白。他三心二意地看电视,听他们说起要开拓东南亚市场,投资某某行业,又说起公司人事调动和公司账目,等等,听得他云里雾里。

闻小屿自己是搞艺术的,便对父亲和哥哥这类企业经营管理的精英有种莫名的敬佩感,尤其是闻臻。他觉得他哥简直是全能天才,仿佛天下没有什么事情能难倒他哥。不像他自己,除了跳舞,其他什么都不会。

"……到时你谢伯也打算叫人去东南亚那边看看市场……对了,听说缦婷好像预备明年结婚。"

闻臻毫无波澜:"恭喜她。"

"她从小就喜欢追着你跑,如今终于长成个大姑娘,转眼都要嫁人了。"

闻臻没作声。闻家良扫他一眼:"我看你是半点也不着急。"

"我暂时没有结婚的打算。"这话闻臻之前也当着他们所有人的面说过。

闻家良拧了眉:"怎么,这辈子打算一个人过了?"

李清在一旁打圆场:"哎呀,只是暂时没有打算嘛,以后说不定就想了。"

"以后,以后,三十多岁了,还要怎么'以后'?"闻家良道,"之前多好的几个女孩子,来来去去你都不喜欢,你不如说说,你究竟喜欢什么样的?"

李清见父子俩又僵了气氛,闻臻又不说话不解释,便想替闻臻说些什么。

闻家良说:"你要是真的那么忙,就干脆从首都回来本部,有空我帮你看看好人家的姑娘。"

李清忍不住开口:"不想结婚也没有关系嘛,只要他身边能有个伴,对不对?"

闻家良不悦:"有了伴不结婚是什么道理?人家名分不要了?以后要是生了小孩,孩子也不算我们家小孩?"

"家良,现在又不照以前了,好多情侣那也不是说结婚就可以结婚的……"

闻臻说:"先不聊这些。"

闻家良说:"只要两情相悦,有什么这不行那不行?我又不是老古板,难道还嫌对方家里穷不成?我当年高中毕业去外地上大学,路费还是老乡们给我东拼西凑出来的……"

老人忽而顿住,皱眉看向李清,李清无奈地望着他。

"我年纪大了,又一身的病。"闻家良说,"不过是有点老人家都有的愿望而已。"

闻臻正要说些什么,闻家良却在沉思片刻后开口:"闻臻,跟我到书房来。"

老人转身就走,闻臻便站起身。闻小屿下意识地也放下蛋糕盘子跟着站起来,身旁李清牵住他:"小宝?"

闻家良回过头。他的目光落在闻小屿身上,便从严肃转为了温和:"小宝不管,坐。"

父子俩上楼去后,客厅一时很安静。李清主动安慰道:"小宝别担心,你爸爸对哥哥向来都严厉,但是对你一定不会这样,爸爸好疼你的。"

闻小屿问:"爸爸是不是一直盼着哥哥结婚?"

"当然了,老人家都喜欢热闹,你爸爸他呀就是想抱孙子呢。"

李清不时往楼上看。她太了解那两个人,一个模子出来的固执和自我,真要争执起来谁都不会让步。李清担心丈夫身子,起身对闻小屿说:"妈妈上去看看。"

闻小屿点头,李清便上楼去了。闻小屿一个人坐在客厅,望着还未收拾的一桌残羹冷茶发呆。

"……之前和苏筱谈得好好的,现在又说不想结婚,你把感情的事当作儿戏?"

闻家良拄着拐杖在书房内来回踱步。老人是真有些上火了,否则不会气得坐不住:"你自己说,以后想怎么过。"

闻臻只是说:"我有自己的打算。"

闻小屿又抬头看一眼楼上,起身轻手轻脚往楼上走。他慢慢挪到书房门边,正站在门前犹豫要不要听,就听里面传来一声怒吼:"一天不管教他,他还真以为自己是二世祖了!"

"家良,你不要说得这么难听……"

"你别管!"

接着就听"咚"的一声,声音骤然停止。很快门从里面被拉开,李清白着脸匆忙出来,乍一眼看到闻小屿:"小宝?"

但她来不及管了。李清飞快到走廊边,对楼下焦急喊:"王姐,快打电话给刘医生叫他过来,家良突然晕倒了,快!"

书房里,闻臻把父亲扶到沙发椅上坐下,很快从书桌抽屉下翻出药瓶。他看一眼门口无措的闻小屿,对他说:"去把窗户打开。"

闻小屿忙跑到窗边拉开窗帘打开窗户。闻臻给父亲喂下药,解开他衣领,老人已进入半昏迷状态,拐杖掉在地上,人断断续续地喘气,一张布满皱纹的脸随着艰难的喘气发着颤,连带搭在扶手上的手指也在不停地颤抖。

闻小屿吓坏了,半跪在老人面前,握住他的手不敢用力,像竭力拢着树梢上在秋风中瑟瑟飘动的枯叶。

他近在咫尺,才意识到父亲真的很老了,老到生命已走入堪称脆弱的阶段。只需要一阵无情的风,这片生命之叶就会从树梢坠落。

病房门一下打开,医生和护士快步进来。闻小屿立刻站起身,紧张地跟过去。

医生看过闻家良的心率,询问闻小屿病人是否醒过,有什么症状。仔细检查一遍后,对闻小屿说:"目前是睡着了,没有大碍,等老人家醒了以后再做一次全面体检。切忌让老人家再情绪大起大落,饮食方面也一定要注意。"

闻小屿记下医生的叮嘱,之后一群人离开,病房再次安静下来。

闻小屿拿张椅子坐在床边。他望着老人放在被子上吊着点滴的手发呆。沟壑纵横的手背,虎口与手指上的老茧昭示老人过去的劳苦。他曾听闻父亲在年轻时非常拼命,小时在农村做农活长大,后进城读大学也是勤工俭学,再后来的创业生涯更是有数不清的劳累。听母亲有一次提起,说父亲最辛苦的时候要和公司员工一起进货卖货,几十公斤重的纸箱从早搬到晚,烈日炎炎下四处拉人介绍产品,更不提头两年里整年地吃泡面和馒头咸菜,因此落下胃病。

病房门又被打开,李清走进来。她方才去办住院手续和缴费,并与丈夫的主治医生聊了很久。闻小屿转过头,喊她一声:"妈。"

李清见他眼眶泛着微红,精神很差的样子,上前心疼摸他头发:"小宝回去休息吧,爸爸这边已经没事了。"

接着想起什么:"和哥哥一起走吧,他在十楼关节外科那边,小刘应该在给他做处理。"

闻小屿顿一下:"他怎么了?"

"你爸爸之前生气,拿拐杖打了他一下。"李清叹气,"哥哥也不躲,那一拐杖打在他肩膀上,力气可不小……"

闻小屿坐电梯下楼,循着指示路牌找到关节外科。医院里人来人往,他穿过走廊来到其中一间科室前,门半掩着。闻小屿轻轻推开门,就见闻臻褪下衬衫赤着肩膀坐在椅子上,刘医生刚给他的肩膀上过药,正往上贴膏片。

刘医生是闻家的家庭医生,下午接到电话后便飞快赶到闻家,之后又跟着救护车一起到了医院,确定老人没事,这才下楼看闻臻的情况。闻臻的肩膀被一拐杖抽出深深淤青,好在没伤到骨头。其他科室人多繁忙,刘医生便把闻臻领到这间空的休息室给他做简单处理。

刘医生与闻小屿打过招呼，后叮嘱闻臻几句，便又上楼去看闻家良。休息室就只剩下兄弟二人。

闻小屿走过去坐下，看着闻臻肩上的膏药贴，不说话。闻臻套好衬衫一粒粒系扣子，问他："爸怎么样？"

"睡着了。"闻小屿担忧地问，"你和爸爸说什么了？"

"我工作忙，不急于解决个人的事情。"闻臻平静道，"婚姻不是必要选择，我不能只因为他的个人愿望来决定我和另一个人的人生。"

闻小屿非常无奈："你不要说得这么直接……"

"他们总要明白。"

闻小屿提一口气想说什么，又放弃了。他知道在这件事上与闻臻争论没有意义。很多事情，闻臻都不在乎，他向来如此。

"爸爸年纪大了，你为了爸爸的身体着想，在他面前稍微改变你的说话方式和态度，这样可以吗？"闻小屿声音低软，与闻臻讲道理。

闻臻看着闻小屿，良久答："好，以后再不说了。"

晚上闻家良醒了。李清坐在床边与丈夫说话。

闻家良已缓过劲来，靠在床头对李清说："我也老糊涂了，还与小孩计较这种事。闻臻惹我生气又不是一两天。"

李清"嗯"一声听着。她被吓了一跳，这会儿还魂不守舍的，心中害怕。一只温暖、苍瘦的手抚上她额角。李清抬起头，对上丈夫关心的目光。

"早点回去休息。"闻家良说，"照顾我这个老头还是太累了。"

"瞎说什么呢。"

闻家良温和道："马上是你的生日了，开心些。"

李清这才想起过两天就是自己的生日，她故意嗔怪："多大年纪了还过生日？不过。"

"多大年纪了？怎么看着还和小姑娘似的呢。"

李清终于笑起来："别闹我……"

闻家良对于李清而言，是一堵稳定而强大的盾，也是一盏灯，从两人在一起至今就守护着她，指引她。她从小是家中捧在手心的小公主，长大后又从家中长辈的手中被捧到闻家良的手中，不曾受到一丝一毫的风吹雨打。

丈夫的成熟、稳重和经年积累的睿智完美包裹了妻子的纯真心性，任何事都有家良为她挡在前面，任何事都有她的家良一手解决。

李清在丈夫温和的摩挲中渐渐平静下来。

闻家良需要在医院观察一段时间，这意味着他只能在医院陪妻子过生日了。李清一早和兄弟二人到医院看望闻家良，聊了许久，还是闻家良赶他们回去，说好好的生日就不要浪费在医院，让他们自己玩去。

李清不愿意走，让闻小屿和闻臻先回，自己仍在丈夫身边陪伴。临走之前，闻小屿询问李清："妈，晚上回家吃饭吗？"

李清答："当然回。小宝晚上在家吃？"

闻小屿点头："我想买个小点的蛋糕。"

闻家良笑道："你妈妈要注意舞台形象，戒糖好多年了。"

"瞎说，我只是不太吃甜。小宝想买就买一个，晚上我们一起吃。"

闻小屿"嗯"一声，和闻臻一起走了。闻臻把他弟送到家门口，对闻小屿说："我晚上有应酬，就不回来吃了。"

闻小屿习惯了他哥的冷淡，点头说知道了。不料闻臻又逗他："如果你非要我晚上回来一起吃蛋糕，我也不是不能答应。"

"谁非要你回来了！"闻小屿没好气地扔下一句，转身进了家门。闻臻无所谓一笑，驱车离开。

闻小屿一回家就忙碌起来。他托家里的阿姨上午买好菜，换身衣服进厨房戴围裙，洗菜择菜，开始准备晚餐。

母亲这些天为了父亲的事情绪低落，闻小屿看在眼里，想做些什么让母亲开心点。正好他会做饭，想着从网上学两道新菜，等晚上李清回了还可以给她一个惊喜。

闻小屿架着手机边看教程边专心备菜调料，阿姨在一旁给他打下手。他想做份茄子肉条，茄子掏空茄肉，和肉泥搅在一起填入茄条，先蒸再烧，加入调料，蔬果香和肉香入味。

闻小屿忙活一下午，特地选了符合李清口味的菜肴。订做的小蛋糕也送到了家，阿姨把蛋糕放进冰箱，闻小屿炖了汤，瓦罐在炉子上慢烧着，边缘溢出香气。

李清下午抽空去见了自家的兄弟姊妹和长辈，近黄昏时坐上回家的车。她正要与闻小屿打个电话，拿出手机时手机恰巧响起，一看是闻康知打来的。

李清接起电话，闻康知在电话那头说："妈，生日快乐！"

"终于想起我今天过生日啦？"

"我才没忘呢，礼物买好了，晚餐位置也订好了。"闻康知那边隐有乐声，"你最喜欢的翠华餐厅，江景包厢。"

李清一愣。她下意识地想开口说些什么，然而忽然想到自己已经很久没有和康知一起吃饭了。

"你这孩子，也不早点说。妈妈今晚……有事。"李清尽量委婉地道，"明天我们再一起吃个饭？"

电话那头沉默半晌。闻康知的声音低了下去："哦，我想起来了。你应该要和闻小屿他们一起过生日。"

这话戳得李清心下一乱，闻康知又问："妈，以后你过生日都和他们过了吗？"

李清无奈地道："要么你就回家，我们一家人一起好好聚……"

"我回来做什么？有谁待见我吗？"闻康知又气又委屈，"回来也是看爸爸和哥哥的脸色！算了，你回家和他们聚吧，我一个人吃。"

"康知！"

闻康知赌气地挂了电话。李清无可奈何，头疼不已。一想到孩子好久都没能回家，哭也哭过，闹也闹过，丈夫就是不松这个口。家里的大儿子也偏袒得明显，对康知几乎不闻不问。

她总是在想，都养了二十年，和亲生的又有什么区别呢。

车快抵达家门口，考虑再三，李清给闻小屿拨出个电话。

闻小屿很快接起来，李清柔声问："小宝，蛋糕已经买好了吗？"

闻小屿答："买好了。您什么时候回？"

李清心想这都是什么事，一家人的饭却要两头吃。她心中叹一口气，小心解释："小宝，蛋糕留着明天一起吃好不好？刚才康知打电话来，他已经订好了晚上的餐厅，我实在不好拒绝。你晚上就和哥哥一起在家吃，行吗？"

电话那头顿了下，很快闻小屿答："好，蛋糕可以放到明天吃，没关系。"

李清松了口气，又和闻小屿道了歉，这才挂掉电话。车掉转方向，离开家门口。

闻小屿放下手机，看了看面前餐桌上摆好的菜肴，热气腾腾上升。他又拿起手机和闻臻发了个消息。

晚上回来吃吗？

闻臻回复很快：不回。你和妈妈吃。

闻小屿只好取下围裙，招呼阿姨坐下吃饭。阿姨疑惑，闻小屿有些尴尬："他们晚上都有事，不回来吃饭了。"

"这……"

闻小屿笑着说没事，还给阿姨夹菜。他这次尝试新菜品挺成功，味道都不错。可惜两人的饭量有限，最后还剩一半的菜没能吃完，闻小屿本舍不得浪费，但阿姨说隔夜菜不能吃，两人只好把剩菜都倒了，一起清理餐桌和厨房。

"别和我妈说我做了饭。"闻小屿特意叮嘱阿姨，"免得妈妈不开心。"

阿姨点头答应了。

闻臻没在饭局上待很久，中途找了个借口走了。他驱车回到家，进门时只看到阿姨提着两个塑料袋，正要出门去扔。

阿姨看他回得这么早，有些惊讶："您吃过饭了吗？"

闻臻问："你们这么快就吃完了？"

阿姨答："晚餐只有我和小屿两个人，夫人有事没回。小屿忙活一下午做饭，我们两人吃不下多少，只得都倒了。"

闻臻愣一下,皱起了眉。

闻小屿吃完饭后就回了房,戴着耳机写作业,闻臻回来了都不知道。快九点时,他进浴室洗澡,洗完澡后拿着衣服离开卧室,准备把衣服拿去洗。

他刚走到楼梯口就听到楼下传来闻臻和妈妈的声音。他们什么时候回来的?闻小屿正往楼下走,听了几句,忽然意识到两人似乎在争吵。

"……到现在孰轻孰重,您还分不清吗?"

"这种事怎么能分出轻重?谁都不想被冷落,况且两人都是孩子……"

"所以你就选择冷落闻小屿?让他一个人忙一下午做饭,最后家里谁都不在?"

"我真的不知道!我要是知道,我肯定回来——"

闻小屿连忙下楼,就见闻臻和李清在客厅,两人本压着声音,见闻小屿下楼来,闻臻冷着脸没再说话,李清马上调整好表情,愧疚迎上来:"小宝对不起……"

闻小屿怕两人吵起来,走到李清面前:"没关系,不是说好了明天一起吃蛋糕嘛。"

李清刚从闻康知那儿回来,她也是心里惦记着闻小屿,没想到回来后得知小屿还亲手准备了晚餐,结果因家里没人,倒了一大半。

"怎么没和妈妈说晚上你亲手做了饭?"

闻臻在一旁道:"无论他有没有说,你既然答应了他晚上回来,就不应该出尔反尔。"

李清说不出话,闻小屿皱眉看了闻臻一眼,示意他不要再说,转头安慰李清:"没关系,以后都可以再做,不是什么大事。"

李清却怔怔的,半晌低声开口:"对不起,是妈妈没做好。"

"妈,真没事,我都没放在心上……"

"可不能因为你不放在心上,就不在意你,对不对?"李清竟是有些伤心了,她苦笑望着闻小屿,摸摸他的脸,最终没有说什么,只默然上楼去了。

兄弟二人看着她的身影消失在楼上，闻小屿转过头，与闻臻视线相触。

"你不是说会改变说话方式吗？"闻小屿低声道。

闻臻漠然："我已经很和气地在说话。"

"她是我们的妈妈！你对待家人就不能多点耐心吗？而且这本来就是件小事。"

"她已经犯过类似的错了。"闻臻微微不耐地皱眉，"在对待你和闻康知的事情上，她必须分清，否则到最后两头都讨不到好，这样做有什么意义？"

安静的客厅里，兄弟二人沉默片刻。闻小屿认真地道："感情是没有办法划出分水岭的。而且妈妈这样做不是为了讨好谁，她只是把我们都当作她爱的孩子。"

闻臻冷声道："她冷落你，你也不在意是吗？"

"她没有冷落我！她只是不知道你不在家，也不知道我做了饭——"

"闻小屿，我不知道为什么都过去这么久了，你还把自己当个外人。"闻臻说，"无论给你什么你都不要，想让你留在身边你也不愿意，一个客人都没你对我们客气。"

闻小屿一时气得咬紧牙关，不吭声。闻臻克制着火气："你说得对，二十年的感情分不清。你一定在胡春燕面前更自在。"

闻小屿忽然又失了力气，呆呆地站在原地。闻臻安静地站了会儿，转身上了楼。随着脚步声渐渐远去，闻小屿疲惫地坐在沙发上，靠着沙发背。

灯里只有他一个人的身影。

第二天一早，李清醒来。

她洗漱梳头，吃过早饭，回自己房间思考许久，起身出门。

闻小屿不在卧室，就是在练舞房。李清下楼，果然在花园边的练舞房里找到闻小屿。浅淡的冬日阳光里，闻小屿穿着简单的短袖长裤，正趴在垫子上一动不动压横叉。

李清唤他一声，闻小屿一下起来，探头的小松鼠般望向她。李清看着他，不自觉流露出温和的神色。

"我新买了花茶,小宝来尝尝?"

闻小屿起身擦了汗,跟着李清到书房。两人一同坐下,李清泡好两杯茶,放一杯在闻小屿面前。

"昨天是不是吓到小宝了?"

闻小屿摇头。李清说:"对不起,我昨天食言了。明明答应你要回家。"

闻小屿认真地道:"真的没关系。"

李清叹一口气,无奈地道:"哥哥昨晚生气也是应该的,他和你爸爸都比我清醒得多。"

闻小屿却坚持道:"不是这样的。只是每个人的性格都不一样,在意的东西也不一样。没有孰对孰错。"

李清思忖着他的话,慢慢点头:"是的。但是你也千万不要觉得哥哥冷血。他非常关心你,这一点毋庸置疑。"

闻小屿却想起昨晚两人不欢而散,心中沮丧失落。李清不想聊得太沉重,笑着换了个话题:

"小宝回来这么久,和哥哥相处得如何?"

"……还好。"

李清温声开口:"一开始我还老担心他会对你不好。你不在家这边念大学,我又要陪着你爸爸不能走远,想来想去,只能让哥哥在首都照顾你。那阵子我每天给你打个电话,就是怕哥哥委屈你。好在你回来以后,哥哥就多了好多人情味。大概也是心疼你这么多年不在家,不想你再受一点苦了。"

闻小屿心想可自己好像总是惹他哥不高兴。好像两人之间有一道永远无法磨合的坎,碰一次就要摔一跤。

谈话结束后,临走之前,李清忽而又叫住闻小屿:"小宝。"

闻小屿回过头。那双温润的眼睛看向她,让李清心口发酸。

"无论你想说什么,都可以和我说。"李清轻声说,"不管是委屈,开心,还是单纯想撒娇……我都很期待。"

闻小屿愣一下，迟疑点头"嗯"一声，离开了书房。

他听懂了李清的意思，他明白李清的歉意，也知道她希望着自己的亲近。

这本是他曾梦寐以求的被爱的感觉。可如今一道漫漫天堑横亘中间，好像要走过很长很长的桥，才能最终到达彼此。

闻小屿不知道要多久才能走过这道桥。

闻家良没有大碍，没过几天就出院。闻臻要到新加坡出差一趟，也免得在家惹老爷子生气，便提前走了。闻小屿则一直在家陪伴父母，直到寒假结束。

他临开学前一周回到首都，先去宠物店接到百岁，接着被乔乔送到江南枫林。回到阔别一个月的家，闻小屿把百岁放出来，简单给家里打扫过卫生，洗衣服晾衣服，忙活许久，最后趴到沙发上，不动了。

百岁非常想念闻小屿，跳到沙发上来四处嗅，在他的脑袋边转了几圈后窝下来。

家里太大了，一个人一只猫，空得寥落。

闻臻没打电话来，两人谁也没主动联系对方。闻小屿有时候会思考，两个思维方式截然不同的人，要如何才能求同存异一起生活？

天色渐晚，闻小屿梦游般起身去厨房给自己做晚饭。清洁阿姨来的时候还特地给他拎上来一大袋新鲜蔬肉水果，闻小屿草草地做了份三明治囫囵吃下，也没尝出什么味道。

他甚至难以入眠。在床上辗转几番才心神不宁勉强睡去。他又变成一个人睡觉，半夜里竟然还做起噩梦来。梦里一会儿是闻臻与他吵了一架后转身离开，一会儿是父亲躺在病床上艰难喘息的模样，后面甚至梦到小时候杜晓东拽着他的胳膊狠狠打骂他的场景。

最后闻小屿在黎明前难受醒来，看到窗外临近破晓的天空。黑暗笼罩大地，太阳还未升起。

闻小屿回归日常作息，每天定时去学校里开放的练功房和同学一起练舞，练完后回家给自己和猫弄饭吃，晚上也待在家里不出门，要不就在楼上接着锻炼。姜河知道他回首都后还想约他出来玩，可闻小屿半点兴致没有，哪里也不想去，什么也不想玩。

如此过了三天，第四天的时候，闻小屿接到闻臻的电话。

他还挺开心的，接起电话，却没想到闻臻说他过段时间会留在新加坡工作一段时间。

闻小屿一时没反应过来，还傻乎乎地问："什么时候回？"

闻臻答："公司在东南亚开展市场，最短一年可以成型。"

一年？闻小屿茫然不解，意思是至少要等一年后才回国？

"怎么突然要去那边工作……"

闻臻给闻小屿做了简单的解释，家里一直看好东南亚市场，目前一部分市场的投资已经谈到百分之三十多的股份，但总占比不多，那边市场竞争太激烈，尤其新加坡市场饱和，再开拓不易。与父亲商量过后，最后决定他亲自过去一趟。

闻小屿安静听着，"嗯"一声，说知道了。电话里两人沉默一会儿，闻臻开口："我过阵子还要回来一趟。"

"好。"

自从上次冲突后，两人便有点冷战的趋势。他们都不想聊那些敏感的话题，如此一来反而束手束脚不知该说些什么，电话很快挂断了。

闻小屿放下手机，呼出一口气。

开学后闻小屿就忙碌起来。每天早早起床，给自己准备早餐，出门锻炼，再去学校上课。如此日复一日，家里始终只有百岁陪着他。

周五晚上闻小屿下练习课回家，一身汗地进浴室洗澡，出来后坐在床上给自己按摩放松肌肉。他练舞练得小腿有点酸痛，正揉着腿，手机响起，父亲打来的。

父母常常与他保持电话联系，但平时大多是母亲。闻小屿拿起手机，是个视频通话。

闻小屿接起电话，把手机放在灯下面，看到父亲的脸出现在屏幕里，眼角皱纹里都是笑意。

闻小屿与闻家良问好,闻家良问起他学校和平时生活,他一一作答。父子俩聊了一阵后,闻家良问:"妈妈这两天有没有联系你?"

闻小屿想起妈妈最近似乎都没有和他打电话,只是偶尔发消息,答:"没怎么联系。"

"你妈妈最近好像心情不大好。过年那会儿我朝你哥发了脾气,吓到你和妈妈了。"

闻小屿不愿去回忆那天父亲倒在椅子上苍白着脸喘气的模样,一想到心里就害怕。闻家良在电话那头继续道:"你哥马上要去新加坡工作,你妈妈不高兴,连和我说话都少了。我精力有限,又不能一直陪着她,在一边干看着也是着急。"

透过手机屏幕,闻小屿看清父亲脸上松弛的皱纹,双目略有疲惫,却一直慈爱地看着他。父亲说话很慢,嗓音苍老低沉,带一点老人特有的沙哑。

闻小屿曾听母亲说父亲年轻的时候很有气势,说起话来中气十足掷地有声,总能让所有人的注意力都放在他的身上,很有感染力。

可他现在能听到的,只是一把迟暮的嗓音。

"小宝多陪妈妈说说话好不好?"

父亲望着他的时候眼中带有歉意:"知道小宝学业忙,还要练舞,可指望你哥也指望不上。你性子好,和妈妈一样都是搞艺术的,有共同话题,不忙的时候可以抽空和你妈妈打个电话,多和她聊聊天,你找她聊天,她肯定高兴得不得了。"

闻小屿答应:"好,我和妈妈打电话聊一下。爸爸早点休息。"

他挂了父亲这边的电话,再拨通母亲的电话。

那边很快接起来,李清温和的声音在电话里响起:"小宝,怎么啦?"

闻小屿叫了一声"妈":"爸爸说你好像不大开心,很担心你。"

"那么明显吗?"李清无奈地道,"唉,你不在身边,闻臻也要去那么远的地方了,一家人总是聚不到一起,怪寂寞的。"

"我这周末回来看您吧。"

"你忙,别在意我的絮絮叨叨。"李清笑起来,"人年纪大了就爱胡思乱想……唉,算了,小宝还是有空回来看看爸爸妈妈吧,我和爸爸真的好想你。"

"好。对不起,我平时都不怎么回家……"

"小宝说这种话,才叫妈妈不开心。"李清在电话那头温柔开口,"你陪妈妈说说话,聊聊天,妈妈就心情特别好。"

两人聊了会儿,李清明显心情转好,好久才挂掉电话。

赵均一把车停在楼下时,看闻臻正常自己打开门出来,还站在车门边整理了下袖口,挺自如的。

他也是乐了。这人刚从新加坡回来,大晚上就到他家去喝酒,赵均一说行,想喝什么自己挑。闻臻会挑,随手就把他那瓶库克罗曼尼钻石香槟拿去开了,还不让他喝,说待会儿要开车送自己回家。

赵均一就眼巴巴看着闻臻一个人坐那儿喝罗曼尼。赵均一的家在市中心高层楼,客厅露台风景十分好,两人坐露台聊天,聊些公司的事,游戏开发的事。

赵均一莫名其妙地被拉着在周末聊公事,损失一瓶最爱的香槟,连酒味都没尝着,又开车送闻臻回去。

以防万一,赵均一坚持把闻臻送上楼,找到家门口,转头说:"密码。"

闻臻一动不动站在他身后,一身黑衣,冰块似的:"我不输。"

"你……"赵均一抬手示意不和醉鬼计较,按了门铃。

门铃响了一会儿后,大门打开。一个男生穿着睡衣站在门里,看到闻臻,又看向赵均一,与他打招呼:"你好。"

赵均一还是第一次见到闻小屿本人。之前只是听闻臻与他提过,知道闻小屿才是闻臻亲弟,之前是被抱走了,过了二十年才被找回家里来。他还知道闻小屿喜欢跳舞,参加过舞蹈比赛,拿了奖,都是闻臻和他闲聊时说起的。

"你好,我叫赵均一,你哥的朋友。"赵均一说,"你就是闻小屿吧,你哥和我说起过你。"

闻小屿点点头,侧身让开:"请进来坐。"

赵均一刚要摆手说不用,就见闻臻已自顾自进门去,还抬手揉一把他弟的头发:"这么晚还没睡。"

赵均一心想不是你非不输密码要把人吵醒的吗?他见闻小屿拿开闻臻的手放下去,好像已经习惯了的样子。

闻小屿想请赵均一进来坐,赵均一可不想继续伺候闻臻,摆手找个借口就溜了,闻小屿只好一个人把他哥拖到沙发坐下。

闻小屿泡好蜂蜜水端过来,闻臻接过水杯,没喝。闻小屿坐到他旁边,忍住不问:"什么时候出发去新加坡?"

"下周。"

闻小屿不吭声,想说些什么,却看到闻臻在揉眉心,他只好说:"睡觉吧,你喝多了。"

他扶着他哥进房睡下,之后便回去自己的房间。

偌大的房子安静空荡,猫无声在客厅漫步。灯光落幕,夜色冰凉如水。

闻臻醒来时已是中午。昨晚没留神喝多了些酒,他难得睡个懒觉,起来时还有些倦意。

他起身换衣服,路过走廊时闻到淡淡的香味,虽然没进餐厅,也知道闻小屿已经准备好午餐了。

闻臻洗漱好来到餐厅,餐桌上是简单的三菜一汤,家常菜,比较清淡,还冒着热气。

闻小屿在厨房里收拾料理台。闻臻坐下来,看着闻小屿把围裙解下来挂好,洗手,来到他对面坐下。

"你煨的骨汤?"

"嗯。"

"味道不错。"

闻臻前不久接到父亲的告知,让他去新加坡全权主持市场开发一事,等新公司稳定后再调回。这一去恐怕就是两三年。他在电话里对闻小屿说至少一年,也只是安慰的说辞。

他走了以后,闻小屿就是一个人在首都念大学。届时他公务繁忙,一年或许只能回国几次而已。

他不好要求母亲来首都陪闻小屿,一是闻小屿早已成年,二是托他弟的福,他也渐渐不再像从前那么专制不考虑旁人的心情。如果硬要母亲做选择,大概又是一地鸡毛。

闻臻喝完了汤,吃完午餐,离开餐厅进卧室,过会儿穿戴好走出来,衬衫长裤衬得他肩宽挺拔。他走到餐桌旁,把一个小物件放在餐桌上。

闻小屿低头看,好像是一种寺庙里的护身符。一个朴素的小布袋子,用绳系着口。

"经过港口的时候和客户去了个寺庙,那天正好办唱经会,客户找住持写了两份平安符,给我了一个。"闻臻说,"你拿着。"

闻小屿拿起平安符的小布袋,看一眼闻臻,心想你怎么也信这个。他小声说:"谢谢。"

两人的气氛至今仍有些不自然,闻臻送出的这个平安符带一点示好的意味,他不动声色,闻小屿也拿不定主意,只笨头笨脑地接下,不知再该说些什么来缓和气氛。

等他回过神来的时候,闻臻已经走了。

江南枫林的房子只有闻小屿一个人住了。

李清来找过闻小屿,陪着他住了一周,每天一早起来给他做饭,晚上拉着他出门在周边散步,或去商场给他买很多东西。

李清很喜欢百岁。百岁长大了点,细腰长腿,尾巴也长,尖尖的精灵耳朵,绿眼睛圆溜溜的像珠子,总好奇地到处看。百岁活泼胆子大,李清抱它,它就往人身上嗅,总逗得李清很开心。

闻臻走后,闻小屿接到新的舞剧排练计划,这场舞剧计划在首都天桥剧场演出。排练繁忙，大多时候他都必须泡在练习室。

三月是闻小屿的生日。他在生日前一天回到 S 市的家。他依旧去看望了胡春燕。胡春燕长胖了点，又黑了不少。她现在常往郊区乡下跑，跟着人家一起种大棚菜赚钱。不同于李清时常的关心，胡春燕只是偶尔和闻小屿打打电话，说不了几句话就挂了。每次闻小屿回家来看她，她就把家里都打扫一遍，做好一大桌子菜，看着闻小屿吃。

闻康知依旧没来看过胡春燕。而胡春燕不知怎么，也从不在闻小屿面前提起她的亲生儿子，好像闻小屿才是她唯一的小孩。闻小屿曾经试探着询问过李清为什么闻康知不去看看他的亲生妈妈，后来他对问题的答案也渐渐不再感兴趣。

他渐渐理解了人为什么会选择逃避。为什么要把问题推到一边，让生活多好过一天是一天。

闻臻没能在闻小屿的生日这天回来。他工作走不开，只简单在电话里和闻小屿说了生日快乐。生日礼物则跨过远洋，送到闻小屿的手上。另外还有父亲和母亲送的丰盛礼物，以及一场精心安排的生日聚餐。

在对待闻小屿的一切上，夫妻两人总是不遗余力地表达重视。闻小屿也在努力学着用自己的方式接受这份迟来的爱意。他哥说得没错，他必须要先从接受和亲近开始。

转眼一整个春天过去，夏天来临。

一年一度的风华杯全国舞蹈大赛又即将举行。这一次闻小屿依旧被分到古典舞男子 A 级青年甲组独舞，森冉给他排的是一支剑舞，舞风偏大气柔韧，侠骨义气，与闻小屿之前的几支舞风格有所不同。

森冉觉闻小屿又瘦了，这样不好。舞者需要有强健的肌肉支撑动作，脸颊也不能太瘦，否则上镜不好看。

"小屿，你要多吃点。"一次排练的时候，森冉对闻小屿说，"不然每次练舞消耗太大，你的体力支撑不住。"

闻小屿淌着汗，脸红扑扑的，闻言点点头："对不起森老师，让你费心了。"

森冉看他一会儿，拿毛巾给他擦了擦脸颊边的汗："最近有什么烦心事吗？"

闻小屿接过毛巾自己擦汗，笔直地站着："没有。"

森冉没有多问，只又叮嘱一遍闻小屿让他多吃东西后便继续看他排练。虽然她很想和她的小徒弟聊聊天，交交心，但小屿实在不大爱说话，她也没有办法。

风华杯在六月中旬举行，地点这回在 S 市。李清和闻家良在开幕前一个小时就抵达大剧院，为了在闻小屿上台之前和他见一面。

闻小屿穿一身黑色劲装，收腰竖袖，显得他腰窄身长，煞是利落洒脱。他从后台出来和父母见面，一家人聊了会儿。闻小屿现在算是小有名气，这回来看比赛的有些还是他的粉丝。为避免麻烦，闻小屿没在外头久待，很快回去了后台。

闻小屿排在小组第三位出场。有了几次大舞台演出的经历，加之准备充足，轮到闻小屿站上舞台时，他面容平静，手提一把长剑，长身玉立。

舞蹈之于他的好处是，无论发生了任何事，只要他进入这个小小的世界里，一切就是平静而纯粹的。他曾在这个小世界里躲过了养父母带给他的伤害和阴影，避开了生活本会加之给他的蹉跎和磨难，所以他在经历种种不堪重负后，依然有一股子明亮向上的劲头。

如今这个小世界又成为他逃离思念折磨的风暴眼。闻小屿拼命练习，排练，为了挽出一个漂亮的剑花磨得虎口生了茧。他又犯了两次旧伤，闻臻送他的护踝磨损太重，已不能再用，被他收进了柜子。

闻小屿的演出非常成功，获得风华杯全国舞蹈大赛金奖。至此闻小屿已在大学毕业以前拿到三项全国大赛金奖，成绩斐然。

在舞台灯光的追逐和众人的称赞中，夏天过去，闻小屿升入大四。

闻家良和李清早已在为闻小屿规划未来。不如说无论闻小屿想在舞蹈这个行业走到多远多高，他们都会在背后为他创造一切条件。李清觉得闻小屿选择哪条路都好，闻家良则倾向于闻小屿可以接受国家歌舞剧院的邀请，成为一名专业的舞者。

闻小屿的内心深处向往的却是森林艺术团。但森林艺术团是一个世界级的演出团体，专业性非常强，与此同时入团考核也非常严格。闻小屿自认专业水平和资历都欠缺，还不及门槛。

他很想与自己的老师商量关于未来的规划，但森冉已在一个月前带着森林艺术团出国进行世界巡演，短时间内不会回国。

闻小屿进入大四后，姜河与沈孟心毕业。姜河还是抽空从剧组回来参加毕业考试的，回学校那天特地把闻小屿约出来吃了个饭。

饭间闻小屿问孟心学姐怎么没和他一起，姜河无奈地说两人吵架了，已经冷战一个多星期。究其原因，是姜河自从开始拍戏后就变得很忙，还要顾学业和练舞，自然就没多少时间陪女友。两人为这事吵了几次，各自都吵累了，便开始冷战。

"我早上六点起床往剧组赶，路上还在背台词，完了下午回学校练舞上课，晚上还要上表演课，就这我都抽时间出来和她打俩小时电话，觉都不睡了我。"姜河苦兮兮地与闻小屿倾诉，"结果就因为没能陪她一起去看那谁谁的演唱会，跟我闹脾气了。"

当然他也只是说说，没指望闻小屿能给他指导建议。他这学弟是学院公认的小冰山，网上也有人给他取"古典小仙人"这类奇奇怪怪的外号。总之就是仙里仙气，没什么七情六欲似的，姜河可没想和闻小屿聊恋爱话题。

然而他却听闻小屿问他："你们每次吵架以后，都是怎么和好的？"

姜河一愣，仔细想了想："不是我去哄她，就是她来哄我呗，总不是我们俩中的一个人主动，反正吵架原因千奇百怪，也没个谁对谁错。"

闻小屿安静听着，后点点头，对姜河说："早点和好吧。"

姜河扑哧一笑："好好，看在你这么关心我们的份上，吃完这顿我就哄她去。"

与姜河告别后,闻小屿回到家。他一个人住,李清偶尔来首都陪他住几天,其他大多时间还是电话联系。

闻小屿到家后收到营养师的消息,说现在准备出发过来为他准备午餐。闻小屿回复不用了,他已经在外面吃过。营养师说好的,那么他晚餐时间再过来。

之前闻臻为他请的营养师又开始给他上门做营养餐。就在六月的风华杯比赛结束以后,对方打电话过来与他交谈一番,表示很希望能够继续为他规划每日营养餐。

闻小屿本想拒绝,但想起他哥的那番话,又答应了。

闻小屿回S市也变得频繁,因为闻家良总是想念他。闻家良如今走路已需要时时拄拐杖,否则就喘气得厉害。

闻家良很喜欢和他的小儿子待在一起。每次闻小屿回来,老人就来精神了,有时候教闻小屿下棋,有时候给闻小屿讲许多趣事,讲他年轻时创业的经历见闻。闻家良在社会摸爬滚打一回,奇闻逸事随手拈来,闻小屿只有和他爸爸坐在一起闲聊的时候才常常笑,听故事听得挺开心。

父亲也时而提起闻臻。闻小屿从父亲那里得知闻臻在新加坡发展得很好,正如当初把闻臻从总部调到首都发展市场,闻臻总能解决任何难题,一切困局在他手中都可以变得井井有条。

闻臻在二月初离开,如今已是十二月。冬天再次来临,闻小屿有时候一个人坐在床上翻手机日历,才知道时间已经过去了这么久。

而闻小屿意识到,他们之间还没有和好。

遗留的分歧仍旧没有消解。

第十二章

今年的冬天冷,圣诞节那天就下起了雪。过了几天后临近元旦,雪又再次下起来。李清在元旦前一天特地来首都陪闻小屿过节,白天一直在厨房里捣鼓,给闻小屿炖汤。

学校举行了一场十分盛大的元旦晚会。首都舞蹈学院的元旦晚会向来负有盛名,因其与其他学校都办的不同——首舞的元旦晚会是一场交谊舞晚会,出席人员须着正装或礼服,有基本的舞蹈基础与交谊舞礼仪,才能进入舞池。其余人则在一旁观看,或在中场休息时再吃喝交谈。

闻小屿本没想参加元旦晚会,他一直不大凑热闹。然而莫名其妙的,沈孟心找上了他,很不好意思地询问闻小屿是否能作为舞伴陪她出席晚会。

"往年我总是忙,每次都错过了元旦晚会,觉得很可惜。"沈孟心在电话里对闻小屿无奈地道,"今年学校说毕业生也可以参加这次晚会,我就心动了。可我认识的人大多都已经毕业,也很少有想来参加这次晚会的。我就想着或许可以来问一下你。"

闻小屿不解:"姜河学长呢?"

"啊,你不知道吗?还以为他告诉你了。"沈孟心在电话那头故作轻松地道,"我们分手啦。"

闻小屿最后还是寻出了一套黑色小礼服穿上,陪同沈孟心一起参加了元旦晚会。那天沈孟心穿得很漂亮,一身深蓝色的长裙,腰束盈盈一握,长发盘起流花,肤白夺目。

两人坐在餐桌前,沈孟心拿了两杯香槟,闻小屿就陪她一起慢慢喝。沈孟心说姜河拍戏很忙,两人一个月都打不了几次电话,一开始还每天发早晚安,问吃过饭没,后来也不发了。沈孟心还跑去姜河的公司找过他几次,头两次没找到人,最后一次看到姜河和一个很漂亮的女孩一起从公司走出来,有说有笑的。

沈孟心当时自己转身走了,回家想了一天一夜,第二天和姜河发消息说分手。姜河在半天后才打电话过来问她,沈孟心在这之前已经哭得不想再哭了,她硬着脾气和姜河在电话里吵了一架,后彻底分手。

"这样的恋爱谈着还有什么意思呢?"沈孟心喝完一杯香槟,认真地对闻小屿说,"两个人都很累,都不开心,不如散了。"

沈孟心是出生在小城镇的女孩,因舞蹈天赋与刻苦努力进入首都舞蹈学院,进入这个花花的大千世界,遇到姜河这个大城市出生的男孩。沈孟心自小骨子里有一股骄傲劲,不服输,学习成绩好,跳舞也好,毕业后再辛苦也决定留在首都。姜河则温柔开朗,柔软地包裹着沈孟心的锐利锋芒。

闻小屿小心地看一眼沈孟心,看到她一副快哭出来的落寞模样。他也莫名心头一酸,低下头不再去看。

"会不会是有什么误会?"

"有又如何?我们早就分道扬镳了,不是今天,也是明天说分手,有些话根本不用说得那么清楚,慢慢各自也就明白过来了。"

悠扬欢快的乐曲声中,闻小屿牵起沈孟心的手,手轻轻搂住她的腰,两人如水珠滑入舞池,轻易成为众人视线的焦点。

闻小屿问："你现在还好吗？"

沈孟心笑一笑："我很好。"

晚会散去，喧嚣渐歇。闻小屿与沈孟心在晚会厅门口告别，临别前沈孟心笑着与闻小屿说谢谢，后独自撑起伞在雪中离开。

闻小屿拉好棉袄拉链，给自己绕好围巾，走进雪里。

他走下台阶，台阶下一片裹着雪盖的灌木丛，闻小屿踩过雪，绕开灌木，看到不远处隐约一辆车的轮廓。

闻小屿本要走过了，忽然又停下脚步，怔怔地看向那辆车。他一时大脑空白，朝那辆车走过去，两条腿僵着，走到车前几步的距离，望着那车牌号停下，不动了。

车门轻响一声被打开，男人从车上下来，依旧是一身熟悉的深色大衣，高大的身影。车门关上，两人站在雪里，晚会厅高高的阴影斜落下来，挡了路灯的光，隐去了他们的身影。

闻小屿万没想到竟然会在这里看到闻臻，他以为自己看错了，不确定地叫一声："哥？"

闻臻走到他面前："晚会玩得还开心？"

闻小屿戳在雪地里，像个冻僵的雪人："你怎么回了？"

"回首都开会，听说你们学校有晚会，顺道来看一眼。"

两人许久不见，看着对方时仍是熟悉的神情。闻小屿心里非常开心，面上却不完全表现出来，只追问："什么时候走？"

"今晚十点四十的飞机。"

闻小屿一时沮丧，心想这么快就走了。闻臻却仿佛看出他心中所想，随口问："一起吃个饭？"

"都这么晚了，时间也来不及。"

闻臻说："简单吃点。"

闻小屿没想到他哥说的"简单吃点"是指学校门口的路边摊。窄小的一个旧门面,铁架和锅炉半架在门外,串串摆满铁盒,放进滚烫的汤里煮熟,淋酱料,热气轰然蒸腾,飞入寒冷的夜空中飘散。

兄弟俩坐在桌前,闻小屿专心地吃酱汁鱼丸,鱼丸烫,他吃得直呼气。椅子有点小,闻臻一双腿无处安放,昂贵的大衣碰到脏兮兮的墙面,他也没在意。

小店外人来人往。闻臻问闻小屿:"还在为我之前对妈妈发火的事情生气?"

闻小屿一噎:"早就没生气了。"

"那怎么不联系我?"

"你也没联系我。"

两人不说话,比谁犟似的。过会儿闻臻开口:"幼稚。"

闻小屿放下鱼丸:"你才幼稚!"

闻臻笑了下,拿起串自顾吃。闻小屿揣着心里话想说,看一眼闻臻,终于开口:"我知道那天你是向着我,所以才生气。"

"嗯,好心被当驴肝肺。"

闻小屿吭哧:"对不起。"

"开个玩笑。"闻臻漫不经心地,"那天你说得对,思维方式不一样,容易产生分歧。"

闻小屿点点头,埋头吃半天,又鼓起勇气问:"那我们和好了吗?"

闻臻忍不住笑起来,说:"算吧。"

闻臻没有太多闲暇时间,他还得赶飞机。闻小屿把他送到车边,看着他哥坐进车里:"那路上注意安全。"

闻臻点头。天冷,闻小屿套件大棉袄,里面就一套单薄的礼服,闻臻说:"衣服扣好,赶紧回家。"

闻小屿点头,不舍挥挥手:"拜拜。"

车渐行渐远,闻小屿站在路边望着远去的车。

他忽然真切地感受到"家人"这种存在在世间留给人的连系感。随着每一次分别,那根系的线也在远去,从心里被一圈圈抽走,最后留一个空空孤单的心脏。

他拿出手机打开,在订票软件上慢慢翻从首都出发飞新加坡的航班,想着有空他能去找他哥就好了,他们还能一起去海边玩,南方的冬天也一定没有这么冷。

他的手机忽然跳出一条消息,是李清发来的,说天黑了,外面下起雪,问他什么时候回家。

一阵寒风涌向他,夹杂冰冷的雪籽。闻小屿这才回过神冷得跳脚,打字回复说自己很快就回,然后把手机揣回兜里,等着司机来接。

雪纷纷扬扬,落在闻小屿头顶的屋檐,温柔安静。

抵达新加坡的第一天,祝宇就被老板派去了当天的一场私人晚宴。

祝宇进公司五年,从分公司产品部经理被闻臻发掘,一路做到东部大区市场总监,现在更是直接被调到新加坡来带领团队,按闻臻的意思,这回是准备让他来做二把手。

祝宇是个心里挺傲气的人,早些年还对闻臻不屑,认为闻臻实在太年轻,又是老总的儿子,听说还喜欢打游戏,叛逆得很。后来到闻臻手下做事,渐渐就没了这想法。

第一天他们就和投资开发商们见了面,还是私人聚会,祝宇和一群外国人、华裔和内地商人周旋一晚上,喝了不少酒,结束后回酒店睡了个好觉。

接下来的整整一个月,所有人都忙得脚不沾地。地皮竞标和厂商投资等等都需要闻臻出面,祝宇是公司二把手,从前都没接触过东南亚市场这边的圈子,许多东西还要重新学起。闻臻又是个放手教的老板,有时祝宇想找他讨论事情,闻臻大都只丢给他四个字,自行解决。

闻臻的家在东海岸附近的一处私人公寓。他的卧室在二楼,阳台外可以看到绵延的东海岸公园。

有时祝宇就在这里和闻臻面谈工作。这天他带着新加坡国电和城大电厂的合同文件来找闻臻,一边口头汇报这一个月的工作。闻臻看完文件,听他汇报完工作。

闻臻简单口头调整了几名人员的工作,然后说:"通知明天上午十点主管开会。你亲自去和国电的人谈,约他们这周内见面。"

祝宇点头说好。正好闻臻雇到家里的厨师在准备午餐,闻臻顺便就让祝宇留下来吃了饭再走。吃饭的时候闻臻时而注意着电视新闻,祝宇也看了眼,新闻在播美国金融市场上个月的股票走势。

祝宇没事和老板搭话:"北美这几年通货膨胀挺厉害的。"

闻臻看了会儿新闻就没看了,只说:"有点严重。"

祝宇一怔,闻臻却没有深聊的意思。过一会儿闻臻的手机响起,祝宇见老板拿出手机看了眼,接起电话。

"嗯,回不来……"

"生日快乐。"

闻臻没聊多久,挂断电话后,祝宇好奇地问:"谁今天过生日?"

"我弟。"

祝宇开玩笑:"你弟弟过生日,你不回国庆祝一下?"

闻臻:"你什么时候能自己干活了,我就什么时候能回去给我弟过生日。"

祝宇笑不出来了,讪讪地埋头吃饭,吃饱喝足后赶紧抱着文件开溜。

闻臻难得有闲暇,回楼上去打游戏。屏幕里跳出游戏界面,悠扬的背景音乐在房间里回荡,游戏画面是一片森林,两个人物角色一前一后站在林中。

一个是闻臻的角色,另一个则是闻小屿创建的角色,ID 起得十分没有新意,就叫小屿。

闻小屿一点游戏天赋没有,偏偏又喜欢跟闻臻一起玩,从前一见闻臻在游戏室里就悄悄跟过来,也不明着说,就趴在门边委婉问他在玩什么游戏。

他又不会玩,只会跟在闻臻后面跑来跑去,一边治疗还要一边手忙脚乱地跟着闻臻躲 BOSS 大招或者陷阱,一般都是既治疗不好人自己又活不下来,最后就成了闻臻自己单独过关,再拿闻小屿的手柄又过一次。

"小屿"安静站在闻臻的角色旁边,腰上别着个药瓶。闻臻的角色走到哪里,"小屿"就跟到哪里。

闻臻设置了"小屿"自动跟随队长,队长是他自己。他靠在沙发上,推动手柄操作角色漫无目的绕着"小屿"转,"小屿"也跟着他一起转。

闻臻打游戏的习惯很好,说好帮他弟练号,就兢兢业业地练号,能双人通关就双开跟随,单人通关的关卡就自己打一遍,用闻小屿的号再打一遍。

闻臻有时候觉得自己这个哥哥做得太敬业了。

一开始他不能理解闻小屿为什么就是不愿意依靠他们。父亲历尽大半生见多识广,母亲则心向艺术,心界与常人不同。

更重要的是,他们绝对不会伤害闻小屿。

他不得不又思考起闻小屿的行为。闻小屿对这个家来说很重要,但他们总是出岔子,有时闻臻觉得自己已经可以理解闻小屿,但有时他又发现完全不行。他不想闻小屿不开心,不想闻小屿掉眼泪,只能摸索学习着自己最不擅长的领域。

有时闻臻刻意避免自己深入去想闻小屿从前作为"杜越"的生活,以免自己对杜家那对夫妻采取出格手段。他需要闻小屿回到真正的家彻底安定下来,不可以再去任何他看不见的地方,绝对不允许离开。

闻臻承认自己总想把他弟牢牢抓着。他本能排斥闻小屿离开自己的保护范围,宁愿自己离开也不要闻小屿跑到别的什么地方去。他要一直能看得到闻小屿,能随时有消息反馈给父母。

他本认为自己已经退让很多,可闻小屿还是怕,还是在躲。他弟胆子不大,心很软,容易为难,重要的是,他至今也没能把自己当作这个家的主人。

闻小屿不能像自己这样随心做出选择——闻臻现在想明白了这个道理。他曾经拥有的东西很少,所以如今在乎很多。他很敏感,想得太多,原本就是容易紧绷起来的一根弦,如果再要强硬去拉扯,弦说不定就会绷断。

到现在闻臻已经想明白了。闻小屿想要空间,那就给他。他弟想要什么,他们都可以给。

然后等着有一天闻小屿能够毫无压力地接受他们，回到他们的身边。

六月，闻臻回国一趟，没有告诉任何人。

他买了张风华杯大赛的票，古典舞组比赛的那天就坐在乌泱泱的观众席下，看台上的闻小屿跳舞。

闻臻本来打算来看一眼就走。但他看到闻小屿瘦了，一把白腕子竹节似的，在舞台上愈发的轻盈。闻臻一直等到颁奖典礼，看着闻小屿接过金奖的奖杯，看他在舞台上光彩熠熠万众瞩目的模样，才起身离开。

之后闻臻联系了之前给闻小屿请的营养师，让人回来继续给闻小屿配一日三餐。闻小屿的体重很容易掉，锻炼勤了要瘦，心情不好也瘦，吃得多都不能补。闻小屿那副小骨架看在闻臻的眼里，就是时刻提醒他这小孩从小没能养好，没得着关心和照顾才变成这样。

不在闻小屿的身边，闻臻不能确定他是为什么又瘦下来。闻臻又时而对此感到烦躁，认为闻小屿很不会照顾自己。

闻臻的工作很忙碌，有时大半个月都不在家。与此同时，欧美经济还在持续下行，国际关系趋于紧张，公司的部分产品出口贸易量持续下降。虽然公司的主营市场在国内，但多年前已有全球发展部，与许多外企和政府有密切合作。

闻臻的工作负担因此加重。其间闻家良与他通过几次电话，父子俩又像什么都没发生过，陆续商量过几回过后，闻家良最后的意思是如果明年上半年情况还无法改善，闻臻就需要回国来主持本部，调整公司政策和未来战略。

另外闻家良还问他在那边是不是一个人住，有没有人照顾。

闻臻说一个人住，请了人来做饭和清洁。闻家良就在电话里冷冷地说他三十几岁的人了，也真扛得住回家对着冷锅冷灶的生活。责备了闻臻一通，最后又说："一个人在外头逍遥自在，家都不想着回了。"

闻臻就说过阵子回来看看。

他知道父亲慢慢开始接受他的选择了。他们父子俩总是这样，闻臻有自己的想法，也不爱与人商量，想做什么就直接去做了，比如小时候没有和身边朋友们一起出国念书，大学选择数学专业，不按照父亲的意思进入公司，反而和一群同龄人开独立游戏工作室，每一步都不遵任何人的意。

面对这样叛逆的儿子，闻家良往往一开始恨铁不成钢，想通过惩罚的方式让闻臻屈服，但每到后来又慢慢能心平气和接受。

因为他们父子俩实在太像了，甚至闻家良在年轻的时候比闻臻更加激进和自我。在他刚开创公司那段时期，不少与他共同打拼过来的人因无法忍受他的性格而选择离开。闻家良在二十岁到四十岁时都在拼命赚钱开拓公司领土，他只相信自己的判断力，从不信任任何外人。

直到他遇到了李清，有了一个家，拥有了两个孩子。加之事业几次起伏跌宕，随着岁月的沉淀磨砺，闻家良身上那股子偏执又盛气凌人的劲才渐渐收敛，才懂得体会他人，变得沉稳。

闻家良挂断电话，一旁的李清询问："闻臻打算什么时候回来？"
"忙完这阵吧，最近经济形势不好。"闻家良说。

李清想念大儿子，也察觉到自从闻臻走后，没人陪伴的闻小屿变得有些不开心。

虽然闻小屿一直在努力维持平常的模样，但每当李清去首都和闻小屿待上几日，她总能从细节看出他的反常。有时候闻小屿一个人坐在桌前发呆，晚上很晚才睡，不爱待在家里，总是泡在学校的练舞房。

百岁都比闻小屿活泼黏人。闻小屿把百岁照顾得很好，喂的都是鲜肉和各种营养片。宠物长得健康，主人却瘦得下巴尖尖。

闻小屿在闻家良和李清面前很安静，也很听话。有时候李清不知道闻小屿在想什么，想满足他的所有要求，却不知道他想要些什么。

她只知道自从上次闹了一场以后，闻小屿就不怎么说话了。

李清翻了很多心理学书籍，和心理咨询师谈心，仍找不到答案。她更不能寻求闻家良的帮助，像从前每一次遇到烦心事那样。她的丈夫年纪大了，尽管丈夫性格强硬，但李清知道丈夫如今需要她，很依赖她。

李清要陪伴闻家良，无法时时待在闻小屿身边。有时她和闻小屿通电话，听闻小屿在电话那头叫她妈妈，声音温软好听，好像什么事都没发生一样。
　　李清别无他法。她希望能靠陪伴来慢慢重新打开闻小屿的心扉。

　　时间一晃到了冬天。
　　下半年的经济环境没有任何好转，同时针对国内企业的贸易制裁加重，公司这边的电气产品出口线已大幅减量，尽管并非主业，公司盈利仍受到不小影响。更重要的是，原本赵均一他们预计在九月发售的新游戏《无人雪境》也因在北美市场难以推行而延后发售。
　　闻臻数次往返欧美考察市场，常常一待就是半个月，回国事宜不得不一推再推。国内经济正受西方经济下行的影响，许多公司股票指数持续波动下降，同时部分位于北美的华人企业被列入银行禁止直接金融交易名单，其中就有闻臻手下的公司。
　　闻家父子还算平静。闻家良早些年经历过更严重的金融危机打击，他不认为北美会重蹈当年覆辙，推断当下首要困难是局势不利。福祸相依，他们可以借此机会调整企业业务板块，做产业升级。闻臻的想法则更简单粗暴，认为完全可以暂放麻烦、费钱又难讨到好的北美市场，专心做东南亚和欧洲市场。

　　十月的北半球已普遍入寒。闻臻抵达公司于旧金山的分部，召集所有高管开会。
　　会开了三天，大家都很疲惫。最后一天晚上会议结束，所有人各自散去，闻臻没有急着走，依旧留在办公室，独自一人坐着。
　　夜幕降临，高层楼的窗外可以看到远处的旧金山湾，长长的大桥上光影闪烁，繁华风景尽收眼底。
　　闻臻静静地坐在靠椅上，搭着扶手，指间有一搭没一搭地转着手机。
　　他在沉思时偶尔会这么做，拿着手机里的照片漫不经心翻看，任何人都不知道他的这个小习惯。

其中一张照片是闻小屿拿去洗出来的,他们两个人在欧洲小镇的民宿前的合影,背后是一片雪山。

那天闻小屿穿着件白袄子、牛仔裤、登山靴,拍照的模样青涩。

繁忙时想想家里,算是一种放松方式。

十二月,闻臻终于踏上回国的路程。他没什么空闲,元旦的前一天晚上还在和赵均一他们开会,商量《无人雪境》的发售事宜。新游戏耗费了公司大量精力和财力,偏偏遇上经济不景气,公司内有的人不愿浪费了这款游戏的新发市场,希望能延后发售,或暂缓国际服的开放。

朱心哲则吵吵嚷嚷:"凭什么要迁就北美市场那边?你们知不知道社区里现在都快吵疯了,说我们崇洋媚外,骂得多难听的都有!臻哥我再给你讲个笑话,印度市场部的那个麦克,哭着求我别推迟雪境发售,他们那一两百万人等着开服,再推迟他以后十年的业绩都别想要了……"

赵均一在一边干咳:"麦克没说这种话,阿哲你给我坐下。"

闻臻任他们吵闹,随便往旁边一坐,开会。他这大半年来几乎是连轴转,没完没了地开会、出差,和各种人周旋。回到这个他一手创办的游戏公司,他还能轻松点。

开会最后的决议是暂缓国际服的开放,下个月按时发售,并再加三千万推广。本来他们已经就这个问题讨论很久,只因闻臻之前一直在国外而迟迟做不了决定。如今闻臻一回来,问题就解决了。

会后大家都松了口气,赵均一许久不见好友,虽然很累,还是问闻臻要不要去他家喝点酒。闻臻挺客气地建议他晚上可以早点休息,好好准备下个月的发售。赵均一无言地翻白眼,走了。

闻臻独自离开公司,准备开车回江南枫林。夜里下着雪,一路雪粒纷扬,行车也变得缓慢。车里开了暖气,飘着慢悠悠的音乐小调。闻臻放松地靠在车座上,在堵车的间隙默不作声地看窗外深深夜色。

一个小时后,闻臻的车开到首都舞蹈学院附近。他瞥一眼学校门口,打方向盘靠近，看到校门前立着个公告牌，他才知道学校里这会儿正在办元旦晚会，牌上标明了时间和地点，且贴心指示了晚会厅的具体方向。

闻臻看了下公告牌上对本校元旦晚会的介绍，旁边还有个双人交谊舞的图标。他只看了一眼，就开车进了学校。

他到的时候晚会已经结束了。车开到晚会厅楼下，闻臻看着一群学生陆陆续续从大门里出来，成群结伴走下台阶，无不是盛装打扮的模样，出来以后都各自裹了外衣。

他看了一会儿，忍不住捏一下自己眉心，不知道自己到底在冲动什么。

他正准备离开，就看到门里走出一个熟悉的身影。

闻小屿裹着件大棉袄，里头是正装，站在门前与同他一起走出来的女伴说话。

夜里的雪愈发白，飘过台阶前暖黄的光。闻小屿身量柔长，黑色短发贴着白净的皮肤，还是那么瘦。那女孩笑着对他说些什么，后撑起伞转身离开，闻小屿一直出神地望着女孩离开的方向，半晌才围起围巾走下台阶。

闻臻漠然地坐在车里，看着闻小屿绕过灌木，马上就要沿着晚会厅前的大路离开。

可闻小屿停下了脚步。他看见了他的车，从远处踩着雪走过来，又隔着不近的距离停下。

"晚会玩得还开心？"

"你怎么回了？"

"什么时候走？"

"今晚十点四十的飞机。"

闻小屿脸上失落的表情太明显，让闻臻感到好奇：他的弟弟有时候掩饰不了情绪，有时候却又回避一切。到底是什么原因导致他形成这种特质？

他的心思岔开了，开始考虑一个问题：要带闻小屿一起去新加坡吗？

他认真思考现在直接把闻小屿带走这一举动是否可行。这种想法带有专制的意味,但闻臻并未察觉。他一直耐心有限。

可这样做是否有意义?如果闻小屿不愿意,那么无论强制安排他什么,未来他还是这样封闭自己。

闻臻最后还是克制下来。他和闻小屿坐在一个又小又破的小吃摊里吃串串,在飞机起飞前的短暂空闲里,两人勉强算是各退一步,握手言和。

这样自己也不算白回来一趟。闻臻想。

他坐上回新加坡的飞机,飞机起飞时轰鸣上升,城市星罗棋布的夜景逐渐远去,成为夜空下遥远闪烁的光。

闻臻让一旁秘书汇报接下来的行程,秘书一条条告知,闻臻一边听着,一边思考明年的工作计划。

他决定在明年年初回国。

年初的时候国家歌舞剧院联系上闻小屿,表示希望他毕业后可以加入剧院。国家级的剧院向他伸出橄榄枝,闻小屿却下不了决心。正不知该不该拒绝邀请时,他的老师森冉也找上了他,询问他愿不愿意进森林艺术团。

这回闻小屿想都不想就答应了,还生怕老师逗他,傻乎乎地询问是不是真的。森冉去年一直在忙全球巡演的事,中间也没空管她的小徒弟,闻言忍俊不禁。看着闻小屿的脸,又有些皱眉。

"当然是真的,我可就等着你毕业后想办法把你拉进我们团呢。不过该考的试你还是要考,我只是引荐,还需要团里那几位评委老师都认可你才行。"森冉说着,一边牵过闻小屿的手,捏起他手指左右看看,"怎么瘦了?"

"这阵子……一直在排练。"

"体重不能掉得太厉害,不然影响你跳舞。去年风华杯的时候你就瘦了。"森冉说,"小屿,你遇到什么困难吗?和老师说说也是可以的。"

闻小屿却只是摇摇头:"我会调整自己的,谢谢森老师。"

他进入大学的最后一个寒假。还没到过年,闻小屿没有立刻回S市,而是留在学校准备毕业作品一事。

一次从练舞房出来,闻小屿偶然遇到回学校办材料的沈孟心。沈孟心毕业后进入首都芭蕾舞剧团,也忙,两人自元旦晚会后就没怎么联系。

沈孟心看起来状态还不错,穿着短袄和运动裤,头发高高扎起来,和闻小屿一块儿往学校外走。聊了一阵,她问闻小屿周末有没有空,要不要一起去爬山。

闻小屿很久没出门走走,答应了。等到了周六,一大早他就爬起来洗漱,给百岁的自动投食器里放好吃的和水,穿戴好出门。

两人坐公交抵达山脚下,各自都吃好了早饭。天气正好,虽然冷但出了太阳,天也难得晴朗。山虽然不高,路却弯弯绕绕,爬起来也远。闻小屿和沈孟心都是常年锻炼,爬山途中闻小屿时而给沈孟心拍拍照,两人一路一口气不歇,不到一个小时就爬到了山顶。

沈孟心看上去精神很好,跃跃欲试想坐缆车,两人就往游览索道那边去。他们起得早,脚程又快,这会儿索道售票处还没人排队。售票处前面的空地上插着一片木牌,牌子上挂满了人们许愿的红签,挤挤挨挨地随风飘扬。

坐在缆车上的风景很好,沈孟心和闻小屿自拍了张合照,想发朋友圈,闻小屿同意了。下山后回市区的路上,沈孟心就坐在轻轨上专心选图修图,选了九张照片,把她和闻小屿的合照也放进去了,一起发朋友圈。

两人回到市区后各自回家,闻小屿刚进家门,没想到接到了姜河的电话。

姜河那语气挺着急的,接起电话第一句就问他:"小屿,你和孟心一起去爬山了?"

闻小屿没想到他会打电话来,还有点蒙:"对。"

"就你俩?"

"嗯。"

姜河听起来整个人都不好了:"你俩在一块儿了?!"

"……"闻小屿哭笑不得,"没有,就是周末约着一起出去玩。哥你怎么了?"

姜河在电话里和他说不清，问了他现在住哪儿，让他在家里等着，说他马上过来。闻小屿不知道他和孟心学姐现在是什么情况，左右到了中午，便去楼下买了点菜，回来一边做饭一边等姜河。

半个多小时后，姜河坐在了闻小屿家里，两人坐饭桌前一块儿吃饭。

"我真没想分手。"姜河一脸无可奈何，他晒黑了，头发理得挺帅，人倒没什么大变化，"她现在压根不理我，手机微信全拉黑了，还是我同学跟我讲我才知道那条朋友圈。你俩什么时候关系那么好了？"

姜河显然吃醋了，这么一看，他还是喜欢孟心学姐的。闻小屿不太明白，问："孟心学姐跟我说，有一次看到你和一个很漂亮的女生一起从公司出来。"

"那是我同事，我俩当时一起去找经纪人，我已经和她解释过了。"姜河叹气，看起来也很疲惫，"她气的不止这一点……算了。"

姜河不愿多诉苦，埋头吃饭，看来也是饿了。闻小屿看姜河这副模样，又觉得不忍心，试着说："要么我去帮你把孟心学姐约出来？"

"什么？不用不用，要是这种事还要让你这个学弟帮忙，我这学长也不用做了。"姜河笑着，依旧是一副开朗的模样，"没事儿，哥过几天空闲了就去剧团那边找你孟心学姐，怎么也得把话说清楚不是。"

闻小屿于是也跟着姜河笑一笑，他被姜河阳光的气质感染，心情好像也好了一些。姜河在闻小屿家混了一顿饭，主动把碗洗了，也没能和闻小屿多聊会儿就要赶回公司，两人约好过完年回来再聚。

闻小屿买好了机票，把百岁的票也买了。他常常要往返 S 市和首都，导致现在百岁一看见他收拾行李就要叫，挠他手。过年回家至少要待一个多星期，闻小屿也不想猫孤单太久，打算把它一起带回去。

收拾行李的时候，闻小屿从床上枕头底下拿出平安符揣在荷包里，一起带回了家。

他在年三十前抵达 S 市，回到家时已是晚上。李清为他准备了晚餐，还给百岁买了个硕大的松糕窝,就放在闻小屿的房间。

一起吃晚饭的时候,闻家良告诉闻小屿,说他哥明天就回了。

这消息打得闻小屿措手不及,好半天才"哦"一声,反应过来,下意识地喝一口汤,慌张掩饰自己心情。

"这次回来暂时就不让他走了。"闻家良说,"总部这边很多事还是需要他在。"

闻小屿没有多问,吃过饭后就回去了自己房间。百岁到哪都跟着他,见闻小屿爬到床上坐着不动,于是找到自己新窝转几圈,趴下来安静睡觉。

闻小屿几乎一夜没睡,直到凌晨才困极睡着。

闻小屿没睡多久,早上又被李清叫起来吃饭,勉强爬起来下楼吃了个早饭,之后又回房里继续睡觉。他极少作息不规律,这一觉睡到快中午,起床后洗把脸又去吃午饭。一夜没睡,脑子都是蒙的。

他把百岁捉去浴室洗澡。百岁在他手里很乖,站着不动让他拿淋浴头淋水,大眼睛望着闻小屿。

闻小屿把猫洗干净吹干,抱起来离开浴室。他刚经过客厅,就听大门一响,阿姨惊喜的声音响起:"哎呀,回来啦,怎么提早了?"

闻小屿定在原地。他见阿姨从玄关推着个行李箱过来,见到他还笑眯眯地说:"小屿,你哥哥在后头呢。可算是回家了。"

闻小屿只能应一声。阿姨去放箱子了,接着闻臻边脱下大衣边走进客厅。

闻小屿刚才蹲着给猫洗澡,这会儿腿都是麻的,抱着猫喊人:"哥。"

闻臻看他给猫洗澡洗得衣服上都是水,心里好笑,面上淡定"嗯"一声。

回二楼房间后,闻小屿把猫放下,听到门外闻臻经过的脚步声,蹲在地上和百岁玩,心中长久积郁的阴霾渐渐散开。

那种孤单的感觉终于开始离他远去了。

年三十的晚上,一家人终于能聚在一起。餐桌上闻臻嫌闻小屿太瘦,盯着他吃饭,闻小屿说自己又不是三岁小孩,闻臻嘲他就是三岁小孩的脾气。

两人刚见面没多久就又要闹起来，最后还是闻家良出面平息，没让俩幼稚儿子拌起嘴来。

闻小屿一直在家待到初五，之后不得不回学校为之后的元宵演出排练。闻臻也要回公司，两人收拾好行李，提着装猫的航空箱离开家，李清把他们送到车前，叮嘱路上注意安全。

"爸爸最近精神不好，有空多回来看看他。"李清对两个儿子说。

闻小屿点头答应，一旁的闻臻低头沉思，想起父亲如今胃口渐小，睡眠时间变长，衰老的迹象越来越明显。虽然对整个家的操心没减半分，对公司决策和经济形势的判断也依旧能一刀切入要害。

受全球经济低迷的影响，闻臻的公司也受到一定程度的打击，北美停了对大陆的一部分高新产品出口，直接导致公司的大批光电设备制造线停工，从总部分出去的首都分部则正好主管这方面的业务。

闻臻这阵子就在处理停工一事，每天白天基本上就待在公司。闻小屿有时候跑过来和他哥一起吃个午饭，心情好了还会亲自做好饭带过来。

他知道闻臻最近忙碌，压力大，嘴上不问，只力所能及地陪在闻臻身边。他眼见着慢慢长起了肉，脸颊不再瘦得尖尖，森老师对他的状态很满意，嘱咐他继续保持。

三月到了闻小屿的生日。生日当天正好是闻小屿参加森林艺术团考核的日子，他便没有回 S 市的家。夫妻俩送的礼物和祝福随后送到了闻小屿的手上，闻家良送了一辆车，价格昂贵，李清则送了一整套鸟类自动玩偶，玩偶精巧可爱，由法国一位自动机专家设计并亲手制作和绘制，一套四个，摆在家中各个角落，煞是好看。

胡春燕送的礼物相对来说十分朴素，只是电话里的几句聊天，再加上手机发来的一个红包。那红包分量颇丰厚，闻小屿还挺高兴的，至少知道她现在手头比从前宽裕了。

考核前的一天闻小屿很紧张。森林艺术团在他心中很庄重，尽管当初是森老师一手创办，但经过多年发展，如今也已纳入国家歌舞剧团。闻小屿一直觉得自己不够格，当初要不是妈妈帮他和森老师牵线搭桥，想来之后他也没机会得到森老师的指导。

　　森林艺术团对在校大学生的考核分两门，一门是文化课考试，一门考的舞蹈功底，考试之前还有体检、身高和外貌等筛选。闻小屿生日这天要参加一整天的舞功考试，文化课考试则安排在第二天。

　　他的考试时间安排到了下午，中午闻小屿照例跑到闻臻公司，等着他哥领他去吃饭。

　　闻臻是吃饭的时候才知道闻小屿今天考试，皱眉："怎么不早说，考点在哪儿？"

　　闻小屿答："学校。"

　　两人对视片刻，闻小屿解释："不会很久，下午就考完了。"

　　"我陪你去？"

　　"不用，你忙。"闻小屿想了想，"如果你晚上没事，我们……可以一起吃顿晚饭。"

　　"行。"

　　下午三点轮到闻小屿考试，森冉特地抽空过来看他们，见了闻小屿温声鼓励他一番，聊完了还欣慰夸他："今天状态很好，脸上也多了点肉，不错，这样才好看嘛。"

　　闻小屿得了老师鼓励，心情一时轻飘飘的，进考场的时候竟然都不紧张了。考试要考基本功，另外则是考生自选一支舞来跳，闻小屿选的是自己平时常练习的《花落知多少》，考试之前又反反复复练习过。

　　他不太紧张，发挥得就很好，跳完自己的舞后，一位老师又问他愿不愿意来一段即兴表演。闻小屿答应了，老师就给他设定了一个类似恋人离别的场景，给了他一段哀婉的音乐，那感觉让闻小屿想起自己曾练过的《秋海棠》，便循着这种感觉即兴跳了一段。

结束后老师们示意闻小屿可以走了，闻小屿一一道谢，离开考场。森冉平时忙，已先走一步。闻小屿去隔壁空教室换下衣服，把考试穿的舞蹈服收好放进书包，匆匆喝了两口水，忙赶去超市买菜。

闻臻回到江南枫林的时候已是天黑。之前他已经打电话给餐厅取消了今晚的预约，处理完工作后便回了家。他拎着份蛋糕，一瓶红酒，一进家门就闻到香味。

他把礼物随手放在玄关，进餐厅看到桌上摆着两份煎好的牛排，各自还点缀了西兰花和西红柿，以及一份意面、一份黄油煎鱼。

接着闻小屿端着两小份汤从厨房出来，身前还围着围裙，看见闻臻愣了一下。他把汤放在桌上，站着不作声一边脱下围裙，看起来有些难为情。

闻臻脱了外套坐下，把蛋糕放在桌上：“手艺又长进了。”

闻臻买的蛋糕不大，知道晚上只有他们两个人，又都不爱吃甜食，就只买了个一人份的小蛋糕。他拆了蛋糕盒，把蛋糕推到闻小屿那边，又拿出两根生日蜡烛，一个"2"，一个"3"，插在蛋糕上。

他拿打火机点了蜡烛，闻小屿坐在对面，白净的脸在跳跃的烛光下看起来温暖安静，光跳进他的眼睛里，流露出一点笑意出来。

"要许愿吗？"他问闻臻。

闻臻看着他："许吧。"

闻小屿闭上眼睛，低头许愿。两人对坐进餐，闻臻开了红酒，倒上两杯。

他们时而说说话，谈一些闻小屿的学校、考试、毕业打算做什么这类话题，或是闻臻的公司。闻小屿听闻臻跟他讲经济，听得迷迷糊糊的，没别的感受，只觉得现在这样很好。

他也终于开始体味到家人彼此相伴的时候，那种真切的依靠和温暖的感觉。他原本以为自己早已习惯独自一人，可当相遇后又再分离的时候，他才明白自己或许不能独自生活。

他在这世上有家人，本就不是独居动物，何必硬要把自己放在无人的角落，回避他本应拥有的爱？他不想任何人伤心，却忘了拒绝最亲的人也是一把温和的刀刃。

一顿简单的晚餐结束后，闻小屿起身收拾碗筷，闻臻手机响了，转去客厅打电话。闻小屿收拾完餐桌后，出来才看到闻臻放在玄关的礼物盒。

闻臻给他买了一盒星舰乐高，小型版的，想来也是估计他不会拼。闻臻在客厅打电话，闻小屿抱着箱子在屋里找来找去，找到书房的长桌，把礼物放上去拆开。

他从小就喜欢这种一个人玩的游戏，搭积木，拼模型，画画这类。可惜小时候没什么能玩的，大多时候只能听别的小孩讲。

闻小屿正仔细看盒子里的零件和说明书，闻臻打完电话过来，和闻小屿一起站在那堆乐高零件前："要是不会，我可以和你一起拼。"

"我可以看说明书。"

静谧的书房，灯光温暖。

闻臻忽然问："在想什么心事？"

闻小屿一怔："……什么都没想。"

"没以前爱说话了。"闻臻高大的身影站立在闻小屿面前，声音低缓，"你不说，我们都不知道你在想什么。"

闻小屿无奈一笑，正要开口时，闻臻的手机忽然响起。

"妈，什么事？"

闻臻安静听了会儿，转身往书房外走。他眼神示意闻小屿回房去休息，然后离开了书房。

"知道了，我现在回来。"

"我一个人。"

"嗯。"

闻小屿跟着他出书房，看他打完电话了，询问："怎么了？"

"没事。"闻臻拿起衣架上的外衣，对闻小屿说，"不早了，早点洗澡睡觉。"

闻小屿有些茫然跟着闻臻到玄关，闻臻站在门边："明天我不在首都，你考完试以后给我打个电话。"

闻臻很快穿好外衣,推开门走出去,离开了闻小屿的视线。

他的背影看起来很匆忙。闻小屿困惑不解,压下心底一丝莫名的不安。

考完试的当天,闻小屿接到闻臻的电话,让他收拾东西直接回家,飞机票已经买好。

闻臻在电话里只说"爸身体不舒服",但闻小屿莫名不安,和老师请过假后就匆忙赶上回 S 市的飞机。他一路抵达医院,找到病房门口时,闻臻正在走廊等他。

闻小屿想进病房,被闻臻拉到一边:"爸刚睡下,过来说。"

"妈妈呢?"

"她在病房休息。"闻臻找到大厅休息区坐下,示意闻小屿坐到自己旁边。他看起来依旧镇静,让闻小屿也跟着平息下了不安的心情。

大概三天前,闻家良忽然说胸闷。李清一直非常关注丈夫的健康问题,除了有事,基本寸步不离守着丈夫。当天李清就叫来了家庭医生,看着闻家良用药。吃完药后闻家良睡了一夜,可第二天早上醒来还是不适,李清便把人送到了医院。闻家良吃过药,仍是精神差,喘息断续沉重,清醒时少,送来医院的第二天晚上甚至陷入了昏迷,李清立刻打电话给闻臻,把他从首都叫了回来。

心血管内科主任和院长时不时就来病房看看。原本闻家良昏迷的那天晚上情况已非常严重,血氧只有七十,只能用嘴呼吸,怎么叫都不醒,生生把李清吓得在病房门外哭起来。然而经过一番抢救,老人竟又晃晃悠悠醒了过来。见到了闻臻,还询问他小宝在哪里。闻臻答在准备考试,闻家良戴着氧气罩,声音模模糊糊地,说叫小宝也来。

闻小屿走进病房。夜晚,房中一片漆黑,仪器隐隐发出微弱的光。母亲已在旁边陪床睡下,她这几日几乎没睡,这会儿连他们进门来都没醒。闻小屿摸索来到父亲床边，闻臻就跟在他身旁。

闻家良插着氧，呼吸时有嗡鸣从他的喉咙里震动而出，每一次都很吃力的样子。就着点昏暗的光，闻小屿看到父亲紧闭的双眼，眉头间沟壑深深，充满思虑与岁月的痕迹。

闻小屿坐下来，小心地握住闻家良的手。老人的皮肤冰凉，闻小屿低下头，反复摩挲老人的手指，搓出点热来。

他不知是什么心情，只强烈希望父亲要是睡在家里的床上就好了。病房消毒水味很重，也很冷，叫人睡得不舒服也不暖和。

他低声问："爸爸会恢复吗？"

他带着期望的目光转头看向闻臻，黑暗中，闻臻却只是安静看着他，答："我不能确定。"

"爸爸以前这样过吗？"

闻臻沉默片刻，声音低而和缓："爸年纪大了。"

静谧无光的病房里，闻小屿听闻臻对他说："明天爸醒了以后，不要在他面前掉眼泪。"

闻小屿点头，闻臻陪他在床边坐了一会儿，后两人一同离开。

黑夜渐散，晨曦乍现。

老人从意识的黑暗醒来。消毒水的味道已经很淡了，他慢慢看清周围事物，看到坐在床边望着自己发呆的妻子，再感到手被人握着，指尖一点毛茸茸的触感。偏头一看，才见是小宝趴在自己手边睡着了。

"家良。"李清哑声唤他。这一声叫醒了闻小屿，闻小屿抬起头，望向老人。

闻臻也从沙发上站起来，一大早收到母亲消息地闻康知也赶来医院了。

只有闻家良弯着眼笑起来。他精神还不错，摸摸闻小屿的手，沙哑着嗓音开口："小宝不要在这里睡，要……感冒。"

李清按铃叫来医生，医生来了以后检查闻家良的身体状况，闻家良让人把床往上调，好稍微靠坐起来。他看起来比前两天好了很多，也不重重地喘气了。

闻家良又要回家，李清为难不已，温声劝丈夫再住几天就回去，老人却执意要走，李清没办法，求助地望向闻臻。

闻臻说："回吧。医院还是不比家里。"

一群人又费劲折腾半天，把闻家良送上回家的车。闻小屿转头没看见闻臻，四处看一圈，见他哥和院长远远站在医院大门旁说着什么。

闻臻过来后，闻小屿问他："院长和你说什么了？"

"没什么。"闻臻答。他的镇静正安定着所有人的情绪，"去爸旁边待着，别乱跑。"

他低声对闻小屿说："勇敢点，别怕。"

回到家后，李清和闻臻把闻家良送上楼，阿姨熬了粥，跟着送上去了。闻小屿和闻康知则在客厅等待。两人看对方一眼，两两无言。

自被闻臻警告过一次后，闻康知再没敢找过闻小屿。他最近谈了个女朋友，前几天还和女朋友一起过生日，没想到今天一大早就得知父亲生病，一时也顾不得别的，马上就赶了过来。

两人都坐立不安，直到闻臻给闻小屿打电话，让他们两个都上楼来卧室。

三楼卧室采光极好，又是初春，明媚的阳光落进房间。闻家良靠坐在床上，看上去气色不错，抬手示意两人过来。

他第一个问的是闻康知，问他最近在做什么，学业如何，身体如何。闻康知一一作答，闻家良点头，叫他到自己床边坐下。

"你年纪不小了，要学会照顾自己，注意身体。"闻家良嗓音沙哑，说话时很慢，"你心脏不好，更要静，要像你哥那样，稳重。"

闻康知局促地坐着，点头答应。闻家良静了会儿，又说："从前你犯的所有错，都是我没有教好你，这些错都归我。"

"爸……"

"往后一切要听你妈的话。既然还是姓闻，我们就还是一家人。你妈妈那么爱你……康知，不要让爱你的人伤心。"

坐在一旁的李清偏过头，拿手帕按住眼角。闻康知悄悄红了眼眶，只是不住地点头。闻家良没有与他说太多，说完后看向闻小屿，目光变得温和。

"让我和小宝单独说说话。"

其他人便站起身，李清轻轻揽过闻康知，与他一同离开了卧室。

房间里便只剩下老人和闻小屿。

闻家良笑着，拍拍手边："小宝再坐近点。"

闻小屿靠近过去，老人握住他的手，依旧是一只冰凉的手。闻家良说："小宝这一年总是不开心。"

"我……没有总是不开心。"

闻家良叹息："你妈妈要照顾我这个老骨头，有时候顾不上你，你哥哥一走，都没人陪你了。"

"我会陪着哥哥和妈妈。"闻小屿握紧父亲的手，低声说，"我以前犯过好多错，和哥哥吵架，还惹妈妈不开心，我……"

"我们一生要犯数不清的错。"闻家良抬起手，抚摸闻小屿的脸，"如果非要细数，没有人能被原谅。"

"您不问我犯了什么错吗？"

"你不需要向任何人坦白心里的秘密。"闻家良声音缓慢，笑容慈爱，"那都是你自己的东西。"

"可是……"

老人说："不过我有一个秘密要告诉小宝。"

闻小屿弯下腰，老人偏过头，轻声对他说："在见到你之前，爸爸也没想过会这么爱你。"

闻小屿在二十岁之前从未感受到旁人口中所谓的父爱。"父亲"在他的心目中是暴力和恐惧的化身，是毁坏他人生的一把锤，是世界黑暗面的象征。

而自回归到亲生父亲的身边后，他才第一次感受到厚重羽翼的庇佑，感受到来自父亲的"保护感"。闻家良稳重，理性，充满包容，且对闻小屿有独一的温柔，早已成为闻小屿心中的完美父亲。

但他回到这个家的时间太短了。只是将将体味到一点来自父亲的暖，这点暖就要倏忽消失。也只有在此时此刻，他才对杜晓东生出真实的恨意。恨杜晓东偷走了他的家，他本该拥有的充满爱和呵护的时光。那强烈的恨一瞬间堵得他难以喘息，可很快又被巨大的迷茫打散。

他只感到人生的一块拼图即将剥落，留给他永恒的空白。

"爸，我也……我也爱你。"闻小屿强忍哭腔，他捧住闻家良的手抵在额头，向神明祈求一般无助低着头，"您快点好起来，我还想和您说说话，我们一起下棋，去山上钓鱼……"

他语无伦次，几乎失控。老人不断抚摸他的额头，那只手无论如何都是冷的。只有那把沙哑的嗓音暖得像窗外明亮的春光。

"小宝不怕。"

"小宝。"

闻家良反复叫着闻小屿，要他抬起头看着自己。落进玻璃窗的阳光模糊了视线，将老人眼角弯弯的笑纹也变成捉不住的虚影。

闻小屿听父亲对他说："勇敢点，别怕。"

春光在地板上轮转，一闪而过天际的光。

当天下午，闻家良于家中逝世，享年七十二岁。老人生前已立好遗嘱，留给他的爱人和后代享不尽的巨额遗产，走前未告知太多亲人，只留妻子和孩子陪伴左右。而后在一地明媚春光中闭上眼睛，一睡不醒。

第十三章

　　四月,自父亲的葬礼结束后,闻臻忙于处理一切相关交接手续以及公司出现的各种问题。他没时间悲伤,作为闻家长子,他需要立刻担负起稳定内外的责任。

　　六月,闻小屿大学毕业。他顺利进入森林艺术团,之后与老师森冉交谈一番,决定暂不参与今年的冬季巡演。
　　这种放弃对一个舞蹈表演者来说是巨大的浪费,但闻小屿心意已决,他得回 S 市陪伴他的家人。
　　闻小屿知道闻臻只是习惯不表露情绪。在大家都悲痛到不能自已的时候,闻臻也没有哭。父亲的葬礼上,很多人都觉得闻臻太过冷静,显得冷酷。
　　而闻小屿只想抱抱他哥。

　　闻小屿拖着行李到家时,闻臻不在,李清下楼来接他。
　　母亲肉眼可见地老了。她过去十分注意仪容,会定时打理头上长出的白发,出门前选很久衣着搭配,然后化点淡妆。
　　可她很久没管鬓边生出的白发了,不怎么出门,也不化妆,穿一身素静的裙子,这两个月来一直在家里忙上忙下,打扫房间,收拾丈夫的遗物。那阵子闻小屿也常常回家,陪着她一起。

李清也明白时间可以治愈一切。但她的人生从此空缺一半,再也不会完整。

她只是很容易感到孤独。

有闻小屿陪在身边,李清还能被一股劲支撑着,不至于彻底倒下去。她不能在孩子面前表现得太软弱,于是尽力调整自己的情绪,每天给自己找事做,也会去书房看些书,慰藉自己空空的心灵。

她还十分关注闻臻,现在公司面临经济环境不景气与重要人员调动期,闻臻几乎每天白天都看不见人,晚上也很晚才回家。李清总担心闻臻在外工作和应酬太忙导致三餐不规律,她不希望闻臻因此落下疾病,便让阿姨给他也准备好三餐,让司机送去公司。

"哥哥现在成了咱们家里的顶梁柱了。"李清笑着对闻小屿说,"他的健康最重要。"

闻小屿每天早起晨练,一日三餐,白天常待在家里陪着妈妈,练舞,和百岁玩。回了S市以后,有时也去看看胡春燕和孙惠儿。

胡春燕也听说了老人去世的消息,那会儿两人正在桌前吃饭,胡春燕做了一桌好菜,叫闻小屿赶紧吃。

"你爸走了,你的日子还要继续。"胡春燕往闻小屿碗里夹菜,"快吃。"

胡春燕依旧一个人住着,她勤快,总把家收拾得干干净净。她老往郊区种大棚菜的地方跑,晒得很黑。每次闻小屿见她独来独往,心里总不知道是什么滋味。

"你不想见见闻康知吗?"有一天闻小屿还是忍不住问胡春燕。

没想到胡春燕竟说:"见过一次,没什么好说的。"

闻小屿一时吃惊,因为从前胡春燕从没提起过这件事,过了这么久,他才知道原来她和亲生儿子已经见过面了:"然后呢?"

"然后什么然后?他是他,我是我,我俩谁都不欠谁,我不喜欢他,他不喜欢我。"胡春燕没好气地道,"他在有钱人家做他的富少爷,巴不得不认识我这穷卖菜的,这种事你还想不明白?以后再少问这种丧气话!"

闻小屿怔愣一下,之后便再不提这事了。

九月,市里准备办一场大型音乐会,特地让人来问李清能不能再上一次台。

自丈夫病后,李清已很少上舞台了。她上了年纪,又许久没开嗓,认为自己既没了在舞台上演唱的能力,也失去了曾经那种热切期待表现自我的心情。

李清拒绝了邀请,对方却仍不死心,亲自上门来劝说李清。那天闻小屿也在家,听到两人在客厅交流。

"虹姐,我是真的不想去。"

"你这是说的什么话?从前你那么喜欢唱歌,现在你跟我说不想唱?"

"从前是从前,时过境迁,我已经老了。"

"李清,你跟我说实话,是真不想唱歌,还是太久没唱了心里头害怕?"

"……我是……"

两人说话声音不大,断断续续的,闻小屿坐在餐厅吃水果,隐约听到妈妈说:"虹姐,你也知道,家良一走……我好像魂都被抽走了……"

闻小屿抬起头,见妈妈坐在沙发上,消瘦下来的脊背微微弯着,侧脸鬓边银丝斑驳。两人的谈话低下去,再听不见了。

之后来人离开,李清还坐在沙发上,手里握着一团手帕发呆。

闻小屿起身走过去,李清见他过来,露出笑容:"小宝有什么事?"

闻小屿在她身边坐下,试探着问:"音乐会……妈妈不参加吗?"

李清无奈一笑:"我这把老嗓子,何必去糟蹋别人耳朵?"

"可是你的嗓子一直保养得很好,去年不是还参加过音乐会吗?"

李清垂下眸,指尖摩挲手帕,笑容看上去有些落寞。她打起精神笑着:"怎么啦,小宝也希望我上舞台吗?"

"当然。"

他们母子俩同是以艺术谋生的人,一个爱唱歌,一个爱跳舞,自然都明白舞台于他们这类人的意义,若要选择放弃舞台,等同于为理想画上了句号。

闻小屿知道母亲不是会轻易放弃理想的人,正如李清也是如此了解他。他们都经历过差点再也无法登上舞台的黑暗期,因此更知机会可贵。

闻小屿忽然说:"我想起电影《玫瑰人生》里,记者和皮雅芙在海边的一段对话。"

李清愣一下,望向闻小屿。闻小屿不大会劝导人,说这种话时还有些不自然,但还是开口说了出来:"记者问伊迪丝,'你一生中最快乐的时刻是什么时候?'然后皮雅芙说——"

李清也露出回忆的神情,轻声接下他的话:"'每当帷幕在我面前拉开的时候。'"

母子俩对视片刻,闻小屿笑一下,点点头。李清怔怔地望着他,抬手摸摸闻小屿的脸,把他搂到面前,在他额头上亲一下,然后轻轻把人抱着。

那一刻她生出心酸想流泪的冲动。她想起了丈夫对她说过的一句话。

她这辈子最爱的男人曾经告诉她:小清,我最喜欢看你站在舞台上唱歌。因为你在舞台上最快乐,最幸福。

十月,天已转凉。李清接了音乐会邀请,为了尽快进入状态,她忙碌起来,几乎每天都要出门排练。与此同时,她没忘记联系森冉,两人在电话里聊了许久,聊的基本都是关于闻小屿的话题。

李清的意思是希望森冉能多多关照闻小屿,最好能在森艺明年的全球巡演开始排剧之前就给闻小屿国内舞台表演的机会,让小孩先热热身。森冉则表示一直都等着她的宝贝徒弟回艺术团上岗,无论何时想排上剧目都可以,一切都看闻小屿的意愿。

两人都去问闻小屿,闻小屿却说,等过完年,年一过完,他就回首都排练。

这天晚上,闻小屿洗完澡趴在床边飘窗上,拿电脑翻看新闻。

他哥的公司推出的游戏《无人雪境》卖得非常好，从年初发售日至今全球销量已破 2500 万，成了公司如今各方面都遭遇挫折和不景气时难得的一个好势头。

最近闻小屿一直在试着了解自家公司的运营，尤其想了解闻臻的工作。可惜他完全没有商业头脑，尝试了几次努力学习，最后还是作罢。

闻小屿正看电脑，余光见一辆熟悉的车开进院门，知道是闻臻回了。

他总这样，大晚上趴在飘窗旁边，要一直看到他哥的车回家，然后听到门外走廊对面的那扇门响起后，才窝进被子里睡觉。

可今天闻小屿等了很久，等得都快睡着了，还没听对面的卧室门响起。他坐在床上磨蹭来磨蹭去，还是轻轻起身到门边，打开一条门缝。

闻臻的卧室房门安静半掩着，显然无人进出。闻小屿有些担心。家里昏暗，只有走廊下的小夜灯亮着引路的微光。他走出去，找了客厅、厨房、餐厅、后院，基本上找了一圈，没看到人。

他正着急，冷不丁身后响起一声："这么晚不睡觉？"

闻小屿吓得忙一转身，看见他哥站在他身后，手里拎着个醒酒器，里头装着红酒，一股酒香飘出。

"你去哪儿了？"闻小屿小声问。

"酒窖。"闻臻看他一眼，转身往楼上去。闻小屿跟在他身后，看着他手里的红酒，担心他哥怎么这么晚还要喝酒。

闻臻到自己卧室门口推开门，转头对闻小屿说："进来。"

闻小屿跟了进去。闻臻从柜子里拿出一个红酒杯，到沙发边坐下，见闻小屿尾巴似的跟着他也坐下，说："你就不用喝了。"

闻臻的卧室很大，东西不多，显得有点空。卧室没开灯，窗外夜色投落，暗光落在闻臻的身上，映照得他侧脸有些冷。

闻小屿问："心情不好？"

"白天事情多，神经比较紧绷。"闻臻如实答他，"回家喝点酒放松一下。"

闻臻喝了点酒，低头看一眼闻小屿，若有所思。

"想爸了？"他很少见闻小屿这么晚还不睡觉，想来想去，猜是这个原因。

被闻臻一提，原本一直压在心底的思念就冒了出来。他一直刻意不让自己表现得太明显，不想在家人面前一蹶不振，想学着父亲和哥哥那样坚强和冷静。

可闻臻只是问他一句，他就"嗯"一声低下头。想哭了。

闻臻安抚地拍拍闻小屿的肩膀。

夜寂静，闻小屿抬头看到窗外的天空，小声说："星星好暗。"

闻臻声音低缓："想看星星？"

闻小屿摇头。两人安静地坐在沙发上，夜色只映下一片模糊的影。酒杯里还剩一半红酒，放在桌上没动。

闻臻忽然说："那天爸和我说了句话。"

"什么？"

"他说随我想做什么，想成为什么样的人。"闻臻说，"他说我不愧对自己就好。"

闻小屿安静片刻，听到闻臻的声音低沉，仿佛心有所感，望向闻臻："你在后悔吗？"

后悔从前和父亲不亲近，一意孤行惹父亲生气，总是让父母接受自己，而对家人的困惑和不解置之不理。

沉默过后，闻臻答："有时候……会。"

"可你是他的骄傲。"闻小屿认真说，"你们不需要很亲近，就可以了解对方的想法，也能达到对方心中的期望。就算有不完美的地方，也不会影响你们的关系。"

闻臻一笑："谁教你这么说的？"

"我就是这么想的。"闻小屿也有些难为情，但他不愿闻臻难过，还是坚持说出来。

闻臻低声笑："你总是安慰别人，自己的心事却藏着不说。"

静悄悄的房间里，还有若有若无的淡淡酒香。夜晚像一个魔法，隔绝了白日的所有逃避和软弱。

闻小屿想起父亲对他说"勇敢点，别怕"。

他正在学着勇敢地接受自己的身份，面对他真正的家人，无论培养一段新的感情有多困难，他都在努力尝试。

可父亲没能等他真正长大。面对一条布满荆棘的前路，失去了年长的执灯的引路人，他害怕会再次辜负和伤害与他并肩同行的哥哥和妈妈。

可若因前路有难而止步不前，是否是懦夫的行为？闻小屿曾选择了放弃，而后便是时间每走一天，他就痛苦和折磨一天。

失去了稀世的珍宝，即使回归正常的生活，无人苛责、无人诧异，甚至满是鲜花与赞美，只有他自己知道，珍宝的离去剥走了他心脏的一部分。

如此他也再无法像皮雅芙那样，即使一生命途多舛，先后失去挚友、亲人与爱人，也依旧能够说出那句话——

我无怨无悔，没有遗憾。

这两天李文瑄快过生日，闹着要闻康知给他买礼物。闻康知拿他没辙，陪着人去了市里最大的电玩城。

李文瑄兴致勃勃四处逛，闻康知坐在一旁低头拿手机发消息。他的女朋友比他小一岁，有点黏人，这次本来也想跟着一起过来，奈何社团有事没来成，就有一搭没一搭地和他在手机上聊天。

女朋友很可爱，就是有点孩子气，闻康知和人相处了快一年，竟也慢慢学着如何照顾人，天知道他一开始只是想玩玩而已。

闻康知正打字，就听旁边传来熟悉的声音："这边可以试玩游戏机吗？"

闻康知抬起头，看见闻小屿站在不远处和销售员交谈。闻小屿也察觉到他的视线，转头过来，两人对上目光。

闻康知一下心烦起来，闻小屿也挺不愉快地皱起眉。这时李文瑄咋咋呼呼跑过来："哥，我想要这款最新的xbox，你快过来看，性能超棒……嗯？"

李文瑄也看到了闻小屿。他只见过闻小屿寥寥几次，都是在家庭聚会上。这会儿闻小屿穿一身简单的白色厚外套，牛仔裤，普通球鞋，身上还背着个书包,半点富家少爷的模样都没有。

"闻小屿!"李文瑄脱口而出,嗓门中气十足,叫得闻小屿不得不答应:"我是。"

李文瑄小孩心性,看见他哥不喜欢的人就想赶紧护着他哥,把人凶走。可等他真到了闻小屿面前,一肚子话又说不出口了。

闻小屿常年练舞和锻炼,自有一股挺拔的气质。加之话不多,不笑的时候一双清亮的大眼睛望着人,就有些冷的意味。

李文瑄收了声,傻乎乎地望向闻康知。闻康知站起身:"你来这里做什么?"

闻小屿答:"想给我哥买个新年礼物。"

闻康知不吭声地看着他一会儿,而后丧气偏过头:"……哥他最近还好吗?"

"还好。"

"算了,问了也是白问。"闻康知低声道,"反正有你在,他们怎么都好。"

一旁李文瑄撇撇嘴:"哥,你别说这种话。"

闻小屿却说:"你说得对。"

闻康知深吸一口气:"你……"

"你也应该明白,是我的东西,永远都是我的。"闻小屿平静地道,他不经意扫一眼闻康知手边警惕看着他的李文瑄,开口,"所以是你的东西,也没人能抢走。"

闻小屿从电玩城回到家,把新买的 PS 盒子抱到自己房间放好,准备等跨年晚上送给他哥。

闻臻难得说中午回家,恰好李清还没回,闻小屿就去厨房和阿姨一起准备午饭。李清和闻臻先后到家,一家人有一阵没坐在一起吃饭,闻小屿心情好,亲手做了一桌饭。

李清看起来气色也好了些,忙碌让她多了点生气,心思也转开了,不时在饭桌上讲自己排练音乐会遇到的趣事。她又询问闻小屿,问他准备何时回艺术团排剧。

"森老师可一直等着你呢。"李清对闻小屿说,"她说给你准备了好几个剧目,等你回去一起挑。"

闻臻也说:"想跳舞就去跳,家里不用你操心。"

闻小屿只好"嗯"一声,埋头吃饭。李清又问起闻臻公司的事,闻臻说起公司最近一直在升级产业链,许多国外的业务都在往国内整合,一切都在按照父亲曾预想的那样发展。

"我下个月要去趟英国。"闻臻说这话时语气平淡,却让李清和闻小屿都吃了一惊。闻小屿抬头望向他,李清忙问:"要去多久?"

"至少半年。"闻臻显然已考虑过这件事,"公司已定下和英国合作海上风电项目,到时候我会带人一起去,如果能发展成长期合作更好……"

闻小屿几乎没在听了。他在听到闻臻说要走的那一刻就有些蒙了,只捏着筷子不动,耳朵里莫名窜出阵阵的耳鸣。

熟悉的孤独感再次席卷而来。闻小屿顿了一下,接着他的胃开始毫无征兆地抽痛,痛感非常陌生而突然,闻小屿不停压下呼吸,想让自己冷静下来。然而痛愈来愈强烈,胃仿佛要痉挛绞成一条。

他很快出了冷汗,想离开餐厅,不想让妈妈和哥哥看到自己失态的样子,可他僵在椅子上,疼得动弹不得。

"……闻小屿。"

"闻小屿?"

闻小屿手里的筷子晃落,当啷滚落在桌上。闻臻很快起身来到闻小屿面前:"你怎么了?"

李清吓一跳,慌忙过来:"小宝?怎么脸色这么白,吃坏东西了吗?哪里不舒服?"

阿姨也听见动静小跑过来,几人围着闻小屿,他坐在椅子上疼得直抽气,白着脸蜷缩起来:"……胃疼。"

他疼得几乎缩进李清怀里:"我不知道……怎么回事,突然胃疼……"

闻臻很快让阿姨去叫赵医生来,让母亲倒来热水。他把闻小屿扶到沙发上慢慢躺下:"怎么突然胃疼了?"

闻小屿疼得咬牙说不出话,只不停喘气,茫然摇头。

他很快被送去医院,另一边都快赶到家门口的赵医生听了消息也只能一拐方向盘,往医院赶去。

李清愧疚万分,只不停自责:"都怪我,都怪我不好……"

赵医生和阿姨忙在一旁劝,闻臻也无可奈何。医生从病房出来,说闻小屿是犯了胃炎,这会儿还发起了烧,正在输液。

一行人进病房去,闻小屿发着烧,已迷迷糊糊睡去。李清坐在病床边,难过地看着闻小屿。闻臻则在病房门口与赵医生交谈。

"神经性胃炎,医生的诊断是与情绪、饮食都有关。"赵医生说,"可能是最近压力大,饮食没注意的原因。"

闻小屿醒来时,外头天已经黑了。他一动,旁边就马上传来妈妈的声音:"小宝醒了?还有没有哪里难受?"

闻小屿刚退烧,人还迷糊着,被李清从床上扶起来坐着,捧着她递来的水。

他发一会儿呆,喃喃问:"哥哥走了吗?"

李清一顿,后坐到床边:"哥哥没走,有急事开会去了,晚点他还要过来。"

闻小屿松了口气,胃好像也镇静了下来。

李清是最紧张的那一个。她再三确认闻小屿的病情,还带他做了全面身体检查,最后确定没有问题,这才把人带回家。

晚上闻小屿一个人在练舞房和猫玩。百岁成天在偌大的别墅里到处游荡,这会儿溜到练舞房里,在闻小屿脚边趴着,和闻小屿的手玩得不亦乐乎。

闻小屿抱起猫,倒在垫子上,倒望着落地窗外花园的景色。

他又让家里人担心了。闻小屿好像都开始接受自己的不省心了,人总是要出点岔子,只要还在妈妈和哥哥的接受范围内……

闻小屿及时掐灭这点孩子气的想法,叹气地揉揉猫肚子。

练舞房的门哒的一声响,闻臻走进来。闻小屿从垫子上坐起,百岁跳到一边。闻臻关上门来到闻小屿身边,也不讲究,顺着就在垫子上坐下。

他还没开口,闻小屿就先一步开口:"你别生气。"

那模样真像个小孩子,闻臻也是气笑:"我生什么气?"

"我以后一定好好吃饭。"

"还有呢?"

闻小屿被问住。

闻臻说:"你宁愿把自己憋出病,也不愿意和我们说一句心事。"

闻小屿讷讷地道:"我也会……改。"

闻臻一挑眉,不置可否的样子。闻小屿说:"我会慢慢习惯的。"

他很认真地对闻臻说:"反正,我们以后也不会分开,不是吗?"

闻臻露出一点吃惊的表情,而后笑了笑:"等你这么久,才等来你的一句好听的话。"

"我没有说好听话!我是说真的……"

"好好……"

空旷的练舞房里,镜中是遥远的天际和园中错落的花草,猫在地板上漫步,两人对面而坐。

一颗轻飘的种子总是会在风中流落很久,漂泊又漂泊,寻找它的栖息地。

到头来闻小屿只有落在这片本属于他的、能够滋养他的土地里,才能稳定地扎根而下,汲取养分生长。

*【闻小屿十岁】

小学放学,校门口拥挤喧嚣,胡春燕骑着电动摩托在人群里找到杜越,把人拎上车坐着。

杜越穿着洗旧的白T恤,短裤球鞋,背着卡通书包,坐在胡春燕的后座上:"妈妈,今天舞蹈班要交学费了。"

胡春燕不耐烦地道:"又交?上次不是交过了吗?"

"这个月的还没给呢。"

"喜欢什么不好,非喜欢跳舞。"胡春燕边开车边训杜越,"别人家小孩都没你这么费钱!天天也不知道你学了些什么名堂出来……"

杜越一声不吭地坐在后座。今天是他学跳舞的日子,胡春燕把他送去舞蹈班,一起上楼交了钱,然后回家去做饭。杜越一到班上就心情好,也忘了他妈刚才凶过他的事,换了舞蹈服和鞋,专心跟着老师练基本功,学舞。

每回胡春燕来,孙惠儿都在她面前使劲夸杜越,生怕哪天胡春燕想不通把杜越的学费给停了。她总对胡春燕说杜越这孩子天生就适合跳舞,柔韧性好,五感协调,姿态漂亮得不得了,又肯吃苦,说她给孩子们压腿的时候,其他孩子都疼得哭,就杜越一声不吭,虽然也疼,但咬着牙忍下来了。

胡春燕总听得脸色复杂,然后悻悻离去。虽总抱怨学费贵,但每次还是来交了。孙惠儿知道胡春燕忙着养家,主动负责下课后把杜越送回家。

今天舞蹈课结束,孙惠儿照旧开车把杜越送到家楼下,顺便给他买了两个苹果和一瓶牛奶,让他带回家自己吃。杜越和老师道过谢,提着袋子上楼。

他的家在城里的一个老小区,居民楼破旧,楼梯间总是潮湿,墙上绿漆早已斑驳掉光。杜越推开家门,轻轻脱鞋换拖鞋,够起头看见爸爸坐在客厅沙发上,屋里烟雾缭绕,男人听见动静,瞥了他一眼。

杜越被呛得咳嗽一声,抱起袋子想回自己房里,被杜晓东叫住:"跑哪儿去?"

杜越敏感地察觉到家里气氛不对,本想往自己房里躲,然而被叫住,只好低头站在原地不动。杜晓东问他:"你那舞蹈班还在上?"

杜越点点头。杜晓东把烟灰往桌上一抖:"叫你不要学那女人跳的东西,听不懂我说的话?"

男人站起身,杜越恐惧地往后退,杜晓东提高嗓门:"站住了!"

厨房里传来锅铲摔进锅里的声音,胡春燕大步出来,身上还系着围裙:"你有病啊,吼什么吼?就你嗓门大,啊?!"

"你还让他学什么跳舞?学个跳舞的钱比他学校学费还贵!"

胡春燕发怒:"花你的钱了?他的学费不都是我在交?"

两人大吵起来,杜越吓得缩在一边,他抱紧了怀里的袋子,小心地往旁边走,飞快地跑进自己房间,关上门。

他害怕父母吵架,关上门后蹲在门边缩着,也不想吃苹果和牛奶了,只呆呆地抱着自己的腿,听父母在外面互相谩骂,有东西被哗啦摔到地上,杜越轻轻一抖,把下巴搁在膝盖上,低头不停捏自己的手指。

直到他听到胡春燕在外面叫他出去吃饭,杜越才忙从地上爬起来,打开门出去。家里很乱,他跟在胡春燕身边,坐上饭桌吃自己的那碗面条。胡春燕的厨艺很好，给他下的面条里有荷包蛋和青菜，还有火腿肠。可杜越没胃口，只勉强匆匆吃完，就又回自己房间把门关上了。

晚上七点，胡春燕出门去给别人餐馆帮工赚钱。杜越本坐在桌前写作业，听到关门声就紧张放下笔，坐立不安起来。

果然，脚步声靠近他的房间。杜越吓得僵在椅子上，接着他的房门被推开，门"嘭"的一声撞在墙上，杜晓东瘦高，眼窝深黑，眈眈地看着他："跟我出来。"

杜越从椅子下来，手足无措站在桌边，小声说："我要写作业。"

"老子叫你出来！"

杜越最怕杜晓东发火，那是男人动手的前兆。他快哭了，往门外走，杜晓东嫌他磨蹭，伸手一把拽过他胳膊："最看不惯你娘们一样，还学跳舞，跳跳跳，不把老子的钱当钱？！"

杜越胳膊细，被男人抓得生疼，他被跌跌撞撞拖出房间，被男人粗鲁甩到客厅沙发边，差点摔倒。

"明天就去把你舞蹈班退了。"杜晓东森森地盯着他，手背青筋缠绕。杜越瑟瑟地站着，白着小脸不敢说话。杜晓东吼他，"听到没有？！"

"爸爸对，对不起。"杜越被他吓得哭起来，手指发抖抓着自己衣摆，"我想学，老师说我跳得很好……"

杜晓东暴躁起来："你听不懂老子说话？！"

他叉着腰来回走，猛一下抓过鞋柜上挂着的皮带，杜越吓得拼命往旁边躲："我错了，爸爸别生气，我错了！"

杜晓东把他抓回来，拎一个物件似的轻松："我是不是跟你好好说过了？我好好说话你不听是吧？老子该花钱养你吗？啊？！"

暴怒的杜晓东像一个魔鬼，是杜越的噩梦。皮带狠狠抽在杜越的身上，那力道分毫不留情，把空气划开破响，打得杜越惨叫。小孩皮肤细嫩，一把皮带抽在他的脖子上，立刻肿起青紫血痕。杜越哭哀求，身上火辣辣地疼，人往沙发角落里躲，被杜晓东揪出来，一边打一边骂："让你跳，让你花老子的钱!"

直到男人打累了,凌虐才停下。杜晓东发泄完怒火,抽着烟去厨房找水喝,一边给朋友打电话,抱怨家里老婆孩子天天让他心烦。

杜越浑身凌乱,被扔在客厅地上。他被打得耳朵嗡鸣,好一会儿才缓过神来,从地上爬起来。他的手指甲刚才不知道抠到哪里,里头流了血。他痛得浑身像要烧起来,听到杜晓东一直在厨房打电话,然后扶着沙发慢慢站起来,抹一下脸上的脏污。

他扯好脏兮兮的衣服,一瘸一拐挪到大门边,蹲在地上给自己换鞋,然后小心翼翼地打开门,一个人出去,静悄悄地关上门。

小孩走下黑黢黢的楼梯,外面天黑光暗,夜空无星无月。他身上疼得要命,一边哆哆嗦嗦地哭,一边不停地往前走。嘈杂的街道多年未有改造,两旁搭着长长短短的破塑料棚,玻璃吊灯发出的黄色光芒明晃晃的,这条街贫穷无序,无人在意这个像小乞丐一样的小孩。

杜越凭着记忆走了很久,一直到走进另一个小区,慢吞吞上楼,敲响一扇门。

他仰着下巴等着,很快门被打开,一阵淡淡的馨香随之从门里飘出来。

"孙老师。"他站在昏暗的楼道里,小小叫一声。

"杜越?你怎么……"孙惠儿低呼一声,忙弯腰扶过杜越的胳膊,"快进来,你的脖子……天啊……"

当孙惠儿看清小孩身上的伤,她的呼吸都要停止。她顾不得别的,赶忙招呼丈夫去开车,夫妻俩急急忙忙抱着小孩往医院去。路上孙惠儿抱着杜越,又怕弄痛了他,只不停抚摸杜越的头,心痛地亲亲他的额头:"乖乖,老师马上送你去医院,马上就不痛了。"

杜越坐在车后座,被老师温暖淡香的怀抱裹着。他握着孙惠儿的手指,那强烈的痛感好像也淡去了。

他小声问孙惠儿:"孙老师,我今天晚上可以不回家吗?"

孙惠儿一直抱着他，低头温柔亲他头发："好啊，老师去和你妈妈说一声，今天杜越就睡在老师家里，好不好？"

　　杜越点点头，眼角还挂着泪珠，望着孙惠儿笑了一下："谢谢孙老师。"

　　孙惠儿却红着眼眶，那目光充满心痛和难过。她不停摩挲小孩的小手，也对他笑一笑。

　　车没入城市的黑夜。

*【闻臻二十岁】

朱心哲打完球回到宿舍,推开门就看见闻臻把行李箱拉起来立在地上,还有一个包放在他空空的桌上。

朱心哲酸溜溜地说:"哟,房子已经能住啦?"

闻臻"嗯"一声。他要从宿舍搬去他在学校附近的新房住,那房不小,装修加放置,前前后后花了快两年。闻臻也不急,一富二代天天住宿舍和他们混在一起,要不是朱心哲老和他一起打游戏玩得熟,还不知道自己身边有个有钱人家的大少爷。

"这放了暑假,你还回不回学校经营咱工作室了?"朱心哲问。

"回。我回家待几天就来学校。"

"你现在回家?那正好,顺路开车送我去趟体育场呗,我约了人玩。"

"行。"闻臻收拾好东西,"走吧。"

闻臻在学校里很有名气,大一还未入校时就被学校盯上,报到当天就被学生会的人逮住,邀请他拍摄新生宣传片和作为优秀新生代表在开学典礼上发言。

闻臻也没推拒,要求都答应了。结果他在众人面前一亮相,大家就都记住了他这个人。后来闻臻创立游戏工作室,被挂在学校表白墙上,在各种场合作为代表发言,甚至在专业课上打瞌睡被老师点名回答问题,都能被人拿出来八卦一番。

闻臻在首都读大学,平时忙工作室的事,很少回家。这回是学校放假,要搬家,家里人又来电话,他便把宿舍的行李先送去了新家,后开车到机场,坐飞机回 S 市。

闻康知想他哥想得要命,听闻臻今天要回,上午的课上完了就急急忙忙从学校回来,等着他哥回家。

闻臻快两点才到家,一开门就见闻康知跑过来:"哥!"

闻臻把包打开,从里面拿出一个盒子:"给你。"

闻臻给闻康知带了礼物回来,闻康知开心得要命,拆了盒子,从里面拿出一个精致的小显微镜。他如获至宝地捧在手里:"我喜欢这个!"

"喜欢就行。"闻臻进屋去,闻康知跟在他后头。闻臻一回家,闻康知就变乖了,也不闹腾他妈。

李清从楼上下来,穿一袭优雅裙子:"回来晚了,让阿姨给你留了饭,快吃点吧。"

"爸呢?"

"睡觉呢,醒了以后你们再聊。"

阿姨把饭热好摆桌上,闻臻坐下吃饭,闻康知也凑过去跟着坐下。李清哭笑不得:"宝贝该去学校啦。"

"还早呢。"

"现在都几点啦?你听话,哥哥要在家里住几天的。"

李清哄了半天,才哄得闻康知不情不愿地跳下椅子。李清对小儿子十分耐心温柔,蹲下来给他整理好衣服,背上书包,牵着小孩一路到司机的车上去,又温声和他说了阵话,才把车门关上。

午后闻家良醒了,父子俩聊了会儿,闻家良不满闻臻不务正业,办什么游戏工作室,说白了就是一群人在那里打游戏。老人要闻臻到公司来实习,闻臻说没空,把他爸气得吹胡子瞪眼,话不投机半句多。

下午李清工作不忙,亲自去把闻康知从学校接回家。闻康知一整天情绪很高,背着书包一溜烟跑去找他哥,要他哥带他出去玩。

李清在一旁说:"宝贝乖,把作业做完了再出去玩好不好?"

"那哥哥教我写作业。"

闻臻正要回房间打游戏,闻言说:"你自己写。"

闻康知被他妈娇惯坏了,踢了拖鞋倒在沙发上撒娇:"我不!我要和我哥待一块儿,不想写作业。"

李清只好拜托大儿子:"闻臻,你就陪一陪弟弟好不好?康知好想你的,正好他最近总说作业难,你就教一教他嘛。"

闻臻只好去他弟房里,教小孩写作业。小学四年级的数学题,闻臻耐着性子坐在桌前拿笔教,然而闻康知这也不会做,那也不会做,心思压根不在作业上,两条腿在椅子底下晃啊晃的:"哥,我们出去玩吧。"

"先把作业写了。"

"我写了作业,哥就带我去玩吗?"闻康知露出期待的表情,"我们学校那边新开了一家水族馆,听说超级好玩!"

闻臻见他没心思写作业,也把笔一放:"我过几天就回学校,让妈带你去。"

闻康知立刻撇起嘴:"可是我想和你一起去。"

"你还写不写作业了。"

闻康知不满地道:"我们班上好几个人都去过那个水族馆了,就我没去过,结果他们天天在我面前炫耀……"

闻臻站起身,懒得教了:"你自己写吧。"

"唉,哥!"

闻臻还惦记着他的游戏进度,原本也不爱陪小孩玩,压根没那耐心。他回了自己卧室,把闹腾的闻康知关在了门外。

别墅的灯光在夜中星点闪烁。

第十四章

  年后闻小屿回到首都，正式进入森林艺术团，闻臻也启程前往英国。闻小屿要尽快恢复到可以上舞台的状态，即使数次想偷个懒跑去英国找他哥玩，也只能忙到望洋兴叹，乖乖排剧。

  闻小屿在手机上比在现实里要话多一点，常常问闻臻在做什么，吃饭没，还会拍百岁的视频和自己做的饭的照片发过去。

  闻臻问他怎么不把他自己的排练视频发过来看看，闻小屿说不发。闻臻又说做了好吃的东西不给他吃，净吊人胃口。

  三月，到闻小屿的生日。闻臻正好出差，没能回国。他人没来，礼物和生日蛋糕却到得及时，早早就送到了艺术团。

  这个生日闻小屿过得挺忙。上午李清来首都陪他过生日，中午和艺术团的成员一起分蛋糕，下午胡春燕也来了，背了不少她亲手做的酱罐头。晚上姜河又约他出去吃饭，姜河和沈孟心在半年多前和好，两人一块儿过来给闻小屿庆生，说起当初分手的事，各自都是唏嘘。

  闻小屿白天安排得太满，晚上回到家洗完澡就往床里倒。他趴了会儿，支起身拿过手机，算现在英国的时间，差不多下午两点多。

他给闻臻发消息，问他是不是在忙。消息刚发出去，闻臻的电话就打过来了。

李清已在另一间卧室歇下，闻小屿接起电话，捧着手机下床轻轻关上门，然后爬上床戴上耳机，裹上被子。

手机屏幕的画面晃一下，闻臻出现在屏幕里。他那边还是白天，闻臻穿着休闲装，坐在办公室里，手边是一份还没收拾的盒饭。

闻小屿问他："你才吃完午饭吗？"

闻臻"嗯"一声，闻小屿提醒："吃得太晚了。"

"下次早点。"闻臻把手机放好，"玩得这么晚，开心了？"

"开心。"闻小屿窝在床角落，"最近回来吗？"

闻臻笑了笑，问他："巡演预计在几月？"

"今年大概是七月开始。"

"来欧洲的话，有空就来找我。"闻臻说，"带你出去玩。"

闻小屿一下心就飞了，面上还要装作冷静，点头说好。

"胃还痛过吗？"

"没有了。"

"你应该多和我聊天。到现在还有什么事是不能和我说的？"

"真的没有。"闻小屿调整姿势趴在被窝里，顺手把手机靠在枕边的熊玩偶身上。

偌大的房间里月光静谧，只有他一个人轻声说话的声音。那声音渐渐低了，随着夜幕渐重，闻小屿没摘耳机，和脚边的百岁一样蜷着，睡着了。

闻小屿还学会了打游戏。闻臻花了不少时间，总算把他教会，两人空闲时就一起联机玩《无人雪境》，或者别的游戏。闻小屿玩什么都是跟在闻臻后面，有时赵均一他们公司的一群人也过来一起玩。

闻小屿一个人待在首都，基本上每天艺术团和家两点一线跑，很少参加团建，也没什么朋友，李清怕他娱乐太少憋闷，便给他在首都找了个玩制窑的老师，每周上两次课。

闻小屿对团体活动向来不感兴趣，对这种一个人能玩的制造游戏却挺喜欢，于是排舞之余，闻小屿就多了项学制窑的活动。后来沈孟心听说这件事，好奇地问闻小屿可不可以把她也介绍进班。之后闻小屿上制窑课就多了个伴，有时下课姜河来接沈孟心，三人就一道回去。

他最近一直在钻研一样东西，就是如何捏出一个人来。他想捏一个闻臻在《无人雪境》里玩的角色，但是人很不好捏，也不好立起来，闻小屿在老师的指导下干脆省了手和腿，捏一个方方的玩偶型，然后再上色和烧。他捏了少说有十个失败品，本想扔了，老师建议他留做纪念，闻小屿就把一堆奇形怪状的黏土娃娃放在家里的阳台上，后被百岁一个甩尾碰碎了三个，被保护性地收进了抽屉。

七月，森林艺术团的世界巡演第一站在国内Ｓ市。大型中国舞舞剧《心中的永无乡》背景设定在清末民初，讲述的是一位贵族女子与一位年轻大学生相识和相遇的故事。舞剧上半部分主要描述古代贵族生活之华美，之后战火入侵，女主从天上坠入人间，遇到了年轻的、充满新思潮的男主。从这里起故事转入后半段，两人在风雨飘摇中经历过思想的激烈碰撞，也因对方而见到全然不同的世界，可惜战火纷飞不休，男主因思潮新颖勇于反抗，最终被敌对阵营暗杀，死在了女主的怀里。

女主的扮演者是森林艺术团的首席舞者廖雨婷，男主则是艺术团的新人闻小屿。这次的舞剧一如向来的风格，无论风格还是剧情与传统的中国舞舞剧不大相同，加之故事线丰富，因而演出时间也更长，从排练到舞台布置，前前后后花费了数月。

廖雨婷比闻小屿大三岁，舞台经验非常丰富，是自建团以来最年轻的首席舞者，名作传遍大江南北，实打实是闻小屿的前辈。闻小屿对待他的人生第一次全球巡演舞台非常重视，一周五天都泡在艺术团练舞，只留自己两天休息放松。

男女主俩还都是一个性子，廖雨婷也是个追求完美的人，别人在聚会团建，节假日出去旅游，廖雨婷和闻小屿就在练舞房里泡着。两人关系挺好，练舞累了就盘腿坐在一块儿聊天,交流舞剧怎么跳怎么演。

巡演开场当天,许多和闻小屿相识的人都来了,李清、胡春燕、姜河和沈孟心,还有不少闻家的亲戚。前一天闻臻说会回来看他演出,到现在闻小屿也没收到他哥抵达的消息,闻小屿自己在后台换衣服,不时看一眼手机。

他的演出服是一身中山装,衣领里搭着白衬衫领,衣服合衬修身,微微勾勒出腰线,领口扣到顶,抵住脖颈,没能挡住胎记,依旧拿遮瑕膏遮住。

后台助理给他取来眼镜道具,闻小屿戴上平光的金丝圆框眼镜,坐在镜前让化妆师打理头发。化妆师给他抹了点唇釉,几个女孩围过来,想和他合影。

助理四处找闻小屿上舞台的鞋找不着,闻小屿想可能是在他老师手里,便自己出门去找。

他刚出化妆室的门,迎面就差点撞到走来的人。闻小屿抬起头,眼睛顿时都亮了:"哥!"

闻臻不知怎么进的后台,这会儿低头看着闻小屿,眼中有笑意。两人又是几个月不见,闻小屿很开心:"什么时候回的?我还以为你赶不上了。"

"出机场就坐车过来了。"闻臻说,"这次又找什么?"

闻小屿这才想起来:"鞋子好像落在老师那里了。"

闻臻陪着闻小屿找鞋,两人一路穿过热闹的后台,容貌皆出众,颇引人注目。最后找到森冉,森冉这才一拍脑袋,告诉闻小屿鞋估计是落在行政办公室了,搬演出服的时候后台太乱放不下,她当时顺手就把一些东西放在了办公室,之后忙得忘了告诉助理。

闻臻回到观众席时,周围已差不多坐满。李清坐在他旁边,见他来了,说:"还以为你赶不上了。"

他们的位置在VIP的软席座,看舞台看得十分清楚。闻臻坐下来,顺手整理衣装:"不会的。"

李清今天打扮得精致优雅,为了出席小儿子重要的舞蹈演出场合,妆也化得漂亮。

"小宝一直等着你来呢。"

闻臻点头："嗯。"

"现在的他终于开心一些了。"李清仿若自言自语，喃喃道，"那天他胃痛住院，我就在反思自己……"

嘈杂之中，闻臻的声音低沉而稳定地传入她的耳朵："妈，不会再有这种事了。"

李清无奈地苦笑，深深地叹息："自从接回小宝那天，我在心里发誓再也不想让他受任何委屈。可我不是个好妈妈，我没有做到……曾经我以为自己什么都能做到，可到现在我才知道，我连自己的孩子在想什么都不知道。"

李清无法忘记那天小宝犯了胃疼，在她面前说疼，她感到自己是多么失败，连孩子身体和心理出了问题都没察觉，而闻小屿苍白着脸躺在病床上的模样更令她心生惧意，她害怕自己的孩子出事，想起她的家良如果不是因为劳累和疾病，本不会这样早离开了她。

如果不能让自己最爱的人健康和快乐，她又有什么资格去说"爱"这件事？

舞台背景乐骤响，灯光倏忽暗下，大厅回响音乐。他们再不便交谈，李清回过头去，看向面前的舞台。

对错，世间太多对错，就连数十年人生，最终都成为时光中的一抹尘埃。永恒的只有人从生到死之间，爱与恨，快乐与悲伤，相聚和分离。

舞台灯亮起，优美音乐悠扬奏响，衣着华丽的舞者们如蝴蝶与飞鸟会聚、旋转又分开，恢宏而悲伤的故事层层展开，随着华美的盛世一朝陨落，闻小屿携着新世界的风飒爽而来，踏入舞台的光。

李清注视着舞台上的闻小屿，感到她的小宝灵动而美丽，仿佛光芒万丈，为此心中也充满欣慰和快乐。

可她看到小屿快乐，她才能发自内心地放松。她想守着闻小屿身上的这份光。

她想光永不熄灭。

《心中的永无乡》大获成功，廖雨婷和闻小屿又出了回名。尤其闻小屿，因之前《花神》那次火了一回,这次讨论度更热,不少人好奇闻小屿的身世背景,然而闻小屿的个人社交账号由他背后的工作室接手,基本只发舞剧等活动相关信息,网上闻小屿的个人经历介绍更是干干净净,没有一点能八卦之处,流言因此甚少。

此时的闻小屿正在为下个月前往欧洲巡演做准备。

好不容易挨到出发的日子,他们坐飞机从首都飞往比利时,落地后前往酒店入住,当晚森冉他们去看剧场舞台布置,演员们各自休息倒时差。

闻小屿哪儿也没去,在房间里和他哥打电话,说自己到哪儿了、行程安排、演出时间等等。

两人这会儿没什么时差,闻臻刚洗完澡,扔完衣服回来,坐在桌前:"演出结束以后先不急回国,等我来找你。"

"要去哪里玩?"

闻臻黑眸露出点笑意:"秘密。"

闻臻要了闻小屿的行程表,之后又没了影,忙他的工作去了。

时间一晃两个多月过去,森林艺术团在欧洲走了一圈,共四场演出,李清来看了两场,顺便和闻小屿一起在欧洲玩了一个月。闻小屿这才发现他妈多少有点购物狂的意思,且对吃住极其讲究。他才知道他妈精通英语和法语,年轻时候常常出国,许多当地餐馆和高定店的位置她到现在还记得。别人都是孩子带着爸妈玩,只有他闻小屿是被妈妈带着玩。

他们常在晚饭后一起去剧团附近的公园散步,正是深秋时节,公园秋叶金黄,簌簌纷落,远处有一儿童游乐区,白天里总是十分热闹。

母子俩坐在长椅上一起看这些天拍的照片,李清看得津津有味:"小宝拍照拍得真好看,把我拍得这么美。"

"您本来就上镜,怎么拍都好看。"

"哎呀,小宝嘴真甜。"

"我是认真的……"

"知道知道。"李清摸摸闻小屿的手,笑道,"还是和你出门玩开心,从前和你爸爸和哥哥出门,那真是一点乐趣都享不了,又不会拍照,又不爱逛街,来个电话人就不见了,真是的。"

闻小屿说:"您往后还想去哪里玩,叫上我就好。"

李清笑得眼睛弯弯,牵着闻小屿的手摩挲,眼望远处深蓝的天空,忽而感叹:"小宝回家了真好。"

她笑道:"我想起在你刚回家不久的时候,我还特地跑到静安寺去找那里的主持,然后主持告诉我,你离开我是命运给我的考验,现在你回来了,我的人生就会越来越好。"

闻小屿听得出神,问:"您现在还这么想吗?"

在他看来,他回到这个家才是对他的亲生母亲的考验,让妈妈在他和闻康知之间抉择。如果他不曾被找回来,闻家的生活一定比现在要平静幸福得多。

"当然。"李清握紧闻小屿的手,认真地看着他,"我的想法从来没有改变。"

"可我让您伤心了。"

"我也叫小宝伤心了。"李清面露点点苦涩,"还害你生病,对不起。"

闻小屿忙说:"那是我自己的问题,而且我现在已经都好了。"

李清"嗯"一声,半响没说话,只坐在长椅上沉思,温暖的手指握着闻小屿的。闻小屿安静等待,心中微微忐忑。

良久,李清温声开口:"我最近常在思考一个问题。"

"什么?"

"我在想……如果有一天,我做了错误的选择,"李清慢慢道,"我是否能承受再一次失去你的代价。"

闻小屿一怔,而后李清告诉他:"我想我不能。无论往后发生任何事,妈妈都不想和你分开。"

"我想做小宝的后盾,保护你,再也不让你受伤,就像每一个妈妈都会做的那样。"李清对闻小屿笑一笑,那笑很温柔,却仿佛又有一点悲伤,她垂下眸若自言自语,"人生太短,我们一家人好不容易团聚,怎么能分开?"

"小屿……妈妈只想你快乐过这一生。"

森林艺术团在欧洲巡演的最后一站在英国,演出当天闻小屿还是接到闻臻的电话后才知道他来了,当时他一直在后台忙碌,也没能见到闻臻。

十一月的英国已进入冬令时,白昼缩短,夜变得漫长。演出结束后,一行人从剧院出来,外头的天已黑得彻底。街上车辆稀少,观众们早先一步散了。

闻小屿套着件大棉袄,被外头的妖风吹得一头凌乱,听旁边人跃跃欲试地问要不要去酒吧玩。他探头探脑,就看见闻臻从剧院台阶下的拐角走出来。

闻臻穿着一身休闲的黑夹克,几步上台阶来,闻小屿也朝他走过去,那神情难掩雀跃:"什么时候来的?"

"第一个来的。"闻臻看起来心情不错,"来的时候车停远了,刚去开过来。"

闻臻领着人去找森冉,说要接他弟在英国再玩几天,就不和他们一起回国了。

之后闻臻把闻小屿接走,开车从伦敦离开。闻臻住在伦敦临近的肯特郡,一个小时不到的车程,海湾的那边正是英国最大的海上风电场。

随着时间推移,公司也渐渐从低迷走出来,开始走多产业发展。闻臻也展现出与他的父亲不相同的领导风格,他更倾向于把一应事务下放,在投资的选择上则偏向科技等先锋领域。

闻臻住在肯特郡的一家酒店公寓,十楼,公寓不远处就是海湾,远处点点路灯下海浪起伏。

到家后,闻臻把闻小屿的行李放到一边。房子挺大,环视一圈,也一如既往是闻臻的风格,简洁,空旷,但不知为何,看上去比从前江南枫林的那个家最开始的样子要温暖了不少。

窗外可以看到海,想来白天时更漂亮。闻小屿脱了棉袄踩着拖鞋到窗边去看外头:"这里位置真好。"

闻臻随他到窗边："嗯，特地挑的。"

闻小屿去收拾行李，洗澡。半天才神秘兮兮地跑到闻臻面前："哥，我有个东西送给你。"

"什么？"

一阵窸窣，闻小屿从包里捧出一个小玩意："看。"

一个黏土娃娃，手掌大小，乍一眼闻臻没看出来是个什么，再仔细看，好像有点像他在《无人雪境》里玩的角色，一个拿剑的盔甲战士，他有点认出那盔甲样子，就是不知道自己怎么没手没脚，也没脖子。

"你做的？"

闻小屿点头，有些期待又紧张地看着闻臻，一双大眼睛在床头灯下亮亮的。

闻臻接过娃娃："做得很好。"他对着床头的光看那娃娃，手艺笨拙得可爱，百分百亲手制作。闻臻看得忍不住笑："花了多久做的？"

"几堂课就做好了，简单。"

"那你还挺心灵手巧？"

闻小屿"嗯"一声，不好意思往下吹牛了。

闻臻把娃娃摆好，越看越觉得有意思。怕旅途摔坏，他让闻小屿装回盒子，好好放进包里，准备回家后摆在家里。

两人都有些累了，洗完澡后各自歇下。窗外隐有风声，远方海潮涨退，如一片深蓝梦境。

屋内静谧温暖，被夜色包裹。

闻臻信守承诺，在肯特镇休整两天后，带着闻小屿离开了小镇，前往英格兰岛的西海岸。

抵达海岸边，他们又坐上了一架五座的私人飞机。闻小屿长这么大第一次坐这种飞机，上去后十分新奇，飞机起飞时还颇为紧张。飞机飞上高处，蔚蓝海面一望无际，无垠海浪起伏涌向天际线，甚至能看见鱼群踊跃与海鸟飞翔。

闻小屿本以为飞机是前面那位飞行员的,后来才知道飞机的主人竟然是他哥,是特地买来做往后出入小岛的交通工具的。

闻臻带闻小屿上了一座小岛,岛位于大西洋东南部,从英国西海岸出发乘坐私人飞机,一个小时的行程,从上即可看到海面上一片不规则形状的岛屿。

岛是孤岛,小岛周围有很多海豚。闻小屿下飞机后跑到山丘上眺望不远处的城堡,那城堡若度假酒店一般,不高,但大大小小占据小岛正中央平地的好位置,非常漂亮。

闻小屿左看右看无人,好奇地问闻臻:"这里没有其他游客吗?"

闻臻答:"岛主人来度假的时候一般不对外开放。"

闻小屿又新鲜十足地四处逛了会儿,终于反应过来:"岛主人?"

"就是你。"闻臻一脸"怎么这么不记事"的表情,"之前过生日的时候送了你个岛,忘了?"

闻小屿做梦一般跟着闻臻走进城堡,想起确有其事,但仍不可置信。城堡中有一些在此处工作的员工居住,有人前来指引他们,一路带他们进入主堡,电梯上三楼顶楼,员工带着他们来到卧室。

房间很大,嵌套两间卧室,装潢是典型的西欧中世纪风格,采光极好。两人在房里放下行李,去楼下餐厅吃晚饭。天早早地黑了,整座岛唯城堡是最亮的地方,再远处便只是海风中摇曳的照明灯。

闻小屿小孩子般的兴奋劲上来了,这里看一眼那里翻一下,静不住。闻臻洗过澡从浴室出来,眼见闻小屿不在房里了,好半天才在二楼的一处画廊把人找着,管家也跟在他旁边,怕他迷路了。

闻臻无可奈何:"明天白天再看不行吗?"

"我就随便逛逛……"

闻臻与管家道过谢,带闻小屿回三楼。他没往房间走,脚步一拐,往更上的城堡堡尖上去。一路墙壁上嵌着灯,光线昏暗,夜里空气也冷,闻小屿望着楼梯尽头黑洞洞的方向:"往哪儿去呢?"

闻臻一本正经答:"小黑屋。"

闻小屿被他哥的冷笑话冷到,腹诽他哥幼稚。他们走上楼梯,闻臻推开门,门内月光洒落。

一个圆形的房间,架空很高,古老的圆屋顶上开着天窗,正前方一片长长的环形走廊,可见城堡外的夜色与海。墙边纱帘轻扬,晚风静谧。

闻小屿到走廊上去看远处岛上风景,回头叫闻臻:"哥,这边能看到停机坪的灯呢。"

闻臻随意往房中央的大沙发上一坐,朝他招手:"来。"

闻小屿过去,闻臻示意他抬头,低声说:"看。"

闻小屿抬起头,星光落进他的眼睛。夜空澄澈,宛若有星河流淌而过,流逝之间洒下无垠碎光,眼前是光芒万丈的宇宙。

他听到闻臻问:"这样看星星亮吗?"

闻小屿一眨眼睛,看向闻臻。他们目光交错,心有灵犀,想起父亲走了以后两人互相陪伴的夜晚,闻小屿看着夜空,说"星星好暗"。

"是因为我那样说……"闻小屿不确定地问,"才带我过来吗?"

闻臻答:"是。"

闻小屿不知所措:"我只是说说而已。那时候我很……伤心,所以……"

"我知道。"

"我知道你只是说说而已。"

他原本以为自己已实现一生的愿望,可闻臻却在为他构筑一种接近幸福的感知。他知道幸福明明该是一种幻想,可在回到闻家后的每一天里,他又真实地感受到这种幻想。

他是否能够拥有快乐的一生?他曾经求也求不来爱,在无尽的黑暗中明白自己或许终将无人陪伴,便也早早放弃了追寻和渴望。

可命运给了他恩赐,让他看到了头顶这片星空。

从屋顶流泻下的星光中,闻小屿终于忍不住露出笑容,他笑起来仍有些害羞,却是十分真心的开心。

他前方有千山,脚下是崎岖,人生遥不知路远,不知未来是黑暗还是光明。总是难以抉择,总是顾此失彼。

只有与至亲之人同行的时候,他才会在这片恒定的温暖里抛下对未知的惧意,消解孤独,体会安宁。

他的心早已给了他答案。

"闻臻,你一定要对小宝好。我知道你这个人性子冷,像我。但是……只有小宝,你一定要对他好。"

"嗯。"

"你要对他好,要护着他,心疼他。往后我和你妈妈总是都要走的,只有你们两个……是这世上最亲密的人。"

"过了这么多年,小宝还能回到这个家,这是老天爷眷顾我们。可惜我这副身子不争气,只来得及和小宝见上一面,可惜……"

回忆的明亮春光里,闻臻坐在老人的床边,听老人哑声对他说:"闻臻,你一定要好好爱你的弟弟。"

海面倒影天空,像熔岩的大火从云间烧到人间,奔向那即将坠入海平线的太阳。小岛周围环绕一圈环形路,一辆敞篷在公路上行驶,在山坡边停下。

闻小屿跳下车,白色衣角在风中飞扬。他跑下山坡来到海边,闻臻跟随下来,来到他身边。

夕阳欲坠之时,晨昏交界,海上风卷云流。太阳的余晖还在燃烧,夜已悄然来临。天空中一半是绚丽的晚霞,一半是若隐若现的星辰,若神明一双深邃的眼眸,蕴藏宇宙的秘密。

海边印下一串脚印。两人沿海岸向前,光微小如点钻,在海浪中消逝,在天地的风中更不曾留下痕迹。

他们是茫茫人海中的那两个,终归是来了要走,消散于时光。心事如何,聚散如何,悲欢种种,无人在意。

番外 | 识君

最近工作室的成员非常忙碌。他们正在制作一款单机角色扮演游戏，游戏已在年初时小范围内测过，目前所有人正在根据内测反馈的数据和建议对游戏进行完善和修改。

工作室成员全部是大学生，创立人闻臻如今也才大四而已。这款游戏的整体概念由闻臻提出，以及相应的市场投放预测、游戏体量计算和成本支持等，核心的游戏程序和引擎则由研一计算机专业大佬赵均一负责，这位学长自大二起就剃了光头，被尊称为一休哥。

闻臻的室友朱心哲负责游戏的整体视觉设计，另一位学3D的学姐宋荍与他同一小组，主做3D建模。

两人最近遇到一个不大不小的难题。

原本游戏里有一名NPC，这位NPC名叫雪离，内测时人气很高，在故事剧情中也起到比较重要的推动作用。这名NPC设定是一名男性舞者，如果玩家不与其对话，待机动作中会有简单的舞蹈动作，在某一段剧情中也有近一分钟的舞蹈画面。

最开始朱心哲和宋荍是用动作捕捉来完成NPC的舞蹈动作，但许多内测玩家表示动作看起来僵硬，NPC的设定是"艺术造诣极高的天才舞者"，可 NPC 在跳舞时的观感不尽完美。

于是两人决定请来专业的舞者来做动捕，再用手工绘画关键帧来弥补动作衔接的不足。在邀请专业人士这一点上，宋莰第一个想到的是隔壁首都舞蹈学院的学生，全国首屈一指的艺术院校。

他们不约而同地想到了闻小屿。这位大一就被舞蹈界的古典舞大家森冉老师纳入麾下的年轻人，以一首古典舞舞台剧《花神》从一干新人中崭露头角，是位毋庸置疑的天赋型选手。

宋莰自己也在学舞蹈，巧的是她与闻小屿是老乡，高中念的还是同一个学校，算是闻小屿的同乡学姐。宋莰一直有关注闻小屿的舞剧，非常喜欢这位学弟的舞台表现力和专业能力。

她与朱心哲商量后，亲自去与闻小屿联系。没过几天，闻臻来工作室了解目前游戏的完善进度。

"被拒绝了。"宋莰哭丧着脸坐在会议室里，对朱心哲说。

闻臻被她这摸不着头脑的一句弄得云里雾里。朱心哲在一旁给他解释一番，闻臻听明白了。

他也听说过闻小屿这个人。去年《花神》舞剧的讨论度很热，加之就是隔壁学校主办的，闻臻也点进视频看了眼。以他外行人的角度来看，他的评价是"跳得很好"。

请闻小屿来做动捕是个好选择，只是不知道为什么会被拒绝。这件事原本不由闻臻管，但他正好在旁边听到，顺嘴问了句："为什么？"

宋莰想说什么，欲言又止地看闻臻一眼，一副不敢说的样子。她这样子，闻臻反而来了好奇心："费用给低了？"

宋莰说："不是。其实是跟臻哥你有关系——不对，应该说是和臻哥家里有关系，和臻哥本人无关……天哪，这话真的可以说吗？我还是溜吧。"

宋莰想跑，朱心哲把她按住："话都到这份上了，你今天必须说。"

两人都被她勾起了好奇心，宋莰无法，只好坦白："我前两天去找闻小屿，结果刚说到我们工作室的名字，他就拒绝了。"

朱心哲托着腮帮子："咱们工作室没有负面传闻吧？"

"我也想不通啊，所以我就问他。说实话闻小屿真的脾气蛮好的，长得那么好看，一点也不傲气……咳。"宋莀清清嗓子，小心翼翼地看一眼闻臻，"可一提到臻哥，他脸色就不好了……"

闻臻想了想："我印象里没有见过他。"

宋莀说："好吧哥，其实我是有打听到一些事情，但我不确定是不是真的。你确定要听吗？"

朱心哲催她："快说！事关我们闻老板清誉，还卖什么关子。"

闻臻正在试玩内测二改后的游戏内容。他其实不在意这种小事，但这会儿正好不忙，他一边玩一边漫不经心道："你说。"

宋莀就说了。她从以前的高中同学那里打听到闻小屿高中时就挺有名，相貌好，舞跳得好，就是人不大合群，传闻性子很傲。

起因似乎是一个电视台举办的大型文艺演出，闻小屿被抽入一个舞蹈节目，团队里都是半大不小的年轻小孩，节目也按照流程参选，最后入选演出名单。本都是定好的事，谁知在演出开始前一周，闻小屿所在的舞蹈节目被换掉了。

好巧不巧，被换上来的是一个独舞节目，主角据说是当时投资方的亲戚小孩。此事当时在节目组里传开，闻小屿所在舞蹈节目的所有人排练月余的努力全部付诸东流。

而当时的主投资方正是闻家的企业。

"其实这事儿臻哥真的冤。"宋莀小心地道，"那场文艺演出投资方又不止一个，而且臻哥家里企业做得那么大，一个董事会十几号人，哪知道那孩子是谁家的……可能闻小屿学跳舞的比较单纯，不知道企业怎么运作，才把这事儿都怪在闻家头上。"

闻臻不知什么时候停下鼠标，看起来挺认真地在听。朱心哲听得尴尬，打圆场："算了，都不知道是不是真事儿，反正都跟臻哥没关系，不聊这个了。"

闻臻却问："闻小屿是怎么和你说的？"

宋莀答："他说……'很抱歉，我出于个人原因，不想与你们的工作室创立人建立合作关系。'"

朱心哲忍不住噗一声笑出来，下一秒摆出严肃表情："还挺官方。"

宋荻无奈地道："唉，我另找别人吧，再给我几天时间。"

闻臻没有对这个小插曲发表意见，朱心哲和宋荻知道他也不会放在心上。闻老板贵人多忘事，日理万机，从来不在乎无关人的想法。

下午闻臻受邀参加某个公司的游戏发布会，地点在酒店大楼。发布会两个多小时，结束后闻臻与熟人交谈许久，边聊边坐电梯下楼。

主办方在二楼安排了晚餐，闻臻刚与其他人走出电梯，冷不丁从拐角的旋转楼梯滚下来一个水杯。水杯咚咚落下台阶，滚到闻臻脚边。

闻臻弯腰捡起来。一个人从楼梯上匆忙跑下来，闻臻无意看对方一眼，微微一挑眉。

俊秀的少年看起来有些窘迫，背着书包，穿着简单，接过闻臻手里的水杯："是我的杯子，抱歉。"

如果他没认错的话——视频里跳舞的少年化着淡妆，一双有辨识度的眼睛，以及身形……

好巧，上午才谈到因对他本人抱有敌意而拒绝与工作室合作的专业舞者，下午就出现在了他的面前。

闻小屿的杯子是黑白色的，杯盖上莫名其妙有两个小尖尖，闻臻疑惑地看了两秒，才认出来似乎是一对猫耳朵。

闻小屿把杯子揣进书包，对闻臻说："谢谢。"

闻臻："不客气。"

陆续有人从楼梯上下来，一气质优雅的女人叫闻小屿："小屿，什么东西掉下去了吗？"

闻小屿回过头："森老师，我不小心把杯子掉下楼了。"

森冉注意到闻小屿面前的闻臻，露出惊讶的表情："闻臻？好巧！"

闻臻看到闻小屿的脸色明显变了。闻小屿看他一眼，闻臻礼貌地对他点个头，随后笑着上前与森冉打招呼："森老师，好久不见。"

这么不喜欢他，倒连他长相都不知道。

闻臻突然觉得挺有意思。

闻臻和森冉认识是缘于闻臻的母亲。闻臻的母亲是位国家级歌唱家，曾与森冉在国家歌剧团共事，至今仍保持联系。

森冉与闻臻做介绍："这位是我的学生闻小屿，说来你们都姓闻，也是有缘……小屿，怎么了？"

闻小屿勉强转换过表情，微微偏过头回避两人的视线："……没事。"

森冉今天是带她的得意门生来参加一场古典舞节目的编排组织会议，正巧组织方也在酒店安排了晚餐，森冉邀请闻臻共进晚餐，闻臻答应了。

进餐时森冉坐在闻臻和闻小屿中间，她与闻臻闲谈，闻小屿就不说话，坐在一旁闷头吃饭。

"小屿有点内向。"森冉看闻小屿的目光像在看自己家里的小辈，"不大与人聊天。"

闻臻说："专业强的艺术人才都超凡脱俗。"

这话在闻小屿耳朵里听起来怎么都像是讽刺。他深吸一口气，挤出个笑容："只是个学跳舞的而已，不如学长玩游戏开发。"

"原来这位学弟听说过我？"

"学长名气大，多少有所耳闻。"

森冉完全没察觉到微妙气氛，笑道："闻臻性格低调，奈何才华横溢，想不为人知都不行哦。"

闻臻也笑："名声在外也不见得是件好事，还是低调些好。"

闻小屿再不与闻臻搭话了。中途有舞蹈节目组的导演来找森冉，森冉暂时要与导演离开有事，叮嘱闻小屿就在餐厅等她，与闻臻道歉之后匆匆走了。

森冉一走，闻小屿眼见着如坐针毡。闻臻见他坐在自己旁边浑身不自在的模样，挺好心地主动开口与他交谈："坐在我旁边很紧张？"

闻小屿放下筷子，那目光仿佛在震惊闻臻隐藏的恶劣。

他直接回答："不，只是和你坐在一起让我很不舒服而已。"

他的直言不讳带着一股子虎气，毫不畏惧地迎向这位高大的学长。闻臻渐渐有了兴致："我做了让你讨厌的事？"

"不必装作不知道。"闻小屿皱眉看着他,"你们工作室的宋莰已经找过我谈合作的事,我明确给出了拒绝的理由。"

"宋莰和我提起过。但你的理由在我看来既缺乏事实依据,理论上也缺乏准确性。"

闻小屿不说话,表情看起来已经很生气了。原来他是那种不会隐藏情绪的人——小孩子。闻臻留下了一个这样初步的印象。

晚宴餐厅里人来人往,两人同坐一桌,话题不尽愉快。闻小屿干脆面对闻臻,认真开口:"既然今天恰好遇到,又聊起这个话题,不如我们就开诚布公说清楚如何?毕竟如果学长当真不知情,我也不想太过迁怒。"

闻臻示意洗耳恭听。闻小屿回忆起不好的过往,脸色算不上好,但还是客客气气地问:"请问贵公司是否在三年前曾投资S市电视台的中秋文艺晚会?"

"是。"

闻小屿说出一个人名,看着闻臻:"学长认识这个人吗?"

闻臻心里一思索,还真有印象。此人是公司总部内陆市场总监的独子,年纪与闻臻一般大,从前见过几次面。在闻臻的印象里,这人的确从小学舞,至于造诣如何倒是从未了解。

"的确认识。"闻臻答。

闻小屿说:"最开始得知被选上能上S市电视台的中秋晚会节目,我们非常高兴。但就在晚会开始的前一周,我们被通知节目被换掉,三个月的准备全部白费。之后我得知我们的节目被换成一个独舞,主角正是我刚才提到的那位。"

"我当时心中不平,想亲自与此人面谈,但被电视台的人拦住。他们告诉我这位是闻氏集团某位总裁的孩子,集团是晚会的主投资方,临时换节目也并非他们本意,就算我真的与那人对峙,也不会改变结果。"

闻臻思索片刻,问:"所以你一直为错失那一次的演出机会而对投资方抱有不满?"

闻小屿说:"我不缺那一次的演出机会。"

闻臻挑眉。闻小屿本人从外表看起来很温和，没想还有一股子隐而不发的傲气。还是说在面对自己这个"阶级敌人"的时候会不自觉加强攻击性以自我防御？

"……但是，团队里有些人只有那一次演出机会了。"闻小屿的声音低下去，"那时候我们都高三了，有的人以后不再打算继续跳舞，出于家庭原因，或是对未来的选择……总之，那一次能够被选上参加演出，所有人都很高兴，也很期待。"

"只是一句话、一个身份，就把那么多人努力挣来的机会抢走。对很多人来说，那或许就是最后一次上台的机会了。"闻小屿没有看闻臻，只端正坐着，喃喃道，"我知道你一定会认为我很天真，但我就是觉得不公平。"

闻小屿不自在地摩挲手指，话说完了才觉得自己没控制好情绪，冲动说了太多。他一时有些如坐针毡，却听闻臻说："我对你的经历感到抱歉。"

闻小屿一愣，不可思议看向闻臻。闻臻表情平静，虽没摆出十足真诚的样子，也不虚伪。他这么坦白，闻小屿反而不知所措不知该如何接话。

他对闻臻说这番话，本意其实出于一种直面"敌对方"的挑衅。但他其实也知道，闻臻只是一个个体，如果他与此事毫无干系，将他作为某个不具象的群体来发泄情绪也是一种不公。

闻小屿尴尬地垂下眼睛："你不需要说抱歉。我知道这种事永远无法避免，只是发生在了我的朋友身上，所以我一直无法释怀。反正我个人对你们的不满无足轻重，就算我不答应你的工作室的邀请，你们还有很多专业舞者可以邀请。"

闻臻如实说："但你是众多舞者中非常优秀的一位。"

闻小屿看起来更尴尬了："……我刚才和你说那些话，你都不生气吗？"

"节目顶替的事与我毫无干系，我没必要生气。事实上，我从未参与过公司的任何事务。"闻臻说，"我的兴趣爱好在我的家人看来属于歪门邪道，这让他们很痛心。"

闻小屿忍不住笑了一下，末了赶紧收住，轻咳一声："我倒是觉得做游戏开发很酷，比玩金融什么的……"

正巧森冉回来，两人的对话便停了。闻小屿坐在一旁掩饰性地拿过饮料喝，森冉和闻臻继续聊天。晚宴嘈杂，闻小屿坐在人群中陷入沉思。

闻臻与他的想象实在大相径庭，他本以为今晚一番话会惹怒闻臻。他一直听说的版本是闻臻家境富裕，性情冷漠，尤其工作时对专业度要求极高，常常没有好脸色。

经过今晚一番交谈，却没想到闻臻意外地耐心，似乎对许多世俗意义的观念也不甚在意。这反而让闻小屿不知如何是好。

晚宴结束后，闻臻主动提出送森冉和闻小屿回去，森冉欣然答应，闻小屿心里头不大是滋味，找了个借口自己走了。

周末闻臻回到S市的家见父母。他数月才回一次家，每回母亲都翘首以盼，一定会准备丰盛的餐食。

李清长裙飘飘，下楼来迎自家儿子。闻臻不见父亲顺口问起，李清答："安鸿一早就来找你父亲，现在还在书房呢。好像是聊公司人事调动的事。"

安鸿是跟随闻家良多年的大秘书，统管公司人事部门，性情温和，为人严谨，多年来与闻家私交甚好。书房的公事结束后，李清邀请安鸿留下共进午餐。

安鸿与闻臻许久不见，两人在等待午餐的间隙里到花园中聊天。闻臻随口问起此次人事变动，安鸿如实回答："主要涉及几位总监的平调和提拔，其中内陆市场总监王先生拟升任首席执行官，方才就与闻叔在商量这件事。"

闻臻听到这个名字想起什么，沉思片刻："王叔业绩如何？"

安鸿愣一下。闻公子从不过问公司事务，今天是刮的什么风——难道这位终于肯放一放他的"兴趣"，愿意为自家事业出一份力了？

安鸿马上说："我这就去拿电脑过来。"

"口头说就好，我只是随便一问。"

安鸿就站在闻臻旁边口头阐述了市场总监近几年的重要业务成果，闻臻默不作声地听着。安鸿观察他神情，试探着问："您对王先生有什么看法？"

"听说王叔前几年与S市电视台的曹总合作密切？"

"曹先生——与许多投资方都有多年合作，不过的确也有不太好的风评。S市电视台这几年发展很好，或许是树大招风……"

"与媒体人交往还是谨慎低调为好。"闻臻说，"至少家事和公事要分开，这也是我父亲一直持有的理念。"

闻臻语气随意，说到这里便不再聊下去。安鸿却若有所思。

闻臻在家度过周末，之后回到学校，继续忙他的学业和工作。另一边闻小屿也如常上课和日常训练，为下一次的登台演出做准备。

那天晚宴的谈话就像个小插曲，闻小屿没有放在心上。他还没有单纯到期望一次初遇的寥寥几句谈话就能改变什么。

一周后的晚上，闻小屿结束一天的课回到寝室。他刚洗漱完回来，接到朋友打来的电话。

闻小屿戴上耳机，朋友听起来心情不错，与他寒暄过近况后，提起一件有趣的事。

"你猜今天什么人来我家了？"朋友说。

闻小屿问："谁？"

"王老板。"朋友说起这件事还想笑，"不知从哪儿打听到我的消息，特地跑来我家跟我道歉，还让他助理提了好多东西过来，把我爸妈吓坏了哈哈哈哈。"

闻小屿皱起眉："为节目顶替的事道歉？那都是三年前的事了，他现在想起来道歉？"

"谁知道。可是你不觉得很神奇吗？那么大的老板竟然亲自跑到我面前道歉，你说这是为什么？我还猜他是被人举报还是被查了，但是我们家就是小老百姓，还需要他亲自来道歉？哎呀反正怎么想都想不明白。而且他竟然还想给我们家钱！结果我爸妈怕他钱不干净没敢收，笑死我了。"

朋友聊得开心，闻小屿却陷入沉思。时隔三年亲自上门道歉……他忽然想起一个可能，但这个可能他自己都无法相信，毕竟——那分明只是一次简单的谈话而已。

闻小屿一时心绪纷乱，朋友在电话那头问他怎么了，闻小屿忙回过神："没事。那你最近还跳舞吗？"

朋友答："没跳啦，医生说我的膝盖不能再折腾了，不然老了以后有我受的。我现在每天老老实实上课，运动也尽量不用到膝盖。"

两人聊了很久，挂断电话后，闻小屿独自坐在桌前。他心情复杂，打开手机相册翻出一张照片，照片是高三那年他们为晚会演出排练时的一张合照。那会儿大家刚练完，穿着练功服满头大汗，聚在一起对镜头露出开心的笑容。

闻小屿看了很久照片，才收起手机。

*

十二月月末跨年之际，首都舞蹈学院牵头主办的跨年晚会观众票一票难求。这所高校作为国内首屈一指的艺术类院校，每逢大型联欢晚会都是神仙打架，今年的晚会又在国家体育馆举行，开票当天一分钟内所有观众票售罄。

"我——的——票——啊——"

宋茯抱着手机在办公室里哀号。她没能抢到跨年晚会的票，痛心疾首。

一旁朱心哲冷飕飕地道："游戏明天就公测了，还想着你的票？速速起来干活。"

宋茯委屈巴巴地嘀咕："还想看我小屿学弟跳舞……"

"有点出息，人家都那么讨厌我们，你还上赶着买他的演出票。"

宋茯小声回："他只是讨厌臻哥一个人而已好吗。"

朱心哲白她一眼，宋茯耸耸肩。他们的游戏经过几次改版，终于正式宣布公测时间。被闻小屿拒绝后，宋茯又请来一位专业舞者，连续几天加班加点，头发都要掉光了，终于完美解决了那位舞者NPC的动作流畅度问题。

宋茯本以为自己没机会去看跨年晚会，没想到一个星期后，闻老板一早来到工作室，还带来两张票。

"闻小屿给你的。"闻臻把一张票放在宋茯桌前。

宋茯抓起票睁大眼睛看清票上的字，难以置信："小屿学弟给我买了他们学校跨年晚会的票？！"

闻臻点头，随手把另一张票揣进自己兜里。宋莰跳起来："你也有？！"

闻臻一脸淡定："是。"

"发生什么事了？"宋莰大叫，"臻哥你偷偷和小屿学弟认识不带我！"

闻臻被她嚷得头疼："是，不带你。票给你了，到时候你想去就自己去。"

宋莰追在他后面问："你呢你呢，你去吗臻哥？"

"到时候再考虑。"

"哥！这票很难得的，外面现在都买不到了！你要是不去能不能把票转我，我闺密也想看演出——"

闻臻随手把宋莰关在门外，泡杯咖啡到桌前坐下。

票是昨天闻小屿亲自送来的，大概是找森老师要了他的联系方式，昨晚他在工作室加班，接到电话出来的时候，闻小屿正裹着大棉袄站在雪地里等他。

"怎么不进来？"闻臻说。

闻小屿手里拿着一个信封，递给闻臻。

"给你送两张票就走。"闻小屿冻得鼻尖通红，手揣回兜里："我们学校跨年晚会的票，一张给你，一张给小宋姐，到时候你们想去的话可以去看看。"

"内部票？"

"一张是学校留给演员的，一张是我自己抢的！"

闻臻觉得逗闻小屿很有趣，闻小屿一着急就眼睛锃亮，似乎不善言辞，冬夜里大老远跑过来送票，把票塞给人就一副要走的样子。

闻臻问："为什么送票过来？"

闻小屿揣着兜，垂眸看台阶上的积雪："之前我朋友打电话，说那位王老板亲自和他们家登门道歉了。"

"哦，只是道歉？"

"……还想给钱，我朋友没收。"

闻小屿看闻臻一眼，闻臻注意到他复杂的眼神，简单解释："我没有做什么，只是顺口帮你询问了一句而已。"

"嗯，总之……无论如何，我之前对你抱有过度的偏见，是我不好。"闻小屿不自然地拉一下毛绒帽子，"当然我不是想和你做朋友的意思，别误会。"

闻臻对闻小屿挺耐心："没关系。外面冷，进来坐？"

"不用，我这就走了。"闻小屿礼貌地对他挥挥手，"再见。"

然后转身走进雪里，沿着路灯的方向渐渐走远了。

公历年的最后一天，首都大雪纷飞。国家体育馆外排起长队，临近七点半，首都舞蹈学院主办的跨年晚会即将开始。

宋荇上周在外出差，原定于今天回首都，奈何飞机晚点到现在还没起飞。好在宋荇早料到这种情况，把门票和预备送给闻小屿的礼物预先放在了工作室，打算到时候如果真的不能赶到晚会，就托朱心哲或闻臻帮忙把礼物转交给闻小屿。

"臻哥我就知道你一定会去！"宋荇在电话里哀号，"哥麻烦你一定要把礼物带给闻小屿，就说是感谢他的门票。一定要说是我送给他的哦！"

闻臻在停车场找好位置停车，一边道："知道了。"

他从副驾驶拿起装礼物的袋子下车，给闻小屿拨去一个电话。过了会儿，闻小屿接起来。

那头听起来很嘈杂，晚会后台忙碌，闻小屿的声音响起："请问有什么事？"

闻臻说："宋荇给你带了份礼物让我转交，你晚会结束后有没有空？"

嘈杂声褪去了些，闻小屿似乎走到一个安静的地方："礼物？不用了……"

"她想跟你套近乎，不如给她一个机会。"

闻小屿似乎被逗笑了起来。他似乎思考了一会儿，然后在电话里说："你已经到了吗？我现在有空可以出来。"

闻臻进体育馆后按照闻小屿的指引来到后台的安全通道门附近，过了一会儿脚步声从门里传来，一阵轻巧的丁零脆响，一个穿着裙子的少年从安全通道里小跑出来。

闻臻后退小半步。闻小屿穿着月牙白的垂纱长裙,一头长发乌黑,编成细股的麻花辫垂在肩上,头顶插一柄精致的流苏簪,响声是跑动时簪子上的圆珠流苏碰撞发出。

他化了妆,像个灵动生气的少女,站在闻臻面前抬头看他:"什么礼物?"

闻臻把袋子递给他,闻小屿看盒子漂亮,担忧礼物贵重:"如果是很贵的礼物,就还是麻烦你拿回给小宋姐吧。"

闻臻说:"让我拿过来又让我退回去,我是不是可以收点劳务费?"

闻小屿无言地看着他,只好收下礼物。闻臻琢磨他这身行头:"跳的什么舞?"

"花神。我是扮女装,跳的女主位。"闻小屿提起自己即将上演的舞蹈,心情不错地笑了笑,"待会儿你就能看到了,我们的节目在第六个。"

他笑得挺放松,闻臻说:"我很期待。"

闻小屿似乎有些不好意思,但他想起什么,问:"你们工作室的游戏……做得如何了?"闻臻没想到他会问起这个,答道:"已经公测两个月,反响不错。"

闻小屿点头:"那就好。"

时间紧张,他是偷溜出来的,得趁老师发现赶紧回去。闻小屿对闻臻说:"那我走了。"

闻臻说:"预祝你演出成功。"

闻小屿小声应了句谢谢,转身离开。

不知为何,刚才闻臻就像认识已久的学长在鼓励学弟。闻小屿提着袋子匆匆穿过后台走廊,疑惑心想为什么明明和闻臻只见过不到几面,却对他有一股莫名的熟悉感?

演出大厅熙熙攘攘,灯光骤然黑下,接着欢快的音乐响起,舞台聚光大亮。

闻臻坐在人群中,等待第六个节目的开场。

他为什么会来?或许是闻小屿特意把自己的票留给了他们,或许是他也对闻小屿的艺术表现力感兴趣。

也或许是闻小屿有一股特别的、独立的气质,那气质令他仿佛看到了同类人的影子，因而让他更多了耐心和兴趣。

《花神》登场时，背景音乐悠扬古老，有大自然的和鸣。聚光灯打在舞台中央闻小屿的身上，他一袭纱裙如梦，身姿轻盈柔中有力，随着乐点在众人的簇拥中诞生。

亲眼欣赏到闻小屿的舞姿，的确比透过屏幕更震撼。那一股从心底蓬勃向外热爱的模样顺着每一个舞蹈的动作和神态散发，是极为专注、沉浸多年才会有的模样。

灯光照耀着闻小屿的身影，当他旋转时长裙飞散，真如纤细洁净的花神在天地间自在徜徉，随风飞舞。

——难怪有傲气。难怪那么单纯，还有执拗的脾气。

一场酣畅淋漓的舞剧随着众演员的谢幕结束，闻臻与众人一起鼓掌，看着闻小屿微微喘气直起身，与其他人一起走下舞台。

不知是否是错觉，他似乎朝自己的方向看了眼。

舞台与观众席遥遥相望，不知目光是否触及。如若萍水相逢寥寥的见面，却好像很久之前就已相识。

晚会结束后，闻臻独自离开体育馆。人群熙攘，雪落下闪烁的摩天大楼，温柔滑过绵延的路灯。

他知道时间还有很长。

未来的某一天，他们还会再见面。

番外 | 也无风雨也无晴

第七年日常

早上六点，闹铃准时响起，一秒被按掉。

闻小屿从床上一骨碌坐起来，掀开被子下床，拉开窗帘外层，天已快入冬，窗外天还未亮。

闻小屿一早开始忙碌。他昨晚煲了汤，一起床便去厨房看汤，洗干净莲藕切成块，倒进汤里煨。然后漱口洗脸，又去阳台把脏衣服放洗衣机里洗。昨晚闻臻有应酬，喝多了点酒，闻小屿忙前忙后好容易把人拖到床上睡觉，再准备汤的时候已是快十一点。

他马上要赶回S市的飞机。母亲今天要做肠息肉切除手术，手术预计安排在下午。前两天李清住院检查的时候闻小屿就一直在S市待着陪伴左右，后来是艺术团有工作安排，他才回首都处理工作，依旧住在江南枫林。

闻小屿把衣服扔进洗衣机，去厨房准备早餐。他拿切好的牛肉粒和虾仁、青菜拌进面粉和水，搅和好打进鸡蛋，早餐煎了两份软饼，切好放进盘里。接着去阳台把洗好的衣服放进烘干机，然后回到卧室。

他进房时见闻臻还没起来，轻手轻脚背着背包拿好自己的数据线和耳机，试图叫醒他哥："早饭做好了，起来吃啦。"

闻臻"唔"一声，不动。他一到冬天就有点懒，一般早上若是没工作，那是肯定不乐意起床的。是这些年,才跟着闻小屿的作息起床吃早饭、晨跑。

闻小屿在门口收拾,冲卧室说道:"我煲了排骨藕汤,你今天要把汤喝完,烘干机里有衣服,别忘了拿出来。我先去妈妈那里了。"

闻臻终于困懒睁开眼睛,声音还哑着:"这么早就走?"

闻臻懒洋洋坐起来打哈欠,闻小屿叮嘱他早点吃饭,收拾好包便出门了。

闻小屿抵达S市时还未到中午,到了医院却听说母亲已提前进了手术室,于是便就在外面等。

闻康知也在,还有李清的哥哥李明丰与他的妻子。

李明丰对闻小屿很亲切。他让闻康知回病房去等就好,说他身体不好不要久站,闻康知听他的话,走了,如此闻小屿也没那么不自在。李明丰夫妻俩与闻小屿闲聊,问他在首都生活是否适应,艺术团工作如何,还笑着说在电视上看过他跳舞,直夸他跳得好。

闻小屿回来这么些年,与家里的亲戚多少也都见过了面,加之人成熟了一些,也不再回避不相熟的人。几人就这么聊着,直到李清做完手术被推出来,回到病房。

闻臻请的两位护工早早就来了一个,闻康知坐在沙发上玩手机,看闻小屿进来,没吱声。

李明丰看自家妹妹还好,人也醒了,便准备告辞。临走前他问闻康知:"康知,跟我一起走不?"

闻康知答:"我再看会儿妈的情况,舅舅你先走吧。"

李明丰夫妻俩一走,病房安静下来。李清麻药刚过,人还迷糊着,闻康知到床前问:"妈,这会儿感觉怎么样?"

李清声音还虚弱:"还好……小宝也来啦。"

闻小屿"嗯"一声,李清牵起他的手:"艺术团忙吗?我这就是小手术,不用来也行的。"

"不忙。"

"听说你之后还有演出……"

"那都是年初的事了。"

李清点头，又问闻康知："和乐纯去旅行的计划准备得怎么样了？"

闻康知说："都准备得差不多了。妈，你别管这些，顾好你自己身体就行。"

乐纯是闻康知的女朋友，大家也都没想到两人能在一起这么久，毕竟乐纯比闻康知还小，而闻康知是典型的少爷脾气，也不知两人是怎么相处的。乐纯是个小有名气的互联网 vlog 博主，最近小情侣凑在一起想拍个旅游 vlog，计划先从周边国家走起。

"你们不管是工作还是玩，都一定要注意身体。"李清叮嘱两人，"千万不要糟蹋自己，健康才是最重要的。小屿，康知，你们两个都是，知道吗？"

两人点头答好。很快李清又困了，她需要休息。房里另外两人待不到一处去，闻康知先起身，想走，又想起什么，转头别扭问闻小屿："哥呢？"

他别扭，闻小屿也好不到哪去："明天来。"

"哦。"闻康知这才悻悻地走了，想来也是见到闻小屿比见到闻臻还多，心里不是滋味。

晚上李清身上麻药劲彻底过去，开始疼了。她住单间，晚上闻小屿就睡沙发，让护工睡陪床，李清一晚上没睡，折腾来折腾去，虽说有护工照顾，闻小屿也还是跟着一晚没睡，直到凌晨才睡着。

等闻小屿听见人声迷迷糊糊醒来时，天已大亮。他裹着被子犯迷糊，感觉自己脑袋下多了件衣服。闻小屿蒙了会儿，转头见闻臻坐在病床边，正和母亲说话。

两位护工已换班，李清昨晚疼一晚上，现在好些了，只是还不能吃东西，只能输液。

"把小宝折腾一宿。"闻小屿听李清说，"累坏他了。"

闻臻说："他照顾你是应该的。"

李清说："你也变得有人情味了。这要照从前，大概是给我找来护工就算了，然后说你忙工作，没空来。"

"我也没有这么不孝吧。"

闻小屿听得嘴角弯起笑意。

今天是冬日里的好天气,阳光明媚,寒风也安静。

不知不觉,已是闻小屿回家的第七个年头。他专心于舞蹈,事业步入正轨,近两年正式坐上森艺首席舞者之一的位置。他在网上有不少粉丝,但由于账号都是工作室经营,从不发关于私人生活的任何内容,本人也只是待在专业舞圈内,从未接其他业务,一切个人信息又受到全方位的保护,即使有有心人想挖掘点什么也无从挖起。

闻小屿一直陪到李清出院,回家依旧照顾母亲。闻臻也与他们一起回了家,他不大会照顾人,没有闻小屿那么细心,就只是陪在母亲身边,如此也让李清感到宽慰。

家里虽有阿姨在,闻小屿也会亲自下厨,因为李清想吃他做的饭菜。李清术后行动缓慢,闻小屿就给她套好外套,搀着她一起在花园里慢慢散步、聊天。

他们通常都聊生活和工作,也常常聊起兄弟俩的父亲。

李清披着条披肩,走在秋后的暖阳里,指尖慢慢摩挲闻小屿的手背,温声叮嘱:"每天要吃好睡好,工作不要太累,一定要注意休息。叫你哥也注意点,不要总是睡懒觉不吃早饭。"

"早点回去吧。"李清说,"我也恢复得差不多了。你们都忙,不必总陪在我身边。"

闻小屿和闻臻坐上了回首都的飞机。飞机起飞,进入高空的云层,地面变得遥远。闻小屿望着窗外流逝的云,手指无意识摆弄颈间的项链。

闻臻在江南枫林的自家楼下又买了一套房。那套房的原主人原本买这套房是为投资升值,一直是个毛坯放在那里,后来闻臻把这套房买来,拿来给闻小屿。

闻小屿就没去过楼下的房子。他和闻臻各自工作都忙,两人都要经常出差,从来是见少离多,如此谁都不乐意各睡各家。

回到首都过了一周，闻臻病了。

他每年都要这么来一次，一到换季时就要冒点小病，大多是小感冒，也不需要吃药，多喝点热水休息两天，什么都不管，自个儿就好了。

今年还算好点。闻臻一早醒来嗓子不舒服，闻小屿听他声音沙哑，就知道他估计是要感冒了。他爬起来去给他哥倒来热水，回来时拿出手机查了天气："难怪，今天降温了。"

闻小屿又跑出去，不知去捣鼓什么，半个小时后又进来。

闻臻喝过一杯水重新躺回去，本来都快睡着，被他闹醒："不是要去跑步？"

闻小屿正儿八经地答："现在开始要照顾病人。我煮了粥，早饭我们晚点吃。"

在家的时候，闻小屿就和在外面的样子不大一样。尤其时间越久，闻臻就越发现他弟在他面前挺"放肆"。那点自以为藏得很好的小脾气和黏人劲，旁人都不知道，只有闻臻深有体会。从前闻小屿还收着，后来渐渐就没那么多害怕了。

闻小屿的一切都被保护得很好，无论是外人还是家。他被圈在一个安全的范围内，无比放松。

也慢慢学会"放肆"。

前两天下了场雨，气温降了又降，这会儿七点不到，天还暗着，卧室拉了窗帘，一片适宜懒睡的昏暗。闻小屿倒水回来时没把房门关进，百岁就顺着门缝进来，这张床的主人不许它上床，它没敢往上跳，熟练地找到床脚下的小地毯转来转去，趴下来舔自己。

闻小屿煞有介事道："你知道我最喜欢做什么事情吗？"

闻臻眼神示意他请便。闻小屿想了想，说："我最喜欢下雨的时候，在被子里睡觉。"

"最好是天冷的时候。"闻小屿认真形容，"家里很暖和，没有工作要做，什么事都不做，就躺在床上睡觉。"

闻臻也挺认真问："什么都不做是不是有点浪费了？"

"才不浪费！"

百岁被这一声嗓门震得一下支起脑袋，然后甩甩耳朵，淡定地趴下。

闻臻不逗他弟了。闻小屿又说："你知道我为什么会这么想吗？"

"为什么？"

"小学的时候我都是自己走回家。但是下雨天的时候，我的养母就会骑电动车来接我。"闻小屿回忆着从前的事，神情并没有多余的情绪，反而觉得小时候的自己很有趣一般，"然后养母穿着很大的雨衣坐在前面，我就坐在后面躲在雨衣里。雨打在雨衣上，就像打在自己脑袋上一样，特别响。"

闻臻不说话了。闻小屿出神道："那个时候我就想，这样下雨天的时候，要是能什么都不做，不用上学不用练舞，可以一个人躲在自己的床里偷懒就好了。"

他抬起头眼睛亮亮地看着他哥："不过我现在发现，两个人一起偷懒比一个人偷懒还要开心。"

天已渐渐有了亮光，偌大的房间像一个干净的玻璃水杯，兜住漫进来的光与影，折射静谧的色彩。

在闻臻的眼中，他弟很神奇。无论曾经是黑暗的童年和少年时期，还是如今被珍惜对待的富足生活，好像都没有对闻小屿产生很大的影响。有时他弟好像很成熟，能够独立生活和照顾自己，懂事又谦让，总先体贴别人，再想自己。像大多数平凡人一样，因为很难得到，所以善于放弃。

可闻小屿在某些事情上又充满了本不该有的天真。出生在一个不尽如人意的家庭，却到如今都一股不谙世事的劲，不大在乎旁人的想法，也没有很在意金钱和地位，眼中只有那么一点从小追寻的梦想，只埋头默默往前走，因此显得孤单而执着。

有时候闻臻不大喜欢闻小屿这样。他当然希望闻小屿可以依赖家人，无论闻小屿朝他索取什么，他都乐意给，更不想闻小屿都回到了他们的身边，还要像从前那样所有事情都全靠他自己。

但他又被他弟的这种特质吸引。那感觉就像去抓一团光，即使触碰到温度，也无法全然握在手里，只能看着它在空中孤独飘浮，发出光亮。

从此它以外的全都黯淡。

窗外不知何时响起雨声。雨滴落在窗台和屋檐，像一片安宁的敲击声乐。闻小屿恍惚听到雨滴的声音，像有一片雨中温柔的海潮裹向他。

这是他们找到彼此的第七年。

番外 | 爆竹声中一岁除

1月31日，北京时间18:30。夜幕如海，万家灯火明亮。还有一个半小时春节晚会便会在各大电视台进行实况直播。首都中心电视台高塔灯光通明，楼内繁忙有序，热闹非凡。

"……演员们在舞台上都会把自己最好的一面展示给观众，那么在演出开始之前，他们又在做着什么样的准备呢？想必大家都很好奇。接下来就请跟随我们的镜头，一起走进我们后台瞧瞧吧！

"电视机前的观众朋友们现在可以看到，后台这边真的是非常的热闹呢！走廊上稍微有点拥挤，各位注意脚下——我们的左手边第一道门就是化妆间，走，进去看看吧。

"欸，推开门就看到我们的锋行大哥！您好您好，新年快乐——锋大哥现在正在为节目做准备吗？您今年会与几位帅气的年轻小伙一起同台献唱，大家都非常期待看到您再次一展歌喉，有很多观众朋友对您去年在晚会上演唱的《红雁》印象非常深刻……另外，听说锋大哥的功夫电影《龙虎之争》在国际电影节拿了金奖，恭喜您！

"镜头注意到了这两位穿着长袍的老师——噢，原来是岳老师和孙老师，咱们的老朋友。两位老师都是春晚的常客了，不知道今年又会给我们带来什么样的欢笑呢?电视机前有许多观众都非常非常喜欢你们二位,听说啊,还有许多海外朋友呢也喜欢咱们中国的相声,特地买了机票飞到北京,就为了来丹曲社听上这么一场……

"接下来是这个音乐厅,不知道有没有人在里面排练呢?推开门看看吧,哎呀,这大年三十里运气真好,这不是我们的张一情老师吗!张老师您好,久仰大名,您现在是在这里排练吗?我们都知道今晚您将与曼尼斯国际乐团共同演奏音乐剧,您作为第一位进入曼尼斯的华人小提琴手,今年也是第一次登上春晚的舞台,不知您现在感受如何?

"好的,那么穿过这片后台区域,我们现在正在经过第二展示厅,看那边有好多小朋友,非常地热闹,可以看到小朋友们都穿着小老虎的玩偶装,真是太可爱了,我们的副导刘导也在这边,正在给孩子们讲入场的顺序呢,那我们就暂时不打扰他们,先往楼下去吧。

"楼下是一号练舞房,也是咱们这里最大的练舞房,这会儿应该有很多舞蹈演员在里面,我们进去看看——

"欸,这位站在门边的小哥哥是哪位呀——这不是我们的小花神闻小屿同学吗?

"小屿这还是第一次上春晚吧,现在心情怎么样?"

镜头里,一身白底淡青长衣的闻小屿捧着保温杯,胳膊里还夹着一把道具扇,被突然跑进来的主持人吓了一跳,愣了两秒才反应过来。

他对镜头露出笑容:"有点紧张,不过更多的是高兴和期待。"

镜头记录下闻小屿的笑,画面实时在全世界的电子屏幕前同步播放。他的身后演员们来来往往,如蝶舞莺飞。

"这次是准备了一个什么样的舞蹈,小屿可以和我们说说吗?"

"如大家所见,是中国传统的古典舞,舞名为《玄青古梦》。大家都知道'青色'是中国自古以来文人墨客所钟情的色彩,'青'意味淡雅从容,也象征高洁脱俗,因此我们为这次舞蹈赋予'玄青'之名,希望能够表达出中华仁人志士的高雅气质……这次舞蹈还有我的其他同伴——"

闻小屿转过头,镜头跟着他的动作,迎面聚来一群跳舞的年轻人,大家都穿着青色的演出服,跑过来和镜头打招呼。主持人笑着打过招呼,最后说道,"趁这个机会,大家在镜头前许下自己的新年愿望吧!"

"我希望我们的节目能够以最完美的模样展现在大家眼前!"

"希望屏幕前的观众能够喜欢我们的节目,喜欢这次春晚。"

"祝大家新年快乐!"

镜头一个个点了一圈,最后停在闻小屿的面前。闻小屿看着镜头,眼中含着安静的笑意。他一身淡青白衣,肤白劲瘦,在镜头下熠熠发光。

"我最感谢我的家人。"闻小屿说。"如果没有他们的爱和支持,没有他们鼓励我,陪伴我,我不会走上今天这个舞台。所以我的愿望是希望我的家人平安健康,顺心喜乐。"

"我会永远陪伴在他们的身边。"

凌晨两点,结束演出和工作的人们从电视台大楼离开。有的人成群结伴吆喝着上车回家回酒店,有的人留在原地交谈,有的人还要去赶下半场,人群熙攘流动,热闹非凡。

闻小屿与朋友和老师们告别后,裹着厚厚的大黑棉袄,背着走进地下车库。

他刚下电梯,熟悉的黑车缓缓开过来,停在电梯出口。

闻小屿过去拉开副驾驶的门坐进去,系好安全带。他终于放松下来,倦倦地打了个哈欠。

闻臻指了指了他眼边的细碎亮片,没抹掉:"妆没卸干净。"

闻小屿拉下镜子看了看:"随便拿卸妆巾擦了两下,回家再洗吧。累死我了。"

闻臻顺手从兜里拿出一个红包,放进闻小屿手心。闻小屿捧着那厚厚的红包:"谁给我的?"

"你哥。"

闻小屿美滋滋把红包装进包里,问:"家里今天吃年夜饭啦?"

闻臻答:"嗯,都坐客厅看你跳舞呢。"

闻小屿莫名为那画面感到羞耻。今年闻家人大多都在首都这边过年，一大家子聚在一起看春晚，着重看的自然是闻小屿的节目。不过这么多年他上舞台上镜头，闻小屿自己挺害羞，闻家人倒是都习惯了。

车离开地下车库，驶上回江南枫林的路。

闻臻早给自己放假，公司放假，他在游戏公司那边和赵均一几个高管开了个会，之后就回了家。

在这之前两人已经有三个月几乎没见过面。闻小屿忙于春晚排练，同时还要为森艺编排新年晚会的节目，一周七天，能有六天半不在家。闻臻年底分别去了趟英国和新加坡出差，本想带着闻小屿一起出去玩，哪想到他弟半点也抽不出空，只得作罢。

到家后一打开门，百岁喵喵喵地蹭过来，闻小屿抱起猫揉了会儿，放下猫去洗澡。他困得走路要打飘，脱了衣服顺手放在一边。闻臻走在他后面，闻到从他身上飘出来一股香水味。

闻小屿浑然不觉。

闻臻在后面问："身上哪来那么浓的香水味？"

闻小屿脑子都困蒙了，闻言费劲回忆，想起晚会结束后大家在后台合影，与他们合舞的另一个节目的女孩们簇拥过来和他们拍照，闻小屿被淹没在花裙粉香中，拍完照沾了一头姐姐妹妹们身上的香味。

"合影的时候旁边有很多女生。"闻小屿想起刚才的热闹气氛，笑容还有点收不住。

闻臻"嗯"一声，催他去洗澡休息。

闻小屿已困得眼睛快睁不开，只困倦地哼哼，洗漱完很快就歪着脑袋睡熟了。

闻臻在房间里左右睡不着，干脆靠在枕头上拿过手机，把晚会的录播翻出来看。

他已经看过直播，并且把晚会开始前的后台采访和闻小屿那部分节目录了屏。

闻小屿脸小，五官生动，眉目温润舒展，是典型的东方好皮相，非常上镜。电视台的镜头正对脸拍他的特写，没有拍出什么瑕疵，反而放大了闻小屿五官的美好。闻臻戴着耳机，看手机屏幕里闻小屿落落大方，对着镜头介绍自己的节目时有一点点害羞的样子，说他最感谢他的家人。

明天一早，他们要去母亲那边过年，之后是走亲戚，吃年饭，闻小屿还要去看望胡春燕和孙老师。忙忙碌碌，辞旧迎新。

番外 | 想鱼

最近森艺推出新舞剧,名为《想鱼》。森冉编舞加导演,闻小屿主舞。

闻小屿如今是森艺的首席舞者,也是森冉的御用舞者,每年参加大大小小演出和排舞的同时,也任劳任怨肩负起指导艺术团新人的职责。他气质温润清朗,脸庞白皙俊美,身姿像修竹一般挺拔,仍如个十七八岁的少年一般,认识他的后辈学生们在课上课外都喜欢叫他"小屿老师"。

《想鱼》的故事里,闻小屿是一条化仙的鱼,某一天不小心掉进一个凡人的梦里,从此凡人日夜想着一条鱼,白天捧着鱼缸如痴如狂,夜晚在梦里与鱼仙遨游仙境,不思人间。

工作室那边送来几款服装设计图,森冉都不满意。从舞蹈本身的水平和内容到舞台设计、服化道等等,森冉都事无巨细有着严格的要求。

从前也是有一次,工作室样衣都送来了,结果闻小屿换上衣服出来,森冉就开始对设计老师发火,直言"我不明白你们的设计图和实际效果为什么会这么天差地别",并毫不客气地说这次的服装是个失败品,连打回重做都没资格。

森冉平时温和亲切,尤其对待她的小徒弟闻小屿。然而她真动怒是相当可怕的,设计老师被骂得脸都白了,闻小屿更是在一旁一句话不敢说,连忙进更衣室去把衣服换下，还给别人。

那次还有一个月就要上台了，主舞的衣服还没出，森冉的耐心明显在急剧下降，她甚至因为这一件事而断了与那个工作室的合作。

闻小屿回家后把这件事与他哥说了。他已形成了遇到不知道该如何解决的事情就向闻臻寻求帮助的习惯，虽然无论他是否主动找闻臻，最后也都会被闻臻从各种渠道知道。

闻臻听完他的话，说知道了，让他等两天。

闻小屿问等什么，闻臻说等你的衣服。

两天后，闻小屿暂时没有等来他的衣服，而是等来一位年轻的男人，名叫唐舒。唐舒是一名舞台服装设计师，留着半长的黑发，在脑后松散扎个辫子，不怎么说话，穿着简单的T恤和牛仔裤。

唐舒刚大学毕业，是闻臻的朋友的弟弟的同学，只是朋友弟弟有一次无意给闻臻看过唐舒的毕业作品，闻臻便对这灵气而独特的服设作品留了意。

他那时一眼就感到唐舒的设计风格与闻小屿很适合，只是无意干预他弟和森艺的工作，所以一直没有提。

唐舒不到十天就做好了衣服，闻小屿换上衣服再出来，那一刻所有人的神情都放松下来，接着纷纷真心地表达赞叹。

之后唐舒又为闻小屿设计了几套舞台服装，渐渐算是闻小屿的一位专用设计师。两人熟悉起来后，闻小屿才知道唐舒从初中起就"混迹"cosplay圈，做出过无数经典cosplay的衣服，网上很多出圈爆红的图都是他一手包揽的服化道，因此他至今都是圈内数一数二的大神。

唐舒在相熟之后就开始想尽办法拜托闻小屿做他的模特，缘因闻小屿的长相实在太好看，不仅五官极好上相，气质也独特，加上专业舞者修长的身形和柔中有力的漂亮肌肉线条，导致唐舒灵感爆发画了几百张设计图，差点扑在电脑前起不来了。

虽然如此，唐舒很有分寸，知道只能以闻小屿作为参考模特，而万万不可真的让他穿上cosplay的衣服拍照。不仅因为闻小屿是专业的舞者，还因为他看出闻小屿被保护得非常好,除了工作必要暴露在公众视线外,网络上关于他的任何私人消息都没有。

这次《想鱼》的服装也是唐舒设计的。时值闻小屿刚拿下国家艺术团一级演员特别奖不久,这份荣誉分量很重,唐舒干脆把这次做好的演出服以个人名义送给闻小屿,当作贺礼。

闻小屿与他已成为关系很好的朋友,很高兴地收下了朋友送的礼物。唐舒亲自把装着衣服的盒子放在艺术团门卫处后便有其他的事情先走了。闻小屿下班后出来抱起衣服盒子,司机在门口等他,接他和闻臻去吃晚饭。

闻臻还在开高层会,闻小屿熟门熟路摸进他办公室等人,乔乔过来和他打招呼,给他的保温杯倒满水,两人聊了一会儿,乔乔被工作电话叫走了。

办公室的门关上,室内安静下来。闻臻的办公室整洁宽阔,静谧得有些空。华灯初上,落地窗外城市的夜幕闪烁。

闻小屿等了一会儿,坐不住,起身踩在灰色的地毯上默练舞蹈动作,在无人的办公室里跳舞。他从穿衣镜前一晃而过,又转回来,习惯性地对着镜子挺直站好,整理仪容。

他忽然想起什么,很期待地到沙发前从袋子里拿出纸盒。他每次都期待看到唐舒为他设计的服装,因为每一次看到他的那一套舞台装他都很惊喜。

闻臻开完会后回到自己的办公室,他知道闻小屿在里面等他,便让助理和其他人等都先离开,独自打开了办公室的门。

他进门就看到闻小屿站在镜子前,一身飘逸的白色长袍,从裙摆往上浸染从深至浅的水蓝色。整件服装以丝绸制作,唐舒又另外加了细闪光泽涂层,令整件长袍泛着自然柔和的光泽。

长裙在闻小屿的身后呈现不规则的柔和褶状拖长,如一条散开摇摆的鱼尾。闻小屿听到声音转过身,裙摆在他的脚边轻轻一转,恍惚若蓝色的鱼尾在粼粼的水波中游晃,闪过无瑕的光点。

办公室没有开灯,只有落地窗外城市的光投射进来。闻臻走过去。闻小屿也轻快地朝他跃过来,那轻巧的衣摆又是一阵旋转。

"哥,这件演出服好不好看?"

闻臻说:"好看。"

闻小屿正高兴着,哼着这次舞剧的音乐。他鞋都没穿,伸展手臂转一圈跳到闻臻身前,闻臻便条件反射地知道他下一步要做什么,熟练抬手配合,闻小屿流畅在空中跃起个柔软的一字,然后轻飘飘地落在地上,蓝色的裙尾飘扬,无声落在地毯上。

他牵起裙尾优雅地转一圈,淡蓝的鱼尾散开,在清冷夜色下如泛盈盈的温柔水光。

闻小屿有时会忽而沉浸在自己的世界里,精神在那个只属于他的舞台上凝神起舞。音乐是他的世界里山间的云雾,灯光是簇拥的鲜花绿叶,他就是天地间最自由的鱼,跃入天上的星河,钻进大地的绿屏。

闻小屿回过神,对上闻臻的视线。

这里是他哥的办公室……他后知后觉地有点不好意思,端着一点矜持开口:"……配合得不错。"

闻臻也一本正经地回:"小屿老师教得好。还跳吗?"

闻小屿默默脸红,还以为闻臻损他,刚想说不跳了去吃饭,闻臻却笑了一下。

"饿吗?"闻臻的声音低冷,含着一点独特的温柔,在闻小屿耳边响起。

"还不饿……"闻小屿小声说。

在昏暗的夜色里,闻臻的声音很低地响起:"小鱼仙。"

《想鱼》的配乐灵感借用了司马相如的《凤求凰·琴歌》。那凡人恋上一位鱼仙,人仙相隔,岁月不待,那凡人仍对仙人念念不忘思之如狂,一生寻遍世间山川江海,日夜抚琴作诗,盼望星辰将他的思念上达天听。

可否听我一诉衷肠,慰我彷徨孤独的影子;可否与我携手相将,同游芸芸人间四海。

我梦中的幻象,纯洁的神明,能否让我舍弃这具累赘肉身,灵魂随你而去。

静谧的夜色里,闻小屿一袭白裙淡淡有光,蓝色的裙尾像浸入深蓝的水中,光泽轻飘地流动。

"不是鱼仙。"闻小屿仰头,轻声说,"是你们的闻小屿。"

—·完·—

图书在版编目（CIP）数据

竭泽而渔 / 夜很贫瘠著. — 武汉 : 长江出版社, 2023.9
ISBN 978-7-5492-8749-9

Ⅰ.①竭… Ⅱ.①夜… Ⅲ.①长篇小说－中国－当代 Ⅳ.①I247.5

中国国家版本馆CIP数据核字(2023)第045056号

竭泽而渔／　夜很贫瘠　著

出　　版	长江出版社
	（武汉市解放大道1863号　邮政编码：430010）
策　　划	@力潮文创-白鲸工作室
市场发行	长江出版社发行部
网　　址	http://www.cjpress.com.cn
责任编辑	罗紫晨
特约编辑	唐　婷
封面设计	吴思龙@4666啊
封面绘制	八厘米饼干
插图绘制	八厘米饼干　突突土土广　Finnn
印　　刷	北京盛通印刷股份有限公司
版　　次	2023年9月第1版
印　　次	2023年9月第1次印刷
开　　本	880mm×1230mm　1/32
印　　张	11
字　　数	312千字
书　　号	ISBN 978-7-5492-8749-9
定　　价	49.80元

版权所有，侵权必究。如有质量问题，请与本社联系退换。
电话：027-82926557（总编室）027-82926806（市场营销部）

为纯粹的乐趣而读